JUSTINE BUHL

# Ma chère Juliet,

*ISBN 979-8-395-05979-6*

*Illustration de couverture : Antoine Buhl*

*À tous ceux qui hésitent encore, osez!*

# PLAYLIST

*Higher Than Before* — Flawes, Mali Koa
*Hometown Heroes* — Moon Taxi
*Heading Home* — Alan Walker, Ruben
*Take Me Home* — BUNT., Alexander Tidebrink
*Strange Days (feat Robbie Williams)* — The Struts, Robbie Williams
*Stay (with Alessia Cara)* — Zedd, Alessia Cara
*Things Are Different* — Picture This
*Our Own House* — MisterWives
*Ain't Nobody (Loves Me Better)* — Felix Jaehn, Jasmine Thompson
*Supercollide* — BANNERS
*Go Solo* — Tom Rosenthal
*One Last Time* — LP
*Paris, Texas (feat SYML)*— Lana Del Rey, SYML *Arcade* — Duncan Laurence
*Daylight* — David Kushner
*Another Love* — Tom Odell
*I Love You* — Billie Eilish
*Where's My Love* — SYML
*Mystery of Love* — Sufjan Stevens
*Someone To You* — BANNERS
*Leap of Faith* — Christopher
*The Wisp Sings* — Wint
*Yosemite* — Lana Del Rey
*Love Story (Taylor's Version)* — Taylor Swift
*Believers* — Alan Walker, Conor Maynar

# PARTIE I

*"To live is the rarest thing in the world. Most people exist, that is all."*
*Oscar Wilde*

*"Vivre est la chose la plus rare au monde, la plupart des gens se contentent d'exister."*
*Oscar Wilde*

# PROLOGUE

*Je ne te cherchais pas, quand je t'ai trouvé.*

*Tu te tenais là, debout au milieu de la bibliothèque, le regard perdu dans les peintures du plafond. Si j'avais su, en te voyant ce premier jour, la douleur que tu me causerais, aurais-je appris à t'aimer ? Je le crois bien.*

*T'aimer, c'était sombrer dans un océan agité, perdre de vue la surface, remonter à l'aveugle pour enfin respirer. Sourire, sourire et sourire encore. Sentir mon cœur se gonfler d'un sentiment qui ne devient jamais familier, perdre le contrôle de mes pensées.*

*Tu étais devenu mon monde entier. Ma raison de me lever chaque matin. De rire au quotidien. D'apprendre à plus profiter de chaque instant. Je te connaissais mieux que je ne me connaissais moi-même. Mieux que je n'avais jamais connu quelqu'un auparavant.*

*Avant toi, l'amour ne cessait de me filer entre les doigts. Un sentiment à peine palpable. Intouchable. Imaginaire. Idéalisé. Tu m'as fait réaliser qu'il peut se laisser attraper : qu'il peut être vécu.*

*Cependant, des cœurs finissent toujours brisés. C'est inévitable. Malgré toutes les promesses d'un amour éternel, ce sentiment ne dure pas. Il finit par nous échapper pour ne laisser que deux trous béants là où vibraient autrefois des cœurs battants.*

*Le destin adore se jouer de nous et, au fond, il n'a pas tort. Nous sommes minables, jamais satisfaits de nos vies, cherchant toujours à rejoindre ce rêve presque effacé qu'est notre réalité idéale. À quoi bon ?*

Extrait du premier chapitre des *Rêves d'amour déjà effacés*, Romeo Jones

# CHAPITRE 1

Alex était tombée amoureuse d'Achille* à ses quatorze ans. Un héros mythologique. Un homme qui n'avait peut-être jamais existé. Le seul qui hantait ses rêves, lance à la main, casque sur ses mèches blondes et sourire aux lèvres.

Quatre ans plus tard, Alexandra Edwards l'aimait toujours aussi passionnément. Aucun homme ne pouvait détrôner celui qui avait gravé son nom dans l'Histoire. Le plus grand héros de tous les temps.

Cet amour pour Achille l'avait poussée à méticuleusement installer, pendant près de trente minutes, ses vingt-huit exemplaires de *L'Iliade* dans sa nouvelle chambre.

L'espace était déjà relativement encombré, avec deux lits simples, deux bureaux, deux placards et une bibliothèque presque pleine à craquer. Les étagères étaient couvertes de livres en tous genres : la collection d'Alex.

Une fois assurée que chacune de ses affaires avait bien été installée de son côté de la chambre, elle se laissa lourdement tomber sur son lit.

Pour l'instant, *Augustus Preparatory School* était exactement ce à quoi Alex s'était attendue : de larges couloirs bordés de statues antiques, d'immenses halls éclairés par de hautes



** Retrouvez les personnages de la mythologie grecque page 444.*

fenêtres, des escaliers de pierre et des arches à en perdre la vue. C'était tout ce dont une étudiante dans le programme d'art avait besoin. L'endroit parfait pour se trouver.

— Alex ! Viens m'aider ! J'ai pas assez de bras ! l'appela une voix depuis le couloir.

— Maintenant, là ? tenta Alex. C'est que je suis très occupée...

— ALEX !

Elle abaissa donc la poignée de la porte de la chambre, sans se lever de son lit : l'un des seuls avantages de la taille minuscule de la pièce. Le seul avantage, vraiment.

Olivia se faufila à l'intérieur, elle serrait dans ses bras un chevalet, une toile et plusieurs tubes de peinture. Un miracle que le tout ne lui ait pas déjà échappé des mains. Alex ne put retenir un sourire amusé lorsqu'elle laissa tomber son chargement dans un coin de la pièce, sans se soucier de ce qui pourrait s'abîmer lors de l'atterrissage.

— C'est vrai que t'as l'air vraiment très occupée, remarqua finalement Olivia en se retournant, les poings sur les hanches.

Elle avait un visage souriant, de grands yeux verts et d'indomptables boucles brunes à peine retenues par un morceau de tissu coloré. Ses vêtements étaient déjà couverts de peintures et une tache turquoise ornait l'une de ses joues, la couleur claire se dessinait nettement sur sa peau mate.

— Je réfléchissais, Liv, expliqua Alex. Ça m'arrive rarement, donc je dois en profiter.

— T'as de la chance que je t'aime beaucoup parce que t'es vraiment bizarre.

— Bizarre ou formidable, unique et magnifique ?

Liv secoua lentement la tête avant de commencer à installer son matériel de peinture. Les deux jeunes filles étaient amies depuis le collège et rien n'avait pu les séparer, pas même l'étape fatidique du départ à l'université, pas pour l'instant. Grâce à *Augustus Prep*, elles avaient droit à une dernière année ensemble, avec le reste de leur groupe d'amis.

— Bon, moi je m'y mets si je veux avoir fini avant ce soir, annonça Liv.

— Je vais aller faire un tour à la bibliothèque, répondit Alex.

Elle ne se leva pas pour autant. Pas quand Liv commença à peindre. Jamais quand Liv commençait à peindre. C'était un spectacle fascinant de la voir choisir ses couleurs pour, peu à peu, leur donner un rôle sur la toile. Son pinceau traçait avec assurance des centaines de formes dont elle seule avait le secret.

Un monde entier surgissait de son imagination, la toile s'animait. Ses souvenirs s'incorporaient à la peinture. Ses sentiments devenaient un mélange de couleurs, de teintes qui s'accordaient à la perfection. Chacune apportait une touche de folie ou de tristesse à ce que Liv peignait.

Alex regarda apparaître un bleu si sombre qu'il en devenait presque gris. Un bâtiment de pierre claire. Des plantes qui grimpaient autour des fenêtres. Quatre personnages nonchalamment assis sur un muret. Des sourires tranquilles éclairaient leurs visages. L'un d'eux avait un casque grec sur la tête et une lance à la main. Celui-là, c'était Alex. Une Alex visiblement déguisée en Achille.

Il n'en fallut pas plus pour qu'elle décide de quitter la pièce. C'était une chose de regarder Liv peindre des paysages, mais dès qu'elle commençait à représenter quelqu'un de présent, l'atmosphère changeait. Ses épaules se contractaient légèrement, comme si elle attendait l'approbation de son modèle. Une présence qui pesait sur Liv dans l'un des rares moments où elle était parfaitement libre.

— Je vais à la bibliothèque, murmura Alex, plus pour elle-même que pour son amie.

Sans ajouter un mot, elle sortit de la chambre et se retrouva dans le couloir désert. Au milieu de l'après-midi, les autres jeunes étaient probablement de sortie. Alex ne croisa donc personne tandis qu'elle traversait l'aile des filles. Des statues de héros grec étaient postées devant chacune des portes numérotées : Hector. Persée. Héraclès. Jason. Thésée. Ulysse. Orphée.

Alex avait choisi la chambre 31 uniquement parce que c'était celle d'Achille. Son héros montait la garde.

De grands escaliers, qui descendaient jusqu'au hall principal, se trouvaient au bout du couloir et marquaient la séparation entre l'aile des filles et celle des garçons. Une main sur la rambarde, ses moindres pas résonnants contre la pierre, Alex était une princesse dans son château. Une déesse dans son temple.

Dans le hall, douze colonnes de marbre s'élevaient jusqu'au plafond, chacune sculptée à l'effigie d'un dieu de l'Olympe. Ces colonnes provenaient d'un monde qui aurait dû disparaître, mais dont une partie avait réussi à survivre pour se dresser devant elle.

— Vous cherchez quelque chose ?

Alex sursauta avant de se retourner pour découvrir le jeune homme qui se tenait derrière elle. Il portait un sac débordant de vêtements sur son épaule et d'énormes cernes soulignaient ses yeux. Les cernes, c'était typique des élèves d'*Augustus Prep :* tous des artistes dans leurs arts respectifs, certains trop torturés pour s'endormir.

— La bibliothèque, répondit-elle.

Le garçon lui pointa du menton une porte dressée entre la colonne d'Athéna et celle d'Aphrodite. Lorsqu'Alex voulut le remercier, il avait déjà disparu.

Un autre trait commun aux étudiants d'*Augustus Prep,* c'était l'asociabilité.

— Sympa, soupira-t-elle avant d'entrer.

La bibliothèque d'*Augustus Prep* avait quelque chose de magique, d'enchanté : elle ne pouvait pas être réelle. Pas avec une atmosphère aussi enivrante que celle-ci. Les rayons du soleil filtraient à travers de hautes fenêtres pour venir éclairer des milliers de livres de toutes tailles et couleurs. Des centaines de récits merveilleux. Des contes fantastiques. Des poèmes d'amours impossibles.

— Montre-moi où tu te caches, Homère, murmura Alex.

Chaque bibliothèque avait ses propres éditions de *L'Iliade,* elle se devait donc de les découvrir. C'était l'occasion de trouver de nouvelles traductions et introductions de différents auteurs.

Alex avança donc jusqu'à la section des auteurs en H, I, J. Un buste de Shakespeare marquait l'entrée de l'allée, Alex caressa, du bout des doigts, la pâle joue de marbre du dramaturge.

Un titre finit par attirer son regard sur l'étagère la plus proche : *L'Iliade.* Enfin. Alex trottina jusqu'au volume à la couverture d'un cuir émeraude. Cette édition était une copie parfaite de celle qu'elle avait rangée, quelques minutes auparavant. Elle attrapa tout de même l'épopée, simplement pour la tenir quelques instants entre ses mains.

En tirant le volume hors de l'étagère, Alex fit tomber un petit livre qui s'était glissé entre les pages.

Le bruit sourd perturba le silence de la bibliothèque.

Ce n'était pas un livre, mais un carnet à la couverture sombre, Alex reposa à contrecœur *L'Iliade* pour ramasser le petit objet. En le feuilletant rapidement, elle découvrit que les pages étaient couvertes d'une écriture manuscrite légèrement penchée.

Des mots et des mots et des mots écrits à l'encre noire. Et des dates. Beaucoup de dates gribouillées au-dessus des paragraphes.

Un journal intime. Les pensées les plus profondes d'un inconnu. Ses désirs. Ses souvenirs. Tous alignés, prêts à être lus.

Une terrible tentation y était tapie. Une envie malsaine de commettre l'interdit en secret. De sentir l'adrénaline se déverser dans ses veines.

Alex savait pertinemment qu'elle devrait ranger le journal.

Mais rien ne le chasserait de ses pensées tant qu'elle ne l'aurait pas lu. Son débat interne ne dura que quelques secondes.

Quelques secondes où Alex pesait le carnet entre ses doigts, ses pages jaunies et sa couverture de cuir.

Elle finit par s'asseoir dans un fauteuil, sous une fenêtre, ses jambes repliées contre son torse.

À quoi bon résister ? Elle était seule : personne ne découvrirait ce secret.

Et Alexandra Edwards commença à lire le journal intime de Romeo Jones.

# CHAPITRE 2

*New York, lundi 25 août.*

*Je m'appelle Romeo et je n'ai pas de Juliet. C'est le grand malheur de ma vie. Tu seras donc ma Juliet, celle sur qui mon cœur saignera. Bonne chance.*

*New York, mardi 26 août.*

*Chère Juliet, je n'ai jamais eu la première place dans le cœur de quelqu'un. Ma famille et mes amis m'aiment et pourtant, je n'ai jamais été le premier.*

*Il doit y avoir quelque chose de magique dans cela : adorer une personne plus que toutes les autres et savoir qu'on est adoré en retour de la même manière.*

*J'ai besoin qu'on m'aime comme personne n'a encore aimé. Être aimé, comme Achille a aimé Patrocle, d'un amour qui pousse à se jeter corps et âme dans une bataille perdue d'avance. Être aimé, comme Juliette a aimé Roméo, avec la certitude de ne pas pouvoir vivre sans l'autre.*

*Je veux que mon histoire soit racontée dans les siècles qui viennent, que mon nom devienne une légende.*

*Exister comme seulement peu en ont encore eu le privilège.*

*New York, mercredi 27 août.*

*Chère Juliet, c'est le grand jour. Aujourd'hui, je quitte enfin New York pour Charleston. La rentrée d'*Augustus Prep *n'est que le 1er septembre, mais je veux arriver en avance pour découvrir la ville.*

*Je m'y vois déjà : les pieds dans le sable, à regarder le soleil se coucher sur la mer. J'espère en sortir, l'année prochaine, comme un auteur* best-seller. *Ou un auteur, tout court. Ou simplement en homme, et non en garçon.*

*Cet endroit doit me changer, Juliet. C'est mon dernier espoir.*

*Augustus Prep, jeudi 28 août.*

*Chère Juliet, tu adorerais Augustus Prep. C'est comme si cette école avait été créée pour moi. Pour toi. De l'extérieur, c'est un bâtiment assez simple, avec un grand jardin et des colonnes de pierre. Et pourtant, une atmosphère radicalement différente se cache à l'intérieur.*

*C'est un monde de littérature. De créativité. D'inspiration.*

*C'est chez nous, Juliet.*

*D'ailleurs, devant la porte de ma chambre, il y a une statue. C'est celle d'Ariane. Si je devais te donner un visage, Juliet, ça serait le sien.*

*Augustus Prep, vendredi 29 août.*

*Chère Juliet, j'ai relu* Le Portrait de Dorian Gray *d'Oscar Wilde ce matin et une nouvelle ligne a attiré mon attention : "la vie est une grande désillusion". Je tiens donc à remercier Oscar pour ce résumé de ce que je ressens, personne ne l'avait aussi bien dit avant.*

*On attend tous que notre vie s'améliore d'elle-même, du jour au lendemain. Parce qu'on se dit qu'on le mérite, qu'une force supérieure va bien finir par avoir pitié de nous. Il n'y a pas de force supérieure, Juliet. Il faut souffrir, se pousser à avancer, même quand ça fait mal. Surtout quand ça fait mal.*

*Heureusement pour nous, dans toutes ces douleurs, il reste les petits bonheurs du quotidien. Ceux qui sont déjà là. Forcément. L'odeur du printemps, le chant des oiseaux, le ciel au crépuscule. Et si on ne s'arrête pas une fois de temps en temps pour profiter de notre vie, on pourrait la manquer.*

*Augustus Prep, samedi 30 août.*

*Chère Juliet, j'arpente les couloirs d'*Augustus Prep *seul, mon carnet dans une main et mon ordinateur dans l'autre.*

*Je me suis assis plusieurs fois dans la bibliothèque pour écrire, mais être entouré de tous ces auteurs qui ont réalisé mon rêve ne m'aide pas. Ils ont gravé leur nom dans l'Histoire, de façon permanente. Ou du moins, d'une façon assez profonde, pour qu'on se souvienne toujours d'eux, même plusieurs siècles après leur mort.*

*Le buste de Shakespeare est l'objet le plus menaçant là-bas. Surtout quand on s'appelle Romeo.*

*Je ne sais pas si je te l'ai déjà dit, Juliet, mais je suis terrifié par l'échec. La simple pensée de ne pas être à la hauteur. De ne jamais être à la hauteur.*

*J'écris des romans, je m'ouvre à vif sur la page, et ce n'est pas assez. Parce qu'au fond, je ne suis pas assez. Je ne suis ni un auteur ni un poète. Juste un garçon qui peine à avancer.*

*J'aimerais que tu sois là pour m'aider. Que tu crois en moi. Mais, bien sûr, tu n'existes pas. Je suis tout seul.*

*Augustus Prep, dimanche 31 août.*

*Ma très chère Juliet, je suis ravie de t'annoncer que Logan vient d'arriver. Après trois longues journées de solitude, il est enfin là avec moi.*

*Il a débarqué ce matin, à six heures, devant la porte de notre chambre. J'étais terriblement heureux de le voir : il a passé tout l'été en Europe avec ses parents. Londres. Paris. Berlin. Barcelone. Toutes ces villes qui paraissent si lointaines.*

*Je ne t'ai pas encore parlé de Logan, Juliet, et ça me surprend. Il est donc grand temps d'y remédier. Logan est mon meilleur ami depuis toujours. Nos pères étaient amis bien avant nous et ils nous ont élevés comme des frères : lorsqu'il n'était pas chez moi, j'étais chez lui. Toujours dans la même classe et la même école. Pour nous,* Augustus Prep, *c'est l'occasion de créer, ensemble. Toujours ensemble, parce que nous ne savons pas faire autrement.*

*Il se tenait donc dans le couloir, sa veste en cuir sur les épaules, de nouveaux tatouages sur les bras et un large sourire aux lèvres. Sa familiarité a su effacer la solitude qui me poursuivait depuis mon arrivée.*

*Ce soir, nous avons dîné au* Crazy Diner, *ce qui m'a rappelé le temps où nous étions encore au lycée. C'était il y a trois mois, une petite éternité. Une éternité durant laquelle je n'ai pas réussi à avancer. Une éternité de vacances, à attendre le début de ma nouvelle vie. Une éternité qui m'a permis de finir un roman d'horreur dont personne n'a voulu.*

*Tu te rappelles quand je t'ai dit que je n'étais jamais à la hauteur, Juliet ? Voilà.*

*Il est tard et les cours commencent demain. Bonne nuit, ma Juliet.*

*Augustus Prep, lundi 1er septembre.*

*Chère Juliet, nous avons rencontré Juniper aujourd'hui. Elle était perdue dans l'un des couloirs, avant les cours.*

*Cette fille est simplement magnifique, Juliet. Avec de longs cheveux blonds qui chatouillent sa peau dorée et un corps qu'elle contrôle à la perfection. Si nous n'étions pas sortis de notre chambre avec quinze minutes de retard, Logan et moi ne l'aurions jamais croisée. Nous devrions presque remercier notre réveil approximatif.*

*Donc elle se tenait là, Juliet, avec son short en jean et son pull trop large. C'est Logan qui a eu le courage d'aller lui parler. Moi, je me tenais juste là comme un idiot, à la regarder. Je ne sais pas ce qu'il lui a dit, mais Juniper a fini par lui sourire avant de disparaître derrière une statue de marbre. Logan m'a ensuite donné son prénom. Il a ce don de savoir parler aux femmes, Logan. Un don qui ne cesse de m'échapper.*

*On n'a pas croisé Juniper du reste de la journée. Pourtant, je suis persuadé que je vais la revoir, on vit dans le même bâtiment, après tout.*

*Augustus Prep, mardi 2 septembre.*

*Ma belle Juliet, Juniper était à la bibliothèque, aujourd'hui, lorsque j'y suis allé. Elle se tenait devant les œuvres d'Oscar Wilde, une main dans la poche arrière de son jean et l'autre qui se promenait doucement sur les tranches des livres. Ses cheveux blonds flottaient autour d'elle.*

*Juniper, c'est un rayon de soleil, avec ce visage constamment lumineux et souriant.*

*J'ai avancé vers elle, me creusant la tête pour choisir les meilleures paroles. J'écris des romans entiers et je ne trouve jamais les bons mots.*

*— Romeo !*

*C'était la voix de Logan, derrière moi.*

*Bien sûr, ça, ça a attiré l'attention de Juniper. Elle a*

*brusquement levé la tête et a paru complètement déroutée par ma présence, à quelques mètres d'elle.*

*Moi, je me suis retourné vers Logan, pour lui faire signe que ce n'était pas le moment. À l'instant où j'ai ouvert la bouche pour lui expliquer la situation, il a utilisé la sienne pour saluer Juniper.*

*— Juniper ! s'est-il exclamé. Je pensais pas te trouver là.*

*Juniper lui a lancé un sourire qui a déjà dû briser des cœurs. Un sourire qui rendrait jaloux tous ceux qui n'y ont pas droit. Un sourire qui aurait pu nous faire tous tomber amoureux d'elle.*

*— Logan, je ne pensais pas que tu savais lire, a-t-elle répliqué.*

*En grandissant avec Logan, j'ai appris à reconnaître chaque expression de son visage. Celle qu'il avait, à ce moment-là, était toute nouvelle. De la curiosité ? De l'intérêt ? De l'affection ? Un mélange de tout ça, et plus encore ?*

*— Ça me surprend autant que toi, a-t-il ricané.*

*Logan a passé distraitement une main dans ses mèches brunes avant d'enrouler un bras autour de mes épaules.*

*— On allait au* diner *avec Momo, tu veux venir ? a-t-il alors proposé.*

*Juniper a un grain de beauté juste sous son oeil droit. Je le sais parce que pendant que Logan parlait, je la regardais.*

*Je n'arrive toujours pas à croire qu'elle est réelle.*

*— Ils font des gaufres ? a-t-elle demandé.*

*— Plein, a sourit Logan.*

*Nous nous sommes donc installés au* Crazy Diner *pour y dévorer des montagnes de gaufres. Juniper nous a posé des questions sur New York et j'ai répondu à chacune d'entre elles, pendant que Logan la dévisageait avec un vague sourire.*

*— Elle est cool, cette fille, a-t-il déclaré, quand nous sommes retournés dans notre chambre.*

*Et c'est tout ce qu'il a fallu pour que Juniper entre irrévocable-*

*ment dans nos vies.*

# CHAPITRE 3

Alex ferma le carnet. C'était trop d'un coup. Trop de pensées. Trop de sentiments. Trop de vie. Trop de lui. Trop de Romeo.

Ce n'était pas un journal intime rempli de problèmes superficiels, mais celui d'un garçon torturé, soulagé uniquement par la transmission de ce qu'il ressentait sur la page. C'était le journal d'un auteur, d'un poète.

Elle fixa longuement le petit carnet de cuir, se demandant combien il avait pu représenter pour Romeo. Beaucoup trop. Une échappatoire. Une façon de respirer. Comment avait-il pu alors l'abandonner ? Le perdre sur une étagère ? Il n'allait jamais revenir le chercher.

— LEXIE !

Le cri de Charles résonna dans la bibliothèque déserte, une voix grave qui semblait se répercuter sur chaque mur. Un sourire étira les lèvres d'Alex : il était enfin arrivé.

Elle eut tout juste le temps de fourrer le journal dans la poche arrière de son jean avant que la silhouette de Charles n'apparaisse entre les étagères.

Ils se dévisagèrent pendant de longues secondes, pour réaliser à quel point l'autre avait changé pendant l'été.

Charles n'était pas si différent, sauf pour quelques détails:

ses mèches blondes, dont les pointes étaient toujours teintes d'un rouge éclatant, avaient poussé jusqu'à tomber devant ses yeux d'un bleu profond. Et les journées de surf chez ses grands-parents à Malibu l'avaient aussi rendu légèrement plus large.

Malgré tout, c'était toujours le même Charles avec son sourire en coin et sa casquette vissée sur son crâne.

— Charlie ! Tu m'as trop manqué ! s'écria-t-elle, en se jetant dans les bras de son meilleur ami.

Elle fut alors plongée dans un sentiment familier : celui d'être contre Charles. De sentir son parfum dans ses narines. De l'entendre rire contre ses cheveux. D'avoir ses bras autour de sa taille.

Leur rencontre, quinze ans auparavant, avait été un véritable coup de foudre platonique et ils ne s'étaient pas quittés depuis. Ils considéraient leur amitié comme une évidence : qui d'autre que Charles et Alex contre le reste du monde ?

Ils se retrouvaient l'un dans l'autre, dans cette même étincelle de folie.

— Tu vas devoir me raconter tes vacances ! s'exclama Charles. Je veux tout savoir !

Alex s'écarta doucement de lui, mais garda un bras enroulé autour de sa taille. La présence de Charles suffisait à la faire sourire, à lui rappeler qu'elle n'était pas seule. Elle n'était pas perdue, jamais avec lui, blottie dans le cocon de son enfance.

— Je t'ai déjà dit tous les trucs intéressants, soupira Alex. C'était vraiment juste de la lecture, des balades sur la plage et des réflexions sur mes relations amoureuses inexistantes. Toi ?

Charles passa un bras autour de ses épaules et commença

à l'entraîner hors de la bibliothèque. Il transpirait déjà abondamment.

— Je t'ai pas dit *tous* les trucs intéressants encore, sourit-il. Parce qu'à part tout le surf, il y a eu beaucoup de relations très existantes dont je t'ai pas parlé.

— Alors là, vas-y ! Je m'étais arrêtée à Heather et Thomas , répondit Alex.

Ils se tenaient désormais dans le hall principal, aucun d'eux ne semblait savoir quel chemin prendre.

— Ouais, après les autres étaient moins importants, ricana Charles. Il y a eu Sonia, Kevin, Matilda, Mark, Jason, Pepper et Jane. Mais rien de sérieux. Tu sais bien, juste quelques jours en maillot de bain sur la plage.

— T'as pas peur d'attraper des maladies, là ? grimaça Alex.

— Alex !

— C'est une vraie question !

— J'ai pas fait *ça* avec tout le monde, tu me prends pour qui ? s'indigna-t-il.

Alex leva un sourcil dans sa direction.

— Bon d'accord, j'ai un peu peur d'attraper des maladies, avoua Charles.

— J'en étais sûre, sourit-elle. T'es vraiment pas croyable.

Charles éclata d'un rire tonitruant dont lui seul avait le secret. Un rire qu'Alex avait déjà entendu des centaines de fois au fil des années. Un rire qui ne pouvait signifier qu'une chose : Alex était de retour chez elle.

— On va retrouver Liv et Will pour dîner ? proposa alors Charles.

— Liv est dans notre chambre, remarqua Alex. Elle peint.

— Ça, c'est ce que tu penses.

Son ton arrogant fit grimacer Alex.

— Vous avez eu le temps de poser vos affaires, avec Will ? s'étonna-t-elle.

Will, le dernier membre de leur groupe, était parti avec Charles à Malibu, bien qu'Alex doutait qu'ils aient eu le même genre de vacances pour autant. Les deux garçons avaient beau passer le plus clair de leur temps ensemble, leurs caractères étaient diamétralement opposés.

— On a même eu le temps de les ranger, un peu, ricana Charles. Et je pense que Will est tombé sur Liv avant que moi je te trouve

— Donc on peut partir maintenant ? tenta Alex.

— Oui, c'est ce que j'essaye de te dire, là.

Ils sortirent donc, bras dessus, bras dessous, par une large porte vitrée. Le soleil descendait dans le ciel autour d'eux, projetant une lumière dorée sur les maisons alentour.

Le campus d'*Augustus Prep* avait bien plus d'espaces dédiés aux jardins qu'aux bâtiments. Une haute bâtisse se dressait à l'extrémité d'une large allée bordée de verdure. Six piliers de pierres s'élevaient sur la façade, ajoutant des airs de temple romain à l'édifice. Des arbres couverts de mousses espagnoles s'élevaient devant la plupart des fenêtres, pour cacher les étudiants aux regards curieux.

Charles les entraînait hors de la propriété tout en racontant, dans les détails, chaque moment excitant de ses vacances : en passant par le jour où il avait failli se faire attaquer par un requin et le moment où Will s'était retrouvé enfermé dehors. Il avait une anecdote à raconter pour chaque occasion, comme si sa vie n'était qu'un enchaînement de moments extraordinaires.

Quelques minutes plus tard, ils se tenaient devant la devanture du *Crazy Diner.* S'il y avait bien un endroit qui ne semblait pas appartenir à Charleston, c'était celui-ci. Les rues étaient habituellement bordées de maisons colorées, avec de hautes colonnes et de charmants balcons. Pourtant, cette façade avait une texture métallique ornée de néons qui laissait apercevoir des banquettes d'un rouge pétant.

— Bienvenue au *Crazy Diner,* Alex, sourit Charles.

— Tu connaissais avant ? demanda-t-elle, dubitative.

Avant d'emménager à *Augustus Prep,* ils vivaient dans le nord de Charleston, plus loin du centre-ville et de la mer. Leurs sorties s'étaient donc limitées aux alentours du lycée et à leurs maisons respectives. Ils ne se déplaçaient vraiment que pour les grandes occasions.

— Pas du tout, c'est ma cousine qui m'a dit que c'était bien. Elle était à *Augustus Prep* aussi, l'année dernière.

Alex hocha la tête avant de suivre Charles à l'intérieur.

Une odeur de friture agressa ses narines lorsqu'elle franchit le seuil du diner. De la friture et du sucre. Des œufs et des pancakes. Le tout accompagné d'une douce mélodie qui flottait dans le restaurant, à peine audible sous les conversations qui avaient lieu autour des tables.

Liv et Will étaient tranquillement assis, un peu plus loin, sirotant respectivement un milkshake à la vanille et un café sans sucre. Alex ne put retenir un sourire : il n'y avait que Will pour boire du café aussi tard dans la journée.

— William, devine où je l'ai trouvée, commença Charles en prenant place à côté de Liv.

— Dans la bibliothèque, répondit Will sans le regarder. T'aurais dû commencer par là.

— C'est toi qui aurais dû venir me chercher, remarqua Alex.

Will se tourna alors vers elle et ouvrit largement ses bras, l'invitant à venir s'y blottir. Alex n'hésita pas une seule seconde avant de s'asseoir contre lui. Will était, avec Liv et Charles, l'une des personnes les plus importantes de son monde.

— Charlie n'aurait jamais réussi à convaincre Liv de lâcher son pinceau, observa-t-il. Ils y seraient encore.

Will était un grand jeune homme avec des mèches brunes qui se dressaient au-dessus de son front pâle. Ses yeux en amande ne manquaient jamais rien du monde qui l'entourait et pourtant, il semblait toujours perdu dans ses pensées. Il était le genre de personne qui pouvait sortir les phrases les plus réfléchies comme des remarques idiotes avec l'ombre d'un sourire.

— Je l'aurais balancée sur mon épaule et j'aurais couru très vite, répliqua Charles.

— Parce que tu crois que je t'aurais laissé faire ? gronda Liv.

— Olivia, entre toi et moi, t'aurais pas eu le choix.

Sans lui laisser le temps de réagir, Charles attrapa le milkshake de Liv et en but deux longues gorgées avant de le reposer sur la table.

Le vide qui s'était creusé dans le cœur d'Alex pendant les vacances était désormais comblé. Ils étaient là, tous les quatre, et l'année qui les attendait allait être épique.

C'était le début de leur vie d'adulte, l'arrivée d'une liberté à laquelle chacun d'eux rêvait de goûter. Ils allaient pouvoir tout essayer, ensemble.

— Prends-toi ton propre milkshake ! s'exclama Liv avec une minute de décalage, le temps d'absorber l'offense que Charles venait de commettre.

— Mais pourquoi ? Il y en a un juste devant moi, remarqua

innocemment Charles.

— Toujours autant des enfants, murmura Will.

— On va devoir commencer à prier si on ne veut pas qu'ils mettent le feu aux dortoirs, souffla Alex.

Liv et Charles tournèrent simultanément leurs têtes vers eux.

— Vous savez qu'on vous entend, commença Charles, en exagérant l'articulation de chaque syllabe.

— On vous entend comme si vous vous trouviez juste en face de nous, ajouta Liv.

— C'est marrant ça, lâcha Will, pas du tout amusé.

Charles poussa un profond soupir avant de faire signe à une serveuse de lui apporter un milkshake. Le genre de signes où il dessinait un milkshake dans l'air, du bout des doigts. La pauvre fille resta immobile pendant de longues secondes avant de se mettre en mouvement pour transmettre la commande.

— Charles, tu sais que tu peux juste parler, comme tout le monde, soupira Will.

— Ouais, personne connaît ton langage des signes, ajouta Liv.

— C'est le moment d'apprendre, conclut Charles. Dans vingt ans, tout le monde parlera comme ça.

Son regard bleu se posa alors sur Alex et, d'un mouvement de sourcils, il lui fit comprendre qu'il en avait déjà marre de Liv et Will. Elle lui répondit avec une grimace qui signifiait qu'il allait devoir s'y habituer.

— Ok, correction, seulement Alex connaît ton langage des signes, marmonna Liv.

La serveuse revint alors avec un milkshake à la vanille qu'elle déposa précautionneusement devant Charles. Il la remercia d'un hochement de tête et d'un sourire.

— Je peux te l'apprendre, si tu veux, sourit Alex.

— Il y a un truc qui s'appelle la bouche, je sais pas si vous connaissez, mais ça sert à parler, répliqua Liv.

— Pas qu'à ça, ricana Charles.

— Je ne sais même plus pourquoi je vous amène dans des lieux publics, soupira Will.

Ils restèrent une bonne heure au *Crazy Diner*, à se raconter leurs vacances et à rattraper le temps perdu. Ils savaient tous pertinemment qu'un jour, ils allaient devoir se séparer. Ils n'avaient qu'une dernière année ensemble. Tellement de jours. Si peu de mois. Des centaines de moments en perspective. Et ce n'était toujours pas assez. Au fond, cette séparation n'avait rien de permanent, elle marquait juste un changement majeur dans leur vie : l'absence des autres au quotidien. Un nouveau départ.

Sur le chemin du retour, Alex et Charles avançaient devant Liv et Will, collés l'un à l'autre. Le rire de Liv résonnait dans le calme nocturne qui pesait sur Charleston. Les remarques arrogantes de Charles percèrent le silence. Alex s'autorisa quelques blagues de mauvais goût qui eurent le don de faire ricaner le reste du groupe.

Il n'en fallait pas plus pour la rendre heureuse. Juste eux, les petits bonheurs du quotidien.

Finalement, de retour dans leur chambre, Alex se dirigea directement vers la fenêtre. Derrière la vitre, elle ne pouvait qu'apercevoir les branches des nombreux arbres qui poussaient sur le campus. Comme si elle s'était perdue dans une forêt et le clair de lune se reflétait sur les centaines de feuilles pour former un océan de lumière.

— Tu penses qu'on va être heureuses ici ? demanda Liv en

la rejoignant.

— Heureuses ? rit Alex. C'est ça qui te fait peur ? Bien sûr qu'on va être heureuses ici. C'est ce qui va se passer après qui m'inquiète.

Liv se tourna vers Alex, une unique larme descendait la pente de sa joue.

— Tu sais quoi ? On va profiter de cette année à fond, assura Liv. Parce qu'on ne sera peut-être jamais aussi heureuses qu'on l'est maintenant. Alors autant vivre chaque minute à fond.

— Compte sur moi, murmura Alex.

Elle prit Liv dans ses bras, dans une étreinte si serrée qu'elle en devenait inconfortable. Elles ne s'en plaignirent pas, c'était leur dernière année après tout.

— Je vais me coucher, annonça Liv en s'écartant doucement.

Le journal pesait une tonne dans la poche d'Alex. Les mots de Romeo s'étaient réveillés.

— Ouais. Ok. Je vais lire un peu, répondit Alex.

— Pas trop tard, j'espère. Les cours commencent à huit heures, demain, lui rappela Liv.

Alex lui fit un clin d'oeil avant de se laisser tomber sur son lit, toute habillée. Elle attendit que Liv s'enferme dans la petite salle de bain qu'elles partageaient pour ouvrir le journal.

Son contenu était beaucoup trop précieux pour être découvert par le reste du monde. C'était trop tôt. Alex voulait garder Romeo secret, encore un peu. Un personnage qui était sien.

Ce fut avec un large sourire qu'elle se replongea dans la vie d'un garçon qu'elle n'avait jamais rencontré.

# CHAPITRE 4

*Augustus Prep, mercredi 3 septembre.*

*Chère Juliet, j'ai l'impression que Juniper prend une place de plus en plus importante dans nos vies. Ce matin, on est parti pour le* Crazy Diner *avec Logan et, par hasard, on a croisé June (oui, maintenant, c'est June) sur le chemin. Elle n'a pas hésité à nous suivre.*

*C'est étrange comment une simple rencontre bouleverse chacune de mes pensées. Avant, je voyais notre année, à Logan et moi, comme une occasion pour nous de vivre comme des artistes, au moins une fois, avant de partir à l'université.*

*Désormais, j'en imagine une tout autre version. Une dimension parallèle où je vivrais une véritable histoire d'amour, celle qui n'existe qu'entre les pages d'un livre. Une romance que je pourrais raconter, écrire, revisiter. Ce roman-là me ferait définitivement entrer dans le monde de l'édition.*

*Après notre petit-déjeuner (où Logan et June ont longuement débattu sur la supposée supériorité des oeufs brouillés), nous avons fini par aller en cours. Par un miracle quelconque, je me suis retrouvé assis entre June et Logan. Et j'ai passé toute l'heure, qui était dédiée à la peinture de l'ère romantique, à la regarder. À rêver de la relation que nous pourrions avoir.*

*C'est seulement ce soir, quand j'ai vu Logan penché sur son téléphone, que j'ai réalisé que je n'avais pas le numéro de June. Elle ne l'a donné qu'à lui.*

*Il se retrouve donc à ricaner sur ses messages alors que je suis allongé sur mon lit, occupé à t'écrire, Juliet.*

*Augustus Prep, jeudi 4 septembre.*

*Chère Juliet, t'es-tu déjà demandé comment on sait quand quelqu'un nous aime ?*

*Pas d'un amour platonique. D'un amour romantique, celui sur lequel je t'écris si souvent. Parce que cet après-midi, quand on est allé faire nos devoirs à la bibliothèque, June est venue avec nous. Nous avons passé plusieurs heures à nous moquer de Logan, rien que tous les deux. Il y a quelque chose entre nous, forcément.*

*C'est comme si un fil de feu nous reliait, Juliet. Un fil qui peut s'étirer à l'infini, mais qui fait tout pour nous rapprocher.*

*Dès qu'elle entre dans une pièce, mon cœur s'emballe. Le moindre contact suffit à éveiller mon corps entier, à faire divaguer mes pensées. Je ne peux arrêter de la regarder. Elle est partout. Partout.*

*Il va falloir que j'en parle à Logan : c'est lui qui s'y connaît dans ce genre de domaine. J'ai peur, Juliet. Pour la première fois, j'ai peur de parler de quelque chose avec lui. Avec Logan, qui connaît chaque détail de ma vie et se souvient de certains moments de mon enfance que j'ai oubliés. Logan, ma seconde moitié, probablement la moitié qui va me dire que je me berce d'illusions.*

*Après tout, je suis un auteur, mon talent vient de mon imagination. Si elle ne déborde pas une fois de temps en temps, à quoi sert-elle ?*

*Augustus Prep, vendredi 5 septembre.*

*Chère Juliet, c'est enfin le week-end. June est rentrée en Californie, pour voir sa famille. Nous sommes donc seuls ce soir, avec Logan. Ou plutôt, je suis seul. Logan est sorti courir.*

*J'ai donc pris mon ordinateur, mes carnets et mes stylos et je me suis installé sur un banc, dans le jardin, pour écrire. Et rien ne m'est venu. Pas un mot. Pas une phrase. Pas même l'ombre d'une idée.*

*Je suis fatigué, Juliet. Tellement fatigué. Le monde s'acharne contre moi. Je me bats, chaque jour, pour affirmer qui je suis, pour ne pas sombrer dans la facilité. J'essaye, au quotidien, de devenir qui je pense être.*

*J'ai dû me perdre en route, Juliet. Je ne sais plus qui est Romeo Jones.*

*Avant, je pensais que ça serait facile. Simplement attraper mon ordinateur, taper quelques pages et me faire éditer. Si j'avais su. Peut-être que je n'y arriverai jamais. Jamais.*

*Ce n'est qu'une fantaisie. Un rêve déjà à moitié effacé. Un magnifique cauchemar. Un désir qui brûlait si fort qu'il est presque devenu réel.*

*Augustus Prep, samedi 6 septembre.*

*Juliet, quelle est la teinte exacte de tes yeux ? De tes cheveux ? Quel son fait ton rire ? Ton sourire est-il accompagné de fossettes ? Quelle est ta couleur préférée ? Ton genre de musique ? Fais-tu du sport ? Aimes-tu les animaux ? La nature ? La littérature ? Qui est ton auteur préféré ? Pas Shakespeare, j'espère.*

*Je ne te connais pas, Juliet, et pourtant, c'est à toi que je livre mes pensées. Toi, une parfaite inconnue. Toi, un être imaginaire. Toi, qui ne vis qu'à travers mes écrits. Toi, que j'adorerais rencontrer. Toi, qui ne seras jamais à mes côtés.*

*Logan pense que je suis fou : t'écrire autant, tout en sachant pertinemment que tu ne me liras jamais n'a aucun sens.*

*Ce n'est donc peut-être pas pour toi que j'écris, après tout, mais pour moi. Pour que, dans quelques années, je puisse ouvrir ce carnet et redevenir l'adolescent de dix-huit ans que je suis aujourd'hui.*

*Romeo, si tu passes par là, dis-moi que tu es heureux. S'il te plait. Fais-moi un signe. N'importe lequel. J'ai besoin de savoir que je vais m'en sortir. Sinon, à quoi bon continuer à avancer ?*

*Logan se moque de moi. Il est assis en tailleur sur son lit, sa guitare à la main et une feuille posée devant lui. Je ne sais pas si je te l'ai déjà dit, Juliet, mais Logan aussi est un poète. Si nous pouvons réellement être considérés comme tels.*

*Lui, il écrit des chansons. Et il les chante. Tu adorerais sa voix, Juliet. C'est un assemblage presque parfait de tonalités qui te feraient pleurer. Je ne l'ai pas beaucoup entendu chanter, il n'ose pas trop encore. De ce que j'ai entendu, il a un potentiel incroyable.*

*Et maintenant, il ricane parce que j'écris beaucoup trop violemment sur ma page. Tu dois penser que c'est ridicule, mais je suis terrifié à l'idée que tu disparaisses, Juliet. Je profite donc de chaque instant que nous passons ensemble pour te transmettre tout ce que je suis.*

*— À ton avis, qu'est-ce qui brille plus fort, le soleil ou les étoiles ? vient de me demander Logan.*

*— Aucun, le soleil est une étoile, j'ai remarqué.*

*Je te passe le débat qui a suivi. Finalement, on s'est mis d'accord sur le fait que les étoiles sont plus romantiques que le soleil. J'ai hâte d'entendre la chanson de Logan, s'il me la chante un jour.*

*On va sortir dîner, je te retrouve demain, ma Juliet.*

*Augustus Prep, dimanche 7 septembre.*

*Ma chère Juliet, tu sais que nous aurions pu avoir notre "et ils vécurent heureux pour toujours".*

*J'ai longuement réfléchi à notre histoire et, si tu m'avais dit que tu allais faire semblant de mourir, ça aurait évité mon suicide. Et ton suicide aussi.*

*On aurait pu être heureux. On le méritait.*

*Notre histoire aurait pu être un conte de fées. Malheureusement, Shakespeare en a décidé autrement. Notre cher William voulait raconter une romance tragique. Je ne sais pas si c'était pour faire pleurer son auditoire ou pour que nos noms restent gravés dans l'histoire, mais, dans les deux cas, ça a drôlement bien fonctionné.*

*Bref, assez parlé de nous et de toutes les fins heureuses qui auraient pu être les nôtres. Ça fait du bien de lire des fins tragiques aussi. La vie n'est pas toujours belle. Parfois, il faut s'agripper jusqu'à s'en faire saigner les doigts et, dès que ça devient facile, un nouveau coup s'abat sur nos épaules. Ça aussi, c'est vivre.*

*Sinon, je sais que tu dois te demander ce que Logan fait aujourd'hui. Je vais donc te raconter ça : il écrit toujours sa chanson. Si tu voyais le sol de notre chambre, Juliet, c'est effroyable. Il y a des boulettes de papier partout. Certaines viennent de moi, les autres c'est lui.*

*On forme une belle paire d'artistes torturés.*

*Augustus Prep, lundi 8 septembre.*

*Chère Juliet, June est revenue. C'est seulement en écrivant vos deux noms à côté que je remarque à quel point ils se ressemblent. On pourrait presque vous confondre. J'y vois un signe du destin. Quoi d'autre ?*

*June est donc revenue hier soir, mais on ne l'a revue que ce matin. En cours d'histoire de l'art. Elle a pris un coup de soleil sur le nez. J'aime bien, ça lui donne un air mignon. Et elle a l'air plus heureuse encore, si c'est possible.*

*Quand on est allé déjeuner au* Crazy Diner *avec Logan, June nous a accompagnés. Sur le chemin, elle marchait entre nous et racontait son week-end en Californie, dans la maison de ses grands-parents, avec ses cousins. Elle a passé deux jours entiers sur les plages de Malibu.*

*Plus j'en apprends sur Juniper, plus je suis fascinée par tout ce qu'elle est.*

*Savais-tu qu'elle fait du surf, Juliet ? D'après les vidéos qu'elle nous a montrées, elle est douée. En plus, elle a ramené sa planche pour pouvoir aller surfer ce week-end. On a décidé que nous serions du voyage, avec Logan. Une journée à la plage nous ferait le plus grand bien, surtout en compagnie de June.*

*— Et sinon, Romeo, t'as une Juliette, si tu vois ce que je veux dire ? m'a-t-elle demandé quand on s'est assis dans notre* booth.

*Bien sûr, Juliet, j'ai immédiatement pensé à toi. Malheureusement, je doute que June apprécie le fait que j'écrive quotidiennement à une fille imaginaire.*

*— Une Juliette ? ai-je souri. Je sais pas si tu connais notre histoire, mais Roméo et Juliette ne sont pas très très heureux. Surtout quand ils se suicident tous les deux, à la fin.*

*— Ce que Momo essaye de dire, c'est qu'il est très bien tout seul. Il a pas besoin d'une Juliette pour lui pourrir la vie, a ajouté Logan.*

*Ce n'était pas exactement le message que j'essayais de faire passer, mais ça y ressemblait suffisamment.*

*Je me connais assez pour savoir que si je tombais amoureux, ça serait un désastre. Et je ne te parle même pas de la rupture, Juliet. Mon cœur n'a pas encore été brisé, mais je doute d'être capable d'y survivre.*

*— Ouais, c'est vrai que ça donne pas trop envie, a ricané June. Et toi, Logan ?*

*Logan m'a fait un clin d'œil avant d'appuyer ses deux coudes sur la table, de part et d'autre de son assiette de frites.*

*— Moi, mon cœur est prêt à se faire briser, a-t-il répondu.*

*Si tu avais vu le sourire de June, Juliet. C'était comme si Logan venait de lui lancer un défi. Un défi qu'elle aurait accepté sans hésitation.*

# CHAPITRE 5

— Vous pensez qu'il faut combien de litres d'eau pour noyer une baleine ? Et pourquoi on stérilise l'aiguille d'un condamné à mort ? Mais si on mouille une amande, est-elle toujours un fruit sec ?  Où s'arrête le front des chauves ? Tellement de questions, si peu de réponses ! clama Charles en entrant dans la chambre de Liv et Alex, à huit heures pétantes.

Sans surprise, elles étaient toujours dans leurs lits, bien décidées à profiter de chaque minute de sommeil qu'elles pourraient grappiller avant le début des cours. Alex aurait pu tuer Charles : il n'avait aucune raison de venir hurler dans leurs oreilles si tôt le matin.

— Je ne suis pas sûre qu'on puisse noyer une baleine. Je sais pas. Je sais pas. Et au niveau de leurs oreilles, j'imagine, bailla Liv. Bonjour à toi aussi, Charlie.

La lumière de la chambre s'alluma brusquement et, pendant d'interminables secondes, Alex se retrouva aveuglée. Charles était un homme mort.

— CHARLES JULIAN ASHWOOD ! hurla-t-elle. SI TU NE SORS PAS TOUT DE SUITE, TA TÊTE FINIRA SUR UNE PIQUE !

La porte de leur chambre claqua, signe qu'il venait de

déguerpir.

Quand Alex, Charles, Liv et Will avaient décidé de venir passer une année à *Augustus Prep,* avant de réellement commencer leurs études, ils n'avaient pas complètement réalisé qu'ils allaient *vivre* ensemble. Chaque jour. Pendant un an.

Ils avaient déjà passé des week-ends à la plage et une semaine sur la route, au printemps précédent, mais jamais autant de temps. C'était peut-être ce dont leur amitié avait besoin : un passage dans le feu pour brûler tout ce qui n'était pas fait pour durer.

— Il n'est pas prêt de revenir, après ça, ricana Liv.

— Demain matin, il ramènera Will, assura Alex. Juste pour tester nos limites, tu vas voir.

Elle avait beau espérer le contraire, Alex ne se berçait pas d'illusions. Elle connaissait assez Charles pour savoir que quand une barrière se dressait devant lui, il tentait de forcer le passage, juste pour en tester la flexibilité. Il finissait toujours par faire demi-tour, un sourire aux lèvres, et choisissait un nouveau chemin.

C'était l'une des raisons pour lesquelles Alex l'adorait : il ne s'avouait jamais réellement vaincu.

— Les cours commencent dans trente minutes, remarqua Liv. S'il était pas venu nous réveiller, on aurait été en retard.

— On va devoir arriver en retard alors, sourit Alex. Il peut pas avoir raison.

Les deux filles se préparèrent en silence. Alex était trop fatiguée pour faire l'effort d'une conversation et Liv avait enfoncé deux écouteurs dans ses oreilles.

Elles s'étaient apprivoisées ainsi : parfois en silence, parfois noyées dans leurs rires et captivées par les paroles de l'autre. Alex avait longtemps pensé que ce silence était synonyme de malaise, mais elle avait fini par comprendre que, pour certains, c'était un acte de confiance. Pour Liv, il signifiait qu'elle pouvait arrêter de faire semblant, qu'elle pouvait exister, tout simplement.

— On commence avec quel cours ? demanda-t-elle alors, sa tête dépassait à peine d'un pull blanc couvert de taches de peinture.

— Soit théâtre, soit histoire de l'art, répondit Alex.

— Donc tu sais pas, conclut Liv.

— Donc je sais pas.

*Augustus Prep* offrait aux étudiants une année pour travailler leur talent artistique. Cette année avait pour but de les aider à choisir leur voie, leur art, ou tout simplement, de les laisser réfléchir à leur avenir.

Pour Alex, c'était l'opportunité de découvrir si elle voulait réellement tenter sa vie dans l'écriture. Du moins, c'était pour cette raison qu'elle s'y était inscrite. Entre temps, elle avait arrêté de raconter des histoires, l'inspiration s'était envolée et n'était jamais revenue.

Lire le journal de Romeo éveillait chez Alex une envie d'écrire, de raconter quelque chose. Elle n'avait juste pas d'idées. Toujours pas *la* bonne idée.

Le carnet attendait sagement sous l'oreiller d'Alex, quelques pages de papier qui semblaient l'appeler. La veille, après s'être plongée dans les aventures de Romeo, Logan et June, elle avait pris une éternité pour s'endormir.

Ses pensées n'avaient cessé de revenir à ces trois personnages sans visage dont les vies étaient griffonnées à l'encre noire.

— On a histoire de l'art, annonça fièrement Liv, son emploi

du temps en main.

— Raison de plus pour qu'on prenne notre temps, alors, ricana Alex.

— Super ça. On va arriver en retard à notre premier cours. Vraiment très bonne idée.

Alex attrapa une veste avant d'ouvrir la porte du dortoir d'un geste théâtral.

— J'ai compris. On y va, alors, entonna-t-elle.

Liv récupéra quelques cahiers de son bureau avant de sortir dans le couloir. Alex savait pertinemment qu'Olivia Robinson n'utilisait pas ses fournitures scolaires pour prendre des notes : Liv passait toutes ses heures de cours à dessiner.

Ses résultats étaient tout de même bien meilleurs que ceux d'Alex et Liv était académiquement presque aussi bonne que Will. Lui, il avait toujours des pourcentages presque parfaits qui récompensaient ses après-midis passés à étudier.

Alex suivit Liv hors de leur chambre pour trouver un couloir désert. Et un silence de mort. Tout le monde était déjà en cours. Tout le monde, sauf elles.

— Surtout, ne vous dépêchez pas, rit la voix de Charles.

Tout le monde, sauf elles, Charles et Will.

Les garçons étaient assis sur les marches du grand escalier de pierres. Charles n'avait même pas pris le temps de se changer : il portait toujours un bas de jogging qui lui servait probablement aussi de pyjamas, un t-shirt usé, sa casquette et ses lunettes qu'il détestait. À côté de lui, Will n'était pas mieux, avec son t-shirt à manches longues et un jean troué.

Alex ne put retenir un sourire : elle aurait dû se douter qu'ils les attendraient.

— Charles Ashwood et William Blake, quelle surprise de

vous trouver ici, répondit sarcastiquement Liv.

— On attendait nos princesses, sourit naïvement Will.

Liv se planta une marche en dessous de celle des garçons, ses poings fermement ancrés sur ses hanches. Bien décidée à profiter du spectacle, Alex s'adossa à la rambarde derrière elle, leur cours pouvait bien attendre encore quelques minutes.

— William, tu apprendras que nous ne sommes pas des princesses. Encore moins *vos* princesses. Alexandra et moi sommes des chevaliers en armure, des rois assis sur leurs trônes, des reines chevauchant des dragons. Pas des princesses. Jamais des princesses. Pas dans le sens que vous leur donnez, en tout cas, débita Liv.

Charles soupira, retira sa casquette, passa une main dans ses cheveux, avant de la visser à nouveau sur ses mèches blondes.

— Ok. C'est noté. On s'en souviendra. On attendait des *chevaliers en armure*, corrigea-t-il.

— Et des rois avec de belles couronnes, ajouta Will.

Liv hocha lentement la tête avant de leur offrir une main à chacun pour les aider à se relever.

— On peut y aller, maintenant, conclut-elle.

Le petit groupe commença à descendre les escaliers, leurs pas résonnant dans le hall désert.

Les statues qui les entouraient les regardaient d'un œil inquisiteur. Surtout Zeus et Hadès, ceux qui gardaient le couloir des salles de classe. Zeus avait été représenté avec une longue toge qui ne couvrait qu'une partie de son torse et un éclair à la main, une épaisse barbe bouclée fleurissait sur son menton. À côté de lui, Hadès paraissait plus menaçant avec le chien Cerbère couché à ses pieds ; son visage sévère faisait sursauter les élèves qui oubliaient sa présence.

Charles ralentit et fut rattrapé par Alex, il fourra une main dans sa poche et en sortit une barre de céréales qu'il lui tendit en souriant.

— Il faut manger pour que le cerveau fonctionne bien, expliqua-t-il. Déjà que c'est pas gagné pour toi, on va essayer de sauver ce qu'on peut.

Alex ne pouvait imaginer sa vie sans Charles pour veiller sur elle.

— Tu devrais essayer de manger encore plus, alors, répliqua-t-elle en attrapant la barre de céréales.

— C'est parce que je suis trop intelligent que personne ne me comprend, sourit Charles.

Alex dévora son petit-déjeuner en deux bouchées avant d'attraper la casquette de Charles et de la mettre sur sa propre tête.

Son meilleur ami la laissa faire avant de passer frénétiquement ses doigts dans ses cheveux pour les recoiffer. Il n'y avait plus aucun espoir pour lui, ses mèches blondes n'étaient qu'une tempête de sable prête à s'abattre sur le désert de son visage.

— Soyez gentils et n'ayez pas l'air trop fier, chuchota Will lorsqu'ils arrivèrent devant la porte de leur salle de classe.

— Et Charlie, pas de compliments déplacés à la prof, ajouta Liv.

Charles se tourna vers Alex, l'air faussement outré, mais elle n'eut pas le temps de lui répondre : Will venait de toquer à la porte de bois.

— Entrez ! les appela une voix de l'intérieur.

Ils entrèrent donc, l'un après l'autre, Will, Liv, Alex et Charles. La tête baissée. Le regard rivé sur le bout de leurs chaussures, dans une démarche qu'ils avaient tant de fois adoptée.

— Vous êtes en retard, annonça leur professeure, une femme d'une cinquantaine d'années aux cheveux grisonnants sur un nez pointu.

Alex donna un coup de coude à Charles, pour étouffer la remarque qu'il devait sûrement couver.

— Vos noms ? ajouta la professeure.

— Olivia Robinson.

— William Blake.

— Alexandra Edwards.

— Charles Ashwood.

Au fur et à mesure qu'ils parlaient, la vieille femme suivait du doigt sa liste d'élèves.

— Allez vous asseoir, conclut-elle. En silence. Nous étions sur le point de commencer.

Les quatre amis hochèrent la tête d'un mouvement parfaitement synchronisé.

Derrière eux, la salle de classe était remplie d'une quinzaine de jeunes tout droit sortis du lycée. Chacun avait le profil, à sa manière, d'un futur artiste. Avec un style qui lui était propre. Des bérets français. Des taches d'encre et de peintures sur les doigts. Des regards perdus dans le ciel qu'on apercevait à travers les fenêtres.

— Au fond, Lexie, au fond, murmura Charles, derrière elle.

Liv et Will s'étaient déjà glissés derrière deux tables du premier rang.

— T'inquiètes, je gère, répondit-elle.

Finalement, ils s'installèrent au dernier rang, entre un garçon à moitié endormi et une fille qui louchait sur la page blanche posée devant elle.

— Bien, maintenant que vous êtes tous là, nous allons pouvoir commencer notre cours d'histoire de l'art, articula leur professeure.

Alex jeta un regard à Charles qui prenait déjà des notes, avant de décider qu'elle pouvait se laisser rêvasser.

Elle tenta tout de même d'écouter le cours, pour la bonne mesure. Il suffit de cinq minutes pour qu'elle ne soit plus intéressée et commence à sérieusement s'ennuyer. Le ton terriblement monotone de leur professeure ne l'aidait pas à rester concentrée.

— Lexie, tu veux qu'on aille à la plage, ce week-end ? demanda alors Charles, assez bas pour ne pas déranger le cours.

— Carrément, sourit-elle.

Au fond, sa vie n'était pas tellement différente de celle de Romeo. La seule chose qui les séparait réellement était le fait que Romeo n'avait aucun mal à remplir une feuille blanche, à écrire ses sentiments. En le lisant, elle avait ressenti son amour pour Logan, l'intérêt qu'il portait à June et le doute qui le rongeait de l'intérieur. Ses peurs les plus profondes. Alex n'avait encore jamais réussi à écrire de cette manière.

Le reste de l'heure fut interminable. La suite de la journée aussi.

Le seul moment appréciable fut l'heure de liberté créative où elle dut se présenter sur un bout de papier, de la manière la plus créative possible. Alex avait choisi plusieurs mots qui résumaient sa vie et en avait fait un mot croisé à déchiffrer.

Après les cours, elle avait retrouvé Charles, Liv et Will à la bibliothèque où ils avaient passé le reste de l'après-midi à faire les devoirs d'histoire de l'art. Ou plutôt, Will et Liv avaient fait leurs devoirs, Charles et Alex parlaient du week-end en perspective.

C'était souvent ainsi que se déroulaient leurs séances de "travail". Charles finissait toujours avec de bons résultats, il mémorisait tout ce qu'il prenait en note, et la plume d'Alex lui apportait beaucoup d'éloges.

Ce soir-là, ils n'allèrent pas au *Crazy Diner* et se contentèrent des salades de la cafétéria d'*Augustus Prep.*

En remontant dans sa chambre, Alex sautillait presque dans les escaliers : elle allait enfin pouvoir continuer le journal de Romeo. Elle aurait voulu courir dans les couloirs, saluer toutes les statues qui y étaient alignées.

Le carnet l'attendait dans sa table de nuit, avec les mots d'un jeune homme qui avait peut-être vécu dix ans auparavant, qui pouvait déjà être un adulte, un père, un grand-père.

Il ne restait sans doute rien de l'adolescent qu'il avait été.

Alex s'installa sur son lit et reprit sa lecture.

# CHAPITRE 6

*Augustus Prep, mardi 9 septembre.*

*Chère Juliet, ce matin June est venue nous réveiller à six heures. Six heures. Alors que je m'étais couché à deux heures, hier soir, pour finir d'écrire ma nouvelle. Quatre heures de sommeil, ce n'est vraiment pas assez.*

*June a donc fracassé la porte de notre chambre d'un coup de pied avant d'entrer tranquillement. Elle avait une tasse de café dans chaque main. Juste pour le café, j'ai décidé de le lui pardonner.*

*La seule réaction de Logan a été de sourire. Pas du sourire auquel il m'a habitué, ces deux dernières années. Non, Juliet. D'un véritable sourire qui creuse de petites fossettes dans ses joues. Et ce sourire s'est élargi lorsque June a annoncé qu'on allait regarder le soleil se lever sur la plage de Folly Beach, une île pas loin.*

*Pour aller là-bas, il faut vingt minutes de voiture. Tout ça, simplement pour aller regarder le soleil se lever. Alors que c'est clairement ce qu'il fait tous les matins depuis la nuit des temps. Un spectacle qui se déroule au quotidien.*

*Quoi qu'il en soit, j'ai adoré cette idée. Logan aussi. C'est peut-être notre fibre artistique qui a parlé, plus que nos corps. Peu importe : en trois minutes, la veste de Logan était sur ses épaules et j'avais enfilé un sweatshirt.*

*Et on est parti, Juliet. À six heures du matin, pour regarder le soleil se lever sur Folly Beach. Sur la mer. Sur les vagues. Entendre le roulement infini de l'eau qui gronde sur le sable.*

*Si tu nous avais vus, Juliet. Assis sur la plage. Sagement alignés. Logan fredonnait doucement un air inconnu. June, avec son visage de déesse parfaitement détendu. Et moi. Moi, je ne pouvais m'empêcher de la regarder. Ses longs cheveux blonds ondulaient dans le vent. Et ses yeux n'avaient jamais été aussi bleus. D'un bleu qui pouvait couler des navires. Noyer des innocents. Un bleu si foncé qu'il semblait toujours m'attirer vers le fond. Un bleu si clair qu'il brillait, sans même refléter la lumière. Si tu l'avais vue, Juliet.*

*Sur le chemin du retour, personne ne parlait. Logan conduisait et June changeait constamment les chaînes de radios, à côté de lui.*

*On aurait bien eu besoin d'une Juniper à New York. Elle nous aurait fait comprendre qu'il y a plus à la vie que le bout de nos crayons et nos pages de papier. Et les lignes interminables qui nous appelaient.*

*Augustus Prep, mercredi 10 septembre.*

*Je crois que je suis jaloux de Logan, Juliet. C'est lui qui a le plus parlé à June, aujourd'hui. C'est avec lui qu'elle partage la plupart de ses rires. Et moi. Moi, je commence à sombrer.*

*Augustus Prep, jeudi 11 septembre.*

*Oublie ce que j'ai dit, Juliet. Je pense que c'est moi que June préfère. Si elle garde ses rires pour Logan, ses regards sont miens. Ses perles bleues analysent lentement chaque détail de mon visage, chacun de mes mouvements. Elle est curieuse. Intéressée. Amoureuse peut-être ? Non. C'est un peu tôt.*

*Cet après-midi, à la bibliothèque, ses doigts sont venus d'eux-*

*mêmes replacer une mèche brune qui tombait sur mon front. Sa peau a effleuré la mienne et quelque chose a explosé dans ma poitrine. Ce n'est pas encore de l'amour. Je n'ai jamais été amoureux, mais de ce que j'en ai lu, ça commence drôlement à y ressembler.*

*Si aimer, c'est n'avoir qu'une seule personne en tête, chaque heure de la journée. Si aimer, c'est n'être heureux que quand elle l'est aussi. Si aimer, c'est sourire jusqu'à en avoir mal aux joues, juste parce qu'elle est près de moi.*

*Dans ce cas-là, je commence à tomber amoureux. Je crois.*

*Augustus Prep, samedi 13 septembre.*

*Ce matin, Logan, June et moi sommes repartis à Folly Beach. Cette fois-ci, on était tous en maillot de bain et, sur le toit de la voiture, il y avait une planche de surf. Celle de June. Elle la portait fièrement sous son bras quand elle est venue nous réveiller.*

*C'est une extension de son corps, cette planche. Une partie qui lui manquait et qu'elle vient enfin de retrouver. Et, dès que nous avons posé nos affaires dans le sable, elle a couru vers la mer avec. Elle nous a laissés, Logan et moi, à l'observer.*

*Je ne sais pas si tu as déjà vu quelqu'un surfer, Juliet. C'est un spectacle d'une beauté incroyable. Une silhouette assise sur l'eau. La vague qui arrive doucement, tu la vois se former à l'horizon. La silhouette se retourne alors pour ne faire qu'un avec la planche. Ses bras commencent à pagayer, pour prendre de la vitesse avant de se faire porter par la vague et de se lever, d'un mouvement qui joue uniquement sur la mémoire musculaire.*

*Jamais je ne me lasserais de ce spectacle. Le soleil qui se reflète sur l'eau transparente. June, debout sur sa planche, un sourire aux lèvres. Son bikini rouge contrastait avec le ciel clair.*

*— Momo, j'ai un truc à te dire, m'a annoncé Logan, alors que*

*je croyais que mon cœur allait s'échapper de ma poitrine.*

*— Je dois me préparer au pire ? ai-je ricané en tournant légèrement la tête vers lui.*

*J'aurais dû le voir venir, Juliet.*

*Ce n'est qu'à ce moment-là que j'ai compris, en remarquant ses joues rosées et la lueur qui brillait dans son regard.*

*Jamais Logan ne m'a enfoncé un couteau aussi profondément dans le dos.*

*— Sérieusement, Romeo. Je crois que je vais tenter ma chance avec June, a-t-il lâché.*

*Et c'était tout. Il a reporté son attention sur June et m'a laissé. Seul. Seul et assis à côté de mon meilleur ami. Le cœur fissuré.*

*Je n'avais jamais détesté Logan auparavant.*

*— Bonne chance, alors, ai-je murmuré, la gorge serrée.*

*Je ne me rappelle plus très bien de ce qu'il s'est passé, après.*

*Je me suis levé et j'ai marché (ou couru) jusqu'à la voiture, garée dans une rue parallèle à la plage. Comme je n'avais pas les clefs, je me suis retrouvé assis contre une roue arrière, par terre. Les jambes repliées contre mon torse. Ma tête calée entre mes genoux. Et les larmes ont commencé à couler.*

*On m'a souvent dit que ça faisait du bien de pleurer. Que ça permettait d'extérioriser ses sentiments. D'habitude, je fais ça en t'écrivant, Juliet. Je n'ai pas besoin de sentir ma peine descendre le long de mon visage. Avec ma douleur. Et ma tristesse. Et ma solitude. Tout ce que je gardais enfoui au plus profond de moi-même se réveille brusquement. D'un coup. Noie ma raison. Asphyxie mes sens pour dominer mon esprit.*

*Les larmes ont fini par sécher. Je me suis relevé et c'était terminé. Un plan s'était lentement dessiné dans mon esprit : celui d'oublier June. De la laisser être heureuse avec Logan. Uniquement, si c'était ce qu'elle voulait aussi. Et sinon, Logan allait vite passer à autre chose et elle serait mienne.*

*J'ai donc rejoint mes amis sur la plage, un vague sourire aux lèvres et je me suis installé avec eux, l'air de rien. Pendant le reste de l'après-midi, j'étais dans l'eau avec June et Logan. Et on était heureux. Du moins, de l'extérieur, on semblait l'être.*

*Même plusieurs heures plus tard, assis à mon bureau à t'écrire ceci, Juliet, je n'en suis pas vraiment sûr.*

*Augustus Prep, dimanche 14 septembre.*

*Ma chère Juliet, j'adore passer mes dimanches à la bibliothèque.*

*Assis, seul, au milieu des écrivains. June est retournée à la plage et Logan est à la salle de sport. Mais moi, je suis avec les auteurs qui ont marqué l'Histoire. Les poètes qui ont réussi à ne pas être oubliés. Ils sont ce que j'aspire à devenir. Ceux qui ne m'ont jamais abandonné.*

L'Iliade *est ouvert devant moi, sur la table. Je viens de passer plusieurs heures plongé dans les aventures des héros mythologiques. Je m'y voyais tellement, Juliet.*

*J'imaginais Achille et Ulysse, Diomède et Paris. Hélène, la belle Hélène, dont on chante les mérites. Et Patrocle. Et Ménélas. Et Agamemnon. Et Ajax. Tous ces noms qui me sont si familiers, ces personnages si réels que je crois pouvoir un jour les rencontrer.*

*"Chante, déesse, la colère d'Achille, le fils de Pélée; détestable colère, qui aux Achéens valut des souffrances sans nombre et jeta en pâture à Hadès tant d'âmes fières de héros."*

*Oui, chante, déesse, les exploits de ces hommes et héros qui n'ont peut-être jamais existé.*

*Tu sais, Juliet, que je les vois à travers ce chant ? Tous. De manière vivide. Comme dans un rêve. Sauf que mes yeux sont grands ouverts.*

*Augustus Prep, lundi 15 septembre.*

*"Mais l'amour n'est plus à la mode. Les poètes l'ont tué. Ils ont tellement écrit sur le sujet que personne ne les a crus, et je ne suis pas surpris. Le véritable amour souffre, et se tait."*

*Oscar. Oscar. Oscar. Tellement de désespoir et de raison dans ces lignes. Tellement de rancœur et de nostalgie dans tes mots. J'adorerais te rencontrer, tu sais, je suis sûr qu'on aurait plein de choses à se raconter.*

*Sinon, je ne t'en ai pas encore parlé, Juliet, mais l'auteur préféré de June est Jane Austen. Qui l'aurait deviné ?*

*Aujourd'hui, en cours de littérature, on devait présenter notre auteur préféré au reste de la classe. Moi, bien sûr, j'ai parlé d'Oscar Wilde. Qui d'autre ? Logan nous a détaillé son amour pour Lovecraft. Et June, June a parlé de Jane Austen. Tu aurais dû voir la ferveur avec laquelle elle défendait* Persuasion *et* Raison et Sentiments.

*Augustus Prep, mardi 16 septembre.*

*Pars, je te chercherai.*
*Cours, je te rattraperai.*
*Éteins-toi, je me perdrai.*
*Reviens-moi, je t'aimerai.*

*Augustus Prep, mercredi 17 septembre.*

*June a dormi avec nous, hier soir. Dans le lit de Logan. Ne me demande pas comment c'est arrivé, Juliet, je n'en ai pas la moindre idée. Au milieu de la nuit, la porte s'est ouverte et elle s'est faufilée à l'intérieur. Au petit matin, Logan était par terre, entre son lit (où June dormait) et le mien.*

*D'après lui, elle avait fait un cauchemar. Je ne suis pas sûr que ce soit totalement vrai, mais je n'ose pas demander. On va donc accepter le fait qu'elle a fait un cauchemar et que sa première impulsion a été de venir nous voir. Le voir. Me voir.*

*Augustus Prep, jeudi 18 septembre.*

*Je suis vraiment désolé, Juliet, mais je n'aurais pas le temps de beaucoup écrire, ce soir. On doit avoir fini de lire* Gatsby le Magnifique *pour demain. Et, comme tu le sais, je me retrouve à faire ça à la dernière minute.*

*Sinon, aujourd'hui, j'ai eu l'idée de mon prochain roman. Ça sera de l'horreur. J'ai déjà un peu mes personnages en tête. Je les ai affinés en cours, tout à l'heure. C'est peut-être encore un peu tôt pour me lancer dans l'écriture, mais j'aime bien avoir une histoire à laquelle penser. Quelque chose de concret pour porter tous mes espoirs.*

*Augustus Prep, vendredi 19 septembre.*

*Chère Juliet, c'est enfin vendredi soir. Cette semaine a été interminable. Je ne pensais pas qu'on aurait autant de devoirs.*

*J'ai fait lire une nouvelle et quelques pages de romans à mon professeur de littérature. C'est lui qui est censé m'aider dans mon écriture. Je crois qu'il était content de ce que j'ai fait. Après, je ne peux pas en être certain. Il a surtout remarqué mes fautes d'orthographe. Et les détails incohérents dans mes récits.*

*Même dans mon écriture, je ne suis plus assez, Juliet. Reste-t-il de l'espoir ?*

*Augustus Prep, samedi 20 septembre.*

*June est revenue dormir avec nous, cette nuit. Sauf que, cette fois, Logan ne s'est pas couché par terre. Lorsque j'ai ouvert les yeux, il avait un bras passé autour de sa taille. Je n'ai même pas pris la peine de les réveiller avant de partir écrire au* Crazy

Diner.

*Je me suis plongé dans le monde de mon imagination, c'est le seul qui est prêt à m'accueillir en ce moment.*

# CHAPITRE 7

— S'il décide de se venger, je dirai que c'est de ta faute, prévint Liv.

Elle se tenait, avec Alex, devant la porte de la chambre de Charles et Will. C'était le six septembre : le jour du dix-huitième anniversaire de Charles. Elles n'auraient manqué cela pour rien au monde et il allait en baver.

Ils avaient l'habitude de célébrer leurs anniversaires de la façon la plus improbable possible. Alex avait orchestré l'anniversaire de Charles et Liv s'occupait de Will.

— De toute façon, tout est de ma faute, assura Alex.

Elles portaient chacune une casserole, pleine d'eau chaude pour Liv et remplie de glaçon pour Alex.

Charles allait détester ce réveil. Il était cinq heures et demie. Un dimanche matin.

Les filles étaient déjà légèrement en retard sur le programme qui aurait dû commencer à cinq heures. Bien sûr, elles n'avaient pas anticipé le temps que l'eau prendrait à chauffer.

— Quand tu veux, murmura Liv.

Il n'en fallut pas plus pour qu'Alex abaisse la poignée à l'aide de son coude et entre, suivie de près par Liv.

Une odeur nauséabonde flottait dans la pièce sombre. Un

mélange de transpiration, d'haleine matinale et de parfum masculin.

Elles n'avaient pas besoin d'allumer pour savoir où se trouvait le lit de Charles : la pièce était disposée exactement de la même manière que leur chambre.

Des ondes d'excitation frappaient l'estomac d'Alex et remontaient jusque dans sa gorge. Elle voulait hurler. Rire. Pleurer. Chaque seconde d'attente supplémentaire était une véritable torture. Autant pour les moments qui allaient venir que pour les heures d'anticipation, les jours d'organisation.

Tellement de préparation qu'Alex n'avait pas eu le temps de continuer le journal de Romeo. Pas depuis le lundi précédent. Il lui manquait, son étrange garçon.

Les glaçons avaient presque complètement fondu. C'était le moment. Dans un mouvement parfaitement synchronisé, Liv et Alex renversèrent leurs casseroles sur Charles. La première, chaude, sur le bas de son ventre et la seconde, glacée, sur son visage.

Le cri qui résonna dans la pièce fut plus bestial qu'humain, les rires qui le suivirent étaient purement féminins.

— JOYEUX ANNIVERSAIRE ! hurlèrent Alex et Liv en chœur.

Pour toute réponse, elles reçurent un énième grognement.

Charles se retourna brutalement, pour se trouver sur le ventre, le visage dans son oreiller désormais gelé. Il fallut que ses joues se heurtent à un morceau de glace pour qu'il se lève soudainement, comme électrocuté.

— DÉGAGEZ AVANT QUE J'APPELLE LA POLICE ! s'écria-t-il.

— Tu y arriveras pas sans ton téléphone, ricana Liv.

— On part dans huit minutes, ajouta Alex.

Elles sortirent de la chambre, de larges sourires aux lèvres. La première étape de cette journée avait été un succès.

Le but des anniversaires qu'ils s'organisaient mutuellement était d'enchaîner les surprises sans que la victime n'ait le droit de se plaindre. C'était *son* anniversaire, après tout. Alors, chaque année, ils redoublaient d'imagination pour créer des souvenirs qui resteraient à jamais gravés dans leurs mémoires.

— T'as rapproché la voiture ? demanda Liv.

— Will l'a fait hier, assura Alex.

Elle sortit un bandeau en tissu de la poche arrière de son jean, celui que Charles avait utilisé pour son anniversaire à elle.

Pour les dix-huit ans d'Alex, elle avait eu droit à sa première sortie au strip club. Et c'était Will qui l'avait accompagnée, comme Charles n'était pas encore majeur. Une expérience qu'ils ne reproduiraient plus. Jamais. Surtout qu'avant, ils avaient passé la journée à regarder le même film en boucle jusqu'à ce qu'ils soient chassés du cinéma, à cause de Charles et Liv qui avaient renversé leurs boissons un peu partout dans la salle. Ils avaient rejoint Alex pour son dernier visionnage du film et n'avaient même pas pu voir la fin. En bref, cet anniversaire-là avait été un désastre.

Pour Liv, en juin, Will avait emprunté le pick-up de son oncle et ils avaient roulé jusqu'à la jetée de Folly Beach où tous leurs amis de lycée les attendaient dans une ambiance casino. De longues robes brillantes. Des smokings. Beaucoup trop d'alcool pour des jeunes de moins de vingt-et-un ans.

Ce soir-là, Alex avait aussi réalisé à quel point elle était seule, en voyant des dizaines de couples valser sous les lumières colorées. Si Charles ne l'avait pas prise par la main et entraînée sur la piste de danse, elle aurait probablement fondu en larmes dans un coin de la salle. Alex s'en souvenait comme l'une des meilleurs soirées de sa vie.

— Si on va au strip club, je serais le plus heureux des hommes, déclara Charles en sortant enfin de sa chambre.

Il avait enfilé un bas de maillot de bain sous un large t-shirt : sa tenue des grandes occasions.

Sans plus de cérémonie, Alex lui vola sa casquette pour que Liv puisse attacher le bandeau sur ses yeux, avant de reposer ses lunettes par-dessus le tissu.

— Pas de strip club pour tes dix-huit ans, Charlie, ricana Will en s'appuyant contre le mur le plus proche.

Les filles attrapèrent chacune un bras de Charles, Will prit une photo souvenir et ils partirent. À cette heure-ci, *Augustus Prep* était désert. Personne ne vit donc l'étrange procession qui descendit les escaliers et traversa le campus pour venir s'entasser dans le pick-up que Will n'avait jamais rendu à son oncle.

Alex et Charles étaient installés à l'arrière, dans la benne, leurs visages fouettés par le vent nocturne.

Charles s'était complètement allongé dans les maillots de bain et vêtements sales que personne n'avait eu le courage de ranger. Alex le regarda étirer ses bras au-dessus de sa tête et un sanglot se forma dans sa gorge. Pourquoi ne pouvait-elle pas vivre ce moment, en boucle, pour toujours ?

— J'espère qu'on aura le temps de faire nos devoirs, là où on va, soupira Charles.

— Tu les as toujours pas faits ? s'étonna Alex.

La veille, ils n'avaient fait que déjeuner sur le bord de mer, dans un restaurant qu'ils côtoyaient depuis le lycée. Rien ne valait une bonne vague de nostalgie.

—Pas tous, on est sorti avec Will, hier soir, avoua Charles. Je voulais commencer mon anniversaire au cinéma.

— C'est pas de chance, alors, lâcha Alex. T'auras vraiment pas le temps, aujourd'hui.

Charles soupira avant de chercher, à tâtons, la main d'Alex.

Lorsque leurs doigts s'entremêlèrent, le reste du monde disparut, les quelques plis qui barraient leurs fronts s'effacèrent. Ils étaient à nouveau des enfants. Jeunes. Innocents. Pleins de rêves. Pas de jeunes adultes qui allaient devoir affronter la dure réalité du monde. Il leur restait une année, après tout.

Alors, ils roulèrent. Roulèrent jusqu'a Folly Beach. Parce qu'Alex avait lu quelque part que le lever du soleil y était particulièrement charmant. Romeo était une source fiable.

Il n'avait pas eu tort, après avoir poussé Charles tout habillé dans l'eau froide, les quatre amis avaient assisté à un magnifique spectacle. Des rayons colorés striaient le ciel. Les nuages flamboyaient sous la puissance du soleil. Un horizon rosé qui promettait qu'ils allaient finir heureux. Pourquoi pas ?

Le reste de la journée se déroula à la perfection. Charles fut poussé plusieurs fois dans différents espaces d'eau. Comme la mer. Les piscines d'inconnus. Et deux fontaines.

Alex le forçait systématiquement à se changer en public, offrant son torse musclé à ceux qui voudraient en profiter. Charles dut aussi ranger leurs deux chambres, laver les vêtements de tout le monde, plier le linge et recopier les devoirs collectifs. Au déjeuner, il n'eut droit qu'à des desserts et le restaurant chanta “joyeux anniversaire” à Will.

En fin de journée, ils retournèrent à Folly Beach. En passant, Will loua des planches de surf, pour Liv et Alex.

Charles était seul sur une mer calme quand ils le rejoignirent.

Seulement Charles savait vraiment faire du surf, mais Alex et Liv avaient assez de notions pour pouvoir prendre les minuscules vagues qui s'écrasaient régulièrement sur le sable.

Ils étaient assis sur leurs planches quand que le soleil se commença à se coucher. Les premières étoiles apparaissaient contre l'horizon.

Alex n'arrêtait pas de penser à Romeo et à l'amour qu'il portait à June. À Logan. Et à tous les cœurs que leur histoire avait dû briser.

Une pensée terrible lui traversa alors l'esprit : et si Romeo n'avait pas tenu le coup ? Shakespeare le poussait à se suicider, son Romeo serait-il capable de faire la même chose ? Elle n'avait aucun mal à l'imaginer mourir pour l'amour : un garçon qui s'était perdu dans une fille, un garçon blond avec des taches de rousseur abondantes et une peau terriblement pâle.

— Charles ? demanda-t-elle. Ta cousine qui était *Augustus Prep* l'année dernière, elle t'a parlé d'autres personnes qui étaient là en même temps qu'elle ?

Charles, assis sur sa planche juste à côté de la sienne, lui lança l'un de ses regards heureux. Celui où ses yeux et son nez étaient plissés, comme pour se retrouver au milieu de son visage.

Là, au milieu de l'océan, dans sa combinaison sombre ouverte sur son torse, les rayons du soleil se reflétant sur ses mèches blondes, il ressemblait à Apollon.

— Vite fait, on est pas archi proches, répondit-il. Pourquoi ?

Le cœur d'Alex battait la chamade dans sa poitrine.

— T'as entendu parler de Romeo, Logan et Juniper ? débita-t-elle.

Charles fronça légèrement les sourcils, sans se départir de son sourire.

— Juniper, c'est le nom de ma cousine. June, annonça-t-il. Logan, c'est son mec. Et Romeo, ça me dit vaguement quelque chose, mais ça me revient pas. Pourquoi ?

Bien sûr que June était sa cousine. De longs cheveux blonds. Un amour pour le surf. Une fille qui venait de Californie.

Alex aurait pu le deviner. Elle aurait aussi dû se douter que June avait choisi Logan.

—Juste comme ça, sourit-elle.

# CHAPITRE 8

*Augustus Prep, dimanche 21 septembre.*

*Chère Juliet, il m'arrive de rêver, de me réveiller, et de ne plus pouvoir discerner mes mondes. Mes souvenirs se mêlent à mon imagination pour former un bloc compact. Parfaitement homogène.*

*Les frontières de ma réalité sont brouillées. J'ai l'impression d'avoir déjà vécu des centaines de fois les scènes de mon quotidien. Je suis même capable de prédire certaines paroles de June et Logan, certaines de leurs actions.*

*Comme ma vie ne me réserve plus de surprises, je m'en écris une nouvelle. Une vie horrible pour ressentir autre chose que le manque qui me ronge la poitrine. Je crée un personnage terrifié de la mort. Encore plus que je ne le suis. Un personnage dont tous les proches finissent par mourir. Un meurtrier. Un* serial killer. *Un garçon qui a perdu le contrôle.*

*Je lui donne une partie de qui je suis.*

*C'est ça aussi d'écrire un roman : donner des morceaux de son âme à des personnages capables de supporter leurs poids. Vivre à travers eux. Essayer de prouver que je pourrais m'en sortir, s'ils y parviennent.*

*June et Logan sont dans la bibliothèque, à travailler. Je crois.*

*Et moi, je suis assis à mon bureau.*

*Je te parle, Juliet, parce qu'en ce moment, tu es la seule qui m'écoute.*

*Augustus Prep, lundi 22 septembre.*

*Juliet. Ô Juliet. Ma Juliet. Tu n'es qu'à moi. Ne pars pas. Ne me laisse pas seul. Je ne suis pas sûr de pouvoir survivre sans toi. Tu es tout ce qu'il me reste.*

*Logan et June s'éloignent doucement de moi et je les laisse partir. C'est pour le meilleur. Ils reviendront peut-être un jour.*

*Augustus Prep, mardi 23 septembre.*

*Je me demande qui je serais si June n'était pas entrée dans ma vie, Juliet.*

*Elle hante chacune de mes pensées, même quand je tente de l'oublier. Elle nous a ensorcelés, Logan et moi. Logan surtout : il passe presque plus de temps avec elle qu'avec moi. Comme si chaque instant à ses côtés était terriblement précieux.*

*Je ne sais pas si notre amitié survivra à Juniper Ashwood. Probablement. Tant que l'un de nous ne tombe pas follement amoureux d'elle.*

*Augustus Prep, mercredi 24 septembre.*

*Parfois, Juliet, tu rencontres des gens et ils te volent une part de toi-même, sans même te prévenir. Logan et moi. Moi et Logan. On était une unité, depuis toujours. Jamais l'un sans l'autre.*

*Je n'arrive pas à imaginer mon monde sans lui. Le Romeo que je suis avec Logan, c'est le vrai Romeo. Pas celui que je construis pour les autres.*

*Je ne le dis pas assez souvent, mais j'ai énormément de chance de l'avoir. Cette belle amitié. Notre enfance commune. Nos fous rires. Les centaines de souvenirs que nous partageons.*

*Malgré tout, je ne le reconnais plus, en ce moment. Il est obsédé par June. Quand elle est avec nous, il n'a d'yeux que pour elle, et sinon, il n'a que son prénom sur les lèvres.*

*June est devenue le troisième membre de notre binôme. Nos vies ne tournent plus qu'autour d'elle. De chacune de ses envies. Chacun de ses mouvements. Chaque sourire. Chaque pensée.*

*C'est enivrant.*

*Augustus Prep, jeudi 25 septembre.*

*Ils s'éloignent de moi. Filent entre mes doigts. Je les perds, Juliet.*

*Bientôt, je serai seul avec toi. Seul. Toujours seul. Parce qu'au fond, rien ne dure. Et on finit toujours par se réveiller pour réaliser qu'on a tout perdu. Tout ce qu'on ne pensait même pas avoir.*

*Ces années entières baignées d'un bonheur inimaginable, chacune atrocement belle. Disparues. Envolée. Il ne reste plus que des souvenirs. Vagues. Terribles souvenirs. D'une vie qu'on n'a même pas vu passer.*

*Augustus Prep, vendredi 26 septembre.*

*Ils me regardent, Juliet. Les héros. Les vilains. Tous. Là-haut. Là-bas. Loin. Trop loin. Et, en même temps, ils sont si proches.*

*Si j'osais tendre la main, le bout de mes doigts frôlerait leurs visages, leurs paroles, leurs actions. Frôlerait. Ne toucherait pas. Parce que je ne serai jamais comme eux. Ni un héros. Ni un vilain.*

*Juste moi : Romeo.*

*June et Logan sont assis sur le lit à côté du mien. Ils travaillent sur un de nos devoirs. Leurs genoux se touchent.*

*Logan fredonne doucement une chanson dont je ne connais pas les paroles. Cette mélodie est continuellement sur ses lèvres depuis plusieurs jours. C'est un air de sa création qu'il ne m'a pas encore partagé.*

*— On fait quoi ce week-end ? vient de demander June.*

*Je ne réponds pas. Je ne sais pas si je suis encore inclus dans le "on".*

*— Il va faire trop froid pour la plage, remarque Logan.*

*Ils commencent à se taquiner : June tente de faire rire Logan qui la repousse gentiment. Je les laisse faire. C'est ce qu'ils sont devenus.*

*June lève régulièrement la tête vers moi. Ses yeux clairs trouvent les miens et j'y lis des centaines de mots qu'elle tente de me transmettre. Des pensées enfouies trop profondément pour qu'elle ose les vocaliser.*

*C'est peut-être moi qu'elle aime. À Logan qu'elle souhaite échapper.*

*Augustus Prep, samedi 27 septembre.*

*Juliet, rappelle-moi de ne plus jamais aller à la plage avec Logan et June.*

*Mon Logan, qui a ajouté des paroles à sa chanson. Il la chantait dans la voiture.*

*Sa voix portait les aventures d'une sirène capturée pour son chant. D'un pirate qui tombe amoureux d'elle et qui tente de la libérer. D'une fin heureuse qui n'a jamais lieu. D'une séparation qui brise plus d'un cœur. Parce que l'amour ne dure pas. Jamais.*

*Maintenant, je suis assis dans le sable. Seul. Encore. Logan et June sont dans l'eau, chacun sur une planche de surf. Ne me demande pas où Logan s'en est trouvé une, Juliet, je n'en ai aucune idée. Tout ce que je sais, c'est qu'il est avec elle. Et qu'ils vont parfaitement bien ensemble.*

*Alors que Juniper Ashwood avait été créée pour moi. Rien que pour moi. Elle est ma muse. Celle qui me déchire le cœur pour que mon sang se mêle à l'encre sur ma page.*

*Chacun de ces mots est pour toi, June. Chacune de mes pensées t'appartient. Tu viens de me sourire, au milieu des vagues, et j'ai perdu le contrôle de mon imagination. Tu me voles de mes sens. De mes sentiments. Je te déteste pour cela.*

*Et toi, Logan. Je ne pensais pas que cette fille serait celle qui briserait le lien éternel de notre amitié. C'est aussi un peu de ma faute. J'aurais dû te dire que, moi aussi, je voulais June.*

*J'aurais dû te le dire avant que tu te mettes en tête de la faire tomber amoureuse de toi.*

*Augustus Prep, dimanche 28 septembre.*

*Juliet. Juliet. Juliet. Juliet. Juliet.*

*J'ai besoin de ton amour. Besoin de savoir que tu es là pour moi. Besoin de me sentir aimé par quelqu'un. D'en être absolument certain. Parce qu'on ne sait jamais avec l'amour. C'est terrifiant. Je n'arrive pas à réaliser que tu ne seras jamais avec moi. Que je ne sentirai jamais tes lèvres sur ma joue. Ton souffle dans mon cou. Tes bras autour de ma taille.*

*J'ai besoin de toi. Du soutien de quelqu'un. N'importe qui. Toi. June. Logan. Il n'y a personne d'autre dans ma vie. Je ne pensais jamais avoir besoin de plus. Peut-être que je me suis trompé.*

*Augustus Prep, lundi 29 septembre.*

*En ce moment, j'ai l'impression que le temps s'arrête et que je ne peux que regarder ma vie se dérouler devant moi.*

*Je veux plus, Juliet. Je veux être plus. Je veux que le monde connaisse mon nom. Je veux que ma famille soit fière de moi. Je veux trouver quelqu'un pour qui je serai le premier. Je veux qu'elle m'aime comme personne n'a aimé auparavant.*

*Augustus Prep, mardi 30 septembre.*

*As-tu déjà remarqué, Juliet, qu'on cherche toujours à avoir plus ?*

*On n'est jamais satisfait de ce qu'on a déjà. On pousse toujours plus loin, plus haut, plus beau, plus cher. Si l'être humain n'est pas parfait de nature, je doute qu'il parvienne un jour à le devenir.*

*J'ai abandonné ma quête de la perfection, Juliet. Romeo Jones est assez. Je suis assez. Peut-être pas pour June, ou Logan, ou toi.*

*Mais, pour moi. Je n'ai pas besoin d'être plus. Je suis assez.*

*Augustus Prep, mercredi 1er octobre.*

*On est assis tous les trois à la bibliothèque. June et Logan ne se sont pas encore adressés la parole. Je suis installé entre eux. Ils me parlent, mais s'ignorent.*

*Si tu savais quelle flamme s'est allumée dans mon cœur, Juliet, tu t'embraserais rien qu'en la voyant. Ma poitrine entière est consumée d'un sentiment que je ne pensais jamais connaître. Un espoir qui grandit jusqu'à gonfler tout mon corps et mon esprit. C'est le moment.*

*Je fais semblant d'être très concentré sur mon carnet. June et Logan ne tentent même pas de lire ce que j'écris : ils savent très bien que si je voulais partager mes mots, je le ferais.*

*Peut-être qu'un jour je laisserai quelqu'un lire ces pages. Mais pas aujourd'hui. Demain ? Dans un an ? Dix ? Vingt ? Mais à qui ? June ? Non. Ma famille ? Non.*

*Quelqu'un.*

*June vient de pousser un profond soupir, elle a rangé ses affaires et déposé un baiser sur ma joue avant de partir. Je sens encore ses lèvres contre ma peau. Elle s'éloigne rapidement, sans se retourner, ses mèches blondes se balancent au rythme de ses pas.*

*— Rappelle-moi de ne jamais tomber amoureux, Momo, murmure Logan.*

*— Seulement si tu me le rappelles aussi, Lolo, réponds-je.*

*Je ne sais pas qui est le plus grand idiot de nous deux.*

*Augustus Prep, jeudi 2 octobre.*

*Logan ne veut pas m'expliquer pourquoi il n'adresse plus la parole à June. Et June non plus. Elle se contente de m'embrasser sur la joue dès qu'on se croise et de l'ignorer royalement.*

*Son absence impacte Logan plus que ce que j'aurais imaginé. Il ne fredonne plus sa chanson. Ne mange presque plus. Il passe des heures entières assis sur son lit, ses écouteurs dans les oreilles. Rien d'autre. Parfois, je le vois sortir son téléphone, commencer à taper un message pour s'arrêter en cours de route.*

*Et moi. Moi, je le laisse faire. Logan a sombré de nombreuses fois sous la surface. Il a toujours su remonter. Parce que c'est un combattant. Un vrai. Qui sait se relever de ses chutes. Peu importe à quel point elles sont douloureuses.*

*Augustus Prep, vendredi 3 octobre.*

*Juliet, tu ne croiras jamais ce qu'il vient de se passer. J'étais tranquillement assis à mon bureau, à travailler sur mon roman, quand Logan a débarqué dans le dortoir.*

*Il était parti courir, il y a plus de deux heures, mais aucune goutte de sueur ne dégoulinait le long de son front quand il est rentré.*

*— Romeo, faut que je te raconte un truc, a-t-il annoncé.*

*Et il m'a raconté, Juliet. Tout raconté.*

*Comment il était presque tombé amoureux de June la première fois qu'il l'avait vue. Comment elle lui avait expliqué qu'elle ne voulait pas de petit-copain, juste après qu'ils se soient embrassés pour la première fois, un soir à la bibliothèque.*

*C'était pour cette raison qu'il ne voulait plus lui parler : il comptait l'oublier, comme moi. Mais ça n'a pas marché. Parce qu'on ne peut simplement pas oublier Juniper Ashwood, qu'on s'appelle Logan Crimson ou Romeo Jones. Cette fille a laissé une empreinte indélébile sur nos cœurs.*

*En sortant du campus, tout à l'heure, Logan l'a trouvée debout au milieu du trottoir, penchée sur son téléphone. Elle lui écrivait un message.*

*Un message pour lui dire qu'elle le voulait, lui, même si son cœur allait se faire briser et que leur relation serait probablement un désastre.*

*Lui, Juliet. Pas moi. Jamais moi. Et Logan ? Logan est fou d'elle. Presque autant qu'elle est folle de lui.*

*Et moi ? Moi, je ne suis pas assez.*

# CHAPITRE 9

Alex se redressa dans son lit. Une photo avait été collée dans le journal.

Trois personnes s'y tenaient devant la mer. Une fille entre deux garçons, tous en maillot de bain. Alex découvrait enfin les visages de Romeo Jones, Juniper Ashwood et Logan Crimson.

Trois personnages tirés de la fiction, qui n'existaient qu'entre les pages du journal. Elle les analysa longuement, à la lumière de sa lampe de chevet.

Logan était exactement comme Alex l'avait imaginé : des muscles couverts de tatouage, un corps taillé dans le marbre et un sourire ravageur. Il avait l'allure d'un héros grec, le genre qui se battait pour l'honneur autant que pour l'amour. Malgré tout, un air rassurant, une douce musique émanait de son sourire. Si Alex l'avait rencontré au lycée, elle serait indéniablement tombée sous son charme, autant pour sa beauté que pour cette fibre musicale.

À côté de lui, il y avait Juniper Ashwood. June. Romeo avait tant essayé de la décrire qu'Alex l'avait vue comme une figure inatteignable, lointaine. Une fille parfaite. Elle n'avait pas eu tort. Rien chez June n'était réel, rien ne pouvait l'être. Comme Charles, elle avait des cheveux dorés, une peau bronzée, et un regard heureux qui plissait ses yeux et son nez. Elle brillait. Elle brillait et elle était belle, selon tous les critères de beauté que l'on puisse trouver.

Et enfin, Romeo Jones. Si Alex avait eu droit à quelques descriptions de Logan et June, elle ne connaissait pas le physique de Romeo. Il n'avait rien écrit sur son visage fin, sur sa mâchoire saillante ou sur son regard perçant. Une masse de cheveux bruns, pas l'ombre d'un sourire, le regard perdu dans le ciel au-dessus de leurs têtes. Il était légèrement plus grand que June, mais plus petit que Logan. Plus fin qu'eux aussi : comme s'il ne se nourrissait jamais vraiment assez, sa peau claire était tirée sur ses os.

Alex fut frappée par les taches d'encre sur ses doigts, un détail insignifiant qui faisait de lui son Romeo.

Elle finit par ranger le carnet pour enfin se coucher. Il était déjà tard. Alex se perdit dans le monde des rêves. Celui où Romeo l'attendait souvent. Cette fois-ci, son visage n'était pas inventé de toute pièce.

C'était le véritable Romeo qui se tenait devant elle, qui jouait avec ses doigts, qui la serrait contre son cœur, qui murmurait dans son oreille.

Son auteur. Son poète. Un garçon presque aussi mythique qu'Achille dans son esprit. Celui qui avait désespérément besoin d'elle.

Le lendemain, Alex n'avait que Romeo à l'esprit. Rien d'autre ne semblait s'imprimer dans sa mémoire plus que son visage, son expression rêveuse et la douleur cachée au fond de ses iris.

C'était le seul qui n'avait pas les cheveux mouillés sur la photo. Il était resté sur le sable, à écrire à sa Juliet, pendant que les autres étaient dans l'eau. Il avait écrit des centaines de mots sur June, sur l'amour qu'il lui portait, à cette fille qui ne savait rien des sentiments qui grondaient dans sa poitrine.

— C'est pas de lui que tu m'as parlé, l'autre jour ? lui chuchota Charles.

Alex se tourna distraitement vers son voisin de table. Il n'avait même pas levé la tête des feuilles où il notait le cours.

— Quoi ? murmura Alex.

Au même instant, leur professeur de littérature ouvrit à nouveau la bouche et un nom beaucoup trop familier prit forme sur ses lèvres.

Romeo Jones.

Une vague d'émotions se déversa sur Alex, la tiraillant entre l'envie de rire et de pleurer de soulagement. Elle aurait voulu hurler son prénom, annoncer au monde entier qu'elle le connaissait mieux que personne. Qu'aucune de ses pensées ne lui était inconnue. Qu'elle avait rencontré le véritable Romeo et qu'elle l'adorait.

— Je vous laisserais donc la copie de Romeo Jones, si jamais vous voulez la consulter pour vous préparer à ce devoir, conclut-il. Il a eu la note maximale et c'est ce que j'attends de chacun d'entre vous. À *Augustus Prep*, on ne vise pas de bons résultats, on s'attend à ce que vous deveniez les meilleurs. Les meilleurs dans ce que vous adorez. Les meilleurs dans ce que vous aimez moins. Si vous êtes là, c'est que vous en avez le potentiel.

La sonnerie retentit alors et les élèves se précipitèrent vers la sortie dans un vacarme épouvantable.

Tous, sauf Will, Liv, Charles et Alex. Ils se tenaient devant le bureau de leur professeur, face à la copie de Romeo.

Alex reconnut immédiatement son écriture légèrement

penchée. C'était bien son Romeo. Elle allait bientôt rentrer chez elle, dans ce monde qui lui appartenait. Ce monde que Romeo avait créé.

— On peut la prendre avec nous ? demanda Liv.

— Ça n'a l'air d'intéresser personne d'autre.

Les quatre amis hochèrent la tête et Charles s'empara de la feuille avant de les pousser vers la sortie.

Ils marchèrent lentement dans les couloirs bordés de statues, discutant du déjeuner qu'ils avaient dévoré deux heures auparavant et de leur soirée en perspective. Une soirée de devoirs. Parce qu'au fond, ils désiraient tous devenir les meilleurs. S'ils en étaient capables, pourquoi pas ?

— T'es pas avec nous aujourd'hui, Lexie, remarqua Charles.

Will et Liv ne se retournèrent pas vers elle, mais Alex savait qu'ils écoutaient leur discussion.

— Juste un peu fatiguée, soupira-t-elle. J'ai lu jusqu'à tard hier soir.

Charles hocha lentement la tête, visiblement peu surpris par cette réponse. Aucun d'eux n'était du genre à se coucher tôt.

La nuit appartenait aux artistes. Ils pouvaient laisser libre cours à leur imagination dans l'obscurité, essayer de deviner ce qui s'y cachait. Tenter l'impossible à l'ombre des regards.

— Quel livre ? demanda Will.

— *Le Portrait de Dorian Gray,* mentit Alex, citant le premier titre qui lui vint à l'esprit.

Liv lui jeta un regard surpris auquel elle répondit par un vague mouvement de sourcils. Elles auraient cette discussion plus tard. Plus tard, ou jamais.

Pour l'instant, Romeo n'appartenait qu'à Alex.

Ils avancèrent donc jusqu'à la bibliothèque où le petit groupe s'installa autour de la table qui était devenue la leur. C'était l'endroit parfait : situé dans un coin reculé, contre l'une des fenêtres, un buste d'Homère posé à une distance raisonnable.

— Asseyez-vous, mes enfants, on va découvrir les secrets d'une très bonne copie, ricana Charles.

Il s'assit dans son fauteuil et posa précautionneusement la feuille sur la table. Liv, Will et Alex s'installèrent autour de lui, attendant que Charles ne décide se à commencer la lecture.

Ils travaillaient souvent de cette manière : l'un d'eux lisait le devoir d'un autre et le reste du groupe donnait son avis. Liv et Charles étaient souvent assez critiques, alors qu'Alex et Will atténuaient leurs commentaires négatifs par un compliment.

— La consigne était d'écrire une nouvelle à la frontière du rêve et de la réalité, ajouta Will qui avait toujours les informations nécessaires.

Alex n'était pas étonnée que Romeo ait eu la note maximale, c'était une frontière avec laquelle il adorait jouer.

— Bon, c'est parti, alors, murmura Charles.

Et il commença à lire.

*Un garçon se tenait au milieu de la rue. Personne ne l'avait vu. Personne ne s'intéressait à lui. Il était comme un flocon qui s'ajoutait à une couche de neige. Une couche assez épaisse pour que personne ne se demande quel était le nom de chaque flocon.*

*Le garçon était bien plus qu'un flocon. Il avait un millier de rêves, beaucoup de désirs et une paire d'ailes. Celles-ci encadraient son corps frêle, leurs plumes blanches brillaient dans l'obscurité.*

*Il ressemblait à un ange et pourtant, personne ne le voyait.*

*Personne ne remarquait que les larmes qui coulaient le long de ses joues étaient d'une couleur sanglante et que ses yeux étaient trop bleus pour être humains.*

*Il était beaucoup plus et ce n'était toujours pas assez.*

*Des flocons s'amoncelaient doucement dans ses cheveux sombres. Ils tombaient du ciel, comme lui. Peut-être. Le garçon ne se souvenait pas de comment il était arrivé dans ce monde.*

*Ses rêves étaient peuplés de palais dorés et de créatures trop belles pour être regardées. Mais ce n'était que des rêves. Des pensées éphémères. Des désirs qui brûlaient si fort qu'ils devenaient presque réels.*

*Le garçon se réveillait toujours en sachant qu'il lui manquait quelque chose, sans jamais savoir ce que c'était.*

*Au bout de la rue, un vieil homme commença à jouer du piano. C'était un piano qui avait toujours été là, en face d'un bâtiment délabré, comme s'il attendait que quelqu'un le ramène à la vie. Des inconnus s'asseyaient souvent pour jouer quelques notes, mais le piano ne les laissait jamais produire un seul son.*

*Il voulait le bon musicien, une personne qu'il attendait depuis trop longtemps. Une personne en laquelle il avait arrêté de croire. Une personne qui finirait par venir : c'était son destin.*

*Le garçon voyait les passants sourire lorsque la musique parvenait à leurs oreilles. Aucun ne chercha à voir qui jouait. C'était la musique qui importait. Le résultat qui venait, après tous ces efforts. Personne ne voulait savoir à quel point ça avait été dur.*

*Il était plus simple d'écouter, de rêver pendant quelques secondes avant de retourner à la réalité. Le monde où les rêves n'étaient que des rêves. Des pensées éphémères. Des désirs qui brûlaient si fort qu'ils devenaient presque réels.*

*Un frisson traversa le corps gelé du garçon. Il ne portait qu'un vieux t-shirt gris, un vêtement qui avait toujours été sien.*

*Le froid ne pouvait habituellement pas le mordre. Ou le toucher. La chaleur non plus. Il n'avait jamais ressenti la moindre chose ou esquissé le moindre mouvement. Il était juste là.*

*Par un miracle quelconque, il se retrouva debout à côté du piano et du vieil homme.*

*— Quel est ton rêve, garçon ?*

*Il le regarda longuement, avant de réaliser que c'était à lui que le vieil homme s'adressait. Pour la première fois, quelqu'un faisait plus que simplement passer devant lui.*

*— J'en ai tellement, répondit le garçon. Ça prendrait des jours de tous vous les raconter.*

*Le vieil homme lui sourit. C'était le genre de sourire qui se propageait en seulement quelques instants. Un sourire qui pouvait changer le monde si on y prêtait attention.*

*— J'ai tout le temps qu'il faut, dit le vieil homme. Je jouerai pour chacun des rêves que tu me raconteras. Je jouerai jusqu'à ce que tu ne puisses plus rêver.*

*Le garçon s'assit près du vieil homme et remarqua que son costume transpirait la fortune. Sa chemise seule aurait pu nourrir une famille entière pendant plusieurs jours. Tant de rêves étaient cachés dans ce tissu.*

*— Je peux vous raconter un rêve, si vous le voulez vraiment, ajouta le garçon.*

*— Tu peux y aller.*

*C'était tout ce dont il avait besoin : de quelqu'un prêt à écouter pour réaliser qu'il n'était plus seul.*

*Le garçon avait souffert le poids de la solitude toute sa vie. Pas la solitude de n'avoir personne vers qui se tourner, la solitude de sentir le monde pendre au-dessus de sa tête, de savoir qu'il devait juste tendre la main pour l'attraper, mais de ne jamais oser le faire parce que personne ne l'en croyait capable.*

*— Je rêve souvent de trouver l'amour, déclara le garçon. Je vois une fille. Je la vois dans beaucoup de mes rêves. Elle est là. Cette fille qui me sourit, qui rit et qui me regarde comme si j'étais la seule personne au monde. Ses yeux sont pleins d'étoiles et, quand j'écoute avec attention, je peux l'entendre chanter. Sa voix est si belle qu'elle me fait parfois pleurer.*

*Une autre larme ensanglantée avait coloré la joue pâle du garçon.*

*— Quel âge as-tu ? demanda le vieil homme.*

*— Je ne sais pas. Je suis assez vieux pour sentir le poids du monde sur mes épaules, mais trop jeune pour être capable d'y faire quelque chose.*

*Les doigts du vieil homme se posèrent sur les touches du piano et il commença à jouer. La musique était le rire de la fille, mais le garçon pouvait l'entendre pleurer entre les notes. C'était un millier de rêves écrasés en une réalité. C'était le soleil qui se couchait sur une mer infinie. Un vent qui soufflait entre les pins. C'était la liberté et l'amour.*

*Ça s'arrêta trop tôt.*

*— Quel est ton second rêve ? demanda le vieil homme.*

*— Pourquoi ça vous intéresse tant ? répondit le garçon. Je ne sais même pas qui vous êtes.*

*Les cheveux du vieil homme étaient aussi blancs que la neige et pourtant, le garçon pouvait observer chacun des flocons posés sur sa tête. Il se demanda quel était leur nom.*

*— Tout ce que tu dois savoir, c'est que ma vie est ruinée. Il ne me reste plus aucune raison de vivre. Je n'ai pas su faire les bons choix et plus personne ne me regarde. Aux yeux du monde, je suis riche et heureux. Mais le monde ne sait pas qu'il me manque*

*beaucoup de choses.*

*— Pourquoi vous n'essayez pas de changer ça ? s'intéressa le garçon.*

*— Parce que c'est trop tard pour moi. Mais je peux changer ça pour toi. Ouvre les yeux, garçon. N'essaye pas de conquérir le monde. Poursuis ce qui te rend heureux et, quand tu le trouves, ne le laisse jamais partir.*

*Le vieil homme était si mort à l'intérieur, si vivant en apparence. Le garçon était incapable de décider s'il était réel ou si ce n'était qu'un autre rêve.*

*— Rien ne me rend heureux, annonça le garçon.*

*— Mais tu es là, pas vrai ? Il y a donc quelque chose qui te fait vibrer.*

*— Oui. Je suis là pour vous amener avec moi. Très loin d'ici. Ça va être beau.*

*Le vieil homme observa le garçon et quelque chose en lui se brisa.*

*Peut-être qu'il vit ses ailes ou qu'il comprit enfin qui était cet étrange garçon. C'était le même enfant qui avait visité ses rêves, quelques années auparavant.*

*Le garçon qui lui avait toujours posé la même question : quel est ton rêve ? Le vieil homme avait systématiquement répondu qu'il voulait être heureux. Il ne l'était jamais devenu.*

*— Tu es lui, réalisa le vieil homme. Tu es le garçon que j'aurais pu avoir, si j'avais épousé Élise. Si je l'avais aimée comme elle le méritait.*

*— Peut-être. Ou je ne suis qu'un rêve tragiquement beau. Une pensée éphémère. Un désir qui brûlait si fort qu'il est presque devenu réel.*

La voix de Charles se brisa. Plus personne n'osait prononcer le moindre mot. Des larmes baignaient les joues de Liv. La mâchoire de Will était si serrée que la pression menaçait de lui exploser les dents.

Et Alex. Alex retenait le sanglot qui remontait dans sa gorge. Parce qu'elle reconnaissait Romeo chez ces deux personnages, ils étaient lui, chacun à sa manière.

Romeo, c'était le garçon triste. Gelé. Incapable de ressentir la moindre émotion. Incapable de déterminer s'il était réel. Incapable de réaliser qu'il était bien assez.

Romeo, c'était le vieil homme. Celui qui pensait que sa vie lui avait échappé. Désespéré de ne pas avoir réussi à la saisir. Terrifié de ne jamais trouver le bonheur.

— Ça va être compliqué de faire mieux, lâcha finalement Will.

Charles retourna la feuille pour admirer le prénom inscrit en haut de la page. Deux mots. Dix lettres capables de faire chavirer le cœur d'Alex.

— Romeo Jones, lut-il. J'espère qu'il ne subira pas le même sort que celui de Shakespeare.

Si seulement il savait.

# CHAPITRE 10

*Augustus Prep, samedi 4 octobre.*

*Je me noie, Juliet. J'ai besoin de ton aide. Les mots ne viennent plus. Ils m'ont abandonné, eux aussi. Après tout, rien ne dure.*

*Pas même l'inspiration. Pas même le désir. Pas même les rêves.*

*Augustus Prep, dimanche 5 octobre.*

*Ce matin, June et Logan m'ont rejoint à la bibliothèque, main dans la main, pour m'annoncer qu'ils formaient désormais un couple. J'ai presque lâché prise, à ce moment-là.*

*J'ai presque tout lâché pour me noyer dans ma douleur. Sombrer dans un océan glacé, plus rien ne me garde à la surface.*

*Et sais-tu quel est le pire dans tout ça, Juliet ?*

*Ce n'est pas la manière dont elle l'embrasse ou enroule ses bras autour de son cou.*

*C'est la façon dont elle le regarde qui me ronge de l'intérieur. Comme s'il était le seul homme de son monde. Le seul qui importe. Comme s'il était assez pour elle. Assez pour combler ses moindres désirs. Assez pour qu'elle l'aime d'un amour qui lui gonfle la poitrine et lui explose le cœur.*

*Personne ne m'a encore regardé ainsi. Pas même toi, Juliet.*

*Augustus Prep, mardi 7 octobre.*

*Logan crée de plus en plus de chansons, Juliet. Quand je me réveille dans la nuit, je le trouve souvent penché au-dessus de feuilles de papier sur laquelle il écrit frénétiquement. Il me laisse parfois lire quelques lignes.*

*Elles sont toutes sur June. Toutes. Sans exception. Chaque parole qu'il a écrite depuis leur rencontre a été pour elle. Pour une fille qu'il n'avait fait qu'apercevoir, au début. Pour une fille de laquelle il est tombé amoureux, alors qu'il s'était promis de ne jamais se laisser aimer.*

*Sa dernière chanson, sur laquelle il travaillait cette nuit, il me l'a chantée. Et elle m'a fait pleurer. Pleurer, Juliet, parce que Logan a une voix magique. Une voix qui te fait ressentir chacune de ses émotions.*

*J'ai pleuré, Juliet, parce qu'il aime June beaucoup plus que moi. Même aimer, je ne sais pas le faire aussi bien que lui.*

*Augustus Prep, vendredi 10 octobre.*

*Elle me détruit lentement, Juliet. Très lentement. June dissèque mon cœur sans même s'en rendre compte.*

*Je suis juste là, devant elle. Mis à nu. Et pourtant, elle ne me voit pas. Elle ne m'a peut-être jamais vu, mais je suis là. Toujours là, parce que je n'ai nulle part d'autre où aller. Nulle part où j'aurais plus envie d'être que dans ses bras.*

*Et Logan. Logan a remarqué que je ne suis plus le même Romeo. Mais il ne dit rien. Il se contente de fredonner les chansons de son amour. Toujours les mêmes.*

*Il y en a une qu'il ne chante plus : la première. Celle de la sirène et du pirate.*

*Augustus Prep, samedi 18 octobre.*

*Il passe un bras autour de sa taille, joue avec ses cheveux, la serre dans ses bras. Et moi, je suis juste là. Debout à côté d'eux comme un demeuré.*

*Un brasier est allumé dans ma poitrine : celui de la jalousie. Je ne peux rien faire pour l'éteindre, Juliet. Je ne veux rien faire pour l'éteindre. Cette jalousie est tout ce qu'il me reste.*

*Je le déteste tellement, Juliet. Je le déteste parce qu'il a réussi à l'avoir. Et moi, je ne suis pas assez. Jamais assez.*

*Augustus Prep, lundi 20 octobre.*

*Ils ne me voient plus, Juliet. Il n'y a plus que leur bonheur. Des moments qui valent une éternité d'attente pour être vécus. Une éternité à laquelle je ne survivrais jamais seul.*

*Si June est la seule femme que je vais aimer, aurais-je manqué ma chance au bonheur ? Logan me l'aurait-elle volée ? Ou n'a-t-elle jamais été mienne ?*

*Augustus Prep, mardi 28 octobre.*

*Je n'arrive même plus à manger, Juliet. Je n'ai plus faim.*

*Plus envie de rien. Même plus besoin de t'écrire. À quoi bon, Juliet ? À la fin, il n'en restera rien. Mon corps mourra, peu importe ce que j'aurais accompli.*

*Augustus prep, vendredi 31 octobre.*

*Un soir d'Halloween. Des enfants. Des bonbons. De la joie. Partout. Partout, sauf ici. Logan et June m'ont traîné dans les rues de Charleston. Le dernier endroit où j'aurais voulu être. Surtout avec eux, main dans la main, à peine déguisés, riant aux éclats et me bombardant de sourires heureux. Des sourires que je n'arrive même plus à imiter.*

*Alors je reste en bordure de leur bonheur, mimant de le partager sans jamais rien ressentir d'autre que la plaie qui ne cicatrise pas dans mon cœur.*

*Lorsque nous sommes retournés dans notre chambre, Logan est venu me parler.*

*— Je peux la laisser tomber, m'a-t-il annoncé. Je peux la laisser tomber pour toi. Peu importe ce que je ressens pour elle, t'es mon frère. Mon frère, Romeo. La famille avant tout. June n'est qu'un élément passager de ma vie, alors que toi, tu y seras pour toujours.*

*Qui pourrait me trouver un être plus parfait ? Plus mature ? Plus attentionné ?*

*— Garde-la, Logan, ai-je lâché. Pour moi aussi, June n'est que de passage. Et elle va sortir de mes pensées bien plus rapidement que des tiennes. Elle ne m'aime pas comme elle t'aime toi.*

*Logan a hoché lentement la tête avant de retirer ses vêtements pour se glisser sous sa couverture. Ce soir, June n'est pas venue.*

*Augustus Prep, dimanche 2 novembre.*

*Juliet, tu dois savoir à quel point c'est douloureux d'aimer quelqu'un qui ne t'aime pas en retour.*

*Tout le monde le dit. Tout le monde l'a déjà ressenti. C'est l'une des vicissitudes de la vie.*

*Beaucoup ont écrit sur le sujet. Beaucoup trop d'auteurs. Comme quoi, on ne peut pas être écrivain et être parfaitement, complètement et irrévocablement heureux. C'est trop. Trop pour une seule personne d'avoir le bonheur de l'amour, une créativité débordante et une reconnaissance publique.*

*Depuis que June et Logan sont ensemble, l'écriture est devenue mon salut. Le seul moyen d'évacuer ce surplus d'émotions. Parce que j'ai besoin d'extérioriser cette avalanche de mots et de sons qui s'abat continuellement sur mon esprit.*

*Alors je crache mes pensées sur le papier. De toutes les manières possibles. Par toi, Juliet. Et par Amory, le héros de mon dernier roman.*

*Amory, c'est moi aussi. Une version poussée à l'extrême de qui je suis. Un garçon perdu dans son propre corps qui rêve, chaque nuit, de tuer la femme qu'il aime. De centaines de manières différentes. Parce qu'il ne peut pas accepter ce qu'elle lui fait ressentir.*

*Augustus Prep, lundi 3 novembre.*

*Amory, c'est ma thérapie. Ma bouffée d'air frais. Ma façon de me rappeler que je ne suis pas seul. Jamais seul. Avec toi, bien sûr, ma Juliet.*

*En commençant à écrire, j'ai découvert un monde sans limite, sans barrière autre que celle de mon imagination. Un monde qui offre tout un étalage de sentiments et de pensées. Des pensées qui m'étaient inconnues, cachées dans les recoins de mon âme.*

*C'est magique, d'écrire. C'est peut-être même la seule magie de notre réalité. C'est éveiller des personnages qui n'ont jamais existé. C'est vivre tout ce dont on désire à travers eux. Faire croire au lecteur qu'ils existent.*

*Augustus Prep, samedi 9 novembre.*

*Juliet. J'ai décidé de rester le plus loin possible de June, pour l'oublier et faire disparaître le moindre sentiment que je ressens pour elle. Mais elle, elle ne veut pas rester loin de moi.*

*Ce matin, elle était bien décidée à ce que je vienne une dernière fois à la plage avec Logan et elle. Comme si ça ne me suffisait pas de tenir la chandelle toute la semaine. Comme si ce n'était pas déjà assez.*

*Avant June, Logan occupait une place bien délimitée dans ma vie. Désormais, leur couple est trop. Trop pour moi. Ils m'étouffent sous leur amour. M'écartèlent lorsque mes sentiments me tirent chacun d'un côté différent. M'enterrent six pieds sous leur bonheur, dans le cercueil de ma douleur.*

*Je suis paralysé. Transformé en un incapable. Incapable de sourire. Incapable de penser. Incapable de vivre.*

*Tout ça, à cause de June. Juniper Ashwood. Je t'ai déjà dit, Juliet, que je regrette qu'elle soit entrée dans nos vies ?*

*Augustus Prep, dimanche 10 novembre.*

*Juliet, je ne suis peut-être pas ton Romeo. Et toi, pas ma Juliet. Nous ne sommes probablement pas faits l'un pour l'autre.*

*Je ne suis pas assez. Jamais assez.*

*Et toi. Toi, tu n'es qu'un rêve tragiquement beau. Une pensée éphémère. Un désir qui brûlait si fort qu'il est presque devenu réel.*

*Augustus Prep, vendredi 22 novembre.*

*Chère Juliet, savais-tu qu'il n'y a qu'une seule chose qui peut complètement détruire une vie ? C'est l'amour. Ça peut paraître un peu cliché, mais c'est vrai.*

*C'est une leçon que Juniper Ashwood m'apprend de force, au quotidien.*

# CHAPITRE 11

Alex leva les yeux vers Charles, Liv et Will, plongés dans leurs devoirs à quelques mètres d'elle. Ils n'avaient pas encore haussé la tête vers elle, n'avaient pas encore remarqué les larmes qui dégoulinaient le long de ses joues, le filet de morve qui menaçait de s'échapper de son nez.

Affalée dans un fauteuil de la bibliothèque, sous le buste d'Ernest Hemingway, Alex n'avait prévu de lire qu'une journée de Romeo avant de rejoindre ses amis. Elle avait fini par en lire treize, treize entrées étalées sur près de deux mois.

Romeo avait des mots pour chacun de ses sentiments. Chacune de ses douleurs. De ses tristesses. Il savait exprimer ce qu'il ressentait avec tellement de justesse qu'Alex avait partagé chacune de ses émotions.

Elle était tombée amoureuse de l'amour avec lui. Elle avait senti son cœur se briser devant le développement de sa relation avec Logan. Avec June.

Charles finit par tourner la tête vers Alex. En découvrant ses yeux rougis et le mouchoir serré entre ses doigts, il se leva pour la rejoindre en seulement quelques enjambées.

— Ça va, Lexie ? grimaça-t-il.

Alex ne put l'empêcher de s'asseoir sur l'accoudoir de son fauteuil et d'attraper le journal, posé sur ses genoux. Il n'osa pas l'ouvrir, mais en analysa longuement la couverture de cuir.

— Ça pourrait aller mieux, avoua-t-elle.

Charles leva un sourcil interrogateur.

— C'est ce garçon-là, Romeo Jones, il écrit super bien, ajouta-t-elle.

Charles et Alex pouvaient tout se dire. Ils avaient toujours pu tout se dire. Parce qu'ils étaient chacun une part de l'autre depuis si longtemps que rien ne restait secret entre eux.

Si Alex devait partager Romeo avec quelqu'un, ça serait lui. Qui d'autre ?

— Celui de la nouvelle sur l'ange et le papi ? l'interrogea-t-il doucement.

Will et Liv étaient penchés au-dessus d'une pile impressionnante de livres : ils ne prêtaient aucune attention au reste du monde.

Alex hocha lentement la tête.

— Je te comprends alors. Celui-là, il est vraiment fort, sourit Charles. Il a failli me faire pleurer. Alors que tu sais que je suis un homme très viril et que je pleure pas facilement.

Sa remarque eut le don de faire ricaner Alex à travers ses larmes.

— J'ai trouvé son carnet. Il raconte son année ici, expliqua-t-elle.

— Comme un journal intime ?

— Exactement comme un journal intime.

Charles écarquilla les yeux, souleva sa casquette et passa ses doigts dans ses mèches blondes avant de la revisser sur sa tête.

— Je peux lire ? demanda-t-il avec l'ombre d'un sourire.

Alex attendit une remarque moqueuse qui ne vint pas.

— Vas-y, soupira-t-elle.

Charles poussa ses lunettes sur son nez et commença à feuilleter le journal. Alex se décala pour lui laisser une place dans son fauteuil et il s'installa donc, à moitié dans le minuscule espace qu'elle lui avait laissé et à moitié sur elle.

Il sentait la crème solaire et la transpiration, alors qu'ils avaient passé la journée en cours, à l'intérieur, au frais sous la climatisation.

— Je peux pas lire ça, Lexie, lâcha-t-il, au bout de seulement quelques pages.

— Ah bon ? grimaça-t-elle.

S'il ne pouvait pas lire le journal, quel droit avait-elle eu de le faire ? Avait-elle trop pénétré dans l'intimité d'un parfait inconnu ?

—*Parce qu'au fond, je ne suis pas assez. Je ne suis ni un auteur ni un poète. Juste un garçon qui peine à avancer. J'aimerais que tu sois là pour m'aider. Que tu crois en moi. Mais, bien sûr, tu n'existes pas. Je suis tout seul,* lut Charles. Tu penses vraiment qu'on a le droit de lire ça ? Tu crois qu'il a écrit ça pour nous ? Pas moi.

Il avait entièrement raison, bien sûr.

Alex avait lu les pensées de Romeo, ses peurs et ses amours, sans jamais se demander si elle n'allait pas trop loin. Jamais, elle ne s'était retournée en hésitant à faire demi-tour.

— Je sais pas, Charlie, avoua-t-elle. Il n'avait qu'à pas le laisser traîner, s'il voulait pas qu'on le lise.

C'était une excuse ridicule, ils le savaient tous les deux.

— Fais ce que tu veux, je te donne juste mon avis, répondit-il en se levant.

Charles et Alex. Alex et Charles. Une relation construite sur des années d'honnêteté, de confiance, de fou rire. Si Charles ne lui disait pas la vérité, personne ne le ferait.

Alex le regarda s'éloigner, le carnet pesait plusieurs tonnes sur ses genoux. Le poids des mots l'écrasait, les sentiments de Romeo avaient soudainement perdu toute leur poésie.

La réalité de sa situation venait de la frapper de plein fouet : Romeo Jones n'avait pas écrit ce journal pour elle. Il était adressé à une autre, sa Juliet.

Romeo n'avait pas besoin d'Alex. Il n'était pas seul : toujours accompagné de son imagination, son écriture et sa Juliet. Tout ce qui faisait de lui Romeo Jones. L'auteur. Le poète. L'homme qui, de ses mots, touchait une corde sensible d'Alex qui n'avait jamais vibré auparavant.

— Alex, tu devrais commencer ton devoir, si tu veux avoir fini avant qu'on parte dîner ! l'appela Liv.

Le journal de Romeo retrouva sa place au fond de son sac avant même qu'elle n'ait décidé de rejoindre ses amis.

Il était temps. Temps d'avancer, de retourner à la réalité et à tout ce qui devait l'accompagner.

Alors Alex alla s'installer avec ses trois amis, près de Will et face à Charles.

Une odeur divine se dégageait de Will et de son pull de laine claire. Du bois de santal. Liv avait offert du parfum aux garçons, l'année précédente, mais Will était le seul à en mettre, Charles préférait son “odeur naturelle”.

— C'est quoi déjà la consigne ? soupira-t-elle en prenant une feuille et un stylo dans les affaires de Will.

— Écrivez une lettre à votre auteur favori sans mentionner son nom où celui de l'une de ses œuvres, récita Liv.

Charles avait visiblement déjà fini : il retirait la saleté

accumulée sous ses ongles avec une fourchette.

— Et vous avez choisi qui ? demanda Alex.

Elle connaissait assez ses amis pour savoir à qui leurs lettres seraient adressées. Charles écrirait à Georges Orwell ou Orson Scott Card, Liv choisirait l'une des sœurs Brontë et Will terminerait forcément avec une lettre pour Oscar Wilde ou Edgar Allan Poe. Probablement Oscar Wilde.

— Wilde, annonça Will, sans lever les yeux de sa feuille.

— Emily Brontë, lâcha Liv, avec un sourire.

— Orson Scott Card, faut bien que je le remercie pour *La Stratégie Ender*, débita Charles en pointant sa fourchette vers Alex.

Elle ne put retenir un sourire satisfait devant leur réponse.

— Et toi, tu penches plus vers Homère ou Homère ? ricana Will.

— Homère semble être la plus raisonnable des réponses, rit-elle.

Will lui ébouriffa les cheveux avant de se repencher sur sa feuille. Liv faisait tourbillonner un pinceau entre ses doigts, incapable de se concentrer. Charles avait enlevé sa casquette pour se coiffer avec sa fourchette.

Le silence qui régnait dans la bibliothèque était assourdissant. Comme s'ils vivaient dans une bulle flottant à plusieurs kilomètres sous la surface. Comme si, à tout moment, de l'eau glacée pouvait venir s'engouffrer dans leurs poumons.

— J'ai terminé, déclara Will en rebouchant fièrement son stylo.

Il avait écrit trois pages à Oscar Wilde. Ça, c'était le genre d'homme qu'était William Blake.

Alex le regarda ranger précautionneusement sa lettre avant d'aller s'asseoir au piano qui trônait au centre de la bibliothèque.

Il commença à jouer.

Déverser ses pensées sur le papier ne lui avait pas suffi : Will avait fissuré le barrage qui masquait ses sentiments et il devait évacuer le flux d'émotions qui n'avaient pas eu leur place dans sa lettre.

Will jouait comme le vieil homme de la nouvelle de Romeo.

Il faisait résonner l'amour que le garçon n'avait pas trouvé. Ses rêves écrasés en une réalité. Le soleil qui se couchait sur une mer infinie. Le vent qui soufflait entre les grands arbres. La liberté et l'amour. Des pensées éphémères. Des désirs qui brûlaient si fort qu'ils étaient presque devenus réels.

Les mots s'échappèrent des pensées d'Alex pour prendre forme sur la feuille.

***Cher Romeo, tu ne sais pas qui je suis : je m'appelle Alex.***

***Et moi, je te connais mieux que personne. Un peu comme ta Juliet. Je t'ai rencontré dans les pages de ton journal. J'ai lu tes mots et j'ai vécu avec toi.***

***J'ai traversé une vie de solitude, de souffrances et d'incertitudes. Tu as brisé mon cœur, Romeo. Tu l'as brisé pour le réparer des dizaines de fois d'affilée.***

***S'il y a bien une chose que tu dois savoir, c'est que tu n'es pas seul. Jamais. Pas tant que je serais sur cette planète en même temps que toi. Pas tant que tes écrits parviendront à se faufiler jusqu'à moi.***

***Je suis là pour toi, Romeo Jones.***

***Toujours là, parce que je n'ai nulle part d'autre où aller. Nulle part d'autre où j'aurais plus envie d'être que dans tes bras, tes pensées, tes sentiments.***

***Tu es déjà mon auteur. Mon poète. Tu es assez pour moi.***

Alex n'aurait jamais dû écrire ces mots. À quoi bon ? Romeo ne pourrait jamais les lire. Il n'était peut-être même pas réel. L'ombre d'une pensée. Le fantôme d'un garçon qui n'avait jamais existé.

D'un geste rageur, Alex déchira sa feuille avant d'en prendre une nouvelle à Will.

# CHAPITRE 12

*New York, jeudi 26 novembre.*

*Ma Juliet, c'est Thanksgiving aujourd'hui. Avant, c'était ma fête préférée de l'année : des jours fériés qui ont été créés uniquement pour bien manger et être reconnaissants.*

*Pourtant, ce soir, assis avec June, Logan et nos parents, j'étais incapable de déterminer ce pour quoi j'étais reconnaissant, cette année. Ma rencontre avec June ? Celle qui m'a brisé le cœur ? Mes moments de joie avec Logan ? Ceux qui me rappellent que je ne serais jamais aussi bien que lui ? Mon écriture ? Celle qui est incapable de m'apporter des résultats concrets, qui n'est jamais à la hauteur ?*

*Plus rien ne va, Juliet. Plus rien. Il n'y a pas un aspect de ma vie pour lequel je puisse être reconnaissant. Avant, j'étais capable de te faire une liste détaillée des instants de bonheur qui comblaient mes journées. Maintenant, je me trouve de nouveau face à une feuille blanche.*

*Une feuille blanche. Alors que je suis un auteur, Juliet. Je ne devrais pas être capable de laisser une page vide bien longtemps. Mon instinct me pousse toujours à la remplir. À recouvrir chaque surface possible d'idées, de mots, de personnages. De créer mon monde.*

*Là, j'en suis incapable.*

*Augustus Prep, dimanche 29 novembre.*

*Personne ne va venir me sauver, Juliet. Personne ne va m'aider. Personne ne va me dire que tout va bien se passer. Personne ne va me rappeler que je suis assez. Personne ne va me promettre un futur.*

*Personne, Juliet. Juste moi.*

*Avant, c'était Logan et Romeo. Maintenant, c'est seulement Romeo. Romeo Jones. Romeo Dorian Jones.*

*Moi.*

*Augustus Prep, mercredi 2 décembre.*

*Je suis perdu, Juliet. Incapable de déterminer si certains de mes souvenirs sont réels.*

*Mon esprit se sent mourir et il essaye donc de m'inventer une vie que je n'ai pas vécue. Des fragments de rêves qui, mis ensemble, pourraient passer pour des instants de ma réalité.*

*Je déteste ça, Juliet. Même ma mémoire se retourne contre moi. Elle ne m'appartient plus. Je ne peux faire confiance à personne. À rien. Pas même à moi-même. À qui je suis.*

*Quel est le futur vers lequel je rampe ? Vaut-il le coup ?*

*Sinon, je suis prêt à tout arrêter. Maintenant. Rentrer à New York. Commencer à travailler dès maintenant. Oublier mes rêves de grandeur. Laisser disparaître la vie que me promet mon écriture ; même elle ne peut plus me sauver.*

*Augustus Prep, lundi 15 décembre.*

*C'est mon anniversaire, Juliet. J'ai dix-huit ans. Enfin. Logan a proposé qu'on passe la journée ensemble. Juste lui et moi. Comme avant.*

*Avant June. Avant que mon monde ne s'effondre. J'en ai presque oublié qu'il m'a brisé le cœur. Qu'il m'a volé la seule femme que j'ai aimée.*

*Il était parfait, Juliet. Logan m'a invité au* Crazy Diner, *pour le petit déjeuné, et il m'a offert dix-huit lettres écrites par toutes mes personnes préférées.*

*Il y avait dix-huit lettres, Juliet. De ma famille. Des quelques amis que nous avons laissés à New York. Dix-huit personnes qui sont incapables de me soutenir quand j'en ai vraiment besoin. Dix-huit personnes qui prétendent m'adorer.*

*Il arrive donc bien que même les mots perdent toute valeur.*

*New York, mercredi 24 décembre.*

*Joyeux Noël, Juliet. Le premier Noël où mes cadeaux ne m'intéressent pas. Tout ce que je souhaite, c'est qu'il se termine.*

*Arrêter de voir June assise sur les genoux de Logan, dans le salon. Ne plus les regarder s'embrasser quand ils pensent que personne ne fait attention à eux. Oublier leurs regards qui ne cessent de dévier de leurs tâches pour aller se poser sur l'autre.*

*Ils vivent l'amour que je désire tant. Celui que je ne trouverai jamais.*

*Augustus Prep, jeudi 1er janvier.*

*Bonne année, Juliet. J'espère qu'elle sera remplie de bonheur. Autant pour toi que pour moi. Je ne vois pas comment je pourrais continuer à vivre si ce n'est pas le cas.*

# CHAPITRE 13

— *Tout ce que nous voyons ou paraissons n'est qu'un rêve dans un rêve,* marmonna Will.

Il avait les mains serrées autour d'une tasse de café et son regard se perdait quelque part derrière Alex, sur les murs du *Crazy Diner.*

Le réveil avait été douloureux ce matin-là : ils avaient passé la nuit dans la bibliothèque, accompagnés d'une bouteille de vodka. Ils avaient lu des citations de leurs auteurs préférés à voix haute, avaient consommé la littérature comme l'alcool.

Ils avaient ressuscité les poètes, oublié qu'ils avaient tous disparu. Juste le temps d'une soirée.

Une soirée où la bibliothèque n'était plus un cimetière.

Une soirée où les morts marchaient parmi les vivants.

— Laisse-moi deviner, grogna Charles. Edgar Allan Poe ?

Des quatre amis, Charles était le plus mal-en-point : il était affalé sur la table et quelques mèches aux pointes rouges trempaient dans ses œufs brouillés, ses lunettes peinaient à maintenir tous ses cheveux contre le haut de son crâne. Alex lui avait volé sa casquette dès qu'ils étaient sortis d'*Augustus Prep,* dans l'espoir de masquer sa propre gueule de bois.

— Oui, hier on a lu *Un rêve dans un rêve,* répliqua Will.

— Comme s'il allait s'en rappeler, ricana Liv.

Alex ne se souvenait pas nettement de leur soirée, mais l'image de Will debout sur une table, une bouteille dans une main et un recueil de poèmes dans l'autre, était gravée dans sa mémoire. Un héros de la littérature. Un passionné d'art.

Étonnement, personne n'était venu les arrêter. Ils avaient seulement attiré l'attention d'autres étudiants qui avaient rejoint leur soirée improvisée, sans hésiter.

— C'est bon, pas besoin d'en rajouter une couche, grommela Charles.

— Au moins, tu te souviens du début de la soirée, c'est le plus important, tenta Alex.

À l'origine, ils s'étaient retrouvés dans la bibliothèque pour travailler leur adaptation de *Roméo et Juliette*. En cours de théâtre, leur professeur avait demandé de recréer, en groupe, une pièce de Shakespeare. Il ne leur avait pas fallu longtemps pour choisir *Roméo et Juliette* et, seulement quelques minutes plus tard, quand Charles avait déterminé qu'ils avaient assez travaillé, il avait sorti une bouteille de vodka.

— *Roméo! Pourquoi es-tu Roméo? Renie ton père et abdique ton nom ; ou, si tu ne le veux pas, jure de m'aimer, et je ne serai plus une Capulet,* sourit Charles.

Il avait visiblement décidé que ce serait lui qui jouerait l'un des rôles principaux, Alex était trop fatiguée pour le contredire.

— C'est les lignes de Juliette, pas de Roméo, remarqua Will.

Le nom de Romeo glissait étrangement sur sa langue. Dans l'esprit d'Alex, il n'y avait qu'un seul Romeo. C'était un poète. Un auteur. Un jeune homme qui cherchait éperdument sa Juliet. Pas le garçon fou amoureux d'une fille qu'il venait tout juste de rencontrer.

— Et si j'étais Juliette, ça te poserait un problème, William

? gronda Charles, sans lever la tête de ses œufs brouillés.

Alex était vraiment tentée de sortir ses cheveux de son assiette.

— T'es pas assez gracieux pour être Juliette, Charlie, répondit Will.

Liv poussa un profond soupir qui résonna dans le *diner* presque désert. C'était elle qui avait bu le plus la veille, et pourtant, rien ne trahissait ce détail sur son visage. Elle sirotait distraitement son milkshake à la vanille, un exemplaire de *Jane Eyre* entre les mains.

— On va arrêter les stéréotypes, William Blake, parce que j'ai vraiment pas le courage d'aller te donner une douche froide, grogna Charles.

Liv mit sa fourchette dans l'assiette de Charles, dans l'espoir de pousser ses cheveux hors des oeufs brouillés, mais Will intercepta son mouvement avant même qu'elle ne puisse l'aider.

— C'est pas une question de stéréotypes, c'est pour qu'on ait une bonne note, expliqua Will. Ce que les profs attendent, c'est une Juliette et un Roméo. Deux enfants innocents qui découvrent l'amour.

Will avait du mal avec le changement. Il avait grandi dans une famille où les traditions étaient vénérées, où le monde devait rester comme il avait toujours été.

La première fois que Charles, Liv et Alex étaient venus dîner chez lui, ça avait été un véritable désastre : Charles avait empilé des remarques déplacées qui n'avaient fait rire que lui, Liv n'avait pu s'empêcher de promener ses doigts sur les tableaux qui décoraient la maison et Alex avait renversé plusieurs fois son verre d'eau, prise de panique. Il n'y avait que Charles qui en gardait vraiment un bon souvenir.

— Mais si on leur donne exactement ce qu'ils attendent, c'est pas créatif, les interrompit Liv. On devrait les surprendre. Débarquer avec le contraire de ce qu'ils veulent. Ça sera plus intéressant pour eux, et pour nous.

— Exactement ! s'exclama Charles en levant la tête.

Un morceau d'œuf s'écrasa sur son front, lui arrachant une grimace dégoûtée. Alex récupéra la nourriture molle du bout des doigts pour la remettre dans son assiette.

Ce n'était vraiment pas le bon jour pour lancer Charles dans un débat.

— Donc vous voulez que notre Juliette soit un garçon ? Et notre Roméo, une fille ? articula Will.

— Pas forcément, ça reste assez cliché et il y a que les prénoms qui changent, dans ce cas-là. Ça pourrait être tous les deux des garçons, déclara Alex.

Le regard de Will se posa durement sur elle avant de dévier sur Charles, puis sur Liv. Il finit par laisser théâtralement tomber ses mains à plat sur la table, pour mettre fin à un combat qu'il savait perdu d'avance.

— Vous êtes tous contre moi, lâcha-t-il. Bande de traîtres.

— Tu vas voir, Willy, la pièce de Roméo et Jules va être géniale ! le rassura Charles en enfournant une bouchée d'oeufs dans sa bouche. Beaucoup mieux que l'originale !

Alex le regarda dévorer son petit-déjeuner :Charles semblait avoir une manière bien particulière de voir le monde. Rien n'était sérieux avec lui et pourtant, elle était certaine qu'il avait des pensées beaucoup plus sombres qu'il ne le laissait paraître. C'était souvent le cas, avec ceux qui s'efforçaient de faire rire la galerie.

— Si je me fais refuser à Yale à cause de vos histoires... commença Will.

Liv lui tapota doucement l'épaule avec son livre.

— Tu te feras accepter à Yale grâce à nos histoires, promit-elle.

Yale. La destination de rêve de Will. Il avait été admis dès la fin du lycée, grâce à ses résultats parfaits aux SATS, mais il avait demandé une année de césure pour pouvoir venir à *Augustus Prep.*

Will avait mis ses rêves de côté pour leur amitié, pour une dernière année.

— Je crois qu'il faut que je retourne me coucher, murmura Charles.

Ses paupières tombaient presque sur ses yeux clairs et sa tête reposait lourdement sur le dossier de la banquette où il était assis avec Alex.

— Je vais le raccompagner, proposa-t-elle.

Will et Liv n'émirent aucune objection lorsqu'ils se glissèrent hors du *booth.* Charles avait perdu toute l'arrogance qui accompagnait habituellement sa démarche, son pas était lourd, chaque mètre semblait le vider complètement de son énergie.

Le retour à *Augustus Prep* fut une véritable torture pour Alex qui dut traîner Charles sur plus de la moitié du chemin. Plusieurs fois, il s'arrêta et s'assit sur le bord du trottoir pour regarder les voitures passer. Il connaissait la marque et le modèle de chacune d'entre elles. Et Alex s'installa systématiquement derrière lui, ses avant-bras appuyés sur les épaules de son meilleur ami. Elle l'écoutait en silence et attendait qu'il décide de se relever pour continuer.

Lorsqu'ils arrivèrent sur le campus, des étudiants distribuaient des tracts. Alex en attrapa un en souriant avant de le lire rapidement. La bibliothécaire avait besoin de main-d'œuvre pour trier les livres.

— Je suis sûr qu'ils te donneront leur copie de *L'Iliade,* si tu les aides à ranger et que tu demandes gentiment, marmonna Charles en récupérant sa casquette qu'Alex avait gardée sur sa tête.

— Il faut y être à sept heures samedi prochain, remarqua Alex.

— Réveille-toi à six heures cinquante-neuf, t'as juste à descendre l'escalier, répondit Charles. Si t'aimes pas, tu leur craches dessus et tu remontes.

Sans lui laisser le temps de changer d'avis, il passa un bras autour des épaules d'Alex et l'entraîna jusqu'aux dortoirs.

Les couloirs grouillaient d'étudiants, certains avaient passé la soirée dans la bibliothèque avec eux, mais ne les reconnaissaient visiblement pas à la lumière du jour.

— On va dans ta chambre ou la mienne ? demanda Charles.

— C'est quand la dernière fois que vous avez fait une lessive, avec Will ? sourit Alex.

— Il y a deux semaines, grimaça Charles.

Alex imaginait donc bien l'état de leur chambre. Will était du genre à entasser ses vêtements sales dans un coin de la pièce, en s'imaginant qu'ils étaient cachés. Et Charles… Charles laissait tout traîner par terre.

— On va dans ma chambre, annonça Alex.

Il n'essaya même pas de la faire changer d'avis lorsqu'ils s'engagèrent dans le couloir des filles.

La sculpture d'Achille les attendait devant la porte de la chambre. Imposant. Puissant. Et beau comme peu avaient la chance de l'être.

— C'est quand la dernière fois que *vous* avez fait une lessive ? demanda Charles juste avant qu'ils n'entrent dans la pièce.

— Il y a trois semaines, répondit Alex.

Liv et Alex s'étaient mises d'accord pour rassembler le linge sale dans le bas de leurs placards, mais les vêtements commençaient à déborder. C'était toujours un peu mieux que la chambre des garçons.

— Tu sais ce qu'on ferait, si on était vraiment très gentils ? commença Charles.

— N'y pense même pas, Charlie, je vais pas passer mon dimanche après-midi devant la machine à laver, grogna Alex.

Charles haussa vaguement les épaules avant de se laisser tomber sur le matelas d'Alex. Il couvrait l'entièreté du lit, à lui tout seul. Un lit qui n'était déjà pas très large. Et ses cheveux frottaient contre l'oreiller d'Alex, y laissant une légère traînée d'oeufs brouillés.

—T'as trois secondes pour te lever, gronda-t-elle.

— Un, deux, trois, compta Charles.

Alex attrapa sa main et tira, dans un espoir de le faire bouger par la force. Pour toute réponse, son meilleur ami essaya de l'attirer contre lui, mais il ne parvient qu'à frôler son poignet.

— Je te laisse deux heures de sieste, pas une minute de plus, annonça-t-elle.

— Pas une minute de plus, l'imita Charles.

Il ferma les yeux et commença immédiatement à ronfler. Alex le regarda dormir pendant de longues secondes avant d'attraper le journal de Romeo et de s'installer sur le lit de Liv.

# CHAPITRE 14

*Augustus Prep, jeudi 7 janvier.*

*Je vais prendre de bonnes résolutions, Juliet. Je vais devenir la meilleure version de moi-même. Je vais oublier June. L'amour que je lui portais. Son sourire. Ses regards que j'avais mal interprétés. Je vais me relancer dans l'écriture, parce que c'est tout ce qu'il me reste.*

*Je ne peux pas passer le reste de ma vie à pleurer June. Je n'en ai qu'une. Elle est courte. Et je ne peux pas me permettre de mourir avec des regrets. Je suis plus fort que ça, Juliet.*

*Augustus Prep, vendredi 8 janvier.*

*Plan de retour à la vie :*

*- Phase 1 : recommencer à sortir de ma chambre, avec Logan, June et les amis qu'ils se sont faits.*

*- Phase 2 : rencontrer de nouvelles personnes et vivre des expériences inspirantes.*

*- Phase 3 : retomber amoureux et être heureux.*

*Ça paraît si simple, sur le papier, mais ça ne va pas être facile, Juliet.*

*Je ne peux pas me perdre à nouveau. Je ne peux pas me perdre à nouveau. Je ne peux pas me perdre à nouveau. Je ne peux pas me perdre à nouveau. Je ne peux pas me perdre à nouveau. Je ne peux pas me perdre à nouveau. Je ne peux pas me perdre à nouveau. Je ne peux pas me perdre à nouveau. Je ne peux pas me perdre à nouveau. Je ne peux pas me perdre à nouveau. Je ne peux pas me perdre à nouveau. Je ne peux pas me perdre à nouveau. Je ne peux pas me perdre à nouveau.*

*Augustus Prep, samedi 9 janvier.*

*La première phase de mon plan est en marche, Juliet.*

*Hier soir, je suis allé à la plage, avec Logan et June. Il y avait un grand feu, des dizaines de jeunes et de la bière. Tout ce dont j'avais besoin.*

*J'étais réveillé. Enfin réveillé, Juliet. J'étais vivant. J'ai peut-être un peu trop bu, mais j'ai vécu. Je ne me souviens que vaguement de ce qu'il s'est passé. Je n'ai pas besoin de chaque détail pour comprendre que je commence à me retrouver. Enfin.*

*Je me sens bien, Juliet. Comme si je venais de reprendre possession de mon corps, après avoir regardé ma vie de loin pendant si longtemps.*

*Augustus Prep, dimanche 10 janvier.*

*C'est tellement facile, Juliet. De juste se laisser aller. De s'allonger. De fermer les yeux. Et de commencer à rêver. De s'imaginer des instants qui n'ont jamais existé.*

*Malheureusement, je me fais toujours rappeler à la réalité. Au fait que, l'année prochaine, nous devons tous partir à l'université.*

*June et Logan ont envoyé leurs candidatures, toutes en Europe. Je crois qu'ils vont essayer d'aller dans la même université. Comme June veut absolument quitter les États-Unis, Logan ne lui a pas dit que son rêve a toujours été* Northwestern University, *à Chicago, et qu'il n'y a même pas postulé.*

*Et moi, je n'ai rien envoyé. Parce qu'en octobre et en novembre, je ne pensais même pas trouver la force de tenir jusqu'à l'année prochaine. Toute mon attention était concentrée sur mon roman et June. Et mon cœur brisé.*

*Le rêve que je partageais avec Logan de partir à Chicago a été oublié. Je vais devoir me créer un nouveau chemin. Un nouveau futur. Seul.*

*Je me retrouve au pied du mur et je ne sais pas si je pourrais l'escalader.*

*Augustus Prep, lundi 11 janvier.*

*J'ai parlé avec mon professeur référent, Juliet. Il dit que ça serait possible que j'entre à l'université si j'arrivais à écrire quelque chose qui les pousserait à me vouloir chez eux. Moi.*

*Quelque chose de magnifique, pour que les écoles les plus prestigieuses se disputent. J'ai toujours aimé les défis, Juliet. Bien sûr que je vais leur faire ça.*

*Augustus Prep, mardi 12 janvier.*

*J'ai terminé un nouveau chapitre aujourd'hui. Tu adorerais ce roman, Juliet.*

*Écrire, ça me soigne. Ou ça me détruit. Dans tous les cas, si Amory arrive à s'en sortir, je pourrai survivre, moi aussi.*

*À travers lui, j'aperçois ma guérison.*

*Augustus Prep, vendredi 15 janvier.*

*Juliet, on a un problème.*

*June est intéressée par ce que j'écris. Elle veut lire l'histoire d'Amory.*

*Je ne suis pas sûr d'être prêt à la lui partager. L'image qu'elle se faisait de moi va disparaître en fumée pour être remplacée par le véritable Romeo. Elle va me découvrir à travers mes écrits. Lire mes pensées les plus profondes. Celles que je n'aurais jamais le courage de vocaliser. Celles que je tape violemment sur mon ordinateur, pour m'en débarrasser, pour les associer à mes personnages. Pour me rassurer.*

*Au fond, c'est moi. Les personnages sont moi. Chacun d'entre eux détient une partie de mon âme.*

*— T'es pas obligé, Momo, m'a fait remarquer Logan quand on est retourné dans notre chambre.*

*— Tu laisses June écouter tes chansons, en quoi est-ce que c'est différent ? ai-je répliqué.*

*Il n'a même pas réfléchi avant de répondre. Pas une seule seconde, Juliet.*

*— Toutes mes chansons, elles sont pour June. Ton roman, je suis pas sûr que tu l'écrives pour elle.*

*Il avait raison, Juliet. C'est ça le pire : c'est qu'il avait raison.*

*Je n'écris pas ce roman pour June. Ou pour lui. Ou pour mon public. Celui-là, il est pour moi. Rien que pour moi. C'est ma rédemption.*

*Augustus Prep, dimanche 17 janvier.*

*Juliet, j'ai découvert l'amour cet hiver et je ne compte pas retomber amoureux. Ça fait trop mal. Mon cœur ne s'en est toujours pas remis.*

*Si aimer, c'est ça, je n'en veux pas. Je vais arrêter de chercher une âme qui appelle la mienne, la seule que j'ai trouvée n'est pas intéressée.*

*Augustus Prep, mercredi 20 janvier.*

*J'avance bien dans l'écriture de l'histoire d'Amory, Juliet. C'est loin d'être terminé, mais c'est mon meilleur écrit de loin. Avec un peu de chance, ça sera assez pour les universités.*

*Je donne tout ce que je suis à ce livre. Tout ce que j'ai été. Et tout ce que je serai.*

*Augustus Prep, vendredi 22 janvier.*

*Mon professeur référent a lu quelques chapitres de mon roman, Juliet.*

*Il a détesté.*

*C'est trop sombre, d'après lui. Trop réel. Je travaille trop longuement sur mon personnage. Et l'intrigue n'avance pas. Il dit que c'est bien écrit, mais que personne ne voudra le lire.*

*Je ne sais plus quoi faire. Si je ne suis pas un auteur, je ne suis rien. Parce que c'est mon destin. Mon rêve. Ma destination. J'en suis certain. Et il n'y a qu'un seul chemin devant moi.*

*Augustus Prep, samedi 30 janvier.*

*Je continue, Juliet. Je continue parce que c'est trop tard pour s'arrêter.*

*Je suis obsédé par Amory et son histoire. Je ne pense qu'à lui. À ce qu'il ferait dans ma situation. Ses pensées deviennent les miennes. Ma vie se métamorphose sur les pages. Nous sommes plus liés que je ne le serai jamais avec personne.*

*C'est terrifiant, de distinguer le reflet de mon âme sur les pages que j'écris.*

*Augustus Prep, lundi 1er février.*

*Juliet, je vais arrêter de t'écrire dans ce carnet, quelqu'un pourrait lire ces mots et croire me connaître. June, par exemple. Ou Logan.*

*Ils ne peuvent pas savoir. Je vais te cacher, Juliet. Là, où je serais le seul à pouvoir te retrouver. Dans la bibliothèque, tu vas adorer. Derrière une vieille édition de* L'Iliade *que personne ne voudra emprunter.*

*Tu vas devenir un document sur mon ordinateur, ça sera génial. Et mes mots n'appartiendront qu'à toi. Et à moi.*

# CHAPITRE 15

Après avoir terminé de lire le journal de Romeo, elle avait fait une sieste, avec Charles, et ne s'était réveillée que lorsque Liv et Will étaient rentrés du cinéma, en fin de journée.

La semaine suivante fut interminable, la montagne de devoirs qui s'accumulait sur son bureau était un véritable cauchemar. Chaque jour, Charles insistait pour qu'Alex aille aider à la bibliothèque, il lui promit même de la rejoindre dès son réveil. D'après lui, le travail bénévole attirait toujours les universités.

Samedi matin, Alex se réveilla donc aux aurores, avant même qu'elle doive descendre à la bibliothèque. Elle se tourna pour attraper le journal de Romeo, avant de se rappeler qu'elle en avait terminé la lecture. Il ne restait que les dizaines de pages blanches qui composaient la deuxième moitié du carnet.

Il aurait pu en remplir au moins une pour annoncer qu'il allait bien. Qu'il s'en était sorti. Que le monde allait enfin voir apparaître le véritable Romeo. Celui qui avait réussi à guérir.

Il était aussi possible que Romeo n'ait pas survécu à sa douleur. À sa frustration. À son constant besoin d'attention.

Peut-être que sa vie était devenue un fardeau trop lourd à porter.

Alex n'avait aucun mal à l'imaginer allongé sur le sol froid. Son regard vide perdu dans un ciel gris.

— Touche-moi, marmonna Liv.

Les mots avaient été si nettement articulés qu'Alex crut que son amie s'adressait à elle.

— Liv ? chuchota-t-elle.

Aucune réponse. Liv dormait. Et elle rêvait. Probablement de mains sur son corps. D'un contact qui éveillait chacun de ses sens. De tout ce qu'elle avait toujours désiré. De tout ce qu'elle n'avait pas trouvé.

Elle avait déjà eu plusieurs petit-copains, mais n'en avait vraiment aimé aucun. La seule fois où elles en avaient parlé, Liv avait expliqué clairement que l'amour n'était pas ce qu'elle cherchait dans une relation. Seulement le contact. Le confort d'être avec quelqu'un, tout en sachant que cette personne n'avait aucune emprise sur elle, sur ses sentiments.

Alex, de son côté, cherchait l'amour. Désespérément. C'était pour cette raison qu'elle aimait autant le personnage de Romeo. Il arrivait à mettre des mots sur ses sentiments à elle.

Ils partageaient une même âme : amoureuse de l'amour, de l'idée d'aimer et d'être aimé en retour. De voir son reflet dans quelqu'un d'autre.

Il était six heures quarante-cinq.

Alex sortit lentement de son lit et se dirigea vers son placard. Elle enfila un jogging et un sweatshirt avant d'attacher rapidement ses mèches brunes en un chignon. Ce n'était pas beaucoup, mais si elle devait passer sa matinée dans la bibliothèque, elle n'aurait pas besoin de plus.

Les auteurs n'allaient pas la voir. Leurs œuvres non plus.

Sans un bruit, elle se glissa dans ses chaussures et sortit de sa chambre.

Face à elle, dans le couloir désert, il y avait Achille.

Toujours Achille, parce que peu importe qui entrait et sortait de sa vie, il serait toujours là. Son refuge. Chez elle. Le seul endroit où elle pourrait toujours aller. Le seul vers qui elle pourrait se tourner.

Alex s'approcha assez de la statue pour que leurs visages se frôlent. La peau de pierre d'Achille brillait sous les rayons dorés du soleil levant. Il ne lui était jamais apparu aussi vivant. Ses lèvres étaient figées dans une expression qui ne trahissait rien d'autre que de l'amour.

Un amour de légende. Un courage de héros. Le meilleur des guerriers. Il était tout ce qu'elle désirait.

Le bras d'Alex s'enroula autour du cou du héros et elle déposa un baiser sur sa joue froide.

Il ne répondit pas. Jamais.

— *Chante, déesse,* murmura-t-elle.

Il était presque sept heures. Elle s'éloigna d'Achille pour prendre la direction de la bibliothèque. Ses pas la conduisirent jusqu'à sa destination sans qu'elle soit réellement consciente de ses mouvements.

Il était beaucoup trop tôt.

— Vous venez m'aider ? demanda une vieille femme en la voyant arriver.

La bibliothécaire. Alex ne lui avait jamais adressé la parole, c'était toujours Will qui discutait avec les adultes.

— Oui, j'ai pris un tract, répondit-elle.

Le sourire qui éclaira le visage de la femme valait toutes les heures de sommeil qu'Alex venait de perdre.

— On va commencer, alors. Il faudra garder seulement les livres qui ont été empruntés plus de cinq fois, expliqua la bibliothécaire en pointant un tas de livres du menton.

Alex hocha vaguement la tête avant d'aller s'asseoir derrière une pile de livres, dans un coin reculé.

Des romans de science-fiction aux couvertures démodées étaient entassés devant elle. Sa main se referma sur le premier : *2001, l'odyssée de l'espace* d'Arthur C Clark. Il avait été emprunté six fois. Elle le posa sur sa droite.

La journée allait être longue.

— Excusez-moi du retard.

Alex leva la tête vers le nouvel arrivant, prête à le saluer.

C'était un jeune homme qui parlait avec la bibliothécaire, les mains enfoncées dans les poches de son jean.

Des mèches brunes tombaient sur ses yeux soulignés de cernes. De hautes pommettes. Une mâchoire saillante. Un t-shirt taché d'encre.

Un cri de surprise resta bloqué dans la gorge d'Alex.

Romeo.

# PARTIE II

*"One can live for years sometimes without living at all, and then all life comes crowding into a single hour."*
*Oscar Wilde*

*"Parfois, nous pouvons passer des années sans vivre du tout, et soudain, toute notre vie se concentre en un seul instant."*
*Oscar Wilde*

# CHAPITRE 16

Romeo Jones n'était pas du genre à arriver en retard. Il avait même la fâcheuse habitude de toujours être prêt en avance et de devoir s'occuper jusqu'à la minute où il pourrait enfin sortir.

Ce matin-là, quand qu'il avait dû se ruer hors de chez lui, Romeo se croyait perdu dans la vie de quelqu'un d'autre, simplement parce que son réveil n'avait pas sonné.

Un mois plus tôt, il avait emménagé dans une petite maison à seulement dix minutes d'*Augustus Prep*. Cette maison était loin d'être parfaite et pourtant, elle était idéale : avec un minuscule jardin et un porche sur lequel on pouvait installer quelques chaises.

Il n'avait pas eu d'alternative. Romeo avait un an pour écrire son roman. Une dernière année de liberté. Une année qui n'aurait jamais dû lui être accordée, mais qu'il allait passer dans cette maison financée par *Augustus Prep,* en échange de toute l'aide qu'il pouvait fournir. Si Romeo réussissait, s'il gravait son nom dans l'histoire, *Augustus Prep* serait pour toujours associé à sa renommée, cela valait bien plus que le prix d'une maison.

— Excusez-moi du retard, marmonna-t-il en entrant dans la bibliothèque.

Après avoir passé de nombreuses heures entre les étagères pleines à craquer, Romeo connaissait assez Madame Brown, la bibliothécaire, pour savoir qu'elle ne lui en tiendrait pas rigueur. La vieille femme l'adorait, tout simplement. Dès qu'ils se croisaient, elle lui pinçait affectueusement la joue avant de tapoter son crâne.

Romeo la laissa donc s'approcher laborieusement avant de sentir ses doigts osseux se refermer sur la peau de son visage.

— Tu es tout excusé, Romeo, sourit-elle.

Madame Brown perdit son sourire en sentant quelques poils de barbe qu'il n'avait pas pu raser, mais elle continua tout de même son rituel en lâchant sa joue pour venir lui tapoter le crâne.

Plusieurs mèches brunes tombèrent devant les yeux de Romeo, un rappel qu'il était grand temps de passer chez le coiffeur.

— Que puis-je faire pour vous ? demanda-t-il tout en passant une main dans ses cheveux, dans l'espoir de se recoiffer.

— Si tu pouvais aider la jeune fille là-bas, répondit-elle en pointant vaguement du doigt le fond de la bibliothèque.

Romeo avança tranquillement pour découvrir une fille assise en tailleur, entourée de hautes piles de livres. Une forteresse de littérature.

Une fille qui fixait les marques sombres sur son t-shirt de pyjamas, la bouche légèrement entrouverte. Elle lui était vaguement familière sans qu'il parvienne à se rappeler d'où il la connaissait.

Leurs regards se croisèrent. Elle avait des iris d'un brun sombre, presque noir. Deux abysses sans fond. Deux taches d'encre sur une page blanche.

Elle avait des yeux qui chantaient de la poésie.

Il avança d'un pas assuré dans sa direction.

— Qu'est-ce qu'on doit faire ? l'interrogea-t-il en s'arrêtant à côté d'elle.

Sa voix était rauque, comme s'il venait de passer une éternité sans prononcer le moindre mot. Comme s'il avait tellement à dire que ses phrases n'osaient pas franchir ses lèvres.

— Trier les livres, lâcha-t-elle en reportant son attention sur les piles, autour d'eux.

Elle avait des cheveux d'un brun presque roux. De longues mèches attachées en un chignon qui laissait entrevoir ses pointes colorées d'un rouge bordeau.

Son visage avait été taillé par un sculpteur talentueux qui lui avait offert des traits délicats. Des joues rondes. Un nez fin. Des sourcils finement tracés. Une fossette au menton.

Elle était le genre de fille pour qui on pourrait écrire des romans entiers.

— Je m'appelle Romeo, laissa-t-il échapper.

La jeune fille leva la tête vers lui et sembla presque surprise de le trouver toujours debout devant elle.

— Alexandra, déclara-t-elle.

— Alexandra, répéta Romeo.

Il avait conscience de passer pour un parfait idiot, mais son nom avait un goût divin. Celui d'un fruit interdit. Celui de sa rédemption. Juste là, à porter de main.

— Alexandra, conclut-elle avec l'ombre d'un sourire. Tu vas m'aider avec les livres ou tu es juste là pour me regarder faire ?

Romeo hocha doucement la tête en s'asseyant près d'elle,

soucieux de ne pas laisser leurs genoux se toucher.

Il attrapa un livre au hasard et commença à le feuilleter. Les mots s'envolaient de la page. Les phrases étaient illisibles. Et le regard d'Alexandra ne l'aidait pas à se concentrer.

— On garde seulement ceux qui ont été empruntés plus de cinq fois, expliqua Alexandra.

— Je sais, répondit Romeo. J'ai déjà fait ça.

Elle leva les yeux au ciel avant de prendre un nouveau livre et de l'ouvrir précautionneusement. Ses ongles étaient peints d'un rouge flamboyant. Ses doigts étaient couverts de bagues dorées.

— Tu t'appelles vraiment Romeo ? demanda-t-elle.

Romeo n'était pas vraiment d'une humeur sociable. Il s'était préparé à une matinée calme, sans interaction avec d'autres êtres humains. Rien qui ne lui demanderait trop d'effort.

Il s'était couché trop tard pour vouloir parler à des inconnus si tôt le matin : ses doigts avaient été incapables de quitter le clavier. Quand l'inspiration lui venait enfin, il n'arrivait plus à s'arrêter. Son cœur battait dans sa poitrine. Le son des touches résonnait dans ses oreilles. Les mots apparaissaient si nettement dans son esprit qu'il avait besoin de les prononcer pour ne pas les oublier.

C'était pour ce genre de moment qu'il aimait écrire.

— Oui, je m'appelle vraiment Romeo, marmonna-t-il.

Alexandra ne tourna même pas la tête vers lui, mais Romeo ne manqua pas la manière dont ses dents s'étaient enfoncées dans sa lèvre inférieure, dont ses doigts s'étaient crispés sur le livre qu'elle tenait.

— C'est quoi ton deuxième prénom ? Juste comme ça, même si on dirait une question de psychopathe, ajouta-t-elle.

— Alors c'est Dorian, lâcha-t-il avec un sourire.

Le prénom d'un héros d'Oscar Wilde. Ses parents avaient bien choisi.

— Un mélange du Roméo de Shakespeare avec le Dorian d'Oscar, sourit-elle.

Malgré le ton léger de leur discussion, Alexandra masquait à peine la panique qui étirait les traits de son visage. Ses yeux bruns ne cessaient de remonter à l'horloge accrochée face à eux et elle s'appliquait à éviter le regard de Romeo.

— On peut voir ça comme ça, ricana-t-il.

— T'es vraiment Romeo, alors, souffla-t-elle.

Romeo fronça les sourcils et ne répondit rien. Il n'y avait pas grand-chose à ajouter.

Cette fille était évidemment perdue dans son propre monde, comme tous les étudiants d'*Augustus Prep*. Quelque chose chez elle ne tournait pas rond, quelque chose que Romeo peinait à comprendre.

Romeo rangeait rapidement les livres, dans l'espoir de pouvoir vite rentrer chez lui.

Ses pensées se perdirent, par habitude, dans son prochain roman. Il réfléchit à une possible intrigue, commença à esquisser deux personnages dans son esprit, leur relation. Il n'avait pas encore été édité. Toujours pas. Parce qu'il n'avait rien écrit depuis le roman d'Amory, celui qui avait porté tous ses espoirs pendant si longtemps.

— *Roméo! Pourquoi es-tu Roméo? Renie ton père et abdique ton nom ; ou, si tu ne le veux pas, jure de m'aimer, et je ne serai plus une Capulet,* débita Alexandra.

Romeo se décala légèrement, pour s'éloigner d'elle.

Il y avait quelque chose de trop chez cette fille, une passion que Romeo n'arrivait pas à placer. Qui se dégageait de chacun de ses mouvements, émanait de chacune de ses actions. De ses paroles.

— C'est la seule ligne de *Roméo et Juliette* que je connais, ajouta-t-elle.

— C'est pas moi, ce Roméo-là, soupira-t-il.

Romeo était fatigué de ce genre de blagues de mauvais goût. Fatigué d'être défini par son nom, de ne pas avoir une chance de montrer qui il était réellement.

— Quel Roméo es-tu, alors ? demanda Alexandra en se tournant vers lui.

Le corps de Romeo répondit immédiatement au sien en s'orientant pour se trouver face à elle.

D'aussi près, les yeux d'Alex étaient bien plus que deux taches sombres. C'était un ciel nocturne sans étoile. Les profondeurs d'un océan enragé où il serait si facile de se noyer. Et malgré tout, une innocence surprenante y brillait. Comme dans le regard d'un enfant.

— Pas celui qui tombe aussi rapidement amoureux d'une fille, articula Romeo.

Peut-être pas, mais il ressentait l'amour exactement de la même manière : beaucoup trop, beaucoup plus que le reste du monde.

— Après, mieux vaut aimer rapidement et complètement que ne jamais rien ressentir du tout, répliqua-t-elle.

Les doigts d'Alexandra jouaient nerveusement avec les pages du livre qu'elle tenait entre les mains.

Romeo n'était pas dupe, il voyait très bien la manière dont elle le regardait. La manière dont ses joues rosissaient légèrement. Le vague sourire qui planait désormais sur ses lèvres.

Comme si elle venait de retrouver un trésor qui lui avait été volé. Comme si, pour la première fois depuis longtemps, elle se laissait espérer.

Malheureusement, Romeo n'avait plus rien à offrir. À personne. Plus d'affection. Plus d'amitié. Plus d'amour. On l'en avait vidé.

— Tu ne sais pas de quoi tu parles, soupira-t-il.

— Explique-moi alors, le poussa-t-elle.

Elle s'approchait inconsciemment de lui. Comme pour le percer à jour. Pour découvrir ses secrets. Pour le voir.

Pour déterrer celui qu'il gardait précieusement caché.

Romeo se leva brusquement.

— Je n'ai rien à t'expliquer, lâcha-t-il. Bonne journée, Alexandra.

Et il tourna les talons.

Parce que ça avait toujours été plus simple de fuir. Sans penser à faire demi-tour. Sans jamais regarder par-dessus son épaule.

Ce fut ainsi qu'il sortit de la bibliothèque, puis d'*Augustus Prep,* convaincu qu'il devait s'en éloigner le plus rapidement possible.

Il slalomait entre les étudiants qui retournaient dans leurs chambres, les sportifs qui trottinaient dans les escaliers et les groupes d'amis qui se tenaient au milieu du trottoir.

*Explique-moi.*

Son ton avait été suppliant. Comme si elle était réellement intéressée par ce qu'il avait à dire. Comme si elle s'en souciait. Comme si elle avait physiquement besoin de sa réponse.

Il n'y avait rien à expliquer.

Romeo n'était plus que l'ombre de ce qu'il avait été.

Sans June, il ne lui restait que de vagues souvenirs de

l'année précédente. L'ombre d'instants éveillés par une odeur. Un son. Un air de musique. Un mot.

Il arrivait pourtant que Romeo pense à ces jours-là et qu'il se surprenne à sourire.

Parce qu'ils avaient été heureux, même si ça n'avait pas duré longtemps. Ils avaient été heureux, tous les trois, aussi fou que cela puisse paraître.

Les rues de Charleston avaient perdu tout leur charme. Les maisons colorées n'éveillaient qu'un profond malaise chez Romeo : il n'avait pas sa place dans cette ville. La chaleur était étouffante. L'humidité pesait sur chacun de ses mouvements.

Les pas de Romeo l'avaient mené jusqu'à chez lui. Jusqu'à sa petite maison, dans le centre-ville, blottie dans l'ombre d'un grand arbre, avec ses murs roses et ses fenêtres d'un blanc jauni.

Il déverrouilla la porte d'entrée et se précipita jusqu'à l'ordinateur qu'il avait abandonné sur le canapé.

Romeo Jones se mit à écrire, dans l'espoir de retenir la vie qui lui filait entre les doigts.

*Charleston, samedi 3 octobre.*

*Juliet, j'ai rencontré une fille aujourd'hui. Non. Pas ce genre de fille. Juste une étudiante. Une artiste dont je ne connais pas encore l'art. Elle avait de très beaux yeux. Un regard sombre qui semblait me percer à jour, pour découvrir la couleur de mon âme.*

*Alexandra. C'était son nom. Alexandra.*

*Elle m'a posé un milliard de questions, Juliet, des questions très personnelles, pour vraiment apprendre à me connaître. Elle a essayé de repousser mes limites, comme pour découvrir où se dresse mon point de rupture.*

*Je devais l'aider à trier les livres de la bibliothèque, mais j'ai fini par me lever et la laisser se débrouiller toute seule. J'ai paniqué, Juliet, ne me regarde pas comme ça. Je ne pouvais pas affronter Alexandra. Je n'ai plus la force de faire semblant.*

*Elle m'a terrifié, Juliet. J'espère ne plus jamais la revoir.*

# CHAPITRE 17

Romeo n'avait plus besoin de personne. Il allait bien.

Alex absorbait cette dure réalité en le regardant s'éloigner.

Il était exactement comme elle l'avait imaginé : les mêmes mèches brunes désordonnées, les mêmes yeux d'un vert émeraude, les mêmes taches de rousseur qui parsemaient son nez.

C'était son comportement qui s'opposait à celui du journal.

Le véritable Romeo Jones n'avait pas besoin qu'Alex le sauve.

Elle l'avait si longtemps pensé comme un garçon brisé que la possibilité qu'il ait réussi à guérir ne l'avait même pas effleurée.

Ce n'était pas son Romeo. Plus son Romeo. Le garçon qu'elle avait appris à aimer n'existait pas. Il n'était qu'une illusion. Un mirage. L'ombre d'un souvenir.

Les restes d'un poète, déjà à moitié effacés.

— Quand tu as fini avec ceux-là, tu pourras partir, annonça la bibliothécaire sans se retourner.

Alex força un sourire en réalisant que c'était à elle que la vieille femme s'adressait. Un sourire pour cacher sa déception. Un sourire pour noyer l'épaisse couche de nostalgie qui remontait dans sa gorge, son sanglot.

Nostalgie du temps où Romeo Jones n'existait qu'entre les pages du journal. Où elle pouvait aimer un personnage lointain, à peine réel.

— Ça marche, merci, murmura-t-elle.

L'heure qui suivit fut interminable.

Chaque minute s'étirait pour durer une éternité. Les piles de livres ne semblaient jamais diminuer de volume.

Alex ne cessait de voir Romeo, assis à côté d'elle. Sa manière d'attraper un livre au hasard et de la feuilleter avant de le reposer, comme s'il était appelé par les pages. Par les mots. Par les histoires et les personnages.

Au fond, il était toujours Romeo, juste pas celui qu'elle voulait rencontrer.

Alex se perdit dans son travail monotone.

Il n'y avait que les couvertures colorées entre ses doigts.

Les lettres qui ne semblaient jamais s'accorder. Les feuilles jaunies.

L'odeur de vieux livres qui montait jusqu'à ses narines.

— Coucou Lexie, susurra une voix dans son oreille.

Elle sursauta et recula brusquement pour trouver Charles, debout derrière elle.

Son meilleur ami semblait tout droit sorti du lit, avec ses cheveux en bataille sous sa casquette et une tasse de café à la main.

— Charlie, le salua-t-elle. C'est pas trop tôt, espèce de traître.

Son cœur battait la chamade dans sa poitrine. Menaçant d'en sortir à tout moment. C'était trop pour elle. Trop d'émotions. De la surprise. De la joie. De la déception. De la tristesse. De la peur. Tous rassemblés en cette petite heure.

Quelques minutes qui avaient changé sa perception de la réalité. Parce que Romeo s'était assis là. Juste à côté d'elle. Elle n'avait eu qu'à tendre la main pour l'effleurer.

— On va au *Crazy Diner,* annonça Charles.

Alex leva la tête vers les fenêtres pour découvrir que le soleil était déjà haut dans le ciel.

— Je vais m'habiller et je vous rejoins là-bas, répondit-elle.

— Profites-en pour te brosser les dents, ricana Charles. Je te prends des œufs au bacon.

— Comme si toi tu t'étais brossé les dents, je te sens d'ici.

Un sourire étira les lèvres de Charles qui ébouriffa les cheveux d'Alex avant de repartir. Elle le regarda sortir de la bibliothèque en prenant exactement le même chemin que Romeo, seulement avec quelque chose de plus joyeux. De plus heureux. De plus fou.

Charles respirait le rire et les moments simples du quotidien. Romeo n'était qu'un creux comblé de mots, de vers. Comme si on lui avait arraché un morceau de son identité et qu'il tentait de la remplir comme il le pouvait.

Alex prit plusieurs minutes à rassembler ses idées et décider de finalement se lever. Ses jambes étaient engourdies. Lourdes. Son énergie avait été siphonnée par Romeo. Par l'espoir de le voir si proche. Par la déception de découvrir qu'il n'était pas celui qu'elle avait rencontré dans le journal.

Après être remontée dans sa chambre, Alex enfila un t-shirt qui traînait sur son lit. Un vêtement que Charles avait dû oublier là : son odeur imbibait le tissu. Un parfum familier. Un semblant de confort, de présence qui suffit à la faire sourire.

— Je n'ai pas besoin de toi, Romeo, souffla-t-elle.

Elle respirait à nouveau. Si Romeo avait réussi à avancer,

malgré tout, elle n'aurait aucun mal à l'oublier.

Ils pouvaient vivre l'un à côté de l'autre, sans jamais entrer en collision.

Alex avait aussi compris que Romeo n'était pas son genre de garçon. Il était trop torturé. Trop profond. Trop passionné. Trop sombre. Elle devait trouver son lever de soleil, pas sa nuit étoilée. En plus, avec Romeo, les étoiles étaient encore voilées.

Elle sortit de sa chambre pour trouver les couloirs bondés. Une population bruyante et colorée. Des livres pleins les bras, des tasses de café brûlant entre les doigts, des cernes sous les yeux, la plupart des étudiants retournaient dans leurs chambres. Ils ressortiraient tous ce soir-là, traîner sur la plage, les pieds dans le sable et la tête dans les nuages.

Alex trottina hors du campus pour se retrouver dans les rues ensoleillées de Charleston. Elle n'était jamais allée seule au *Crazy Diner,* toujours accompagnée de Charles ou Liv. Mais, cette fois, elle se sentait libre. Libre de marcher à la vitesse qu'elle désirait. Libre d'écouter les oiseaux chanter, les voitures gronder, les enfants crier.

Elle se laissa sourire. Regarder les nuages qui avançaient tranquillement au-dessus de sa tête. Écouter les conversations des inconnus qu'elle croisait.

Alex flottait presque quand elle franchit la porte du *Crazy Diner.*

Ses amis, installés dans leur *booth* habituel, étaient penchés au-dessus de la table comme pour partager un secret. Alex grimaça avant de les rejoindre.

— Qu'est-ce qu'il se passe ? demanda-t-elle en arrivant près d'eux.

Charles l'attrapa par la nuque pour abaisser sa tête à leur

niveau.

— Il y a un mec qui regarde Liv depuis tout à l'heure, chuchota-t-il.

— On pense qu'il veut son numéro, ajouta Will.

— Mais je suis pas sûre d'être intéressée, conclut Liv.

Ce n'était pas la première fois qu'ils se retrouvaient dans ce genre de situation : Liv était tout simplement extraordinaire. Une artiste dans toute sa splendeur, un pinceau dans les cheveux, de la peinture sur le front.

Il était possible de tomber amoureux d'elle avant même de lui avoir adressé la parole. Sans l'avoir regardée peindre. Sans l'avoir fait sourire.

— Tu veux que j'aille lui dire ça ? proposa Alex.

Cette fois-ci, Charles passa un bras autour de sa taille et l'attira avec lui sur la banquette.

— On a pas encore pris de décision là, Lexie, gronda-t-il.

Liv mâchouillait nerveusement sa lèvre inférieure et Will lui massait le dos, son regard perdu dans le vide.

— C'est pas une décision qu'*on* doit prendre. C'est mon choix, remarqua-t-elle.

— Complètement, approuva Alex. Fais ce que tu veux, Liv. Ça fait longtemps que t'as pas été avec un garçon.

— Trop longtemps, murmura Liv.

Alex ne manqua pas la manière dont le regard de son amie glissa sur Charles. Et sur le bras qu'il avait toujours enroulé autour de la taille d'Alex.

Avant même qu'ils ne puissent l'en empêcher, Liv se leva et rejoignit le garçon en quelques enjambées.

Alex ne vit qu'une tignasse rousse qui bouclait sur son crâne. Mauvaise idée.

D'après l'expérience générale, les roux étaient les pires.

Une rousse avait joué avec Will pendant plusieurs semaines, juste pour ses notes des cours, et un roux avait abandonné Charles après trois mois de couple. Ils avaient donc décidé de rester loin des roux, pour la sécurité de tous.

— Il est roux, lâcha Charles.

— Il est roux, répéta Will.

— Il est roux, conclut Alex.

Ils hochèrent solennellement la tête, tout en regardant Liv qui s'asseyait face au garçon en question.

— Je lui donne deux minutes avant qu'elle revienne, annonça Will.

— Au moins cinq, quand même, répliqua Alex.

— Il est roux, répéta sombrement Charles.

Liv revint rapidement à leur table, avec une expression dépitée, ses poings plantés sur ses hanches.

Alex passa un billet de cinq dollars à Will qui lui prit en souriant et le rangea précautionneusement dans son portefeuille.

— Il est roux, expliqua Liv en se rasseyant près de Will.

Ils éclatèrent de rire tandis que le garçon sortait du *diner.*

— Les blonds sont plus beaux, de toute façon, déclara Charles. C'est bien connu. Tous les beaux hommes sont blonds. On a Brad Pitt, Chris Hemsworth, Leonardo DiCaprio…

— Et Achille, ajouta Alex.

Elle n'avait pas besoin de se tourner vers Charles pour savoir qu'il venait de lever les yeux au ciel. Il le faisait dès qu'Alex proclamait son amour pour le héros.

— Et Dorian Gray, sourit Will.

— Bon, vous avez compris ce que j'essaye de dire, grogna Charles.

Alex ne prit même pas la peine de répondre avant de se pencher sur l'assiette d'œufs et de bacon que ses amis lui avaient gardée. Se concentrer sur sa nourriture lui permit d'éviter d'entrer dans le débat que Charles et Liv livraient sur la teinte de cheveux la plus attirante.

Après plusieurs minutes de discussion animée, ils finirent par se mettre d'accord sur le fait que les roux étaient les pires. Et ce fut tout. Will n'osa même pas relancer le sujet.

Ils rentrèrent à *Augustus Prep* en début d'après-midi. Liv et Will s'installèrent dans la bibliothèque, pour s'avancer dans leurs devoirs, Charles monta faire la sieste et Alex partit chercher un livre dans sa chambre. Elle attrapa le journal de Romeo, par habitude.

Elle aurait voulu le relire, mais l'image qu'elle s'était créée de Romeo avait disparu. Le garçon qu'elle connaissait n'existait plus. Il ne restait que son fantôme.

Son attention finit par se poser sur la deuxième moitié du journal, celle qui se composait uniquement de pages blanches. Celle que Romeo avait choisi de ne pas remplir.

Alex avait longtemps perdu ce besoin d'écrire. Cette nécessité de s'ouvrir à vif sur la page. De déverser ses sentiments entre les lignes.

*Mais* Romeo l'avait réveillée. Alors, un stylo à la main, elle commença à écrire dans son journal.

***Augustus Prep, samedi 3 octobre.***

***Je ne voulais pas t'écrire, Romeo. Je n'en avais jamais vraiment eu envie. Jamais, jusqu'à aujourd'hui.***

***On s'est rencontré ce matin. Je ne t'avais pas imaginé comme ça. Tu sembles en forme. Presque heureux. Si je n'avais pas vu de photo de toi, je ne t'aurais pas reconnu.***

*Parce que tu as changé, Romeo. Beaucoup changé, en plus de six mois. Et tu n'es plus celui que j'ai appris à aimer.*

*Tu m'as dit que tu n'étais pas le genre de Romeo qui tombait rapidement amoureux d'une fille. Je ne te crois pas. Je te connais assez pour savoir que tu es le genre de garçon pour qui il suffit d'un regard, d'une remarque, d'un instant pour que ton monde entier chavire.*

*J'espère que tu ne reviendras plus à* Augustus Prep *: j'aimerais garder l'image que j'avais de toi, oublier celui que tu es devenu.*

# CHAPITRE 18

Romeo ne pensait pas retourner à la bibliothèque si tôt après y avoir laissé Alexandra, surtout pas le soir même.

Leur tri lui avait rappelé la présence de son journal intime, sur l'étagère de *L'Iliade.* Un petit carnet de cuir que n'importe qui pourrait découvrir, n'importe quand. Ses pensées les plus profondes qui finiraient sûrement dans l'un des cartons marqués "à donner", empilés au fond de la bibliothèque.

Romeo se devait de le sauver. Il se devait de sauver sa Juliet. Les premiers mots qu'il lui avait écrits, d'une main fébrile, un an auparavant. Il y avait aussi laissé l'une des seules photos de Logan, June et lui, pliée entre deux pages. Romeo détestait cette photo, mais personne ne devait la trouver.

Les couloirs d'*Augustus Prep* étaient déserts : le samedi soir, les étudiants étaient de sortie. Ils allaient sur la plage, s'inspirer de l'air marin, du son des vagues. Peu importe l'état du quotidien de chacun, l'océan était toujours là. Là, pour les artistes. Là, pour les rêveurs.

Les portes de la bibliothèque étaient fermées, mais des éclats de voix lui parvenaient de l'intérieur.

*Tous* les étudiants n'étaient donc pas de sortie.

Après avoir pris une profonde inspiration, Romeo passa

entre Athéna et Aphrodite et entra dans la bibliothèque.

Seulement quelques lampes étaient allumées, dans le fond. La lune brillait derrière les hautes fenêtres. Les rideaux de velours semblaient secoués par des fantômes.

Romeo avança doucement, ses mains glissaient sur les tranches de livres. Il discernait les voix plus nettement. Des éclats de rire. Et des chuchotements étouffés.

Un craquement sec se répercuta alors contre les plafonds finement décorés et les bustes de marbre. Un craquement qui fut rapidement suivi de cris affolés.

— Charles ! T'as cassé la chaise !

— Mais non, regarde. Je suis sûr que ça se recolle.

Un sourire étira les lèvres de Romeo. Les chaises de la bibliothèque étaient terriblement fragiles.

Il contourna un pilier de pierre pour pouvoir entrer dans l'allée d'Homère, sans jeter un regard vers le buste de Shakespeare. Ses pas étaient silencieux contre l'épais tapis.

Et c'est là qu'il les aperçut.

Deux garçons et deux filles. Tous debout sur une table. L'un d'eux avait une bouteille à la main. Le deuxième garçon était penché sur une chaise à laquelle il manquait un pied. La première fille avait une pile débordante de livres dans les bras. Et l'autre, l'autre c'était Alexandra.

Comme alertée de sa présence, elle se retourna. Leurs regards se croisèrent et Romeo fut surpris par la vitesse à laquelle son sourire disparut.

L'un des garçons, celui qui s'occupait de la chaise, leva brusquement la tête vers Alexandra. Il ne lui fallut que quelques secondes pour trouver Romeo, paralysé près de Shakespeare.

— Je vous jure que c'était un accident ! Je suis trop jeune

pour aller en prison ! s'écria-t-il.

Il avait probablement trop bu. De là où il se tenait, Romeo pouvait voir ses joues rosies et le grand sourire qui barrait son visage. La folie qui brûlait dans ses iris, derrière le verre de ses lunettes.

— Il va pas t'amener en prison, ricana Alexandra. Charlie, laisse-moi te présenter Romeo Dorian Jones !

Romeo la regarda descendre laborieusement de la table. Elle se serait écrasée contre le tapis si le fameux Charlie ne l'avait pas rattrapée d'une main assurée.

Ils étaient liés, tous les deux, par quelque chose que Romeo n'arrivait pas encore à comprendre. Il s'était trompé sur le compte d'Alexandra, son intérêt n'avait peut-être été que de la curiosité.

— Mais non ! Tu mens ! articula la seconde fille.

Celle-ci était tout simplement magnifique, d'une beauté qui méritait d'être peinte sur une toile, par plusieurs couches de couleurs et une infinité de coups de pinceau.

Ces quatre étranges individus analysaient attentivement Romeo.

— On a lu ta nouvelle sur le garçon ange, ajouta le second garçon. C'était vraiment très bien.

— Carrément déprimant, par contre, ajouta Charlie. Tout va bien dans ta vie ?

Romeo était mis à nu devant eux. Ils avaient eu droit à un aperçu de son âme, à travers ses écrits, alors qu'ils étaient de parfaits inconnus.

Le garçon, ses ailes, ses larmes et ses rêves, c'était Romeo. Une image enfantine de lui-même. Un enfant qui possédait les mêmes pensées. Les mêmes envies. Qui avait les mêmes désirs que lui.

— Laissez-le tranquille, il est pas gentil de toute façon, grogna Alexandra.

Sa réaction, lors de leur rencontre, prenait désormais un sens nouveau. Elle le connaissait déjà par l'une de ses œuvres. L'écrit duquel il était le plus fier. Celui où il avait caché sa partie préférée de lui-même.

— Moi, je trouve qu'il a l'air gentil, remarqua l'autre fille.

— Il fait semblant, marmonna Alexandra.

Romeo aurait voulu répondre à cette accusation, mais il fut coupé par Alexandra qui éclata en sanglot. Charlie l'attira immédiatement contre son large torse, elle paraissait minuscule dans ses bras.

Les deux autres inconnus échangèrent un regard entendu avant de se tourner vers Romeo.

— Tu veux de la vodka ? finit par proposer le second garçon.

Celui-ci avait un recueil de poèmes d'Edgar Allan Poe entre les mains, des dizaines de post-its étaient collés entre les pages, un assortiment coloré. Il avait aussi un stylo perché derrière son oreille et un sourire qui creusait des fossettes dans ses joues.

Romeo fut immédiatement séduit par ce quatrième personnage, qui n'avait été que bienveillant avec lui.

— Avec plaisir, répondit Romeo. Ça m'aidera peut-être à comprendre ce que j'ai fait à Alexandra.

Il ne manqua pas la manière dont elle leva théâtralement les yeux au ciel.

— Elle est toujours comme ça quand elle boit, t'inquiète, sourit la seconde fille.

— Willie, on ne partage pas la bouteille avec des inconnus, le prévint Charlie.

— Mais on le connaît ! C'est Romeo ! répliqua ironiquement Will.

Romeo franchit la distance qui le séparait de Will et attrapa la bouteille qu'il lui tendait.

Le verre était glacé entre ses doigts et une trace de rouge à lèvres tachait le goulot. Un rouge flamboyant. Le même rouge qui colorait les lèvres d'Alexandra. Il n'hésita pas plus avant d'en boire plusieurs gorgées.

L'alcool lui brûla la gorge et lui enflamma la poitrine. Un sentiment de légèreté lui montait déjà la tête.

— Tu veux lui proposer de venir dormir dans notre chambre, aussi ? demanda Charlie à Will.

Will haussa les épaules et Romeo ne put s'empêcher d'imiter le mouvement.

Il pouvait sentir Alexandra le fixer. Elle le transperçait du regard, sans esquisser le moindre mouvement. Romeo était complètement nu devant elle.

— Il pourra dormir dans ton lit. Si tu vas chez les filles, remarqua Will.

— Tu préfères faire un *sleepover* avec lui plutôt qu'avec moi ? s'exclama Charlie.

— Il y a de la place dans mon lit, si tu veux, Charles ! ajouta Liv.

Romeo peinait à suivre la discussion, il comprenait à peine quel était le prénom de Charlie, ou de Charles. Son attention ne cessait de zigzaguer entre ces quatre adolescents.

Il ne les connaissait pas et pourtant, quelque chose le poussait à rester avec eux. Debout, à côté de la table où se tenaient Will et Liv. À quelques mètres d'Alexandra et Charles, toujours enlacés.

— Dans le mien aussi ! s'écria Alexandra. Mais pas pour

toi. Tu bouges trop la nuit !

Cette remarque poussa Charles à lâcher Alexandra. Il s'écarta si brusquement qu'elle faillit trébucher sur la chaise cassée.

Romeo fit un pas vers elle, prêt à la rattraper.

— *Ceux qui rêvent éveillés ont conscience de mille choses qui échappent à ceux qui ne rêvent qu'endormis,* cita Will.

Romeo fronça les sourcils. Il les fronça si fort qu'il pouvait les sentir se rejoindre au milieu de son front.

— De qui ? demanda-t-il.

— Edgar Allan Poe ! répondirent les quatre amis, en chœur.

Leurs voix s'accordaient bien. Trop bien. Comme s'ils étaient plusieurs instruments conçus pour jouer ensemble, sur la même note. Romeo sonnait faux dans leur musique. Il n'avait pas sa place dans leur orchestre, il était à peine spectateur de leur concert.

— Et on y comprend rien, ricana Liv.

— *Tu* y comprends rien, la corrigea Will.

— *On* y comprend rien, sourit Charles.

— Y a que Will qui comprend, conclut Alexandra.

Romeo n'avait définitivement rien à faire avec eux. Ils étaient trop. Trop de vie. De folie. D'Alexandra, qu'il n'arrivait pas à échapper.

Il posa la bouteille sur une étagère et commença à reculer.

L'attention générale s'était posée sur Will qui avait déjà les deux mains levées au ciel, en signe de défaite.

Le mouvement de Romeo n'échappa pas à Alexandra qui se tourna vers lui. Son regard sombre avait allumé un feu sous sa peau, un brasier qui menaçait de le consumer. Ou c'était peut-être l'alcool.

— *Allons sagement et doucement : trébuche qui court vite,*

sourit-elle.

— Je pensais que tu ne connaissais qu'une seule citation de *Roméo et Juliette,* ne put-il s'empêcher de remarquer.

— Va falloir vivre ailleurs que dans ta tête, lâcha Alexandra.

Le reste du groupe arrêta brusquement de parler pour les écouter, sans se retourner. Romeo ne manqua pas la manière dont Charles se rapprocha juste assez d'Alexandra pour pouvoir physiquement la retenir de faire quelque chose de stupide.

Charles, c'était un homme, avec de larges épaules et une allure de surfeur. Ses yeux d'un bleu profond ressemblaient étrangement à ceux de June, ce bleu qui pouvait couler des navires.

Romeo cligna plusieurs fois des paupières, pour la chasser de son esprit.

— Mais vas-y, pars. Je ne te retiens pas, le poussa-t-elle.

Romeo ne pouvait pas partir.

Ses pieds étaient cloués au sol. Et il ne voyait qu'elle. Que la haine qui rougissait ses joues. Car c'était de la haine, Romeo en était certain, ça ne pouvait rien être d'autre. Alexandra avait les poings si serrés que sa peau, tendue sur les jointures de ses doigts, avait pâli.

— Il peut rester, s'il veut, tenta Liv. J'aime bien ses cheveux.

— Il n'est pas roux, accorda Will.

Romeo porta la main à ses mèches brunes, comme pour vérifier ce fait.

Charles et Liv se frappèrent dramatiquement le front. Romeo laissa mollement retomber son bras le long de son corps.

Au moins, il n'était pas roux.

— Si c'est pas lui qui part, c'est moi, annonça Alexandra.

Qui m'aime me suive !

Charles attrapa son poignet, pour l'empêcher d'avancer. Elle se tourna vers lui et il lu quelque chose dans son regard qui le poussa à la lâcher.

Personne n'avait jamais pu lire quoi que ce soit dans le regard de Romeo. Personne.

Alexandra avançait droit sur lui. Sans dévier de sa trajectoire. Romeo ne pouvait pas s'écarter de son chemin. Il ne voulait pas lui donner cette satisfaction.

Leurs épaules se heurtèrent violemment. Romeo sentit Alexandra perdre son équilibre et, d'un mouvement instinctif, il la retint par la hanche.

Son sauvetage n'était pas digne de films d'action. Il était maladroit et ses doigts se refermèrent sur le t-shirt d'Alexandra avant de pouvoir réellement la maintenir en place.

— Regarde où tu vas, murmura-t-il.

Elle était partout. Son parfum dans l'air. Quelques mèches brunes caressaient la joue de Romeo, son souffle s'écrasait dans son cou.

Au fond de ses iris sombres, il s'apercevait lui-même.

Pas celui qu'il était devenu. C'était l'ancien Romeo qui brillait dans les yeux d'Alexandra. Celui qui combattait un cœur brisé. Celui qui avait écrit à Juliet, dans son petit carnet de cuir.

— Bouge de mon chemin, répliqua Alexandra.

Romeo desserra assez sa prise sur ses hanches pour la laisser s'éloigner, si elle le désirait. Alexandra ne bougea pas d'un pouce.

— C'est le moment pour nous de partir, annonça Charles, derrière eux.

Ce fut Romeo qui recula, soudainement rappelé à la réalité. Il avait presque oublié la présence de Charles. Et du groupe. Et du reste du monde.

— Charlie ! se plaignit Alexandra. On a encore le temps !

Romeo ne put réprimer un sourire lorsqu'elle s'allongea par terre, à ses pieds. Ses cheveux étalés autour de son visage. Elle riait.

Charles sortit son téléphone de sa poche pour regarder l'heure. Il réfléchit quelques secondes avant de prendre une photo d'Alexandra et de le ranger. Il avait une certaine facilité dans ses mouvements. Un contrôle parfait de son corps. Comme June.

— Je peux te laisser encore quinze minutes, concéda-t-il. Et tu peux rester aussi, Romeo, si tu veux.

— J'ai pas grand-chose de mieux à faire, répondit Romeo.

Ce n'était pas comme s'il avait un roman entier à écrire.

— On va lire les passages de nos romans préférés, expliqua Will. Et les autres doivent deviner quel livre c'est et pourquoi on a choisi ces lignes-là.

Romeo ne pouvait que citer quelques lignes d'Oscar Wilde, rien d'autre. Seulement des extraits du *Portrait de Dorian Gray* et quelques citations de ses pièces de théâtre.

— C'est marrant, ajouta Liv.

Romeo acquiesça doucement, sans trop savoir s'il voulait réellement y jouer.

Charles s'accroupit alors derrière la tête d'Alexandra, passa ses bras sous ses aisselles et la releva d'un geste parfaitement fluide. Un geste parfaitement répété, aussi. Comme s'il l'avait aidée à se relever des centaines de fois.

Ils restèrent ainsi pendant quelques instants : Charles, avec ses bras enroulés autour de sa taille et la tête d'Alexandra dans le creux de son épaule.

Ils s'assemblaient tellement bien, tous les deux, pas comme des amants, encore mieux.

Romeo espérait, un jour, trouver une fille dont le corps s'emboiterait aussi bien avec le sien.

— Je commence ! annonça Will en se dandinant sur la table, un livre à la main.

# CHAPITRE 19

*Augustus Prep, dimanche 4 octobre.*

***Je viens de remonter de la bibliothèque. Tu étais là, Romeo. Je n'arrive toujours pas à réaliser que c'était bien réel, que tu étais vraiment là. Avec moi. Tu es sorti de nulle part et, quand je t'ai vu, j'ai cru rêver.***

***Ça m'arrive, tu sais, de rêver de toi. Souvent. Plus que je ne voudrais l'admettre. J'aurais adoré pouvoir nettement délimiter la place que tu prends dans ma vie, mais j'en suis incapable.***

***Tu ne viens ni de la fiction ni de la réalité. Tu es un mélange des deux. Un homme de roman sortit de la page. Un rêve éveillé.***

***Tu es donc entré dans la bibliothèque. Will a cité du Edgar Allan Poe que tu n'as pas reconnu. Nous ne venons vraiment pas du même monde, Romeo, chez nous, on reconnaît du Edgar Allan Poe. Surtout quand c'est Will qui le cite.***

***Tu as bu de la vodka aussi. Je t'avais souvent imaginé avec un verre de vin à la main. Les artistes semblent toujours attirés par l'alcool. Ça réveille la créativité, j'imagine. Ça permet de voir la vie sous un autre angle. D'avoir une approche plus libre des choses. Ça ouvre les barrières de notre monde. Tu ne fais pas exception à la règle.***

*Alors, j'ai compris que je devais partir. Je ne pouvais pas rester une minute de plus en ta présence, Romeo. Pas comme ça. Pas après que tu aies détruit l'image que j'avais de toi.*

*Et je ne sais comment, mais je me suis retrouvée contre toi. Ta main sur ma hanche.*

*Si tu savais à quel point je sentais cette main, Romeo. Chacun de tes doigts me brûlait la peau, même à travers le t-shirt de Charles. Et tes yeux. Tu as de très beaux yeux, Romeo. D'un vert presque bleu. Celui de la mer turquoise sur du sable blanc. D'une forêt de pins qui s'étire jusqu'au ciel. Je m'y suis perdue. Comme j'avais rêvé m'y perdre.*

*Tu as joué avec nous. Au jeu de Will. Tu n'étais pas très bon. Tu ne trouvais rien, au début. On citait tous nos auteurs préférés, des auteurs que tu peinais à reconnaître. Sauf Oscar, bien sûr.*

*Et j'ai cité Homère. Je cite toujours Homère. Tu as immédiatement deviné que c'était* L'Iliade*. Avant Charles et Will. Et tu étais si fier.*

*Là, j'ai aperçu le Romeo que j'avais trouvé dans ton journal. Je t'ai tiré la langue, déçue de te voir remonter dans mon estime. Je voulais tellement te détester, parce que tu n'es pas* lui*.*

*Tu m'as fait un clin d'œil. De toutes les réponses possibles, tu as choisi le clin d'œil, je n'avais plus rien à dire.*

*Toi non plus. Tu as annoncé que tu étais fatigué et que tu devais rentrer chez toi.*

*— À samedi prochain, Alexandra !*

*Tu l'as presque crié. J'adore comment tu prononces chaque syllabe de mon prénom. Sans en émettre aucune, comme si chaque partie de moi était importante. Tu m'as fait une promesse avec ces mots, Romeo. On se revoit samedi*

***prochain. J'espère que tu vas tenir parole.***

***Charles m'a raccompagnée ici, dans ma chambre, et il est redescendu. Parce que Liv s'est endormie sur un des tapis. Il va la porter dans son lit, avec Will. Ils font souvent ça. Surtout avec Liv, parce que moi, je ne m'endors pas aussi facilement qu'elle.***

***J'ai hâte de te revoir, Romeo.***

La porte de la chambre s'ouvrit alors pour laisser paraître Charles et Will, ils portaient laborieusement Liv. Ils déposèrent précautionneusement leur cargaison sur son lit. Elle poussa un grognement animal et attrapa l'oreiller le plus proche pour le serrer contre son cœur.

Charles, Will et Alex partagèrent le même sourire attendri.

— Bonne nuit, Alex, souffla finalement Charles.

Il se pencha au-dessus d'elle, complètement affalée sur ses oreillers, et déposa un baiser sur sa joue avant de lui ébouriffer les cheveux. Alex grimaça brièvement en sentant plusieurs mèches lui chatouiller le visage.

Will se contenta d'un baiser sur le front avant de suivre Charles hors de la pièce. Alex espérait qu'ils n'auraient aucun problème pour retourner dans leur chambre : aucun d'eux ne marchait vraiment droit.

Une fois les garçons hors de vue, elle se tourna vers Liv qui paraissait parfaitement endormie.

— Va falloir que tu m'expliques un truc, Liv, déclara-t-elle.

Un vague sourire étira les lèvres de son amie.

— De quoi ? murmura-t-elle.

— Charles, répondit Alex.

Olivia se redressa brusquement.

Alex avait vu juste : les coups d'œil de Liv vers Charles

pendant leurs années de lycée prenaient une toute nouvelle signification. Chaque sourire. Chaque rire.

— Pourquoi tu voudrais qu'on parle de Charles, Alex ? T'as quelque chose à me dire ? demanda Liv en se levant rapidement.

Alex la regarda installer une toile et plusieurs tubes de peinture devant elle, à plat sur sa couette. Liv déposa méticuleusement ses pinceaux autour d'elle, leurs manches reflétaient le clair de lune. Plusieurs pâtés de peinture claire atterrirent directement sur la toile et elle commença à peindre.

En seulement quelques secondes, son visage se détendit et l'ombre d'un sourire vint planer sur ses lèvres.

— J'ai vu la façon dont tu le regardes, répondit Alex.

Liv n'avait d'yeux que pour son tableau et les couleurs qui se mêlaient devant elle.

— Et comment est-ce que je le regarde ? la poussa son amie.

— Comme s'il était le seul homme sur cette planète. Comme s'il avait été créé pour toi. Comme s'il avait les réponses à toutes tes questions, les solutions à tous tes problèmes. Liv, tu le regardes comme s'il était le centre de ton monde. La seule étoile importante dans ton ciel. Tu le regardes comme j'aimerais qu'un garçon me regarde un jour, débita Alex.

Sur la toile, un ciel commençait à apparaître. Un ciel couvert d'étoiles de toutes tailles et formes, chacune brillait d'une teinte différente.

— Et donc ? C'est pas important. Il ne me voit pas comme ça, grogna Liv.

Olivia.

Liv, qui rêvait et peignait. Liv, qui dansait lorsqu'il fallait marcher. Liv, qui ne semblait pas intéressée par l'amour.

Liv, qui aimait le seul garçon qu'elle ne pourrait jamais avoir.

— Tu l'aimes bien ? souffla Alex.

— Qui ne l'aimerait pas ? C'est Charles, murmura Liv.

Alex trouva alors Romeo chez sa meilleure amie. Comme si ce garçon était caché en chacun d'entre eux, entre les faux-semblants et les rires partagés. Il vivait dans leurs désirs impossibles.

Son cœur brisé se reflétait dans celui de Liv.

— Je doute que ça marche, ma Livie, grimaça Alex.

Liv ne leva pas les yeux de sa toile. Elle avait rajouté la mer. Les vagues. Le reflet de la lune sur l'eau sombre. Pas un grain de sable en vue.

Une forme se dessinait doucement contre le ciel étoilé, à moitié immergée. Un garçon de profil, la tête levée vers les étoiles : Charles.

— Tu crois que je ne le sais pas ? Je vois bien comment il est avec moi. C'est juste que je n'ai pas encore trouvé quelqu'un de mieux pour moi.

Les mèches blondes de Charles étaient presque blanches sur la peinture sombre. Il éclairait un monde figé dans la nuit. Il éclairait plus que toutes les étoiles réunies.

— Tu vas trouver, répondit Alex. Quelqu'un d'autre que Charles. Parce que s'il était intéressé, il te l'aurait déjà dit. Parce qu'il n'attend pas. Il fonce. Pour lui, la vie est trop courte pour perdre son temps.

Liv tourna la tête vers Alex. Des larmes ruisselaient le long de ses joues pour venir s'écraser sur la toile, en dessous d'elle.

— Il me voit, juste pas comme il faut, sanglota-t-elle.

Le regard d'Alex se perdit derrière la fenêtre de leur chambre, dans la lune et ses étoiles qu'elle apercevait au loin. Les astres paraissaient moins réels que ceux que Liv venait de représenter.

— Et c'est déjà une chance extraordinaire, en vrai, d'être amie avec quelqu'un comme lui, remarqua Alex. Il y en a pas beaucoup des Charles.

— Il n'y pas beaucoup d'Alex non plus. Ou de Will.

Alex n'ajouta rien de plus. Elle s'allongea dans son lit et regarda Liv se perdre dans son tableau. Elle peignit sans s'arrêter, couches sur couches, cherchant toujours à plus définir les détails de son œuvre.

Avant de s'endormir, Alex ne vit que Charles, une lueur presque effacée contre la mer. L'illusion de ce qu'il aurait pu être pour Liv.

# CHAPITRE 20

Romeo se laissa lourdement tomber sur le canapé, son ordinateur entre les mains.

Sa maison n'était pas nécessairement très spacieuse, mais elle lui suffisait amplement. Les pièces étaient éclairées par de larges fenêtres et avaient été simplement meublées. Il n'avait pas besoin de plus.

Pour écrire, Romeo s'installait systématiquement dans le salon. Assis sur le canapé, face à la fenêtre qui donnait sur un petit jardin, son ordinateur sur les genoux, il aurait pu conquérir le monde entier.

Des feuilles couvertes d'idées variées étaient étalées sur la table basse devant lui. Avec des post-its. Beaucoup trop de post-its. Il était impossible de distinguer le bois sombre de la table sous la montagne de papier.

Romeo ouvrit précautionneusement son ordinateur et posa ses doigts sur les touches familières du clavier.

Les mots s'échappèrent de son esprit pour venir prendre vie sur le document.

Les phrases devinrent des paragraphes et les paragraphes remplirent des pages entières. Ses personnages prenaient vie. Chacun s'exprimait à travers ses dialogues. Le monde de son imagination s'étirait vers la réalité, franchissait la frontière de l'impossible.

— Momo ! Écoute ça !

Romeo leva les yeux de son écran pour voir son colocataire se jeter dans les coussins, à côté de lui.

Logan ne portait qu'un vieux jogging, le même que la veille. Ses mèches brunes formaient une masse informe sur son crâne, chacune pointait dans une direction différente. Ses yeux sombres étaient soulignés de cernes, sa peau tirée sur son visage, quelques poils de barbes venaient s'aligner sur sa mâchoire.

Et il souriait. Enfin. Logan n'avait pas beaucoup souri depuis que June avait mis fin à leur relation, cinq mois auparavant. Depuis qu'elle lui avait brisé le cœur.

— J'écoute, Lolo, je fais que ça, sourit Romeo.

La guitare de Logan reposait sur ses cuisses tandis qu'il installait précautionneusement une feuille recouverte de gribouillis devant lui.

Romeo ne put s'empêcher de détailler les tatouages qui recouvraient les bras et le torse de son meilleur ami. Des fleurs fanées se mêlaient à des paroles de chansons. Des spectres informes parcouraient les vallées de son corps.

Des souvenirs presque oubliés. Des morceaux de sentiments. Des rappels qu'il avait survécu, qu'il survivrait toujours.

— Je te préviens, je travaille encore sur les paroles, annonça-t-il.

Et Logan commença à jouer. C'était une triste mélodie. Elle faisait écho aux pensées de Romeo. Les pensées qui ne cessaient de ressasser l'année précédente, dans l'espoir d'en revivre certains moments.

Cet air résonnait comme June. Le son de son rire. Le bleu

de ses yeux. L'or de ses cheveux. Son sourire, sous le soleil levant. Sa peau couverte de sable.

Et Logan commença à chanter. Sa voix s'était transformée. Elle semblait plus rauque, cassée, presque caverneuse. Toute la douceur qui s'y était accumulée, au fil des années, avait disparu.

Il lui avait fallu plusieurs mois, pour se remettre à chanter. Plusieurs mois, où Logan avait été absent, repoussé dans de lointains retranchements, caché sous sa douleur.

La relation de Logan et June avait entamé sa chute le soir où June avait été acceptée à Amsterdam, dans l'université de ses rêves. Logan n'avait été pris dans aucune université européenne et il avait donc décidé de tenter sa chance à Chicago, pour devenir chanteur, même s'il devait attendre une année supplémentaire.

Quelques jours plus tard, Romeo avait trouvé Logan, allongé dans l'herbe du campus d'*Augustus Prep,* au milieu de la nuit. Son ami lui avait alors avoué qu'il était terrifié à l'idée de devoir quitter June, terrifié par le peu de temps qu'il leur restait ensemble.

— Elle me manque, souffla Logan, une fois sa chanson terminée.

Quelques larmes s'étaient frayées un chemin sur son visage, laissant des traînées humides sur ses joues.

— Je sais, répondit Romeo. Mais tu mérites beaucoup mieux qu'elle. Tu mérites une fille prête à se battre pour toi, pas une fille qui t'abandonne dès la première difficulté.

Il avait tellement répété ces quelques mots à Logan qu'ils avaient perdu tout leur sens.

— On était tellement heureux, au début. Trop heureux. Parfois, quand je ferme les yeux, je sens ses lèvres contre les miennes. Ses doigts dans mes cheveux. Son parfum dans mes narines. C'est comme si elle était toujours là.

Tout s'était effondré un soir d'avril. June et Logan avaient passé une journée ensemble à Folly Beach. Ils avaient fait du surf et s'étaient allongés sur le sable chaud.

Logan avait chanté ce souvenir tellement de fois ces derniers jours que Romeo avait l'impression d'y être allé avec eux. C'était la première chanson qu'il avait écrite après la rupture. Il lui avait fallu plus d'un mois avant d'être capable de simplement la fredonner.

Le soleil se couchait autour d'eux tandis qu'ils rentraient de la plage. Ses rayons dorés avaient éclairé le visage de June, assise sur le siège passager. Logan avait alors décidé de lui expliquer combien il avait peur pour le futur de leur couple.

Il lui avait détaillé sa peur de l'abandon, depuis que le groupe d'amis, auquel Romeo et lui avaient longtemps appartenu, s'était retourné contre eux. Ils étaient alors devenus les parias de leur école, deux petits garçons étranges qui n'intéressaient personne. Ceux à qui on mettait des poubelles dans le casier. Ceux qu'on poussait dans les couloirs.

Logan lui avait même dépeint leur arrivée au lycée. Comment ils s'étaient transformés pour devenir ceux que tout le monde aimerait. Comment Logan s'était fait tatouer dans l'espoir de faire disparaître le petit garçon qu'il avait été, dans l'espoir de devenir quelqu'un d'autre. Comment il avait commencé le sport pour transformer son corps.

Il s'était mis à nu devant June ce soir-là, il lui avait offert tout ce qu'il était. June n'avait rien répondu. Pendant tout le reste du trajet, elle avait gardé son regard posé sur le ciel coloré.

Quand ils s'étaient finalement garés devant *Augustus Prep,* elle l'avait enfin regardé droit dans les yeux.

"Je vois que ça te ronge déjà de l'intérieur. C'est trop, Logan." Romeo entendait Logan répéter ces mots au quotidien, comme une prière, pour comprendre ce qu'ils signifiaient, dans l'espoir de trouver leur sens caché. Il n'y en avait pas. Pas vraiment.

Romeo était donc allé parler à June, le lendemain, pour comprendre ce qu'il s'était passé. Elle lui avait expliqué que Logan n'était visiblement pas heureux avec elle, que leur séparation future le torturait déjà. Qu'elle ne pouvait pas porter leur relation toute seule.

Ils ne s'étaient pas adressé la parole depuis.

— Arrête de te dire ça, lâcha Romeo. Si vous étiez si heureux, June ne t'aurait pas largué aussi facilement.

— Tu crois que ça a été facile pour elle ? ricana amèrement Logan. T'as vu comment elle était triste, après ? Elle passait toute sa vie à la plage, pour ne pas me croiser.

— Mais elle n'est pas revenue, remarqua Romeo.

— Non, elle n'est pas revenue.

Logan attrapa une feuille au hasard et commença à écrire frénétiquement dessus. Une nouvelle vague de paroles semblait s'abattre sur lui.

La lumière que Romeo avait vue dans ses yeux s'était éteinte, remplacée par un vide familier.

Logan écrivit jusqu'à ce que le papier soit recouvert de mots qui ne fonctionnaient ensemble que dans son esprit.

— Tu te rappelles de ce que je t'ai dit quand je suis rentré dans notre chambre, ce soir-là ? demanda alors Logan.

—Tu m'as dit que si je la blessais, t'allais me défoncer. Mais c'est elle qui m'a brisé le cœur. Tu vas faire quoi, Romeo ?

cita Romeo.

Il n'oublierait jamais la façon dont Logan les lui avait crachés au visage. Romeo ne se souvenait pas de l'avoir menacé, de l'avoir prévenu de ne pas blesser June. Pas directement.

Il avait fini par retrouver une image floue. Quelques mots vaguement prononcés. Le sourire arrogant de Logan lorsqu'il lui avait promis de ne jamais briser le cœur de June.

Il avait tenu sa promesse.

— T'as pas oublié, souffla Logan.

Ses mains tremblaient sur ses genoux et un sanglot semblait être bloqué dans sa gorge.

Après June, Logan avait passé le plus clair de son temps à courir dans les rues de Charleston. Il avait couru jusqu'à ce que ses jambes cèdent sous son poids et que Romeo vienne le chercher en voiture. Il avait couru jusqu'à ce que ses pensées pour June soient effacées par les douleurs de son corps. Il avait couru pendant des heures entières, sans jamais s'arrêter.

— Jamais, Lolo, sourit Romeo.

Logan hocha lentement la tête et commença à fredonner, les yeux fermés. C'était la mélodie de la sirène. Romeo ne l'avait pas entendue depuis si longtemps qu'il en avait presque oublié le refrain.

Il suffisait d'une musique, d'une parole, d'une note pour éveiller leurs souvenirs. Pour qu'ils les fassent sombrer sous la surface, noyés dans les instants de bonheur qu'ils avaient partagés.

— Si jamais on la retrouve, on la pousse dans les escaliers ? proposa Logan.

Romeo passa un bras autour de ses épaules.

— C'est trop salissant. Par contre, on peut l'empoisonner,

si tu veux. En plus, je connais un super coin pour cacher son corps, après, répondit-il.

Logan laissa tomber sa tête sur le bras de Romeo. Une vague odeur de transpiration flottait dans l'air, mêlée à celle du chewing-gum mentholé qu'il mâchouillait.

— On ne peut pas se permettre de se perdre encore, assura Logan. Promets-moi, Romeo. Promets-moi que, peu importe ce qui nous tombera dessus, on ne se séparera pas.

— Je te le promets, Logan. Je ne demanderai pas de divorce, ricana Romeo.

— Si on en arrive là, c'est toi qui garde les gosses, grogna Logan.

Ils restèrent immobiles pendant de longues minutes. Romeo se remit à écrire, seules ses mains bougeaient sur l'ordinateur ouvert.

Logan s'endormait doucement, bercé par le son des touches du clavier. Son visage se détendit, pour laisser paraître un garçon. Encore jeune. Dix-neuf ans et il vivait déjà comme si le poids du monde reposait sur ses épaules.

Romeo ouvrit alors le document numérique où il écrivait à sa Juliet.

*Charleston, lundi 5 octobre.*

*Juliet, est-ce que je peux te dire que June me manque ? Parce qu'elle me manque énormément. Elle et son sourire. Elle et son rire. Elle et ses paroles. Elle et ses idées. Elle et Logan et moi.*

*J'ai cette version idéalisée d'elle dans mon esprit. Une version parfaite de cette fille qui est gravée à jamais dans ma mémoire. Quand je pense à l'amour, c'est elle que je vois. Quand je pense au bonheur, c'est la plage tous les trois. Elle est l'image de tout ce qu'il y a de bon dans ce monde. Tout ce dont on avait besoin.*

*J'ai tendance à oublier qu'elle nous a détruits. Qu'elle nous a brisé le cœur, à tous les deux. Qu'elle a enfoncé un poignard dans le mien avant de piétiner celui de Logan.*

*Je la déteste pour cela. Je le déteste même plus pour Logan que pour moi. Parce qu'elle le rendait tellement plus heureux. Plus qu'il ne l'avait jamais été. Et elle l'a brisé, Juliet.*

*Il lui a dévoilé ses plus grandes peurs et elle les a rendues réelles.*

*Je pense aussi beaucoup à Alexandra. À son visage près du mien. À ses grands yeux sombres. J'ai peut-être besoin d'une nouvelle fille dans la vie, pour oublier complètement June. Logan aussi. Quelqu'un doit prendre la place que June occupait dans sa vie.*

*On devrait sortir plus souvent pour rencontrer du monde.*

*Tu vas voir, Juliet. On va retrouver ceux qu'on était. On va devenir mieux qu'eux.*

# CHAPITRE 21

— Vous préférez James-Charles, William-Charles ou Charles-Edwards ? leur demanda Charles.

Les quatre amis étaient installés au *Crazy Diner,* à leur table habituelle. Ils étaient tous épuisés de leur soirée de la veille, à la bibliothèque avec Romeo, et aucun d'eux n'avait le courage de meubler la conversation. Ils s'étaient donc installés avec leurs boissons et livres respectifs. En silence.

Sauf que Charles n'avait jamais supporté le silence.

— C'est quoi ça encore, Charlie ? soupira Will.

— Le nom de mon premier fils, j'arrive pas à décider, répondit Charles.

Alex tourna la tête vers son ami qui fixait intensément le plafond. Sa casquette, enfoncée à l'envers sur ses mèches blondes, brillait sous la lumière pâle des leds accrochées au-dessus d'eux.

Le *Crazy Diner* avait une atmosphère toute particulière, avec ses photos vintage encadrées sur les murs, ses néons d'un rose fluo et ses banquettes couvertes d'un cuir écarlate.

Alex observa son reflet dans la table métallique, la courbe de son visage déformé. Elle essuya, avec sa manche, le chocolat accumulé à la commissure de ses lèvres.

— Appelle-le Junior, ça sera plus simple, grommela Liv.

C'était la première fois de la journée qu'elle adressait directement la parole à Charles.

Alex avait bien remarqué comment Liv avait esquivé toute conversation avec lui, en évitant principalement de répondre à ses questions. Parfois, elle regardait Charles en fronçant les sourcils, comme si elle le voyait pour la première fois. La manière dont elle l'avait longtemps perçu s'effritait doucement pour le laisser apparaître.

— Plus simple, mais pas assez subtile, répliqua Charles. Je pense qu'on va plutôt partir sur James-Charles. En plus, ça fait JC, c'est plutôt stylé.

— Comme tu veux, mais je crois que JC, c'est déjà pris par quelqu'un d'important, soupira Alex. Et aussi avant, promets-moi d'en parler avec l'autre parent de tes enfants.

Elle n'avait aucun mal à l'imaginer avec des enfants plein les bras. Alex le voyait déjà assis dans le sable, avec un bambin sur les genoux et une petite fille sur les épaules. Comme Charles avait souvent partagé son désir de revenir fonder une famille à Charleston, cette scène se déroulait à Folly Beach.

— Ne vous retournez surtout pas, mais il y a Romeo qui vient d'entrer avec un dieu vivant, murmura alors Liv.

Le cœur d'Alex bondit dans sa poitrine.

Romeo était là.

À quelques mètres seulement d'elle. Dans le *Crazy Diner.* Elle avait espéré l'y croiser, un jour, en lisant qu'il y allait avec Logan et June.

Toujours très discrets, ils tournèrent tous la tête vers l'entrée du restaurant.

Romeo était accompagné d'un autre jeune homme qui ne pouvait qu'être Logan : il avait une veste en cuir tirée sur ses larges épaules. Alex l'aurait pensé plus sûr de lui, plus arrogant, sûrement pas ce garçon au regard vide.

Et Romeo. Romeo était fidèle à lui-même, les mains enfoncées dans les poches de son sweatshirt, la tête légèrement tournée vers Logan.

— Je réserve son frère, annonça Charles en prenant appui sur l'épaule d'Alex.

Avant qu'ils ne puissent l'en empêcher, il commença à faire de grands gestes dans leur direction. Alex attrapa son bras pour l'en empêcher, mais trop tard : ils les avaient vus.

— T'es vraiment con, siffla Liv.

Charles haussa vaguement les épaules, mais rien ne masquait son excitation à l'idée d'échapper au silence qui régnait autour de la table.

Alex referma son livre en soupirant. C'était un recueil de poèmes d'Edgar Allan Poe que Will lui avait prêté.

Romeo et Logan avançaient vers eux, d'un pas décidé. Ils avaient visiblement prévu de passer la journée au *Crazy Diner,* pour écrire : Romeo avait un ordinateur sous le bras et Logan avait les doigts serrés autour d'un tas de feuilles.

Deux artistes prêts à créer. Deux âmes torturées désireuses de trouver leur salut.

— Romeo Jones et son frère ! les salua Charles quand ils arrivèrent devant eux.

Alex croisa un regard vert qu'elle connaissait déjà trop bien et secoua négativement la tête : elle n'était associée ni à Charles ni à ses paroles. Romeo serra les lèvres, comme pour retenir un sourire.

— Charles, je te présente Logan, finit-il par lâcher. Logan, voici la nouvelle promo d'*Augustus Prep.* On a Charles, William, Olivia et Alexandra.

Alexandra. En détachant chaque syllabe.

Le prénom roulait presque sur sa langue. Alex aurait pu passer une éternité à l'écouter le prononcer.

— Ravi de faire votre connaissance, murmura Logan.

Il lui manquait quelque chose. À travers le journal, Alex avait fait la connaissance d'un garçon qui osait vivre et chanter ses sentiments. Un garçon qui se laissait vivre.

Face à elle, il ne restait qu'un fantôme.

— Romeo, dis-moi, tu connais beaucoup d'autres beaux jeunes hommes comme ça ? demanda Charles.

Ils n'auraient pas dû boire autant la veille. Charles avait déjà du mal à filtrer ses paroles.

— Des dizaines, je te les présenterai un jour, promit Romeo. On a pas mal de trucs à faire avec Logan.

— Profitez bien ! les salua Liv. Et n'hésitez pas, on est juste là, si besoin !

— Oui, on est *juste là,* l'imita Charles.

Ils s'éloignèrent pour aller s'installer dans un *booth* de l'autre côté du restaurant.

Logan commença à parler à l'instant même où il s'assit face à Romeo. Alex aurait payé cher pour savoir ce qu'ils se racontaient, pour découvrir la raison pour laquelle Romeo riait.

Romeo et Logan n'étaient pas ce à quoi Alex s'était attendue, après avoir lu le journal. Il leur manquait quelque chose. Une étincelle de vie. Un éclat de bonheur. Un véritable sourire. Juniper Ashwood.

— Tu comptes lui dire, pour le journal ? chuchota alors Charles dans son oreille.

Alex jeta un regard inquiet vers Liv et Will, mais ils étaient déjà en pleine conversation sur le livre que Liv tenait entre ses mains : *Les Hauts de Hurlevent.* Will était vraisemblablement persuadé qu'il était inutile de relire les mêmes romans en boucle.

Il avait déjà essayé d'en convaincre Alex et Charles, mais sans succès. Ils lisaient encore et encore les mêmes phrases, les mêmes pages, les mêmes oeuvres, en espérant y retrouver la part d'eux-mêmes qu'ils avaient laissée entre les lignes.

— Je ne sais pas, murmura Alex.

Ce serait si facile de plonger dans cette illusion. De rencontrer Romeo une seconde fois, en oubliant tout ce qu'elle avait déjà appris sur lui.

— Alex, de base, t'aurais même pas dû lire ça, ajouta Charles.

Elle tourna la tête vers son meilleur ami. Le sourire qui trônait sur le visage de Charles, celui qui plissait son nez et ses yeux, avait disparu, il avait été remplacé par deux sourcils froncés et une mâchoire serrée.

— Autant m'enfoncer encore plus, alors, tenta Alex. Ça n'apportera rien à Romeo de savoir ça. En vrai, on serait juste mal à l'aise, tous les deux.

— Il va finir par l'apprendre. Forcément. Tu te sentiras mieux de lui avoir dit maintenant.

Ils se défièrent du regard pendant près d'une minute, personne ne baissa les yeux.

— Je ne peux pas le laisser me détester, Charlie, on n'a pas assez de temps pour ça, grimaça Alex.

La voilà, la dure vérité qu'elle n'arrivait pas à admettre : ils n'avaient pas le temps.

Il ne lui restait qu'un an pour vivre autant que possible. Pour tester chaque aspect du bonheur. Pour se faire des souvenirs qu'elle ne comptait jamais oublier. Pour découvrir l'amour.

Tellement de jours. De longs mois à venir. Et, pourtant, ce n'était pas assez.

— On a un an, Lexie, sourit doucement Charles. T'as tout le temps qu'il faut. Laisse-le te détester, s'il le faut, si c'est pour qu'il apprenne à t'apprécier par la suite. Sinon, tu vas regretter de pas lui avoir dit.

Le ton de Charles était terriblement rassurant, comme s'il était persuadé qu'il lui disait la vérité. Comme s'il n'avait pas peur. Comme si la terreur qui rongeait les entrailles d'Alex depuis son arrivée à *Augustus Prep* ne le touchait pas.

— T'as pas peur. T'as peur pour la fin de l'année, réalisa-t-elle.

— On est en octobre, murmura-t-il. Si je commence à avoir peur maintenant, je ne pourrais plus vivre. Plus vraiment. Mais quand on va en reparler fin juin, je vais moins rigoler.

Il avait raison, Charles arrivait systématiquement à la rattraper lorsqu'elle se tenait au bord du gouffre et était tentée de sauter.

Il était là pour lui rappeler qu'il n'y avait nulle part d'autre où aller. Chaque jour de sa vie ne la guidait pas vers ce futur radieux où le temps s'arrêterait. Ils la guidaient vers sa mort, inévitablement. Il ne fallait donc pas se priver d'un seul instant.

— Tu penses que je devrais y aller, conclut-elle.

Charles lui ébouriffa les cheveux.

— J'en suis convaincu, déclara-t-il.

Logan et Romeo étaient toujours plongés dans leur discussion, l'ordinateur et les feuilles de Logan empilés sur un coin de la table.

Si elle voulait aller les voir, c'était le moment ou jamais.

— T'as une très mauvaise influence sur moi, soupira Alex en se levant.

— Et c'est pour ça que tu m'adores, répliqua-t-il dans son dos.

Elle ne l'entendait déjà plus : Romeo avait levé la tête vers elle.

# CHAPITRE 22

Alexandra se dirigeait droit vers eux, d'un pas décidé, ses mains enfoncées dans les poches d'un jean bien trop large pour ses jambes. Ses cheveux bruns étaient attachés en un rapide chignon qui laissait glisser plusieurs mèches le long de sa mâchoire.

Romeo fut surpris de l'intensité avec laquelle ses yeux étudiaient mécaniquement la pièce, sans jamais passer par leur *booth.* Même si tout son corps était orienté dans leur direction, son regard ne s'était pas encore posé sur eux.

— Elle ressemble à June, lâcha Logan.

Romeo fit une grimace affolée à son meilleur ami. Rien chez Alexandra ne lui rappelait June. Dans son esprit, il était impossible d'associer ces deux filles : si l'une était le soleil, l'autre serait la lune, deux astres qui partageaient un ciel, sans jamais se rencontrer.

— Pourquoi ? demanda Romeo. Parce que là, je ne te suis pas du tout.

Logan étudia longuement Alex, du bout de ses pieds au haut de son crâne, avec une expression songeuse. C'était l'artiste qui analysait, le chanteur qui avait écrit des paroles d'amour à une sirène. Celui qui, une guitare entre les mains, pouvait créer des sons pour traduire chacune de ses émotions.

— Je sais pas encore, souffla Logan.

Romeo n'eut pas le temps de répondre : Alexandra venait d'arriver devant eux.

Pendant quelques instants, ils restèrent tous les trois en silence. Elle avait visiblement besoin de ce temps pour remettre ses idées en place, pour retranscrire ses pensées en phrases cohérentes.

Romeo en profita pour observer les colliers attachés autour de son cou, mis en valeur par son débardeur. Le premier pendentif, le plus serré contre sa gorge, représentait une étoile couverte de diamants argentés. Le second, qui descendait plus bas, avait un cauri suspendu au bout d'une chaîne dorée. Le petit coquillage blanc formait un contraste marquant avec sa peau dorée.

— J'ai quelque chose à vous dire, annonça finalement Alexandra.

Elle semblait s'adresser seulement à Romeo. Tout son corps était tourné vers lui, jusqu'aux doigts qui sortaient des poches de son jean et qui pointaient dans sa direction.

— *On* t'écoute, la poussa Logan, avec l'ombre d'un sourire.

Romeo lui mit un coup de pied sous la table. Logan fit mine de se gratter le sourcil avec son majeur, un sourire idiot plaqué sur le visage.

— Vous avez l'air occupés, remarqua alors Alexandra.

Ses sourcils étaient froncés au milieu de son front, sa mâchoire légèrement serrée, son nez plissé.

— T'inquiète, vas-y, la rassura Romeo.

Elle hocha lentement la tête et un éclair de détermination passa dans ses grands yeux sombres. Ses mains quittèrent les poches de son pantalon pour venir se planter sur ses hanches.

— Avec mes amis, on doit réécrire *Roméo et Juliette* et on aimerait bien savoir ce que tu penses de ce qu'on a fait pour l'instant, débita Alexandra. On aurait bien besoin d'un regard extérieur. Ou deux.

Logan attrapa une main de Romeo, pour attirer son attention. Sa peau était gelée, sous sa veste en cuir.

— Rappelle-moi d'où tu la connais, exigea-t-il.

Romeo jeta un regard paniqué à ses deux interlocuteurs, sans savoir à qui il devrait répondre en premier.

D'un côté, Logan lui jetait des regards insistants et, de l'autre, Alex tapait impatiemment du pied sur le sol bétonné. Il finit par se tourner vers son meilleur ami : sa question était plus simple.

— Elle a trié des livres avec moi, expliqua-t-il à Logan.

— Ah. Ok. D'accord ?

Romeo se tourna ensuite vers Alexandra qui avait suivi leur petit échange avec un calme surprenant. Un calme que Romeo ne lui avait encore jamais vu. Un calme qui ne lui appartenait pas, qui n'était qu'une façade.

— On veut bien donner nos avis sur votre réécriture de *Roméo et Juliette,* annonça-t-il en articulant bien chaque syllabe.

— Parfait, sourit Alexandra.

Romeo se leva donc, imité par Logan qui attrapait leurs affaires. Ils suivirent Alex jusqu'à la minuscule table métallique où ses amis l'attendaient.

Durant le peu de temps qu'il avait passé avec eux, Romeo avait appris à rire aux blagues de Charles, à sourire aux remarques de Liv et à éviter de contredire Will. La seule qui restait encore un mystère à ses yeux, c'était Alexandra.

Ils n'avaient peut-être pas été créés pour se rencontrer.

— Déjà de retour ? demanda Charles, en soulevant sa casquette pour passer une main dans ses cheveux.

— Je leur ai demandé de nous donner leur avis sur Roméo et Jules, déclara Alexandra en se glissant sur la banquette, à côté de lui.

Romeo jeta un regard vers Logan qui attendait que la situation s'éclaircisse, les bras croisés sur son torse.

Avant June, il se serait assis, sans demander la permission ou il serait retourné à leur table. Là, il attendait. Il attendait que le monde prenne ses décisions. Il attendait que le temps passe.

— Très bonne idée ! s'exclama Liv.

— Asseyez-vous donc, ajouta Charles en écartant les bras.

Logan se mit finalement en mouvement pour s'installer à côté de Liv, ne laissant à Romeo qu'une place contre Alexandra.

Il s'y glissa, en prenant bien soin de ne pas la toucher et en évitant soigneusement son regard. Tous ces efforts pour éviter tout contact avec elle furent ruinés par le parfum qui flottait dans l'air, tout autour de lui.

Ce parfum, c'était Alexandra, tout simplement. Il y avait quelque chose d'incroyablement intime dans cela, dans le fait de sentir l'odeur de quelqu'un. De pouvoir la reconnaître au milieu de dizaine d'autres.

— Alors, racontez-nous un peu, insista Logan en posant son bras sur le dossier de la banquette.

Romeo ne manqua pas le mouvement de Liv qui se pencha juste assez pour ne pas effleurer le bout des doigts de Logan.

— On doit recréer une pièce de Shakespeare et on a choisi *Roméo et Juliette.* Pour pousser le côté original et créatif de la chose, il a été décidé qu'on écrirait sur deux garçons : Romeo et Jules, résuma Will.

Il avait une façon particulière de parler avec ses mains. Ils ne les utilisaient pas pour éveiller ses pensées, mais pour conserver l'attention de son auditoire, une méthode qui fonctionnait à la perfection.

— Et vous avez poussé jusqu'où la réflexion ? les interrogea Romeo.

En tant qu'auteur, il était naturellement intéressé par les détails de l'histoire. Par la profondeur des idées qui la composaient. Par le caractère des personnages. Par le lieu où l'intrigue se déroulerait. Il lui en fallait plus : son cerveau était branché sur la création d'œuvres de fiction.

— Pas très loin, avoua Charles.

— On a décidé que Jules et Romeo auraient le même âge et qu'ils seraient les deux seuls personnages de la pièce, expliqua Alex.

Logan et Romeo échangèrent un regard entendu : ils avaient un long chemin à faire.

L'année précédente, ils avaient eu le même devoir. Avec June, c'était *Othello* qu'ils avaient réécrit. Romeo se souvenait parfaitement s'être assis dans le sable, à Folly Beach, avec ses deux amis. Il pouvait encore sentir le poids de son cœur ce jour-là : une masse informe dans sa poitrine.

Pendant toute une journée, ils avaient écrit un nouvel *Othello*. Romeo avait rapporté les répliques dans un carnet et June avait été passionnée par l'architecture de Venise. Elle leur avait fait découvrir cette ville, par quelques photos et d'interminables descriptions des bâtiments et des canaux.

Cette pièce de théâtre s'était perdue dans les papiers de la table basse.

— Pas mal. Mais alors pourquoi est-ce qu'ils ne pourraient

pas être ensemble, si personne n'est là pour les arrêter ? demanda Logan, en se redressant.

La table trembla quand il posa ses deux coudes dessus.

— Parce qu'ils n'ont que quelques minutes avant que la planète explose ? proposa Charles.

Alexandra commença à se dandiner sur la banquette, à côté de Romeo. Il baissa les yeux pour trouver ses jambes pliées dans des angles étranges sous son corps. Elle finit par attraper sa cheville entre ses doigts pour la sortir de sous ses fesses. Romeo comprit alors le but de tous ces mouvements : elle s'asseyait en tailleur. Il ne put retenir un sourire en sentant le genou d'Alexandra venir se poser contre sa cuisse.

— C'est pas un peu radical ? remarqua Logan.

— Ils meurent tous les deux à la fin, de toute façon, répliqua Liv.

Will sortit un papier de nulle part, pour prendre des notes. Il écrivait rapidement, sans baisser la tête vers ses mots, son regard posé sur ses amis.

— Mais pourquoi est-ce qu'ils sont que tous les deux, alors ? tenta Romeo.

— J'ai mieux, annonça Alexandra. Ils sont tous les deux à l'aéroport, à attendre leurs avions qui sont en retard et qui vont les amener chacun à un bout de la planète.

Charles passa un bras autour de l'épaule d'Alexandra pour l'attirer contre son torse.

— C'est super dramatique, ricana-t-il.

— Dit le gars qui veut faire exploser notre planète, rétorqua-t-elle.

La discussion reprit autour des circonstances qui amèneraient les deux garçons à l'aéroport, leurs familles, leurs croyances, leurs destinations, la cause du retard de leurs avions. Pendant plusieurs heures, ils éveillèrent chacun la créativité des autres.

Ils avaient été acceptés à *Augustus Prep* pour leur imagination, pour leur vision de la beauté dans le monde. Ces facettes de leurs personnalités s'éveillaient pour donner naissance à une nouvelle pièce de théâtre.

Romeo ne sentit pas le temps passer, il était bien trop pris dans l'ivresse de la création. L'idée qu'ils fabriquaient leur propre œuvre d'art. Qu'ils donnaient vie à des personnages fictifs. Même Logan avait les joues rosies par l'excitation tandis qu'il griffonnait, sur ses feuilles, des vers qui pourrait autant s'accorder dans l'une de ses chansons que dans la pièce.

Et il y avait Alexandra. Assise à côté de lui. Dont la présence éveillait chacun de ses sens. Pas comme June l'avait fait, pas simplement par son corps et son sourire. Quelque chose chez Alex lui faisait ressentir un sentiment qu'il avait presque oublié : l'envie d'arrêter de courir. De ne plus fuir son passé. À son futur. L'envie de regarder autour de lui et de profiter de la vue.

Lorsque Logan et Romeo sortirent finalement du *diner,* le soleil se couchait sur Charleston. L'air du soir leur caressait doucement le visage, rafraîchissait leurs esprits enflammés.

— Je sais pourquoi Alexandra ressemble à June, lâcha Logan. Elle te fait sourire de la même manière.

# CHAPITRE 23

*Augustus Prep, lundi 5 octobre.*

*Je pensais te connaître par coeur, Romeo, mais tu as trouvé un moyen de me surprendre. Tu as déformé l'image que j'avais de toi. Tu m'as poussée à remettre en cause tout ce que je pensais savoir à ton sujet.*

*Logan et toi, vous êtes restés avec nous. Vous avez pris à cœur notre pièce de théâtre, vous y avez déposé une partie de vous-même. Vous avez passé plusieurs heures à réfléchir avec nous. À former une histoire.*

*Et ta cuisse était contre mon genou. Un simple contact qui semblait me brûler, un brasier que je ne voulais pas éteindre.*

*Tu es étonnant, Romeo : tu arrives à me faire ressentir des sentiments que je ne pensais jamais connaître.*

*Augustus Prep, mardi 6 octobre.*

*Je pensais tellement te retrouver au* Crazy Diner*, ce soir. J'ai poussé tout le monde à y aller, après les cours, juste pour toi.*

*Tu n'étais pas là.*

*Tu n'étais pas là et Charles m'a demandé pourquoi je ne t'ai pas encore parlé du journal. Je lui ai répondu que j'attendais le bon moment. Le moment où on se connaîtra assez pour que tu ne sois pas en colère contre moi. Le moment où tu seras tellement terrifié à l'idée de me perdre que tu n'oseras pas m'en vouloir. Je sais que ce moment arrivera.*

*Augustus Prep, mercredi 7 octobre.*

*J'ai croisé Logan dans les couloirs, cet après-midi. Il venait d'emprunter un livre à la bibliothèque. Je lui ai demandé s'il avait le droit de faire ça, comme il n'est plus étudiant ici. Il m'a répondu que Madame Brown vous aime trop pour vous refuser quoi que ce soit. J'apprécie plus notre bibliothécaire.*

*Je l'ai regardé s'éloigner, sans pouvoir le reconnaître dans celui que tu avais décrit à Juliet. Je n'y arrive pas. Tout comme je ne comprends pas ce qui est arrivé à June, à sa relation avec Logan.*

*Il me manque une partie de l'histoire, Romeo.*

*Augustus Prep, vendredi 9 octobre.*

*Je commence à reprendre goût à l'écriture, à l'idée de poser des mots sur ma journée. Désormais, à chaque instant, je pense à ce que je devrais te raconter. Ça me pousse à profiter plus de ce qu'il se passe. Des gens qui m'entourent. Des paroles que j'entends.*

*Ça me pousse à me demander si tu voudrais savoir que Charles portait un t-shirt de Will aujourd'hui (tous les siens sont sales) et qu'il a craqué les coutures en levant la main en classe. Ça me pousse à me demander si tu voudrais savoir que Liv a peint Logan, un squelette tatoué sous une veste en cuir. Ça me pousse à me demander si tu voudrais savoir que j'ai mis un haut moulant aujourd'hui, juste dans l'espoir de te croiser.*

*J'aimerais tellement savoir ce que tu as fait aujourd'hui,*

***Romeo.***

Alex n'arrivait pas à détacher son regard de Romeo.

C'était samedi. Ils étaient debout, tous les deux, au milieu de l'allée H, I, J, à trier les livres. Des dizaines de volumes étaient empilés à leurs pieds, des nouveaux romans qui devaient être rangés dans les étagères. Les *bestsellers* de l'année, les dernières histoires à avoir touché le cœur des lecteurs.

Peu importe les allés et venues d'autres étudiants, les oiseaux qui chantaient derrière les hautes fenêtres de la bibliothèque et le soleil qui se levait sur les bustes marbrés des auteurs d'antan, Alex ne pouvait pas quitter Romeo des yeux.

Ce matin-là, il semblait plus fatigué que la semaine précédente. Des cernes s'étaient creusés sous ses yeux clairs et ses mèches brunes tombaient mollement sur son front.

Il était redevenu le Romeo du journal, celui qui avait des taches d'encre sur les doigts.

— Tu pourrais m'aider aussi, tu sais ? finit-il par murmurer, sans tourner la tête vers elle.

Sa voix était enrouée, comme s'il venait de se réveiller. Alex ramassa un livre au hasard et elle fit mine de le lire avant de lui répondre.

— Je t'aide là. Ça se voit pas, mais je suis à fond, marmonna-t-elle.

Bien sûr, le livre entre ses mains était *L'Iliade.* Ils se tenaient à quelques mètres de là où elle avait trouvé le journal, un mois auparavant. Là où tout avait commencé.

Alex n'avait toujours pas compris pourquoi Romeo y

avait caché ses pensées les plus intimes, pourquoi derrière *L'Iliade* ? La bibliothèque ne pouvait pas garder un secret très longtemps, surtout pas avec les tris constants de Madame Brown.

— Alors pourquoi est-ce que tu lis *L'Iliade,* au lieu de m'aider ? la poussa Romeo.

Il avait légèrement incliné la tête dans sa direction, tout en continuant de glisser des livres sur les étagères.

— On va pas se mentir, c'est plus intéressant de lire *L'Iliade* que de ranger les livres, répliqua Alex en réprimant un sourire.

Son cœur battait la chamade dans sa poitrine, si fort qu'elle l'entendait résonner dans tout son corps. Chaque pulsation du sang dans ses veines se répercutait dans ses oreilles.

Romeo était là. Avec elle. Négligemment appuyé contre une colonne de pierre, une pile de livres dans les bras.

— Je comprends, sourit Romeo. Achille est un bien meilleur compagnon que moi.

Achille. Achille. Achille.

Peu importe où était Alex, tout revenait toujours à Achille. À la marque qu'il avait laissée dans l'histoire. À son orgueil, sa puissance, son courage.

Romeo pourrait laisser une trace semblable. S'il continuait à se battre pour accéder à son futur par son écriture. S'il n'arrêtait pas de nager, d'envoyer ses bras vers l'avant, pour ne pas sombrer sous la surface.

— Personne n'est parfait, nota Alex en glissant *L'Iliade* sur l'étagère.

— Pour toi, Achille était parfait ? s'étonna Romeo en fronçant les sourcils.

Il avait déposé les livres à ses pieds, au sommet de piles

qui ne semblaient jamais diminuer de volume.

Il était réellement intéressé par sa réponse. Alex ne put retenir son sourire : plus personne n'aimait parler de mythologie avec elle, pas même Will.

— Non, mais ce sont ses imperfections qui le rendent aussi attrayant, je pense, commença-t-elle. Achille, c'est l'image même de l'homme. Il est dominé par son orgueil, torturé par l'amour, perdu dans cette idée qu'il réussira à écrire son nom dans les étoiles. Il est parfait dans son humanité, en fait. Dans son désir de pouvoir. Dans sa douleur et son deuil. Dans la manière dont il a accepté son destin.

Prononcer le nom d'Achille, citer ses exploits, c'était l'apercevoir. Devant Troie, comme Alex l'imaginait si souvent. Il était devenu une extension d'elle-même. Tellement réel dans son esprit qu'elle en oubliait parfois qu'il n'était qu'une figure du passé. Un personnage de fiction.

— Il a réussi à écrire son nom dans les étoiles, remarqua Romeo, le regard perdu dans le vide.

— Mais à quel prix ?

Les yeux verts de Romeo se posèrent sur Alex et le reste du monde arrêta d'exister.

Pendant quelques secondes, il n'y avait plus qu'Alex et Romeo. Et Achille, le ciel étoilé et Troie. Toujours Troie. Parce qu'il était si facile de s'y perdre. D'imaginer la cité. Ses héros. Le sang qui y avait coulé.

— Le prix, ça a été la mort de Patrocle, répondit Romeo.

— Et tu penses que ça vaut le coup ? De perdre son amour pour écrire son nom dans les étoiles ? murmura Alex.

— L'amour, c'est éphémère. Toujours, grimaça Romeo. Si je dois perdre des instants de bonheur pour une éternité de reconnaissance, je le ferai.

Ça, c'était Romeo. Celui qui avait été brisé par l'amour. Celui qui avait arrêté d'y croire.

— Tu sacrifierais donc ta vie pour être reconnu par des milliers d'inconnus ? demanda Alex.

— Pas forcément ma vie, c'est trop radical. Achille a été un peu heureux avec Patrocle, avant qu'ils meurent tous les deux. Et, avec un peu de chance, ils se sont même retrouvés dans l'au-delà. Mais je sacrifierais celle que j'aime, bien sûr.

Alex ne put s'empêcher de récupérer *L'Iliade.* Elle avait besoin de sentir les mots d'Homère contre elle, entre ses doigts. Elle avait besoin de savoir que c'était réel.

— Chez Achille, c'est ce qu'il a accompli par amour qui l'a principalement rendu célèbre, nota Alex. Il a tué Hector pour venger Patrocle.

— Et il aurait pu finir encore plus glorieux s'il n'était pas mort aux pieds de Troie. S'il avait pris la ville avec les autres. S'il avait eu d'autres aventures sur le chemin du retour, comme Ulysse. S'il avait vécu toute une vie sans Patrocle, on parlerait quand même de lui aujourd'hui.

Il n'avait pas tout à fait tort. Alex n'avait jamais imaginé Achille heureux sans Patrocle à ses côtés. Un guerrier seul. Un héros qui n'aurait besoin que de lui-même.

— Tu crois ? Tu penses pas que c'est le fait qu'il soit mort si jeune au combat, alors que c'était le meilleur guerrier, qui l'a rendu célèbre ? tenta-t-elle.

— Et toute cette histoire de talon d'Achille ? Si, peut-être.

Ils restèrent silencieux pendant de longues secondes, Romeo absorbait les paroles d'Alex et elle, elle le regardait. Elle analysait chaque froncement de sourcils et chaque déviation de son regard.

—Tu penses qu'il aurait été aussi glorieux, sans Patrocle

? Qu'il aurait pu devenir célèbre tout seul ? demanda finalement Romeo.

Debout face à Romeo, Alex ne voulait rien de plus que passer ses doigts dans ses cheveux, de le prendre dans ses bras pour ne jamais le laisser partir.

Elle avait retrouvé son Romeo. Enfin.

— Je pense qu'il n'aurait pas osé aller aussi loin sans Patrocle. Qu'il ne serait peut-être même pas allé à Troie s'il n'avait été là pour l'accompagner, débita-t-elle. Il ne se serait pas battu aussi férocement, s'il n'avait pas dû défendre Patrocle. Il y a des choses qu'on ne peut pas faire tout seul.

Le sourire qui étira les lèvres de Romeo fut celui d'un garçon au cœur brisé. Un garçon qui réalisait l'étendue de ce qu'il avait perdu. Un garçon qui comprenait que ressentir autant n'était pas donné à tout le monde.

Il avait de la chance d'être tombé amoureux.

— Tu réalises que c'est un peu idéalisé, quand même ? souffla-t-il. L'amour, c'est pas toujours comme dans les romans. Parfois, ça fait mal. On en souffre plus qu'on en profite.

Alex ouvrit la bouche pour répondre, mais elle fut interrompue par l'arrivée de Charles dans leur allée, vêtu uniquement de son maillot de bain et de sa casquette. Il slalomait habilement entre les piles de livres, ses pieds nus étaient silencieux contre l'épais tapis de la bibliothèque.

— On va à la plage, annonça-t-il en arrivant devant eux. Il y a une grosse fête ce soir et Logan est déjà dans la voiture. On attend plus que vous.

Rien sur le visage de Romeo ne traduisait l'intensité de la conversation qu'ils venaient d'avoir.

— Vous avez réussi à convaincre Logan de venir avec vous

? s'étonna-t-il.

Charles leur offrit un sourire espiègle : ils n'avaient pas laissé de choix à Logan.

— Dépêchez-vous, on part dans cinq minutes, conclut Charles en commençant à ranger les livres, au hasard, dans les étagères.

Alex et Romeo échangèrent un dernier regard avant de l'imiter. Ils alignèrent maladroitement les romans, dans l'espoir que personne ne remarque qu'ils n'étaient pas à la bonne place. Alex glissa plusieurs exemplaires de *L'Iliade* sous la petite étiquette "Homère", avant d'annoncer qu'ils devraient partir avant que la bibliothécaire ne revienne.

Ils quittèrent donc la bibliothèque, tous les trois. Charles passa un bras autour des épaules d'Alex, tout en détaillant les animations qui auraient lieu sur la plage, le soir même.

Romeo l'écoutait distraitement, les mains enfoncées dans les poches de son sweatshirt. Il la surprit à le regarder plusieurs fois, mais Alex ne pouvait pas s'en empêcher.

Ils sortirent d'*Augusts Prep* pour découvrir que le pick-up était garé au milieu de la route. Will était déjà installé derrière le volant et Liv s'était assise sur les genoux de Logan, dans le siège passager.

Comme s'il avait senti la présence de Romeo, Logan leva brusquement la tête vers lui, son visage figé dans une expression de pure panique. Romeo lui répondit par un haussement d'épaules. Ils n'avaient pas le choix : Will venait d'allumer le moteur.

# CHAPITRE 24

Romeo et Logan n'étaient pas retournés à Folly Beach depuis June.

Cette plage, c'était elle. Juniper Ashwood se cachait derrière chaque planche de surf, elle brillait avec les rayons du soleil, elle murmurait dans le roulement infini des vagues qui s'écrasaient sur le sable.

Dès leur arrivée, ils y avaient trouvé une ambiance déjà festive. Des dizaines d'adolescents dansaient sur le sable fin, leurs corps presque nus sous le ciel bleu.

Si Romeo avait été seul, il aurait déjà fait demi-tour, pour éviter cette foule d'inconnus. Il n'avait pas le courage d'apprendre à connaître de nouvelles personnes, de faire semblant que leurs vies l'intéressaient.

— Fais pas cette tête, ricana Charles en lui tapotant joyeusement le dos.

Romeo jeta un coup d'œil au garçon qui se tenait contre lui.

Même s'ils avaient un an d'écart, c'était Charles qui semblait plus âgé, avec ses muscles saillants et son attitude assurée.

— Il y a déjà du monde, lâcha Romeo.

Charles haussa les épaules avant de jeter un regard derrière lui pour vérifier que le reste du groupe les suivait toujours.

— Ouais, c'est les étudiants du *College of Charleston,* répondit-il. C'est un peu des foufous.

Romeo fronça les sourcils, mais Charles courait déjà vers un groupe de garçons presque aussi larges que lui. Il fut accueilli par des câlins et de grandes tapes dans le dos.

— J'arrive pas à comprendre ce qu'il se passe ici, grommela Logan en s'arrêtant à côté de Romeo.

Il avait retiré son t-shirt pour laisser apparaître les tatouages qui recouvraient une partie de ses côtes. Le contraste entre l'encre et la pâleur de sa peau était saisissant, un rappel que Logan n'avait pas vu le soleil depuis trop longtemps.

— Moi non plus, avoua Romeo.

Liv et Alex les dépassèrent en trottinant pour rejoindre le groupe de garçons. Alex ne portait que le t-shirt de Charles par-dessus son maillot de bain et Romeo ne manqua pas comment elle se jetait dans les bras de ces garçons. Leurs rires se mêlaient au vent pour parvenir à ses oreilles.

— Ce sont nos amis de lycée qui sont restés dans le coin, expliqua Will qui fermait la marche.

Ils se tenaient à une distance raisonnable du reste des étudiants, tous les trois. Même Will n'osait plus avancer.

— Vous étiez où, au lycée ? l'interrogea Logan en croisant ses bras sur son torse.

— *Philip Simmons,* c'est plus vers le Nord, répondit Will.

Charleston, c'était chez eux. Plus que c'était chez Romeo et Logan. Ils n'avaient pas encore fait leur grand départ, seuls dans l'inconnu.

Romeo tourna la tête vers Alex, Charles et Liv qui étaient désormais assis dans le sable avec les garçons, ils discutaient bruyamment. Le t-shirt de Charles remontait sur les cuisses d'Alex pour laisser paraître de longues jambes dorées.

Et elle souriait. Ce n'était pas les sourires timides qu'elle avait lancés à Romeo tandis qu'ils parlaient d'Achille. C'était le genre de sourire qui avait été débridé du poids du regard des autres.

Alex souriait comme si le monde autour d'elle avait perdu toute son importance. Elle souriait comme si sa fin approchait et qu'elle devait profiter de chaque seconde.

— C'est l'ancienne équipe de basketball de Charles, ajouta Will en suivant son regard. Ça fait longtemps qu'on les a pas vus.

Logan passa une main dans ses cheveux, pour décoiffer quelques mèches brunes avant de bomber le torse.

— On devrait aller leur parler, lança-t-il.

— Vous inquiétez pas, ils sont très sympas, assura Will.

Ils avancèrent donc jusqu'au groupe, Romeo adopta sa démarche la plus assurée. Charles les présenta à ses amis avec de grands gestes et beaucoup d'exclamations.

Romeo serra plusieurs mains en lançant des sourires forcés aux autres garçons.

— C'est si terrible que ça ? demanda Alex en se laissant tomber près de Romeo, quelques minutes plus tard.

La casquette de Charles était enfoncée à l'envers sur sa tête, maîtrisant à peine la chevelure brune qui dansait autour de son visage.

Romeo avait pris soin de se mettre juste assez à l'écart pour ne pas paraître trop associable. Il préférait analyser le monde autour de lui, prendre mentalement des notes sur le comportement humain et utiliser ses observations pour son roman. Discuter avec Alex n'était pas dans ses plans.

— Pourquoi vous venez tous me voir avec vos airs de pitié ? soupira-t-il.

Alex ricana doucement avant de lui ébouriffer les cheveux. Le geste était venu si naturellement que Romeo n'avait pas tenté de l'arrêter. Alex ne réalisa ce qu'elle venait de faire que trop tard : les habitudes qu'elle avait prises avec les garçons de son lycée ne s'appliquaient visiblement pas à lui.

Elle lui lança une grimace désolée à laquelle il répondit par un petit sourire.

— Ça se voit sur ta tête, que t'as pas envie d'être là, expliqua-t-elle. Qui d'autre a été gentil avec toi ?

— Charles, souffla Romeo. Je ne pensais pas être aussi facile à lire.

Autour d'eux, les étudiants commençaient à se lever, retirer leurs vêtements et courir vers la mer, planche de surf sous le bras.

Romeo vit Logan jeter un regard paniqué autour de lui avant de les imiter, entraîné vers les vagues par Liv et Will.

— Tu l'es, quand on sait où regarder, sourit Alex.

Ce même sourire refit surface, comme si la plage libérait une partie d'elle qui était enchaînée en ville.

— Vous venez ? s'exclama Charles en se postant devant eux, poings sur les hanches.

— Carrément ! s'écria Alex en se levant.

Romeo la regarda retirer son t-shirt et sa casquette, incapable de prononcer le moindre mot. Alex ne maîtrisait pas les mouvements de son corps comme June le faisait. Elle se laissait vivre, sans veiller à ce que ses gestes soient gracieux ou à ce que ses cheveux soient parfaitement alignés.

— Allez, Romeo ! le poussa-t-elle, sans le regarder.

— J'arrive, j'arrive, répondit-t-il.

Il avait à peine commencé à retirer son sweatshirt qu'Alex avait déjà sauté sur le dos de Charles. Ils se précipitaient vers la mer et Romeo n'eut d'autre choix que les suivre.

Il remarqua alors Logan qui se tenait en bordure du groupe, les pieds dans l'eau et la tête levée vers le ciel. Parfaitement immobile, même quand Charles et Alex se jetèrent dans l'eau, à quelques mètres de lui.

La mer était gelée.

Ce fut la première pensée qui traversa l'esprit de Romeo alors qu'il rejoignait son meilleur ami. Il n'avait pas pensé que l'eau serait aussi froide en voyant le nombre d'étudiants qui jouaient dans les vagues.

— C'est pas parce qu'elle est pas là, que tu ne peux pas vivre, Lolo, souffla Romeo en passant un bras autour des épaules de Logan.

— Je sais, Momo, mais ça m'empêche pas de la voir, dans les vagues, grimaça Logan. Et je pense pas être prêt à recommencer à ressentir des choses. On est devenus de bons amis, mon cœur brisé et moi.

Romeo hocha doucement la tête. Il savait à quel point c'était terrifiant de lâcher prise. De se demander ce qu'il lui resterait, une fois que sa douleur l'aurait abandonné.

— Laisse-toi vivre un peu, lui conseilla-t-il. Laisse-toi essayer de nouvelles choses, faire des erreurs et réapprendre à aimer.

— Ce n'est pas l'amour que je cherche, grogna Logan.

Il mit un coup de pied dans un crabe qui venait d'apparaître dans le sable.

— Te fais pas d'illusions, au fond, on cherche tous l'amour, ricana Romeo, avant d'aller rejoindre ses nouveaux amis dans les vagues.

# CHAPITRE 25

Le soleil se couchait sur Folly Beach, ses rayons rougeoyants descendaient sur les jeunes rassemblés sur la plage.

Alex était légèrement à l'écart du groupe, assise entre les jambes de Charles, le dos contre son torse. Logan était installé à côté d'eux, les mains enfoncées dans le sable derrière lui et de petits coquillages alignés sur ses cuisses.

Les heures s'étaient écoulées à une vitesse délirante. C'était le genre de journée qui échappait à la réalité. Le genre de journée qui lui faisait oublier le poids du futur sur ses épaules. Le genre de journée qui lui rappelait qu'il fallait vivre. Toujours vivre, au maximum. Parce qu'il n'y avait nulle part où aller. Nulle part où s'arrêter. Nulle part, sauf la mort. Inévitablement.

— Vous sortez ensemble ? demanda alors Logan.

Alex se tordit le cou pour pouvoir regarder Charles. Son visage était déformé par la contractions des muscles de sa mâchoire qui le retenait de rire. Malgré tous ces efforts, son amusement brillait au fond de ses iris, Alex laissa échapper un gloussement.

— Non donc, j'imagine, devina Logan.

— Lexie, c'est ma petite sœur, expliqua Charles, avec un

air sérieux.

— Ta grande sœur, plutôt, ajouta Alex.

— Des jumeaux ? tenta-t-il.

— Des jumeaux, si tu veux.

Logan hocha la tête. Leur relation pouvait paraître difficile à comprendre, mais Alex et Charles, c'était bien plus qu'une histoire d'amour.

Ils étaient meilleurs amis depuis quinze ans, depuis leur premier jour d'école. Quinze ans de fous rires, de souvenirs et d'amitié.

Charles, c'était la constante de la vie d'Alex. La seule personne présente dans chacun des meilleurs instants de sa vie.

— Vous voulez quelque chose à boire ? les interrompit Liv en se penchant au-dessus d'eux, suivie de près par Will et Romeo.

Elle tenait six verres en plastique rouge entre ses doigts et Alex fut surprise qu'elle n'ait pas encore tout lâché. Will, en pleine discussion avec Romeo, était du même avis : il se tenait prêt à les rattraper.

— Rien de mieux que de l'alcool pour se réhydrater, répondit Charles en l'aidant à distribuer les boissons.

Liv s'installa dans le sable, juste à côté de Logan. Si proche de lui que leurs orteils et leurs épaules se frôlaient. Will se laissa tomber à côté d'elle et Romeo s'assit à la hauteur d'Alex.

Elle le regarda faire tourner le liquide ambré dans son verre. Ses joues étaient brûlées par le soleil et ses mèches brunes emmêlées par le vent lui donnaient un air aventureux qu'elle ne lui avait jamais vu. Il avait remis son pull à capuche, mais Alex avait déjà remarqué ses tatouages, au-dessus de ses coudes et entre ses omoplates. Plusieurs motifs qu'elle n'avait pas eu le temps d'analyser.

— On devrait aller avec les autres, remarqua alors Will.

— Dit le gars qui vient de s'asseoir avec nous, sourit Alex.

Elle sentit Charles hocher la tête.

— Tu peux dire que tu nous aimes pas, on t'en voudra pas, ajouta-t-il.

— Je ne vous aime pas, déclara Will.

Le regard sombre de Will se posa juste au-dessus de la tête d'Alex, sur ce qui devait être le visage de Charles. Plusieurs secondes passèrent sans que personne n'ose prononcer le moindre mot. Un courant électrique semblait toujours relier les deux garçons, deux personnalités qui s'étaient apprivoisées, mais qui ne pouvaient rester éternellement accordées.

— Je vous adore, finit par se corriger Will.

Le torse de Charles fut secoué d'un petit rire avant qu'il ne passe un bras autour de la taille d'Alex pour l'attirer contre son torse. C'était uniquement pour son réconfort à lui.

— Je conduis, ce soir, annonça Logan en vidant le contenu de son verre dans le sable.

— T'aurais pu me le dire avant, je t'aurais pas ramené de verre, répondit Liv en descendant sa boisson en quelques gorgées.

Alex l'imita, le liquide qui brûlait sa gorge l'aiderait à ne pas sentir la présence de Romeo juste à côté d'elle. À ne pas remarquer que leurs bras n'étaient séparés que par la jambe de Charles. À ne pas ressentir les émotions qui tourbillonnaient dans son esprit en sa présence.

— Je vais chercher plus à boire, déclara Romeo en se levant.

— Je viens avec toi, ajouta Alex, sans réfléchir.

Elle se dégagea doucement de l'étreinte de Charles, lui

vola sa casquette et déposa un baiser dans ses cheveux. Il sentait la mer, le sel, les vagues, la crème solaire. Il sentait une journée passée à la plage, debout sur une planche ou allongé sur le sable chaud.

Romeo l'attendait quelques mètres plus loin, ses doigts serrés si fort autour de son verre que le plastique était légèrement tordu.

— Charles, c'est Achille, articula-t-il.

Il ne marchait pas vers le reste des adolescents, dansant au rythme de la musique qui vibrait dans l'air. Plus ils s'en éloignaient, moins Alex pouvait sentir les basses lui vriller le torse.

— Ne lui dis pas, répondit-elle. Ça risquerait de lui monter à la tête.

Romeo se tourna légèrement vers elle, sourcils froncés.

— Tu le savais déjà ? s'étonna-t-il.

— Quoi ? Que mon meilleur ami est l'incarnation de mon idole ? ricana-t-elle. Je m'étais déjà fait la réflexion.

Ils se dirigeaient droit vers le pick-up, garé dans la première rue parallèle à la plage, et Romeo avançait rapidement. Sa main libre, celle qui ne tenait pas son verre, gesticulait dans les vides. Ses ongles s'enfonçaient brusquement dans ses paumes, avant d'en ressortir pour recommencer, quelques secondes plus tard.

— On ne va pas chercher des trucs à boire ? ajouta Alex.

— Je dois prendre un truc dans la voiture, avant, expliqua-t-il.

La nuit était presque tombée autour d'eux et, à la lumière des bâtiments qui bordaient la plage, les yeux de Romeo semblaient briller.

Ils marchèrent en silence jusqu'au pick-up où Alex attendit

patiemment que Romeo farfouille dans leurs affaires. Le bas de sa nuque avait pris une teinte rougeoyante, presque aussi écarlate que le coup de soleil sur son visage.

Il y avait quelque chose de reposant dans la présence de Romeo. Avec lui, Alex ne se sentait pas forcée à parler. Elle pouvait fermer les yeux et écouter le vent siffler dans ses oreilles, les rires lointains de jeunes qui se baignaient, le crissement des cailloux sous ses pieds.

Avec lui, elle pouvait s'arrêter.

— On est presque bon, annonça Romeo en sortant un carnet de cuir de l'habitacle.

— Presque ? soupira Alex.

Elle devait retourner à la fête. Tout pour faire taire son désir de rester pour toujours avec Romeo. Avec le calme de son monde.

— Deux secondes, sourit-il.

Il monta à l'arrière du pick-up, s'assit et ouvrit son carnet sur ses genoux. Un stylo apparut miraculeusement entre ses doigts et il commença à écrire. Sa main bougeait rapidement sur la page. Comme s'il avait peur que ses idées ne lui échappent. Comme s'il arrivait à peine à les attraper avant qu'elles ne disparaissent.

Alex s'installa à côté de lui. Pas pour lire ce qu'il écrivait, elle en savait déjà trop, mais pour regarder le ciel, pour compter les étoiles qui apparaissaient et pour respirer le même air que lui.

Romeo n'avait pas quitté sa page des yeux depuis qu'il s'était assis. Les secondes devinrent des minutes, des minutes qui semblaient figées dans le temps. Comme pour leur accorder ce moment de répit, sous les constellations.

— Tu lis quels noms ? demanda alors Romeo en levant sa

tête vers le ciel.

Les mèches brunes qui s'étaient accumulées sur son front glissèrent pour dévoiler un grain de beauté caché au-dessus de son sourcil.

— Où ça ? grimaça Alex.

— Dans les étoiles, dit Romeo, sans la regarder. Qui a réussi à y écrire son nom ?

Une vague de chaleur se répandit dans la poitrine d'Alex, jusqu'à son visage et au sourire qui étirait ses lèvres.

Son Romeo. Rêveur. À chercher des noms dans les étoiles.

— Achille, Oscar Wilde, Homère, Edgar Allan Poe, Shakespeare, Roméo et Juliette, récita-t-elle.

Romeo tourna alors la tête vers elle, son regard clair cherchait dans le visage d'Alex des réponses aux questions qu'il n'osait pas prononcer.

— Des personnages comme leurs auteurs ? remarqua-t-il.

— L'un n'existe pas sans l'autre. Et on n'oublie jamais les très grands auteurs.

Alex jeta finalement un coup d'œil vers le carnet de Romeo, fuyant le poids de son regard. Il avait griffonné une multitude de notes, rangées en colonnes, qui semblaient être des pensées, des idées.

Il avait écrit ce qui tournait en boucle dans la tête d'un artiste.

— Il te faut des personnages mémorables dans ton livre, remarqua-t-elle.

— Comment tu sais que j'écris un livre ? répondit-il.

Alex priait qu'on vienne la sortir de cette situation. Elle ne pouvait pas dire à Romeo qu'elle avait lu son journal, pas encore. C'était trop tôt.

— Ça paraît évident. Ta page s'appelle "idées pour prochain

roman", finit-elle par sourire.

La tension qui s'était accumulée sur les épaules de Romeo disparut et l'ombre d'un sourire se dessina sur son visage.

— Et qu'est-ce que t'appelles un personnage mémorable ? demanda-t-il.

Deux silhouettes se dessinèrent alors dans la nuit : Will et Liv. Ils ne marchaient plus droit et le rire de Liv résonnait jusqu'à eux.

— On reprendra cette discussion plus tard, si tu veux, grimaça Alex.

Ils se rapprochaient rapidement : Will trottinait derrière Liv qui s'élançait à toute vitesse, ses bras levés vers le ciel.

— Je viens te chercher à onze heures demain à *Augustus Prep,* annonça Romeo et ses yeux aussi semblaient sourire.

Alex hocha frénétiquement la tête, incapable de prononcer le moindre mot.

Romeo rangea rapidement son carnet avant de rejoindre Will et Liv, qui s'étaient allongé par terre, à quelques mètres du pick-up. Leurs corps étalés au milieu de la route n'étaient que deux taches sombres à la lueur de la lune.

Alex s'agenouilla soigneusement à côté de Liv qui commençait à ramasser des petits cailloux pour les lâcher sur son visage. Elle prit doucement le poignet de sa meilleure amie et le fit lentement redescendre pour qu'il cesse d'être une menace apparente.

— Ah oui et, Alexandra ? murmura Romeo en s'accroupissant devant elle.

Alex pouvait sentir son souffle s'écraser contre son front. Il était si proche. Si elle levait la tête, elle pourrait le toucher.

Son odeur emplissait ses narines. Il était partout. Le centre de son monde.

— Oui ? chuchota-t-elle, consciente que Liv et Will écoutaient leur conversation.

— C'est un rencard, précisa-t-il.

Romeo lui fit un clin d'œil avant d'aider Will à se relever et de le raccompagner jusqu'à la plage.

Alex les regarda s'éloigner, son cœur tambourinait dans sa poitrine.

Ces derniers mots semblaient déjà s'effacer. Comme s'ils n'étaient pas réels. Comme s'ils n'avaient jamais franchi les lèvres de Romeo.

Elle n'arrivait pas à imaginer que son poète puisse apprendre à aimer quelqu'un d'autre que Juniper Ashwood.

# CHAPITRE 26

*Charleston, samedi 10 octobre.*

*J'ai fait une erreur, Juliet. J'ai proposé à Alexandra de sortir avec moi, demain. Si tu me demandais pourquoi, je serais incapable de te l'expliquer. Il y a quelque chose chez elle qui se faufile sous ma peau, qui me pousse à remettre en cause tout ce que je connais, qui me fait douter de mes certitudes. Et le plus important c'est qu'elle m'inspire, Juliet.*

*Chez June, j'étais appelé par son physique, les vagues de ses cheveux, le grain de sa peau, le bleu de ses yeux. Avec Alex, c'est plus profond. C'est son âme qui chante à la mienne. Sa manière de vivre, d'être. Son insouciance et sa facilité à profiter de chaque minute comme si c'était la dernière. Elle arrive à me faire reconsidérer mes rêves de gloire pour les diriger vers l'amour, alors que j'ai abandonné ce besoin d'être aimé, tu le sais, Juliet.*

*Je devrais te raconter la petite heure qu'on a passée avec Alex, dans la bibliothèque. Je devrais te dire à quel point j'étais déçu quand Charles est venu nous chercher pour qu'on parte à la plage. Je devrais détailler chaque instant du trajet, assis entre Alex et Charles, à l'arrière du pick-up. Ils riaient avec Liv qui sortait sa tête par la fenêtre, à l'avant.*

*Si tu avais entendu leurs rires, Juliet. Les rires de jeunes qui n'ont pas encore connu la morosité de la vie. Les rires du groupe d'amis que j'ai toujours rêvé d'avoir.*

*Et on est arrivé à Folly Beach. On aurait dit une toute autre plage que celle où nous allions, avec Logan et June. Cette fois-ci, il y avait du monde, de la musique, de l'alcool, des corps qui dansaient au clair de lune, les pieds dans le sable. C'était incroyable, Juliet.*

*On a fini par rentrer, au milieu de la nuit, avec Logan au volant, Charles et Alex sur le siège passager, et moi avec Will et Liv, à l'arrière du pick up. Ils étaient tous endormis. Leurs visages paisibles sous les étoiles. Logan a raccompagné les filles dans leurs chambres et je me suis occupé des garçons. Charles a essayé de m'embrasser au moins deux fois avant de me reconnaître et de marmonner des excuses.*

*J'aimerais que chaque jour ressemble à aujourd'hui.*

*Charleston, dimanche 11 octobre.*

*J'ai peur, Juliet. Je suis terrifié à l'idée de m'attacher à Alexandra. Terrifié à l'idée qu'elle puisse me briser le coeur.*

*Je ne peux pas me permettre de me perdre à nouveau, pas quand je viens de me retrouver. Pas quand je recommence à être heureux et que même Logan reprend goût à la vie.*

*Alex ne peut pas nous briser comme June l'a fait.*

— T'es en retard, annonça Logan.

Romeo leva la tête de son ordinateur pour trouver son meilleur ami allongé par terre, au pied du canapé, un livre entre les mains. Ce n'était pas *réellement* un livre, mais un tas informe de feuilles couvertes de lettres sombres : le dernier manuscrit de Romeo.

Sans Logan, qui lisait avidement chacun de ses romans,

Romeo n'aurait pas été capable de continuer à écrire.

Il avait besoin de retour sur ses œuvres, il avait besoin qu'on aime ses personnages autant que lui les aimait. Il avait besoin que l'espoir de devenir auteur gonfle quotidiennement sa poitrine.

— Il est quelle heure ? grogna Romeo.

— Onze heures moins cinq, ricana Logan, sans lever les yeux du manuscrit. Et il est vraiment bizarre, Amory. Bizarre, mais cool. Je crois que c'est mon personnage préféré.

— C'est super ça, mais va falloir que j'y aille. On en reparle ce soir.

Romeo ferma son ordinateur avant de se précipiter vers la sortie.

Il ne pouvait pas être en retard, pas pour sa première sortie avec Alex, même s'il n'avait pas prévu grand-chose pour l'occasion.

Avec elle, Romeo avait envie d'être lui-même, de ne rien cacher, d'être aimé exactement pour qui il était, pas pour le rôle qu'il jouait.

— Embrasse-la de ma part ! cria Logan juste avant que Romeo ne sorte de la maison.

Un courant d'air tiède soufflait dans les rues de Charleston, doucement, comme la caresse d'un amant. Romeo commença à trottiner, les mains enfoncées dans les poches de son sweatshirt pour ne pas perdre son téléphone et les clefs qui s'y trouvaient.

Il lui fallut une petite dizaine de minutes pour arriver devant le campus. Les alentours étaient déserts, les étudiants avaient l'habitude d'aller se promener le dimanche : de profiter de la mer, de déambuler entre les maisons colorées, de tester de nouveaux restaurants.

Que pouvaient-ils faire de plus pour s'inspirer ? C'était des artistes. Ils ne pouvaient pas passer leurs vies enfermés entre quatre murs, ils avaient besoin de respirer pour créer.

Alex l'attendait patiemment, assise sur un banc dans le jardin. Elle portait une large veste en jean qui ne lui appartenait probablement pas et ses mèches brunes aux pointes écarlates avaient été attachées en une queue de cheval. Un fil était serré entre ses doigts et Alex s'appliquait à y enfiler des perles colorées qu'elle sortait de sa poche.

Romeo ne put retenir un sourire lorsque leurs regards se croisèrent.

Il aurait voulu marcher plus vite, courir vers elle. Alex l'observait avec attention, tout en continuant de glisser des perles sur ce qui ressemblait à un collier.

— T'es en retard, le salua-t-elle en se levant.

— Je sais, Logan me l'a déjà dit, marmonna Romeo.

Cette remarque eut le don de faire monter les sourcils d'Alex au milieu de son front. Elle ne répondit rien.

Romeo ne savait pas comment se comporter avec elle, il se balançait d'un pied à l'autre, attendait que le malaise se dissipe. Il n'avait jamais osé faire le premier pas avec une fille.

— On va où ? lâcha finalement Alex.

Si elle était mal à l'aise, elle le cachait bien. Avec ses mains occupées à faire son collier, leur sortie était visiblement le dernier de ses soucis. Les perles qui sortaient de sa poche étaient blanches ou d'un bleu pâle, Alex les glissait sur le fil sans se soucier d'une quelconque alternance de couleur.

— Au *Crazy Diner,* annonça Romeo.

Elle grimaça, comme l'aurait fait un enfant à qui l'on venait de refuser une glace.

— Tellement original, ironisa-t-elle.

Romeo lui offrit son bras d'un geste théâtral. Son envie de la faire sourire prenait le dessus sur ses gestes et ses pensées.

Elle fourra le collier dans sa poche et glissa sa main dans le creux du coude de Romeo.

Ils partirent ainsi vers le *Crazy Diner*.

— Si tu voulais de l'originalité, fallait me prévenir, sourit Romeo.

— Non, pas d'originalité, en vrai, répondit-elle. Juste le fait qu'on soit tous les deux, c'est bien. C'est là-bas que t'emmènes toutes les filles ?

Elle ne paraissait pas jalouse, juste curieuse.

Ses doigts brûlaient Romeo à travers le tissu de son pull. Elle avait éveillé les braises endormies sous sa peau.

— Presque, elles adorent ça, ricana-t-il.

Alex hocha distraitement la tête : les voitures qui défilaient autour d'eux avaient toute son attention et, quand une voiture rouge les dépassait, elle touchait son nez avec le bout de sa langue.

Romeo se creusa la tête, pendant de longues minutes, pour deviner d'où lui venait cette fascination pour les voitures. Pas *tous* les véhicules, seulement ceux qui passaient près d'eux.

Sa queue de cheval s'approchait régulièrement du visage de Romeo, poussée par le vent, et il esquivait maladroitement les mèches rouges, étrangement menaçantes.

— Alors, c'est quoi l'histoire avec les voitures ? finit-il par demander.

Alex posa enfin son regard sombre sur lui, la tête légèrement levée pour lui parler.

— Charles, il regarde toujours les voitures quand on marche, c'est une vieille habitude, expliqua-t-elle. Et quand une voiture rouge passe, il faut se toucher le nez avec la langue et faire un vœu, c'est comme ça.

Romeo grimaça : avec Alex, tout revenait toujours à Charles. Même s'il les savait meilleurs amis, leur proximité ne pouvait que lui faire réaliser qu'elle avait déjà un autre garçon dans sa vie, qu'elle n'avait donc pas besoin d'affection masculine supplémentaire.

— Si tu fais cette tête-là à chaque fois que je parle de Charles, on va avoir un problème, ajouta Alex.

— C'est pas ça, je me demandais juste comment vous êtes devenus aussi proches, articula Romeo.

Alex, qui ne paraissait que peu convaincue par son explication, reporta son attention sur les voitures.

— On s'est rencontrés il y a quinze ans, commença-t-elle. Mon premier jour d'école et Charles était là. Depuis, on ne s'est pas quitté.

Comme Logan et Romeo, ils étaient amis depuis toujours, sauf que, dans leur histoire, le destin avait joué un rôle important. Charles et Alex s'étaient rapprochés parce qu'ils s'étaient choisis l'un et l'autre, pas parce que leurs parents étaient déjà amis.

— Jamais ?

— Si. Une fois, pendant nos années de collège, avoua Alex, son regard perdu dans le bleu du ciel, on s'est pas parlé pendant plusieurs mois. Au début, c'était parce que j'arrivais pas à accepter qu'il ait d'autres amis ou qu'il puisse s'intéresser à d'autres filles. Je voulais être la seule, la plus importante, quoi. Du coup, je me suis rapprochée de Will. Il était le genre de garçon assis au fond de la classe, dans ses jeans troués et ses t-shirts trop grands. Je pense que je cherchais quelqu'un qui pourrait rendre Charles jaloux, mais lui il a trouvé Liv, à peu près au même moment. Il nous a fallu plusieurs semaines, en fait, pour réaliser qu'on pouvait avoir d'autres amis, mais qu'aucune relation ne ressemblerait jamais à celle qu'on a. Charles et moi, c'est pour la vie.

Pendant qu'elle parlait, ils étaient arrivés devant le *Crazy Diner.* Romeo poussa la porte, tout en classant les informations qu'il venait de recevoir. Charles et Alex étaient tirés l'un vers l'autre depuis toujours, rien ne pourrait jamais rivaliser avec leur relation.

L'odeur de friture qui vint lui chatouiller les narines le ramena soudainement à la réalité : Alex avait beau paraître inaccessible, elle était là. Avec lui. Avec ses grimaces et ses grands yeux sombres.

— Et Liv et Will, ils ont réussi à devenir amis facilement ? l'interrogea-t-il.

Ils s'installèrent à la table qu'il avait l'habitude de partager avec Logan et June.

— Étrangement, oui, répondit-elle. Beaucoup plus facilement que Liv et moi, par exemple.

Romeo hocha lentement la tête, une vague de chaleur se répandait lentement dans sa poitrine : comme elle commençait à s'ouvrir à lui, il allait pouvoir lui parler de sa propre vie. Lui raconter sa relation avec Logan. Sa vie à New York. Son premier roman. Et sa Juliet. Juliet. Juliet.

—Ça a l'air d'aller maintenant en tout cas, conclut-il.

— Oui, maintenant, ça va très bien, sourit Alex. J'imagine que ça doit être le même genre d'histoire pour Logan et toi.

Une serveuse arriva pour leur verser deux verres d'eau et prendre leur commande. Alex demanda des pancakes, sans même regarder la carte, alors que Romeo choisit des gaufres. Il n'avait même pas faim.

Le sentiment d'être comblé, d'avoir tout ce qu'il désirait à portée de main, était nouveau pour lui. Il ne voulait rien de plus que de rester avec Alex, l'écouter parler.

— Ouais, mais ça n'a pas beaucoup été comme ça, ces derniers temps, avoua-t-il.

Alex posa ses deux coudes sur la table avant de caler son visage entre ses mains, prête à écouter ce qu'il voudrait lui raconter.

— Ah bon ? le poussa-t-elle.

Romeo secoua la tête, il ne pouvait pas encore lui parler de June. Juniper Ashwood. C'était encore trop tôt. Il voulait qu'Alex puisse apercevoir qui il était, sans pour autant découvrir chaque recoin de son âme.

C'était encore trop dangereux de s'ouvrir autant à quelqu'un, de lâcher prise. Et si elle n'était pas là pour le rattraper ? Romeo ne pouvait pas se permettre de retomber, il n'aurait plus la force de se relever.

— Oui, mais c'est une histoire pour un autre jour, promit-il.

— Un autre jour ? sourit Alex. Tu penses qu'il y aura un autre jour ?

Romeo était désireux d'apprendre à mieux la connaître, de doucement lier son âme à la sienne.

— J'en suis certain, déclara Romeo. Je construis du suspense, là. Comme ça, t'es obligée de rester pour en apprendre plus.

Quelque chose s'alluma dans les yeux sombres d'Alex, comme une étincelle de bonheur, une flamme de joie, un éclat d'affection.

Une affection que Romeo ne pensait pas encore mériter : elle ne le connaissait pas vraiment. Pas le vrai Romeo.

— Toujours un auteur, remarqua Alex.

— Toujours et pour toujours.

Une serveuse déposa deux plats devant eux, deux plats qui débordaient de sirop et qui sentaient les moments simples du matin, les instants sucrés qui fondent sur la langue.

Alex n'attendit même pas que Romeo attrape ses couverts pour enfourner un énorme morceau de pancake dans sa bouche. Elle savoura son petit-déjeuner, les yeux à moitié fermés, concentrée uniquement sur les saveurs.

— Et si tu n'as plus d'inspiration ? demanda-t-elle, après avoir avalé la moitié d'un pancake.

Romeo se découpa un bout de gaufre pour réfléchir à sa réponse.

Il n'avait jamais été réellement en manque d'inspiration, il y avait toujours des dizaines d'idées qui tournaient en boucle dans sa tête. Plusieurs personnages qui attendaient d'être écrits sur une page. Des lieux imaginaires qu'il voulait rendre réels. Des aventures à partager. Des sentiments à traduire.

Chaque élément du quotidien pouvait suffire à allumer l'étincelle d'une idée. Une étincelle qui grandirait pour le consumer jusqu'à ce qu'il évacue les mots qui lui brûlaient les doigts.

— Si jamais j'ai plus d'inspiration, je prends mon ordinateur et je saute dans le premier avion pour l'Europe, assura-t-il. Pour découvrir de nouvelles choses et rencontrer de nouvelles personnes qui vont forcément finir par m'inspirer.

Alex découpa un morceau de pancake en forme de cœur avant de soigneusement le plier avec sa fourchette pour le mettre dans sa bouche.

— Ça paraît un peu radical, remarqua-t-elle.

— J'ai besoin d'écrire, c'est comme respirer pour moi, expliqua Romeo. Je peux pas tenir en apnée pendant trop longtemps.

— Et t'as pas d'autres moyens de respirer ?

Romeo pensa longuement à son enfance, à des souvenirs purement heureux. À l'époque, il vivait déjà à travers les histoires, les mondes fictifs qu'il imaginait. Ses amis invisibles avaient été nombreux : des chevaliers, des loups, des dragons, des pirates. Il avait toujours utilisé son imagination pour s'échapper.

— C'est risqué, Romeo, lâcha Alex, devant son silence.

— Qu'est-ce qui est risqué ?

— De s'attacher autant à quelque chose. Surtout si tu le perds un jour.

Il le savait. En théorie. Que tout ce qu'il aimait pouvait lui être arraché. À n'importe quel instant. La beauté des choses provenait aussi de là : savoir qu'elles ne sont qu'éphémères. Que rien ne dure. Jamais.

— Personne ne pourra m'enlever l'écriture, nota Romeo.

— Non, peut-être pas, acquiesça Alex. T'as de la chance.

Elle retourna à ses pancakes en fredonnant doucement, pour marquer la fin de cette discussion. Romeo l'imita, il avait déjà partagé trop de parties de lui-même.

# CHAPITRE 27

*Augustus Prep, dimanche 11 octobre.*

*Tu ne veux pas encore me partager tes secrets, Romeo. Tu ne veux pas me parler de June, de ce qu'elle t'a fait. Je comprends : tu penses que nous sommes encore de parfaits inconnus. Comme tu as tort, j'ai envie de te hurler que je sais déjà tout, que je te connais déjà mieux que personne, que je t'accepte tel que tu es, que tu n'as pas besoin de faire semblant avec moi. Jamais avec moi.*

*Tu es vraiment devenu un beau garçon, Romeo. Je ne te le dis pas assez souvent, mais tu es vraiment beau. Magnifique. Extraordinaire. Unique. Tu es tout ça et plus encore.*

*Et, quand tu es venu me chercher à* Augustus Prep, *j'ai cru que mon cœur allait exploser. Tu marchais rapidement, avec tes cheveux secoués par le vent, comme si tu étais pressé de me voir.*

*J'ai remarqué que tu as commandé des gaufres au* Crazy Diner. *Le plat préféré de June. Est-ce qu'elle te manque, parfois ? Ou ta mémoire est-elle seulement peuplée de souvenirs amers ? Je comprendrais, tu sais, si son absence creusait un vide dans ton cœur.*

*J'ai besoin de savoir ce qu'il vous est arrivé, à tous les trois, après la fin du journal. Comment vous êtes-vous retrouvés tous les deux, avec Logan, sans June ? J'espère que tu me raconteras cette histoire un jour, que tu me feras assez confiance pour me partager tes secrets.*

*Après notre repas au* Crazy Diner, *tu m'as raccompagnée vers* Augustus Prep. *Tes doigts frôlaient les miens quand on marchait, comme s'ils allaient inévitablement entrer en collision.*

*Comme si nous avions été créés dans le même souffle de vie, destinés à vivre dans le même recoin de la galaxie.*

*Et tu as attrapé ma main, tout simplement. Au début, tu n'osais pas trop. Tu tentais doucement un mouvement, pour voir comment je réagirais. J'ai entremêlé mes doigts aux tiens, parce que je ne pouvais pas faire autrement. Quand tu as remarqué la manière dont j'accueillais ta peau contre la mienne, un sourire a étiré tes lèvres. Ça brûlait, Romeo, tu as allumé un feu sous ma peau.*

*Quand nous sommes arrivés devant la porte de ma chambre, j'ai déposé un baiser sur ta joue et tu m'as annoncé qu'on se reverrait samedi prochain. J'ai hâte. Hâte de passer plus de temps avec toi, le véritable Romeo, le garçon caché derrière sa plume.*

*Quand je suis entrée dans ma chambre, j'ai découvert qu'ils étaient tous déjà là : Liv et Will jouaient aux cartes par terre et Charles lisait* La Stratégie Ender *sur mon lit. Ses mèches pourpres fleurissaient sur mes draps blancs. Je me suis allongée à côté de lui et j'ai raconté notre matinée à mes trois amis.*

*Et tu sais quoi, Romeo ? Ils étaient heureux pour moi, vraiment heureux.*

— Qui vient se faire tatouer avec moi ? demanda Charles en

se redressant brusquement.

Alex leva les yeux de l'exemplaire de *L'Iliade* qu'elle relisait. Il était près de six heures de l'après-midi, un dimanche soir, et c'était exactement le genre de moment qui donnait de mauvaises idées à Charles.

— Ça dépend quoi, répondit Liv, sans détacher les yeux du carnet où elle dessinait.

Will, qui était installé au bureau de Liv pour annoter son exemplaire d'*Une femme sans importance* d'Oscar Wilde, secoua négativement la tête.

Mais il était déjà trop tard : Charles avait pris sa décision et était parti en quête de sa casquette.

— On réfléchira sur le chemin, répondit-il. Mais j'ai plein d'idées.

Alex avait prononcé exactement les mêmes mots le soir où ils avaient décidé de se teindre les cheveux, avec Charles. Ils avaient alors été incapables de choisir une couleur : Alex avait dû appeler Will pour qu'il prenne cette décision.

Ils avaient fini, tous les deux, dans la salle de bain des Ashwood, de la teinture rouge étalée sur leur crâne comme sur leurs vêtements.

— Faudrait qu'on ait tous le même tatouage, remarqua Alex, qui ne pouvait que l'accompagner dans ce genre de situations.

Charles ramassa sa casquette, qui était mystérieusement apparue sous le lit, avant de se mettre à danser au milieu de la pièce.

— Oui ! Oui ! Oui ! Oui ! rit-il.

— C'est vrai que c'est une hyper bonne idée. Comme ça, si on se dispute et que je vous déteste, j'aurais un rappel de notre amitié jusqu'à ma mort, ironisa Will.

Même tourné vers Charles, Will maintenait son livre ouvert avec son coude et tâtonnait sur le bureau, derrière lui, à la recherche d'un surligneur.

— T'as qu'à le faire un endroit pas trop trop visible, proposa Liv.

— Comme ton dos, ajouta Alex.

— Ou tes fesses, ricana Charles.

Alex tenta de lui mettre un coup de pied qu'il esquiva d'un mouvement de hanche.

— Oh oui ! rit Liv. Fais-toi tatouer les fesses !

Will leva les deux mains vers le ciel en signe de reddition, les pages de son livre défilèrent jusqu'à ce que l'œuvre se referme.

Alex avait rapidement compris qu'il ne reculait devant rien. Jamais. Will affrontait systématiquement les obstacles qui se dressaient devant lui. Il allait se faire tatouer avec eux. Probablement sur les fesses.

Il leur fallut cinq minutes pour attraper leurs affaires, sortir de la chambre 31 et monter dans le pick-up.

Charles insista pour conduire et Will s'installa sur le siège passager, pour l'aider avec le GPS. Alex et Liv s'installèrent donc à l'arrière, allongées dans les affaires de plages qu'ils n'avaient pas encore rangées.

Le soleil commençait à se coucher autour d'eux, envoyant ses rayons dorés sur les maisons colorées.

— J'arrive jamais à peindre le coucher du soleil, commenta Liv en calant un bras sous sa tête.

Le pick-up se mit en mouvement, accompagné par les cris excités de Charles.

— Ça me paraît pas si compliqué, remarqua Alex.

Liv leva une main au-dessus d'elle, comme pour caresser

les nuages, pour voler les teintes du crépuscule.

— Nan, t'as raison, c'est pas si compliqué. Mais j'y arrive pas. Je prends toujours les mauvaises couleurs. J'arrive pas à les doser. Et il y a ce côté enchanté qui ne rend jamais bien sur la toile.

Alex prit la main de Liv dans la sienne et les deux filles continuèrent à fixer le ciel en silence.

Même Charles avait arrêté de faire du bruit pour suivre les directions de Will : il ne pouvait pas conduire *et* regarder le GPS.

C'était un calme qui ne pouvait durer, pas avec Charles.

— Lexie ! hurla-t-il par sa fenêtre ouvert.

— C'est moi ! cria—telle.

Liv poussa un soupir dramatique avant de plaquer ses deux mains sur ses oreilles.

— Tu te rappelles de notre dernier jour de lycée ? demanda Charles.

Sa voix se perdait dans le vent, portée vers l'horizon.

— Moi, je m'en souviens, marmonna Liv.

— Quand on était allé à Woodlands ? tenta-t-elle.

Alex ne pourrait jamais oublier leur dernier jour de lycée, celui où toute leur promo s'était retrouvée dans la réserve naturelle de Woodlands. Ils avaient installé un campement dans la forêt et avaient mangé des chamallows grillés.

Charles avait fini par convaincre tout le monde d'aller se baigner dans un des lacs, sous le clair de lune. Plusieurs jeunes avaient manqué de se noyer et il avait fallu que Liv voie un serpent pour qu'ils retournent tous au campement. Les festivités avaient duré toute la nuit et ils s'étaient couchés dans leurs tentes après avoir regardé le soleil se lever sur les arbres.

—Et qu'on avait soufflé des pissenlits. On avait souhaité de ne jamais grandir, compléta Charles.

À côté d'Alex, Liv s'assit laborieusement, un sourire plaqué au visage.

— Et donc ? l'interrogea Alex.

Le pick-up s'arrêta devant un salon de tatouage. Un gorille était peint sur la porte, avec une fourrure bleue et des dents jaunes.

Alors qu'Alex se penchait hors du véhicule pour avoir une meilleure vue de la devanture, Charles entra dans son champ de vision, le torse bombé.

— Et donc, des pissenlits, voilà ce qu'on se fait tatouer, conclut-il. C'est des fleurs, mais ma virilité peut supporter ça.

— Moi, ça me va, annonça Liv en sautant hors du pick-up.

Elle se réceptionna laborieusement sur Will qui regardait sceptiquement le gorille bleu. Les mains enfoncées dans les poches de son pantalon, il apparaissait beaucoup moins nerveux qu'il ne devait l'être.

Charles était le seul à être déjà tatoué : des oiseaux qui volaient sur ses chevilles. Will et Liv n'y étaient pas radicalement opposés et Alex avait toujours voulu un tatouage, sans jamais trouver la bonne idée.

— Alors ? demanda Charles en tendant une main vers elle.

Elle se jeta dans ses bras. Il la serra dans une étreinte qui rappelait leurs journées à la plage, les rires qui se noyaient dans les vagues.

— Alors, c'est une archi bonne idée, Charlie, sourit Alex.

# CHAPITRE 28

*Charleston, dimanche 11 octobre.*

*Alex m'a embrassé sur la joue après que je l'ai raccompagnée à sa chambre, Juliet. C'est un bon signe, pas vrai ? Ça veut dire qu'elle a aimé notre rencard tout autant que moi.*

*Elle m'enchante, Juliet. Elle me pousse à sombrer, corps et âme, dans cette mer agitée qui me terrifie tant.*

*Il faut que je la revoie. Il faut que je découvre le goût de ses lèvres. Il faut que je me perde dans son parfum. Je suis déjà accro à sa présence. Drogué par son sourire. Elle me pousse à m'interroger sur des sujets auxquels je n'avais jamais pensé. À explorer mes idées sous un autre angle.*

*Elle me rappelle Hélène, pour qui des milliers d'hommes sont devenus des tueurs. Elle me rappelle Perséphone, déesse du printemps et reine des Enfers. Elle me rappelle Eurydice, celle qu'on pourrait suivre jusque dans la mort.*

*Elle me rappelle toutes ces figures divines et pourtant, elle est tellement unique, Juliet.*

*Charleston, lundi 12 octobre.*

*Logan a recommencé à écrire sur ses feuilles de papier. Il est revenu à la vie. Plus fort que jamais. Je ne pensais pas le revoir de si tôt. Il n'est pas encore prêt à retomber amoureux, mais il s'en approche doucement. Je le vois recommencer à apprécier les petites choses du quotidien.*

*Ce matin, il s'est assis sur notre porche, son café serré dans ses mains et il n'a pas bougé. Il souriait en regardant le soleil se lever. Il écrivait aussi, sur un morceau de papier qui a déjà dû passer plusieurs nuits dehors. Il écrivait des chansons qu'il ne chante pas, qui n'appartiennent qu'à lui.*

*Lorsque je l'ai rejoint, il m'a demandé de lui raconter mon déjeuner avec Alex.*

*Alors je lui ai tout dit. Je lui ai parlé de l'amitié d'Alex et Charles. De sa manière de vivre. Pleinement. Chaque instant. Je lui ai dit que je la reverrai samedi prochain. Je lui ai décrit sa peau contre la mienne. Je n'avais pas assez de mots pour raconter ces derniers souvenirs.*

*Quand j'ai terminé, Logan a souri avant de se pencher sur une feuille blanche.*

*Et il a écrit notre histoire, à Alex et moi. Il a fredonné les notes de notre poésie. Il a su capturer exactement tout ce qu'elle me fait ressentir, Juliet. Il a su chanter la mélodie qui résonne dans ma tête depuis notre rencontre.*

*Charleston, mardi 13 octobre.*

*J'ai croisé Charles et Will au* Crazy Diner. *Ils étaient assis au comptoir, à siroter leurs milkshakes. J'ai réalisé que je les voyais souvent là, tous les deux, Juliet. Ils viennent presque tous les jours, sauf qu'ils attirent moins l'attention, sans leurs filles.*

*C'est Charles qui m'a vu en premier et qui m'a fait signe de les rejoindre. Je me suis donc assis à côté de lui, Juliet, et j'ai écouté le récit de leur dernière aventure : le passage au salon de tatouages.*

*Charles n'a même pas hésité avant de soulever son t-shirt pour me montrer le pissenlit qui pousse sur ses côtes. Will a été plus réticent et c'est donc Charles qui m'a chuchoté qu'il s'était fait tatouer la fesse gauche. Je n'ai pas pu retenir le rire qui s'est échappé de ma gorge. Ils ont quelque chose de purement vivant. Comme un rayon de soleil.*

*Et ils n'ont pas arrêté de parler. Je me suis surpris à discuter vivement avec eux. À m'intéresser à leur vie à* Augustus Prep *et à répondre à leurs questions sur mon quotidien.*

*Je les ai observés aussi, Juliet, surtout la manière dont ils se comportent l'un avec l'autre. Comment Charles jette régulièrement des regards vers Will, comme pour vérifier qu'il soit toujours là. Comment Will observe Charles avec ce mélange d'admiration et d'amour que je n'arrive toujours pas à placer.*

*Charles avait un bracelet de perles enroulé plusieurs fois autour de son poignet, Juliet. Avec des perles blanches et bleu. C'est le collier qu'Alex a fait en m'attendant, samedi dernier.*

*D'ailleurs, comme tu peux le deviner, le sujet a rapidement dérivé vers Alex. Le visage de Charles s'est adouci à la mention de son prénom et il n'a pu cacher le vague sourire qui a étiré ses lèvres. Je pensais qu'il me dirait de ne pas lui faire de mal, que sinon, j'aurais affaire à lui. Non. Charles a simplement remonté les manches de son t-shirt avant de me prévenir que je ne devais jamais la laisser filer entre mes doigts.*

*Je suis rentré à la maison en souriant. Et tu sais quoi, Juliet ? Même les étoiles semblaient sourire avec moi.*

*Je ne compte pas la laisser filer. Pas tout de suite. Pas quand je viens de la trouver.*

Charleston, mercredi 14 octobre.

*Depuis ma discussion avec Alex, je pense beaucoup à Achille, Juliet. À ces héros que le monde n'a pas oubliés. Ils me fascinent.*

*Tous. Et malgré ça, tout retourne toujours à Achille.*

*Je n'ai aucun mal à l'imaginer aux portes de Troie. Son casque brillant sous le soleil, sa lance à la main et son visage tordu par la rage et la douleur. Je vois ses larmes tandis qu'il affronte Hector. Des larmes qui se mêlent au sang de ses ennemies. A-t-il été heureux ?*

*A-t-il eu droit, à un moment dans sa vie, au bonheur calme et à la douceur de l'amour ?*

*Charleston, jeudi 15 octobre.*

*Logan a terminé d'écrire sa chanson sur Alex et moi. J'aime bien l'idée qu'on ait une chanson. Rien que pour nous. Et que ce soit lui qu'il l'ait écrite. Je n'ai pas encore pu lire les paroles, mais je connais sa mélodie par cœur : Logan la fredonne dès que mon regard se perd dans le vide. Il la fredonne en souriant comme un crétin.*

*Charleston, vendredi 16 octobre.*

*J'ai parlé d'Achille avec Logan, Juliet. D'Achille et de Patrocle. De leur amour. De leur tragédie.*

*Il n'a jamais été très intéressé par la mythologie grecque, mais, cette fois, il m'a écouté. Je lui ai raconté la guerre de Troie, Juliet. Je lui ai parlé d'Hélène et de Paris. D'Ulysse et de Pénélope. D'Agamemnon et d'Iphigénie. D'Andromaque et d'Hector. Il a adoré.*

*Nous nous sommes installés dans le salon, pour écrire, et il n'a pas arrêté de me poser des questions sur Achille et Patrocle. Leur relation. Leur histoire. Je crois que sa prochaine chanson sera sur eux.*

*Et moi. Moi, je lui réponds en pensant à Alex. À la journée que nous allons passer ensemble demain.*

# CHAPITRE 29

Romeo roulait avec les fenêtres baissées, ses doigts étaient à peine enroulés autour du volant et il ne semblait pas dérangé par le vent qui secouait son t-shirt sombre. Ses lunettes de soleil cachaient une partie de son visage, mais elles lui donnaient un air assuré, presque arrogant.

La voiture de Logan était bien plus confortable que le pick-up de Will, plus agréable aussi, surtout avec Romeo qui conduisait à côté d'elle.

Il était concentré sur la route, avec une main qui pendait distraitement par la fenêtre ouverte. Ses mèches brunes volaient autour de son visage, chacune partait dans une direction différente.

— Alors, vous avez présenté votre réécriture de *Roméo et Juliette* ? finit-il par demander.

Alex se figea, ses mains coincées dans ses cheveux : elle avait décidé que c'était le bon moment pour refaire sa queue de cheval. Elle eut besoin de quelques secondes pour remettre ses idées en place et une minute de plus pour terminer de se recoiffer.

— Oui, les profs ont adoré. Surtout Charles a super bien joué Roméo, mais lui dis pas, ça risquerait de lui monter à la tête. Et on a fait comme t'avais dit, en supprimant un maximum de scènes pour garder l'essentiel.

Romeo s'arrêta à un feu rouge, avec un sourire satisfait, et il remonta ses lunettes qui glissaient sur le bout de son nez. Alex l'observait toujours lorsqu'il tourna la tête vers elle.

Leurs regards s'accrochèrent et tous les sujets de discussion qu'Alex avait préparés s'effacèrent de son esprit.

Il n'y avait plus que Romeo. Romeo. Romeo.

Et ses iris verts qui perçaient le fond de son âme. Qui la comprenaient sans même qu'elle n'ait besoin de s'exprimer.

D'un geste instinctif, Alex tendit les doigts vers Romeo et repoussa une mèche brune qui était tombée sur son front. Il la laissa faire en silence, sans la quitter des yeux.

Des klaxons agacés éclatèrent derrière eux : le feu avait tourné au vert et ils n'avaient pas recommencé à rouler.

— On y va ? tenta Alex.

Romeo cligna plusieurs fois des paupières, comme pour se réveiller d'un rêve.

— Oui. On y va. On y va. On y va.

Ils roulaient dans le vent tiède de Charleston, quittant le centre-ville pour traverser l'*Ashley River*. Le soleil brillait au-dessus de leur tête avant de se refléter sur l'eau qui les entourait.

Will accélérait toujours sur ce pont, Charles et Liv hurlaient comme dans la meilleure attraction du monde et Alex sortait sa tête par la fenêtre pour crier avec eux.

Romeo n'accéléra pas, il continuait à rouler comme s'ils avaient tout le temps du monde. Il laissait les secondes s'étirer en minute sans craindre de les perdre.

— On va où ? finit-elle par demander.

Romeo fronça légèrement les sourcils. Il avait trente-deux

taches de rousseur, étalées sur son nez et ses pommettes.

— Tu ne me fais pas confiance ? répondit-il.

Alex lui retira doucement ses lunettes de soleil pour les placer sur son propre nez. Romeo était crispé dans son siège, comme pour ne laisser échapper son attitude décontractée.

— Assez pour monter dans ta voiture sans même savoir où on va, marmonna-t-elle.

— Si je te le dis, tu voudras pas y aller, soupira Romeo.

Une faille s'était créée dans la façade qu'il avait construite tout au long du trajet. Une faille dans laquelle Alex pouvait recommencer à apercevoir le Romeo du journal. Celui qui ressentait trop. Tout le temps.

— C'est bon, je suis rassurée, alors, ironisa-t-elle.

Ils s'arrêtèrent à un nouveau feu rouge et Romeo se tourna à vers elle.

— Fais-moi confiance, Alexandra.

Alexandra. En détachant chaque syllabe.

Son regard clair la suppliait de lui faire confiance, de lâcher prise. À travers le verre sombre des lunettes, elle voyait une mer déchaînée dans ses iris. Un ciel orageux.

— Je te fais confiance, Romeo, soupira-t-elle. Beaucoup trop, d'ailleurs.

Sa dernière remarque eut le don de le faire sourire. D'un sourire débridé qui éclairait tout son visage. Un sourire qui avait fait disparaître la façade pour ne laisser que lui : Romeo Jones. Auteur. Poète.

Cette fois-ci, lorsque le feu devint vert, la voiture se remit directement en mouvement. Ils continuèrent à avancer dans un silence qui n'était interrompu que par le chant des oiseaux et le grondement du vent.

Charleston s'étalait derrière les fenêtres de la voiture. Les quartiers résidentiels. Les petites maisons de plain-pied. Les chênes dont les branches projetaient de l'ombre sur la route. Les zones commerciales avec leurs gigantesques parkings.

Ils roulèrent jusqu'à s'arrêter devant un cimetière. Alex tourna la tête vers Romeo, pour lui demander s'ils étaient arrivés, mais il était déjà sorti du véhicule.

Elle soupira avant d'ouvrir la portière et de le rejoindre devant l'entrée du cimetière. Une haute grille métallique s'élevait face à eux, surplombée de piques menaçantes.

— Je te fais beaucoup trop confiance, Romeo, répéta-t-elle.

Il se retourna, sans tenter de masquer sa surprise. S'il avait décidé de se mettre à nu devant elle, Alex pouvait lui rendre la pareille.

— Tant mieux, assura-t-il en tendant une main vers elle.

Alex la prit sans hésiter, leurs doigts enlacés avaient quelque chose d'extraordinaire. Comme si un courant traversait leurs deux corps pour éveiller des sens depuis longtemps endormis.

— Par contre, si on se fait attaquer par un zombie, je te pousse vers lui et je cours, le prévint Alex.

— Ça me semble être juste, répondit Romeo.

Il l'attira à l'intérieur et ils slalomèrent entre les tombes qui se dressaient sur leur passage.

Dans cette prairie où les morts se mêlaient aux fleurs, où les pierres tombales s'étalaient à perte de vue, Alex réalisa qu'elle aurait suivi Romeo jusqu'au bout du monde. Qu'il aurait pu l'amener n'importe où et qu'elle aurait toujours été heureuse d'être avec lui.

Romeo connaissait déjà le chemin, il savait où se détacher du chemin de terre pour marcher dans les hautes herbes.

Des pissenlits caressaient les jambes d'Alex, laissées à

découvert par le short qu'elle portait sous sa veste en jean. Elle aurait voulu les cueillir et faire des vœux en soufflant sur chacun d'eux. Elle aurait souhaité que cette journée dure pour toujours, que Romeo ne lâche jamais sa main, que le garçon du journal reste avec elle pour toujours.

Ils s'arrêtèrent au sommet d'une colline qui surplombait le reste du cimetière, là où des tombes n'avaient pas encore été creusées, et ils s'allongèrent dans l'herbe.

Le regard de Romeo fut directement attiré par les nuages qui défilaient au-dessus de leurs têtes. Ils avaient tous des formes différentes, victimes d'une métamorphose constante.

— *Vivre est la chose la plus rare, la plupart des gens se contentent d'exister,* cita Romeo. Oscar a toujours les bons mots.

Alex sourit en entendant Romeo appeler Oscar Wilde uniquement par son prénom.

Il était le seul à humaniser les auteurs d'antan. Le seul qui les considérait comme des personnages familiers. Le seul qui les ramenait à la vie.

— Il se débrouille assez bien, dit Alex en haussant les épaules.

Romeo s'appuya sur son coude pour pouvoir se tourner et la regarder.

Allongé au milieu des hautes herbes, sa silhouette encadrée par les rayons du soleil, il était une figure divine. Un demi-dieu maudit à la simplicité mortelle. Un héros qui cherchait désespérément le calme d'une vie simple. Un dieu fatigué de son immortalité.

Alex fut incapable d'esquisser le moindre mouvement tandis qu'il se rapprochait lentement d'elle. Assez doucement, pour lui laisser le temps de reculer, si elle le voulait.

Romeo caressa la joue d'Alex du bout des doigts.

Elle se pencha vers lui, pour ne pas perdre ce simple contact, pour se noyer dans son odeur.

Et ses lèvres se posèrent sur les siennes.

Le monde entier disparut pour ne devenir plus que Romeo Jones.

Partout. Son odeur. Son toucher. Son goût.

Il s'écarta trop tôt, Alex n'avait pas encore fini de le découvrir.

— Je voulais juste faire ça, marmonna-t-il.

— Juste ? Si tu veux le refaire, d'ailleurs, tu peux, répondit-elle.

La façade s'était effondrée. Romeo avait perdu son sourire. Ses yeux brillaient et ils clignaient des paupières, dans l'espoir de retenir les larmes qui menaçaient de s'en échapper.

Si Alex avait été plus courageuse, elle aurait choisi ce moment pour lui avouer la vérité sur le journal. Elle lui aurait raconté comment elle l'avait trouvé à la bibliothèque et comment elle avait appris à le connaître par ses mots.

— T'es incroyable, murmura Romeo.

Il déposa un léger baiser sur ses lèvres. Puis un second.

Alex le laissa faire, écrasée par le poids de son regard.

— Alors, pourquoi est-ce qu'on est ici ? C'est pas vraiment l'endroit le plus romantique, finit-elle par demander.

Romeo leva les yeux au ciel avant de s'asseoir, ses bras enroulés autour de ses genoux. Il rayonnait.

— Tu vois les tombes, là-bas ? demanda-t-il.

Alex se redressa pour découvrir une partie de la prairie où les tombes avaient été creusées en désordre, chacune portant la mention "inconnu".

— À ton avis, combien étaient des auteurs ? Des poètes ? Des artistes que le monde n'a jamais reconnus ? ajouta-t-il.

Romeo. Romeo. Romeo.

Perdu dans ses pensées. Noyé dans ses incertitudes. Incapable de réaliser la beauté de ce qu'il faisait. Terrifié à l'idée que personne ne l'accepte tel qu'il était.

— Ça ne sera pas toi, assura Alex. Ton nom sera écrit dans les étoiles.

— Comment tu peux en être aussi sûre ?

— Il faut que tu croies en toi, Romeo, parce que personne ne le fera à ta place.

Romeo récupéra les lunettes de soleil qui étaient toujours perchées sur le nez d'Alex et les posa dans l'herbe.

Elle se sentit brutalement découverte devant lui. Comme s'il pouvait désormais observer chaque recoin de son âme.

— Répète mon prénom, souffla-t-il.

— Romeo, murmura-t-elle.

Il ne put s'empêcher de l'embrasser à nouveau, pour goûter son nom sur ses lèvres.

# CHAPITRE 30

Romeo n'arrivait pas à se concentrer sur la route, pas avec Alex assise à côté de lui, leurs mains liées sur la console centrale. Ils avaient passé plusieurs heures dans l'herbe à observer les nuages, appuyés l'un contre l'autre.

Il n'avait pas prévu de l'embrasser sur la colline, mais en la voyant allongée dans l'herbe, ses mèches brunes et rouges perdues entre les fleurs, il n'avait pu s'en empêcher.

Une vague de bonheur l'avait alors submergé. Alex lui offrait tout ce dont il avait toujours rêvé. Une romance naissante. Une fille qui l'acceptait pour qui il était. Qui le choisissait. Lui. Une fille assoiffée de vie dont le rire montait chatouiller le ciel. Alexandra Edwards.

— Tu penses à quoi ?

Romeo resserra sa prise sur la main d'Alex avant de lui répondre. Ce simple contact lui donnait des ailes. Avec elle à ses côtés, il était prêt à affronter le monde entier.

— À une histoire que je voudrais te raconter, sourit-il.

Alex tourna la tête vers lui. Elle souriait. D'un sourire qui n'avait pas quitté son visage depuis qu'ils étaient montés dans la voiture.

Romeo s'en voulait déjà de faire disparaître ce sourire avec sa triste histoire, mais il était temps. Temps pour elle de savoir. Temps de mettre fin au suspense.

— C'est sur Logan et moi, commença-t-il. Sur Logan et moi et une autre fille. Qui s'est dressée entre nous. Qui nous a rendus très heureux, tous les deux. Avant de briser chacun de nos cœurs.

Pendant plusieurs secondes, le vent qui soufflait dans l'habitacle fut le seul son qui parvint aux oreilles de Romeo.

Alex n'osait plus parler. Romeo retenait son souffle.

— June, murmura-t-elle.

Romeo d'abord crut avoir mal entendu. Il crut s'être perdu dans ses souvenirs, que son imagination lui jouait des tours pour rallumer une flamme sur des cendres.

— Pardon ? demanda-t-il.

— La fille, c'est June, répéta-t-elle.

Romeo inspira profondément avant de garer la voiture sur le bord de la route. Il avait lâché la main d'Alex.

Son cœur battait la chamade, chaque pulsion vibrait dans tout son corps. Il n'entendait plus que le hurlement de ses pensées, éveillées par un mélange de doute, de tristesse et de colère.

Il aurait dû le voir venir. Comment avait-il pu y croire ? Comment pouvait-il être aussi naïf ?

— Comment tu connais June, Alexandra ? murmura-t-il en se tournant vers elle.

Alex n'était plus la déesse qu'il avait aperçue, allongée près de lui. Cette fille avait laissé place à une adolescente maladroite qui triturait nerveusement les manches de sa veste, incapable de croiser son regard.

D'une main tremblante, Romeo attrapa son menton pour la forcer à le regarder.

— Comment connais-tu June, Alexandra ?

Une seule larme vint caresser ses doigts.

— Je voulais te le dire, mais c'était jamais le bon moment, articula-t-elle. Et maintenant...maintenant, c'est trop tard.

Romeo fronça les sourcils, incapable de comprendre ce qu'elle tentait de lui dire.

Autour d'eux, même le vent s'était tu.

Il imaginait des dizaines de scénarios chacun pire que le précédent. Était-elle amie avec June ? L'avait-elle manipulé pour le faire souffrir ?

— Me dire quoi ?

Alexandra se détacha doucement de lui pour aller plaquer son dos contre la portière. Elle prit une profonde inspiration avant de lui répondre.

— J'ai lu ton journal, annonça-t-elle. Celui où tu parles de June. Je sais tout.

Le monde de Romeo s'effondra.

# CHAPITRE 31

*Charleston, dimanche 18 octobre.*

*Je me noie, à nouveau, Juliet. Je ne sais plus quoi faire. J'ai besoin de toi.*

*Alex a lu mon journal. Le premier que je t'ai écrit. Elle sait tout. Elle a exploré chaque recoin de mon âme. Elle me connait aussi bien que toi.*

*Et elle ne me l'a pas dit. Jamais. Pourquoi ?*

*Qu'ai-je fait pour ne pas mériter un amour facile ? Un amour lent. Un amour qui se construit, brique par brique, pour devenir un monument.*

*Pourquoi est-ce que les fondations de ma vie ne cessent de se faire ébranler dès je les pense solides ?*

*J'aurais dû savoir, après June, que ce n'était pas la fin de mes tourments. Qu'il y aura toujours un combat, une bataille. Que cette guerre ne se terminerait jamais.*

*Je suis perdu, Juliet. J'ai besoin de toi.*

*Charleston, lundi 19 octobre.*

*J'ai parlé avec Logan. Plutôt, il m'a parlé et j'ai écouté.*

*D'habitude, c'est moi qui le réconforte, Juliet. Pas l'inverse. Jamais l'inverse. Je ne pensais pas avoir besoin de ses mots un jour.*

*Logan m'a dit que je n'aurais pas droit à deux Alex, dans ma vie. Il n'y en aurait qu'une. Qu'elle n'était peut-être pas parfaite, mais qu'elle était là. Il m'a dit qu'elle me connaissait et qu'elle était restée. Qu'elle avait découvert celui que je suis devenu.*

*Il m'a dit que ce n'était pas facile d'aimer, mais qu'il fallait essayer.*

*Il m'a dit qu'il avait écrit une chanson pour Alex et moi et qu'il comptait bien la chanter.*

*Charleston, mardi 20 octobre.*

*Je suis terrifié à l'idée de sortir de la maison, Juliet. J'ai peur de la croiser. J'ai peur de la voir affaiblie par mon absence, assise avec ses amis sans jamais réellement sourire.*

*Ou pire, j'ai peur qu'elle soit heureuse, qu'elle n'ait pas besoin de moi.*

*Charleston, mercredi 21 octobre.*

*Logan est allé courir ce matin et il m'a dit qu'il avait croisé Liv et Charles, au port. Je n'ai pas essayé de savoir ce qu'ils se sont racontés. Je n'aimerai sans doute pas la réponse.*

*Alors j'écris, Juliet, pour m'échapper et pour ne rien oublier. Pour me perdre et me sauver. Pour effacer et pour recréer. J'écris des nouvelles, des poèmes, des chapitres de roman.*

*Pourtant, tout me ramène à elle. Chaque mot. Chaque pensée. Tout revient à ce baiser au cimetière. Le premier à réellement signifier quelque chose.*

*Charleston, jeudi 22 octobre.*

*Et si je perdais mon temps à lui en vouloir alors que toute une histoire nous attend ? Logan a raison, il n'y a qu'une Alex et je suis en train de la perdre.*

*Et si j'étais tellement amoureux de l'amour que j'essayais simplement de l'obtenir, peu importe le prix ?*

*Je ne me reconnais plus, Juliet. Je ne me comprends pas.*

*Charleston, vendredi 23 octobre.*

*Logan a recommencé à chanter la chanson qu'il a écrite pour Alex et moi.*

*Il la fredonne quand nous écrivons, il en glisse quelques paroles dans nos conversations, il répète le refrain comme une prière avant de sortir d'une pièce.*

*Je ne sais pas comment j'ai pu mériter un ami comme lui.*

*Ce soir, alors que nous mangions nos pizzas sur le canapé, il m'a dit qu'il me trouvait plus heureux depuis qu'Alex était entrée dans ma vie.*

*Et tu sais quoi, Juliet ? Il a raison. Elle me rend incroyablement heureux.*

# CHAPITRE 32

*Augustus Prep, dimanche 18 octobre.*

*Je suis désolée, Romeo. J'aurais dû te le dire plus tôt. Bien sûr que j'aurais dû t'avouer la vérité dès que nous nous sommes rencontrés.*

*Malheureusement, je n'ai jamais eu la force de le faire. Jamais eu le courage de risquer de te perdre. J'aurais dû te faire confiance. J'aurais dû écouter Charles : il a souvent raison (ne lui raconte pas que j'ai dit ça).*

*La vérité, je vais te la donner. La vérité moche, telle qu'elle est, c'est que je suis terrifiée par le temps qui passe.*

*Je n'ai même pas vingt ans et je sens déjà ma vie m'échapper. Je sais que je ne pourrai récupérer aucune seconde, alors j'essaye de profiter de toutes, de les rendre mémorables.*

*C'est trop dur, Romeo. Je commence à perdre pied, l'eau monte, et je panique. Je panique à l'idée de ne pas avoir assez de temps avec toi. Je panique à l'idée de devoir apprendre à avancer toute seule.*

*Quand tu m'as déposée devant* Augustus Prep, *tout à l'heure, j'ai compris que je t'avais perdu. Je n'avais pas imaginé que ça serait aussi douloureux, surtout après avoir été aussi heureuse, sur la colline, avec toi.*

*Je ne suis pas ta June, la personne qui te brise le cœur,*

*mais tu es la mienne.*

*Augustus Prep, lundi 19 octobre.*

*Aujourd'hui, c'est Charles qui a pris mes notes de cours. Il a pratiquement écrit chaque phrase prononcée par nos professeurs en les reliant par des flèches. Il y a quelques bonshommes en bâtons qui font du surf dans la marge, mais c'est mieux que rien. Je n'arrêtais pas de penser à toi, Romeo. Tu étais partout. Et Charles le savait.*

*J'ai aussi dû expliquer à Will et Liv ce qu'il s'était passé entre nous. J'ai dû leur dire que j'avais lu ton journal intime. Comme j'avais honte, Romeo.*

*Je ne sais même pas pourquoi je continue à écrire dans ton journal. C'est ce qui a détruit la relation qu'on commençait à construire. Et malgré tout, quand j'écris mes mots à côté des tiens, je te sens plus proche.*

*Tu es là, avec moi, Romeo. Toujours là. Parce que je ne sais pas comment me détacher de toi.*

*Augustus Prep, mardi 20 octobre.*

*J'ai envie de me battre pour nous, Romeo, mais tu ne sembles pas prêt à faire la même chose.*

*Peut-être que je me prépare seule à mener une bataille perdue d'avance. Peut-être que je suis Achille, face à Troie, certain de mourir devant les murs de la cité.*

*Augustus Prep, mercredi 21 octobre.*

*Je n'ai pas eu la force de me lever ce matin, c'est donc Charles qui m'a sortie du lit, puis portée sur son dos jusqu'à notre premier cours. Je ne te raconte pas les regards que nos camarades nous ont jetés, Romeo. Ils vont devoir s'y habituer.*

*Même s'ils m'ont accompagnée en cours, Charles et Liv sont sortis marcher, ce matin. Ils faisaient déjà ça, au lycée, pour régler nos problèmes. Ils arrivent bien à trouver des solutions, tous les deux.*

*La dernière fois, c'était quand Will s'était fait rejeter par sa rousse qui voulait juste ses notes de cours. Ils avaient décidé de mettre des asticots dans son casier, pour le venger. Ça avait super bien marché.*

*Ce soir, ils m'ont donc raconté qu'ils avaient croisé Logan, sur le bord de mer. Ils ont parlé de toi et moi, Romeo. D'après Logan, tu as perdu ton sourire.*

*J'aimerais pouvoir écrire que je suis triste pour toi, triste que tu te sois perdu à nouveau. Mais le pire dans tout ça, Romeo, c'est que je suis heureuse de savoir que tu souffres autant que moi : ça prouve que tu commençais à t'attacher à moi. Moi.*

*Augustus Prep, jeudi 22 octobre.*

*Cette nuit, j'ai rêvé de nous, Romeo. J'ai rêvé de ton torse contre mon dos, de tes bras autour de moi et d'un livre dans tes mains. J'ai rêvé que tu me lisais* L'Iliade. *Mes yeux étaient fermés et j'étais bercée par ta voix.*

*J'aimerais tellement me rendormir.*

*Augustus Prep, vendredi 23 octobre.*

*Nous avons passé la soirée à la bibliothèque.*

*À boire et à lire. À nous perdre dans les mots comme dans l'alcool. J'ai lâché prise, Romeo. Parce que Charles, Liv et Will me rattraperont toujours. Parce qu'avec eux, je ne suis jamais seule.*

***J'ai fini allongée sur une table à côté de Charles qui comptait les lumières suspendues au plafond. Au bout de quelques minutes, il m'a dit que je devais me battre pour toi, Romeo, et qu'il manquait une ampoule à l'un des lustres.***

***J'y ai beaucoup réfléchi et j'ai réalisé que ce n'était pas à moi de me battre pour toi. Je ne peux qu'attendre ton retour, si tu reviens un jour.***

# CHAPITRE 33

— Tu préfères aller toquer à la porte de sa chambre ou la retrouver dans un lieu public ? demanda Logan.

Romeo leva lentement la tête vers son meilleur ami qui se tenait debout au milieu du salon, bras croisés sur son torse. Il était prêt à partir avec son pantalon sombre, son t-shirt blanc et sa veste en cuir. L'ombre d'un sourire planait sur ses lèvres alors que la matinée venait tout juste de commencer.

— Tu veux que j'aille la voir là, maintenant ? soupira Romeo.

Il travaillait sur les personnages de son prochain roman depuis près de deux heures. Cette réflexion n'avait été que peu productive : dès qu'il tentait d'imaginer des caractères ou des physiques différents, tout revenait soit à Alex, soit à Achille.

S'il continuait ainsi, il finirait par écrire une romance entre la fille qu'il voulait séduire et un héros mythique de l'Antiquité. Alex aurait adoré être une princesse troyenne, une fille de Priam qui tomberait amoureuse d'un grec. Le roman deviendrait alors une histoire d'amour impossible, une romance tragique.

— Tu voulais y aller quand ? demanda Logan.

Romeo grimaça avant de fermer son carnet, Logan attrapait déjà les feuilles éparpillées autour de lui.

— Jamais, marmonna Romeo.

Tout serait tellement plus simple si Alex n'avait jamais lu son journal, s'il ne l'avait jamais écrit. Si elle ne lui avait pas menti, si elle ne l'avait pas mis dans cette situation où il avait toutes les cartes en main, où c'était à lui de faire un choix, de décider de leur avenir à tous les deux.

— Donc c'est moi qui vais devoir aller expliquer à Alex que t'es misérable, mais que t'as pas le courage de te battre pour elle ? débita Logan. Pas de problème. Attends-moi là, je vais conquérir ta promise.

Cette dernière remarque poussa Romeo à se redresser sur le canapé et à attraper un pull qui traînait entre les coussins. Logan croisa ses bras sur son torse et le regarda s'activer en silence, avec une expression satisfaite.

Romeo se mit ensuite en quête de chaussettes propres, il prit une bonne dizaine de minutes à en trouver une paire. Une dizaine de minutes où Logan était appuyé contre la porte d'entrée, à l'attendre, sans faire mine de vouloir l'aider.

—Bon, on y va ? Si j'avais su que tu prendrais autant de temps, j'en aurais profité pour me laver les cheveux et me maquiller.

Romeo lui jeta un regard noir.

— Oui, on y va, grogna-t-il. Merci pour ton aide.

— Toujours là, ricana Logan en passant un bras autour de ses épaules pour l'attirer à l'extérieur.

Ils marchèrent vers *Augustus Prep* d'un pas tranquille. Logan fredonnait la chanson sur laquelle il avait travaillé ces derniers jours : celle sur Achille et Patrocle. Sur la guerre de Troie. Sur les aventures de héros mythologiques.

Romeo ne fit aucune remarque, trop heureux de découvrir

qu'il chantait enfin une autre relation que la sienne.

Il profita de ces quelques minutes pour se préparer mentalement à sa conversation avec Alex.

Elle ne le rejetterait pas. Parce qu'elle le connaissait mieux que personne. Elle avait lu ses peurs, ses tristesses et ses moments de joie. Elle avait vécu les souvenirs de Romeo.

— Si jamais t'arrives pas à régler tes problèmes avec Alex, je pourrais toujours traîner avec Liv ? demanda alors Logan.

— Parce que tu penses que je ne vais pas "arriver à régler mes problèmes avec Alex" ? ricana Romeo.

Logan se tourna vers lui, toute trace d'humour effacée de son visage.

— C'était pas ça la partie la plus importante de ma question, grogna-t-il.

— T'es vraiment intéressé par Liv ? soupira Romeo.

Ils approchaient rapidement d'*Augustus Prep.* Les chênes couverts de mousse espagnole projetaient des ombres sur le visage de Logan.

— Tu m'as dit que je devais recommencer à vivre, marmonna Logan. Et, pour moi, elle est ce qui se rapproche le plus de la vie.

Romeo eut du mal à cacher son sourire. Il avait attendu si longtemps le retour de Logan, le retour de l'ami que June lui avait fait perdre. C'était grâce à Liv qu'il le retrouvait, grâce à ses amis. À Alex, Will et Charles.

— Une fille un peu folle qui ne sait pas s'arrêter, se moqua Romeo.

— Une fille qui est la meilleure amie de la femme de ta vie, répliqua Logan.

— Je ne compte pas poser un genou devant Alex.

— On en reparle dans quatre à douze mois ouvrés.

*Augustus Prep* apparaissait déjà devant eux. Le bâtiment se dressait contre le ciel bleu de Charleston, son toit sombre repoussait les nuages.

Les deux garçons restèrent silencieux en traversant le campus et le hall pour finalement monter les escaliers de pierre.

À cette heure-ci, un samedi matin, les étudiants marchaient rapidement vers la cafetaria, toujours en pyjamas. Pour la plupart, ils avaient un ordinateur qu'ils tenaient dans leurs bras comme la plus importante de leurs possessions.

Ils arrivèrent dans l'aile des filles et dépassèrent les statues de divers héros grecs. Jason. Hector. Thésée. Héraclès. Orphée.

Romeo savait, pour avoir déjà raccompagné Alex à sa chambre, que c'était Achille qui se tenait devant sa porte. Il n'avait alors pas remarqué la taille imposante de la sculpture ou l'expression passionnée de son visage. Face à lui se tenait un homme d'une beauté remarquable. Un guerrier dans une position qui ne trahissait rien d'autre que la violence.

Un héros dont la gloire était éternelle.

— Tu toques ou je toque ? l'interrogea Logan, sa main à quelques centimètres de la porte.

— Laisse-moi faire, répondit Romeo. Tu peux tenir compagnie à Achille en attendant.

Logan se retourna soudainement et bougea frénétiquement la tête de droite à gauche, analysant chaque recoin du couloir.

— Il est où ? grogna-t-il.

— La statue, sourit Romeo.

— Je l'imaginais pas comme ça, remarqua Logan.

—Trop grand ?

— Trop beau.

Romeo laissa Logan se poster aux côtés d'Achille avant de faire un ultime pas vers la porte de la chambre d'Alex.

Il pouvait y arriver. Il allait y arriver. Il devait simplement lui détailler ce qu'il ressentait. Prononcer tous les mots gravés dans sa poitrine.

Il levait la main vers la porte, prêt à toquer, quand celle-ci s'ouvrit sur Liv, Will, Charles. Et Alex.

Ils étaient sur le point de partir à la plage, tous en maillot avec leurs lunettes de soleil. Alex portait la casquette de Charles qui avait un bras passé autour de sa taille et elle tenait la main de Liv dont les doigts étaient perdus dans les cheveux de Will.

Toute trace de joie disparut de leur cortège lorsqu'ils découvrirent Romeo. Ils se rapprochèrent tous d'Alex et ce fut Charles qui lui adressa la parole.

— Qu'est-ce que tu veux ?

Romeo avait pensé qu'il effacerait sa version idéalisée d'Alex en la revoyant, que ce serait un retour à la dure réalité, qu'il réaliserait qu'elle n'était pas la fille dont il avait besoin.

Il avait eu tort : en la redécouvrant, il ressentit des sentiments qu'il croyait déjà effacés. Il redécouvrit les courbes de son visage, la teinte de ses cheveux, le rose de ses joues, l'encre de ses yeux.

— Je viens parler à Alex, lâcha Romeo.

Ils échangèrent un regard incertain. Charles pouvait visiblement jeter Alex sur son épaule et forcer le passage si besion. Liv avait même enlevé sa main des cheveux de Will pour venir serrer ses poings contre son visage, prête à défendre ses amis. Ce fut le hochement de tête d'Alex qui les poussa, les uns après les autres, à sortir de la chambre.

Romeo fit un pas en arrière pour les laisser passer, avant d'y entrer.

— Tu peux fermer la porte, murmura Alex.

Sa dernière vision du couloir fut celle de Charles, Liv, Will et Logan, installés autour d'Achille.

—Avant que tu dises quoi que ce soit, j'aimerais que tu saches que je suis désolée, Romeo. Je savais que j'avais aucun droit de lire ton journal dès le départ. Et c'est peut-être ce côté interdit qui m'a poussée vers toi. Mais je ne pensais pas te rencontrer et devoir faire face à ce genre de situation. J'aurais dû t'en parler plus tôt. Et si je ne l'ai pas fait, c'est parce que j'avais peur que tu aies exactement la même réaction que celle que t'as eue. J'avais peur que nous perdions notre temps ensemble, débita-t-elle.

Ces quelques lignes semblaient avoir été répétées des dizaines de fois. Alex les avait prononcées avec un ton monotone qui ne lui ressemblait pas.

Elle se laissa mollement tomber sur son lit, évitant avec application le regard de Romeo. Si elle avait vu son visage, à cet instant précis, elle aurait compris qu'il ne comptait plus reculer devant elle.

Il allait arrêter de fuir le risque de se faire briser le cœur.

Il était grand temps pour lui de recommencer à vivre pleinement, les joies comme les tristesses.

— Je comprends, Alex, murmura-t-il.

Elle leva alors la tête vers lui, des larmes brillaient dans ses yeux sombres. Des larmes pour trahir la force des sentiments qu'elle ressentait déjà pour lui.

Romeo s'accroupit devant elle, leurs visages à la même hauteur, et lui retira sa casquette. Il remarqua alors les cernes qui creusaient son visage et la pâleur inhabituelle de sa peau malgré ses légers coups de soleil.

Même la présence constante de ses trois amis n'avait pas réussi à la sauver. Elle avait besoin de lui. Elle avait besoin de Romeo Jones.

— Je comprends et en vrai, je suis heureux que tu m'aies dit la vérité, peu de personnes auraient eu le courage de le faire, ajouta-t-il.

Le faible sourire qui éclairait le visage d'Alex alluma un feu dans la poitrine de Romeo. Elle était là. Face à lui. Et elle n'irait nulle part.

Il tendit une main tremblante vers elle et essuya une larme qui coulait le long de sa joue.

— Donc tu me gardes ? demanda-t-elle.

— Donc je te garde, répondit-il. Aussi longtemps que tu voudras de moi.

Et, aussi simplement que cela, il pressa ses lèvres contre les siennes. Alex laissa échapper un soupir contre son visage avant d'enfouir ses mains dans les cheveux de Romeo.

Si leur premier baiser avait été timide et prudent, celui-ci fut plus assuré. Il traduisait la passion qui leur brûlait la poitrine, le soulagement d'enfin se retrouver.

En quelques jours seulement, Alex était devenue terriblement importante dans la vie de Romeo, un membre sans lequel il peinait à avancer.

Ils se détachèrent, à bout de souffle, et Romeo aurait pu jurer que des cris de victoire filtraient sous la porte, accompagnés des ricanements de Charles.

— Je savais qu'ils manigançaient quelque chose, grimaça Alex.

Romeo prit le temps de vraiment la regarder. De ses cheveux bruns emmêlés à ses yeux qui brillaient d'une lueur nouvelle, du sourire qui étirait ses lèvres gonflées au large t-shirt qu'elle portait.

Il réalisa qu'il n'y avait nulle part d'autre où il aurait préféré être.

— J'ai bien aimé cette manigance-là, remarqua-t-il.

Alex repoussa une mèche qui tombait sur le front de Romeo.

— Moi aussi, murmura-t-elle.

Il lui embrassa tendrement le front avant de se relever.

Ils sortirent de la chambre main dans la main, le sourire de Romeo se reflétait sur le visage d'Alex.

Leurs amis les attendaient, entassés les uns sur les autres dans le couloir. Liv et Charles avaient leurs dos appuyés l'un contre l'autre, Logan avait sa tête sur la cuisse de Liv qui jouait avec ses cheveux et Will avait une épaule contre celle de Charles, ses jambes passaient au-dessus du torse de Logan avec qui il était en pleine discussion.

Romeo fut étonné de trouver son meilleur ami si bien inclus dans le groupe. Malgré ses tatouages et sa peau pâle qui contrastait avec les leurs, il semblait être parfaitement à sa place.

Charles les aperçut en premier et commença à donner des coups de coude aux autres pour attirer leur attention. En quelques secondes, quatre têtes se retrouvèrent braquées vers Alex et Romeo.

— C'est bon ? demanda Charles.

— Vous vous êtes *réconciliés* ? ajouta Logan avec un mouvement suggestif des sourcils.

Liv lui mit un coup de coude auquel il répondit par un clin d'oeil. Leur comportement arracha un sourire à Romeo qui n'avait pas oublié ce que Logan lui avait avoué, quelques minutes auparavant.

— On s'est très bien *réconciliés,* répondit Alex en souriant de toutes ses dents.

Elle lâcha alors la main de Romeo pour enfoncer la casquette de Charles, qu'elle avait dû attraper sur le lit en sortant, sur sa tête.

— Tant mieux, on va pouvoir aller à la plage, maintenant, soupira Will.

Romeo nota que son sourire ne paraissait pas authentique, comme s'il n'approuvait pas complètement leur relation. Alex remarqua la même chose puisqu'elle lui fit un signe du doigt, comme pour lui annoncer qu'ils devraient avoir une conversation, plus tard. Will hocha la tête, après avoir jeté un regard noir à Romeo.

— J'espère que t'as pris un maillot, Romeo, ricana Charles.

— Sinon tu devras te baigner tout nu, ajouta Will en haussant les épaules.

Alex ébouriffa les cheveux de Romeo alors qu'ils prenaient la direction des escaliers.

— J'en connais une que ça ne dérangerait pas, rit Logan.

— Je t'ai déjà dit que je ne suis pas intéressée par Romeo, gronda Liv.

— Il parlait pas de toi, débile, répliqua Charles.

— C'est toi le débile, monsieur je-mets-le-même-mailllot-tous-les-jours-sans-le-laver !

— J'ai pas besoin de le laver comme je le rince tous les soirs !

Romeo passa un bas autour des épaules d'Alex. Elle riait.

# CHAPITRE 34

Alex avait toujours adoré aller à la plage, mais c'était bien mieux quand Romeo y était aussi. Elle avait failli pleurer en le voyant se dresser face à la mer avec Logan, leurs pieds enfoncés dans le sable, les chevilles caressées par les vagues.

En seulement quelques heures, il avait pris l'habitude de la toucher constamment, ses doigts sur son bras, sa jambe contre la sienne, son torse appuyé sur Alex. Chaque contact allumait un brasier sous sa peau.

Ils avaient passé tout l'après-midi à explorer leur relation. Ses avantages et ses limites. Surtout ses limites : dès que Charles commençait à taquiner Alex, Romeo se contentait de les écouter en souriant et, quand Logan avait attrapé Romeo pour aller le jeter dans l'eau, Alex avait enfoncé la tête de son petit-ami sous la surface.

Plusieurs fois, elle s'était retrouvée sur ses épaules, à essayer de faire tomber Liv du dos de Logan. Romeo et Alex avaient perdu chacune de leurs batailles, sans doute parce que Logan et Liv n'avaient pas peur de faire mal à leurs adversaires.

Alex avait fini assise sur une planche de surf, face à l'horizon. Romeo s'était installé derrière elle, ses bras autour de sa taille et elle avait posé sa tête dans le creux de son épaule. Ils avaient été seuls sur la mer.

Ce moment avait irréel, tout droit sorti d'un autre monde. Comme pour marquer le début de leur vie ensemble, le premier soir des dizaines qui étaient encore à venir.

Ils avaient tous quitté la plage quand les premières étoiles s'étaient allumées au-dessus de l'océan sombre. Romeo avait alors proposé à Alex de venir dîner chez lui et elle n'avait pu refuser.

— T'es sûre de vouloir venir? demanda Logan pour la troisième fois depuis qu'ils étaient montés dans la voiture.

Il était affalé sur la banquette arrière, ses bras étalés sur les sièges vides à côté de lui.

— Oui, je suis sûre, Logan, soupira-t-elle sans se tourner vers lui.

Alex était occupée à se frotter les jambes pour faire tomber, dans un sac plastique, tout le sable collé à sa peau. Les pieds nus des deux garçons avaient été miraculeusement nettoyés pour qu'aucun grain de sable ne se retrouve coincé entre leurs orteils.

— Il dit ça parce qu'on a pas rangé avant de partir, finit par murmurer Romeo, ses mains à peine serrées autour du volant.

— Comme si ça nous arrivait de ranger, tout court, ricana Logan.

Cette fois-ci, Alex se retourna sur son siège pour lui faire face. Logan commençait à prendre des couleurs, surtout des coups de soleil, mais sa pâleur habituelle glissait vers une teinte plus sombre.

Comment Juniper Ashwood avait-elle pu choisir Logan ? Comment aurait-elle pu tomber amoureuse de Logan quand

Romeo était là, quand il était aussi amoureux d'elle ?

À sa place, Alex n'aurait pas pu résister longtemps au charme de Romeo, à son âme de poète et à ses yeux clairs.

— Je pourrais vous aider, proposa-t-elle.

Logan leva les yeux au ciel.

— Tu entends ça, Lolo ? Elle va même nous aider à ranger, lança Romeo sans quitter la route des yeux.

— Si c'est ça d'avoir une copine, il m'en faudrait une aussi.

Romeo lui jeta un regard noir.

— Je rigole, grimaça-t-il.

Alex se laissa retomber sur son siège, sans manquer le sourire satisfait de Romeo.

Elle voulut enfoncer la casquette de Charles plus profondément sur son crâne, mais ses doigts ne rencontrèrent que des cheveux secs, pas la toile familière qui les recouvrait habituellement. Charles avait insisté pour récupérer sa casquette avant qu'elle ne monte dans la voiture de Logan. D'un geste nerveux, Alex attacha ses mèches salées en un chignon rapide.

— J'aime bien ton tatouage, Alex, déclara alors Logan.

Cette remarque attira l'attention de Romeo qui tourna la tête vers Alex pour découvrir le pissenlit tatoué derrière son oreille gauche. Ses yeux verts la fixaient avec une intensité déconcertante, elle se sentait fondre sous son regard.

— Fais pas semblant de le voir pour la première fois, Momo, ajouta-t-il. Juste dis-lui que t'aimes bien aussi.

— J'aime bien ton tatouage aussi, sourit Romeo en redirigeant son attention sur la route à peine éclairée par les phares de la voiture.

Alex passa un doigt sur le pissenlit qui avait complètement cicatrisé.

— Merci, on a fait ça avec les autres. Ils ont le même, répondit-elle.

Romeo et Logan échangèrent un regard dans le rétroviseur central, mais aucun d'eux ne prononça le moindre mot.

Logan fredonna alors l'air d'une chanson qu'Alex ne connaissait pas. Une mélodie douce, comme la caresse d'un amant. Il ne s'arrêta que lorsque la voiture se gara dans une rue résidentielle, dans le centre de Charleston.

La maison était petite, élevée sur deux niveaux et d'une couleur rose.

— Alors ? demanda Logan en venant se poster à côté d'Alex, sur le trottoir.

— T'es pas obligée de dire que t'aimes bien. Je suis pas fan du rose non plus, murmura Romeo en se glissant entre eux pour passer un bras autour de chacune de leurs épaules.

— Arrête, il est beau le rose, s'indigna Logan. Si ça remet en cause ta masculinité, c'est ton problème.

Alex entremêla ses doigts à ceux de Romeo avant de déposer un baiser sur sa joue.

— J'aime bien, assura-t-elle.

— Et t'as pas vu l'intérieur. C'est encore pire, sourit Logan.

Ils avancèrent, toujours attachés les uns aux autres, jusqu'à un petit porche. Les garçons y avaient posé deux fauteuils et une petite table où plusieurs tasses vides étaient entassées sur une montagne de journaux.

Romeo tendit une clef à Logan qui ouvrit la porte de la maison en un mouvement du poigné.

Alex y entra pour trouver une cuisine ouverte sur un salon, le tout illuminé par trois larges fenêtres. Un canapé couvert de coussins était installé derrière une table basse submergée de feuilles en tous genres et de beaucoup de post-its.

Les pièces, simplement meublées, dégageaient quelque chose d'apaisant, de calme. C'était peut-être l'odeur purement masculine, un mélange de cologne et de transpiration, qui flottait dans l'air. Ou les dizaines de livres qui, rangées en piles, semblaient se cacher dans chaque recoin.

— J'adore, c'est trop vous, sourit-elle.

Romeo et Logan échangèrent un regard entendu.

— Je vais te faire visiter le reste de la maison, c'est Logan qui prépare le dîner, annonça Romeo.

— T'es pas allergique à la pizza ? ricana Logan.

Un sourire espiègle étirait ses lèvres.

— Alors si. Il suffit d'une part pour que je passe toute la nuit aux toilettes et que ça pue pendant trois mois après, répliqua Alex en se pinçant le nez.

— Ok. Ok. Ok. J'ai compris, soupira Logan.

Romeo attira Alex jusqu'à un escalier de bois clair. Plusieurs photos étaient collées sur le mur. Logan et Romeo bébés, vêtus uniquement de couches. Leur rentrée au collège. Leur remise de diplôme, à la fin du lycée. Leur bal de promo.

Ils montèrent en silence jusqu'au premier étage où un étroit couloir donnait sur trois portes peintes de couleurs différentes.

La première que Romeo ouvrit, la vert clair, cachait une petite salle de bain.

— Charmant, sourit Alex en remarquant les mousses à raser et déodorants éparpillés autour du lavabo.

Romeo baissa la cuvette des toilettes encore levée avant de se tourner vers elle.

— On fait comme on peut, marmonna-t-il.

Alex s'approcha lentement du miroir qui trônait au-dessus du lavabo. Son apparence trahissait un passage à la plage :

les cheveux raidis par le vent marin, les joues roses et un air légèrement débraillé.

Elle vit alors le reflet de Romeo, juste derrière elle.

Ça ne pouvait pas être réel. Romeo Jones n'existait que dans son imagination. Il était grand temps qu'elle se réveille de ce merveilleux rêve.

Comme s'il avait entendu ses pensées, Romeo passa ses bras autour de la taille d'Alex pour l'attirer contre lui. Leurs corps avaient été créés l'un pour l'autre. La tête de Romeo était à la parfaite hauteur pour se poser sur celle d'Alex et ses épaules étaient juste assez larges pour qu'il puisse confortablement l'enlacer.

— Alors, t'en penses quoi ? demanda Romeo.

Alex fit mine de réfléchir, sourcils froncés.

— Je sais pas vraiment. C'est vrai que je suis aussi belle que d'habitude, mais mes cheveux sont pas bien coiffés, répondit-elle.

Le rire de Romeo résonna dans ses oreilles et c'était le genre de son qu'elle aurait voulu enregistrer pour pouvoir l'écouter en boucle.

— C'est vrai, aussi belle que d'habitude, sourit-il.

Alex se vit rougir et, pour attirer l'attention de Romeo loin de son visage, elle attrapa le déodorant le plus proche.

— C'est le tien ? bafouilla-t-elle.

Romeo hocha la tête, très lentement, les yeux légèrement écarquillés.

— Parfait.

Alex souleva son t-shirt juste assez pour y passer le déodorant et se vaporiser les aisselles. L'odeur qui remonta dans ses narines fut un concentré de Romeo, un parfum duquel elle ne se lasserait jamais.

— T'as quoi d'autre à me montrer dans votre merveilleuse maison ? demanda-t-elle en reposant le tube métallique.

Romeo déposa un baiser sur le bout de son nez avant de sortir de la salle de bain.

— Pas grand chose, je crois qu'on a déjà épuisé le potentiel de ma merveilleuse maison, soupira-t-il.

Alex le suivit en souriant tellement que ses joues en devenaient douloureuses.

Romeo lui montra ensuite la chambre de Logan, qui se cachait derrière une porte rose pâle. La pièce se composait uniquement d'un lit et d'une bibliothèque dont les étagères étaient recouvertes de vêtements.

Logan les appela à table avant qu'ils ne puissent arriver à la dernière porte du couloir, celle qui menait à la chambre de Romeo. Il promit de la lui montrer après le dîner.

Ils trouvèrent Logan affalé dans un coin de canapé avec deux pizzas posées sur la table basse devant lui, au-dessus des papiers qu'il n'avait pas eu le courage de ranger. Romeo se laissa tomber près de son meilleur ami et invita Alex à s'installer à côté de lui.

Logan se mit immédiatement à raconter des anecdotes insolites sur ses chanteurs préférés, des célébrités dont les noms échappaient à Alex. Romeo l'écoutait attentivement, en posant des questions aux bons moments et en hochant régulièrement la tête, une part de pizza à la main.

Alex en oublia presque qu'avant, ils n'étaient que des personnages dans un journal intime.

# CHAPITRE 35

Romeo n'aurait jamais voulu se réveiller : il était perdu dans un merveilleux rêve. Celui où il habitait dans un petit appartement à New York, avec Alex. Celui où il était un auteur qui vivait de son écriture. Celui où tout était facile.

Une sonnerie lui vrillait les oreilles.

La veille, il s'était apparemment endormi sur le canapé, avec les pieds de Logan sur ses genoux et la tête d'Alex sur les pieds en question.

Romeo sortit doucement son téléphone de sa poche et le porta à son oreille. Il était toujours possible que ce soit un agent ou un éditeur, la bonne nouvelle qu'il attendait depuis toujours.

Il décrocha pour découvrir la voix de Charles.

— Romeo Jones, commença-t-il, visiblement tendu à l'autre bout du fil.

Romeo se redressa légèrement, tout en essayant de ne pas réveiller les deux autres figures endormies contre lui. Les premiers rayons du soleil filtraient par les fenêtres du salon et projetaient une lumière dorée sur le visage d'Alex. Pendant quelques secondes, Romeo observa les traits parfaitement détendus, presque enfantins, de la fille couchée sur ses genoux.

— Romeo Jones, répéta froidement Charles.

— Charles, finit-il par répondre.

Sa propre voix lui était étrangère, trop rauque, grave, caverneuse, comme s'il avait passé toute la nuit à hurler.

— Est-ce qu'Alex est avec toi ? demanda Charles.

Romeo baissa une nouvelle fois les yeux vers elle, il ne pouvait pas être plus tard que six heures du matin.

— Oui.

Un soupir de soulagement résonna dans son oreille, suivi par une discussion composée uniquement de remarques de Will et du rire de Liv.

— Ton adresse ? l'interrogea Charles.

Romeo, qui n'avait pas la force de le contredire, la lui dicta. Charles raccrocha, sans ajouter un mot.

— Génial, marmonna-t-il.

En prenant bien soin de ne réveiller ni Logan ni Alex, il se leva et prit la direction de la cuisine.

Tous les matins, c'était son rôle d'allumer la cafetière. Cette fois-ci, Romeo y mit assez d'eau et de café pour six personnes.

Ce n'était qu'une question de temps avant que le salon se transforme en cirque : dix minutes si Charles, Liv et Will venaient à pied.

Il ne leur en fallut que cinq.

Charles entra en premier, sans même prendre la peine de toquer, sa casquette enfoncée à l'envers sur sa tête, visiblement toujours en pyjamas, ses lunettes posées sur son nez. Ses sourcils étaient froncés au-dessus de ses yeux du même bleu que ceux de Juniper.

Romeo avait été surpris d'apprendre qu'ils étaient cousins et il ne cessait de leur trouver des points communs.

— Elle est où ? articula Charles en trouvant Romeo accoudé au comptoir de la cuisine.

Pour toute réponse, il n'eut droit qu'à une vague inclinaison de tête vers le salon.

Will et Liv, qui venaient d'entrer, tournèrent la tête vers le canapé, Charles fut plus réticent à les imiter.

Dès qu'ils découvrirent leur amie endormie sur Logan, l'inquiétude qui barrait leurs fronts disparut.

— Plus jamais, chuchota Charles. Plus jamais, tu nous la voles sans nous prévenir.

Romeo le regarda s'approcher en silence.

— S'il nous prévient, c'est plus du vol, remarqua Liv en se faufilant entre Will et Charles pour poser un coude sur chacune de leurs épaules.

Il manquait quelque chose de fondamental à leur amitié, quand ils étaient tous les trois, sans Alex. Un dernier pilier pour que leur construction soit parfaitement stable.

— Il a très bien compris ce que je voulais dire, grogna Charles.

— C'est juste qu'on voulait être sûr qu'Alex allait bien, ajouta Will en offrant un sourire désolé. On sait jamais, elle aurait pu avoir un problème sur le chemin du retour, hier soir.

Contrairement à Charles, il avait eu le temps d'enfiler un pull sur son jean, avant de partir. Même Liv portait une chemise claire sans tache de peinture.

Il n'y avait que Charles, avec ses cernes et son visage pâle. Charles, qui n'arrivait pas à quitter Alex des yeux, son visage posé sur les pieds de Logan, ses jambes pliées sur les coussins, le t-shirt qu'elle portait et qui n'était pas le sien.

— Ne t'inquiètes pas, je comprends. Comme vous pouvez

le voir, Alex va très bien. Du coup, pour la prochaine fois, venez directement nous observer par la fenêtre, je laisserai les rideaux ouverts, débita Romeo.

Liv et Charles échangèrent un hochement de tête : c'était exactement ce qu'ils comptaient faire. Romeo n'avait aucun mal à les imaginer cachés dans les buissons de son jardin avec des talkies-walkies et des jumelles.

— T'aurais pu lui trouver un autre coussin, par contre, les pieds de Logan ne doivent pas être très confortables, tenta Will.

Romeo jeta un coup d'œil vers le canapé où Logan se réveillait doucement. Ses bras se mirent en mouvement et il commença à se gratter le bas du ventre, ignorant qu'un public s'était invité dans sa cuisine.

— Je suis sûre que c'est pas si terrible, grimaça Liv.

— T'as un fétiche des pieds qu'on devrait connaître ? s'exclama Charles.

— Si j'en avais un, vous ne *devriez* pas le connaître, rétorqua-t-elle en s'écartant violemment de lui.

— C'est juste histoire de pas être gêné quand quelqu'un va nous annoncer que notre petite Olivia aime les pieds !

Logan s'adossa à un accoudoir du canapé pour écouter leurs discussions, désormais parfaitement éveillé. Un léger sourire étirait ses lèvres, comme si la vision de Liv dans leur maison suffisait à le rendre heureux. Comme s'il n'avait besoin de rien de plus.

— De toute façon, je suis sûre que t'as un fétiche pire que le mien ! hurla Liv.

— Donc t'as vraiment un fétiche des pieds ? Et moi qui pensais que je te connaissais par cœur ! s'écria Charles.

À côté de Logan, Alex aussi commençait à bouger, réveillée

par les cris de ses amis. Romeo fit le tour du comptoir pour venir se tenir entre Liv et Charles qui étaient sur le point de s'entre-tuer.

Will était déjà installé sur un tabouret à côté d'eux, sirotant une tasse de café qu'il s'était miraculeusement servie.

— Vous voulez pas terminer cette conversation ailleurs ? tenta Romeo.

— On a plus rien à se dire, répliqua Liv en tirant la langue à Charles.

— Plus rien, approuva Charles en lui montrant son majeur.

Romeo leur jeta un dernier regard avant d'aller s'asseoir sur le canapé où Alex se blottit silencieusement contre lui. Une odeur de déodorant flottait encore autour de son corps, presque aussi présent que les souvenirs de la veille auxquels Romeo n'arrêtait pas de penser.

— T'étais pas obligé de m'organiser un anniversaire surprise, marmonna-t-elle.

— C'est ton anniversaire ? s'étonna Romeo.

— Elle est née le treize mars, les interrompit Charles en s'asseyant à côté d'Alex, quatre tasses de café en équilibre entre ses mains.

Il les distribua en offrant des sourires aimables tout droit sortis d'un manuel scolaire.

Alex profita du fait qu'il ait les mains prises pour lui voler sa casquette et la caler sur ses cheveux ébouriffés. Romeo aurait adoré posséder une casquette juste pour que ce soit la sienne qu'Alex ait sur sa tête.

— Et pourquoi vous êtes là, vous ? demanda Alex à Will et Liv qui s'asseyaient précautionneusement sur la table basse, les boîtes de pizza et les feuilles qui s'y trouvaient.

— Pour vérifier que t'es pas séquestrée dans un placard,

annonça Will en prenant une gorgée de café.

— Ou attachée dans la cave, ajouta Liv.

— On a pas de cave, bâilla Logan.

Liv lui jeta un regard noir avant de bâiller à son tour.

Romeo resserra sa prise autour d'Alex qui communiquait silencieusement avec Charles. Leur conversation était constituée uniquement d'écarquillements de sourcils et de légers hochements de tête.

— Bon maintenant que t'es réveillée, on va pouvoir rentrer, annonça Charles en se levant.

Alex jeta un regard désolé à Romeo qui resserra sa prise autour d'elle. Il aurait voulu la garder près de lui pour toujours. Ne jamais la laisser partir. Parce qu'il était toujours possible que ce ne soit qu'un autre rêve. Leur relation était bien trop belle pour être réelle.

— Tu peux rester petit-déjeuner, murmura Romeo avant de déposer un léger baiser sur le bout de son nez.

Le sourire qui éclairait son visage valait tout l'or du monde.

Logan se racla la gorge.

— Vous pouvez tous rester petit-déjeuner, se corrigea-t-il.

Et ils restèrent donc tous petit-déjeuner.

# CHAPITRE 36

*Augustus Prep, dimanche 25 octobre.*

*J'ai passé l'un des plus beaux week-ends de ma vie avec toi, Romeo. Que ce soit à la plage ou chez toi. Ces deux jours étaient tout ce dont j'avais rêvé. Tout ce que j'aurais pu imaginer.*

*J'ai appris à mieux connaître le garçon que tu es devenu. Je me suis endormie, avec Logan et toi, sur votre canapé. J'ai pu voir ton visage au réveil, sentir tes bras autour de moi alors que je quittais à peine le monde des rêves.*

*Et nous avons petit-déjeuner tous ensemble, avec Charles, Liv et Will qui sont arrivés indécemment tôt. J'ai adoré savoir qu'ils s'inquiétaient pour moi, ils sont très mignons, tous les trois.*

*Nous avons donc passé toute la matinée à manger des pancakes, que Logan faisait cuire à la chaîne, dans votre salon. Charles s'est fait un plaisir de raconter nos bêtises de lycée, celles qu'on préfère oublier. Liv a parlé de nos familles, qui appellent régulièrement pour vérifier que tout va bien. Will a simplement déclaré que tu paraissais assez intelligent, Romeo, pour réaliser que me briser le cœur serait la dernière chose que tu ferais.*

*Et nous sommes rentrés finir nos devoirs à la bibliothèque.*

*Tu es venu avec nous, Romeo, et Logan aussi, vos ordinateurs sous le bras et vos crayons de papier sur l'oreille.*

*Deux architectes d'un monde dont on ne connaît pas encore l'existence.*

*Tu t'es assis près de moi et tu as commencé à écrire, comme si l'inspiration venait de te frapper et que les mots allaient s'effacer, si tu ne les tapais pas sur ton clavier.*

*Quand tu es sorti de la bibliothèque, tout à l'heure, tu m'as embrassée. Tu m'as embrassée dans un mouvement naturel, mais avec une soif qui m'a surprise. Une soif qui n'avait rien à voir avec la douceur des baisers que tu déposes constamment sur le bout de mon nez.*

*Je t'ai regardé partir sans pouvoir m'empêcher de sourire. Un sourire que Charles a su effacer en glissant une capote dans la poche arrière de mon short.*

*Augustus Prep, lundi 26 octobre.*

*Je n'arrête pas de penser à toi, Romeo. Chaque seconde. De la journée.*

*Ton visage hante mes pensées. J'entends ta voix dans mes oreilles. Je sens ton rire contre ma peau. Tes lèvres contre les miennes. Tes mains sur mes hanches. Ton souffle dans mon cou.*

*Les moments que nous avons passés ensemble ne cessent de remonter dans ma mémoire. Pour ne pas les oublier, j'ai ajouté des détails à ce que j'avais raconté de la journée de samedi.*

*Je veux pouvoir toujours retourner à ces premiers jours.*

*Augustus Prep, mardi 27 octobre.*

*On a eu droit à la visite d'une conseillère d'orientation*

*dans notre classe, aujourd'hui. Elle voulait s'assurer que nous avions déjà choisi les universités dans lesquelles nous allons candidater.*

*Pour Charles et moi, c'est assez simple : nous avons toujours voulu aller à l'University College of London. Nous avons voyagé à Londres plusieurs fois et chaque visite nous a fait tomber un peu plus amoureux de cette ville. Il est grand temps pour nous de quitter les États-Unis.*

*Augustus Prep, mercredi 28 octobre.*

*Vous êtes venus nous voir, avec Logan, à la fin des cours, avec des sachets de bonbons.*

*Dans un de mes messages, je t'avais parlé de notre session de révisions tardive, à la bibliothèque. Je ne pensais pas que tu viendrais, Romeo. Mais tu étais bien là, avec ton sourire et tes anciens contrôles, pour que nous puissions nous entraîner.*

*Je crois que même Charles commence à t'apprécier plus qu'il ne voudrait l'admettre. Je le vois dans sa façon de nous regarder, avec un léger sourire en coin.*

*Augustus Prep, jeudi 29 octobre.*

*J'attends chacun de tes messages avec impatience, Romeo. Je me disais que tu devrais savoir ça, que ça te pousserait peut-être à répondre plus vite.*

*Liv commence même à se moquer de moi : je passe plus de temps derrière mon téléphone qu'entre les pages d'un livre.*

*Tu as une terrible influence sur moi, Romeo.*

*Augustus Prep, vendredi 30 octobre.*

*Cette année, pour la première fois, nous n'allons pas nous déguiser pour Halloween. Charles a annoncé que nous étions invités chez ses parents, pour dîner, demain.*

*Ce soir, nous sommes allés au cinéma, tous les six. Pour voir un film d'horreur qui était censé remplacer l'Halloween qu'on n'aura pas. Après la séance, tu as passé une bonne dizaine de minutes à critiquer ce film, Romeo, surtout le manque de personnalité des personnages et la simplicité de l'intrigue. Heureusement, Will était là pour en discuter avec toi, il n'a pas aimé le film non plus.*

*Ça va faire bientôt un mois qu'on s'est rencontré, Romeo. Un tout petit mois. J'ai l'impression de t'avoir connu toute ma vie.*

# CHAPITRE 37

— Et quels sont tes plans pour le futur ? demanda Madame Ashwood à Logan.

Romeo ne pensait pas être invité si tôt chez les parents de Charles : il ne le connaissait que depuis un mois. Et pourtant, il se retrouvait bel et bien assis sur une chaise bancale, dans la salle à manger des Ashwood, face à la petite sœur de Charles, Lana, qui était le portrait craché de June.

Pour l'occasion, Monsieur Ashwood avait préparé des frites et des dizaines de burgers, plus qu'ils ne pourraient jamais en manger.

Alex, assise à côté de lui, jetait régulièrement des frites dans l'assiette de Charles, installé face à elle. Les parents Ashwood s'étaient assis chacun à une extrémité de la table et les jeunes étaient installés sur la longueur : d'un côté Liv, Charles et Lana et de l'autre Will, Logan, Alex et Romeo.

— Je suis chanteur, j'aimerais poursuivre dans cette voie jusqu'à me faire repérer par une maison de disques ou un agent, expliqua Logan.

Romeo l'avait entendu répéter cette phrase plus de fois qu'il ne pouvait les compter. Ce n'était plus l'assurance de Logan qui l'intéressait, mais la réaction de ses interlocuteurs. Madame Ashwood leva quelques secondes les yeux vers son mari et lui communiqua une question à laquelle il répondit par un léger hochement de tête.

— L'un de nos neveux est directeur artistique dans une maison de disques en Californie. Nous pourrions vous mettre en contact, offrit-elle.

Le sourire qui fendit le visage de Logan était le premier rayon de soleil après le passage d'une tempête, celui qui est toujours accompagné de soulagement et d'espoir. Logan traversait une mer agitée depuis plusieurs années, incapable de trouver les étoiles dans les nuages, sans garantie d'un jour recevoir le succès qu'il méritait.

— Je vous en serais éternellement reconnaissant, se réjouit Logan.

Quand Madame Ashwood reporta son attention vers Romeo, il comprit que c'était à son tour d'exposer ses plans aux personnes assises autour de la table.

Si ce n'était pour la main d'Alex posée sur son genou, il serait déjà parti en courant.

Quand il annonçait vouloir devenir auteur, Romeo observait toujours les mêmes réactions : de la pitié pour lui et ses rêves de grandeur ou des raisonnements interminables pour détailler que peu d'écrivains vivaient de leur plume. Dans les deux cas, son auditoire finissait par s'attendre à ce qu'il devienne auteur et Romeo avait déjà une liste assez longue de personnes qu'il ne devait pas décevoir.

— Et toi, Romeo ? ajouta Madame Ashwood.

Le pouce d'Alex lui caressait doucement la cuisse.

— Je veux devenir auteur, lâcha-t-il. J'écris déjà, mais je veux me faire éditer.

Une odeur de plage, de sel et de crème solaire flottait dans l'air, un parfum étouffant.

— Comme Lexie, donc, nota Monsieur Ashwood.

Romeo tourna la tête vers Alex qui tentait de se cacher dans ses mèches brunes.

Il ne savait pas quoi répondre. Les mots lui échappaient, alors qu'il arrivait toujours à trouver les bonnes expressions, jouer avec les meilleures tournures de phrases.

— Pas exactement, Archie, grimaça Alex. Romeo arrive à travailler ses romans pour pouvoir vraiment les envoyer à des agents et à des maisons d'édition.

— En plus, ça fait presque un an que Lexie n'a pas écrit quelque chose, appuya Charles. Pas depuis sa fanfiction sur Achille.

— Mais sinon, oui c'est à peu près la même chose, sourit Will.

— Ils vont bien ensemble, pas vrai ? conclut Liv.

Leurs réactions aidèrent Romeo à comprendre comment il avait pu manquer cet aspect de la vie d'Alex : elle n'écrivait plus vraiment.

— Faudra que tu me racontes tout ça, après, murmura-t-il. J'ai plein de questions à te poser. On pourra avoir une discussion d'intellectuels, sans tes amis bizarres.

Pour toute réponse, les doigts d'Alex s'écartèrent de sa cuisse pour venir attraper sa main. Sa grippe ferme arracha à Romeo un douloureux rictus.

— Et tu écris dans quels genres ? demanda Madame Ashwood.

On lui posait plus ou moins toujours les mêmes questions, et Romeo adorait y répondre. S'il y avait un sujet sur lequel il pouvait s'attarder, c'était bien son écriture. Une passion qui lui appartenait, qui le définissait. Une activité qu'il avait assez pratiquée pour ne pas suivre les chemins tracés.

Il avait tellement écrit de romans au fil des années que ce n'était plus le processus d'écriture qui le mettait en difficulté, mais ses personnages et la complexité de son histoire.

— J'en ai testé plusieurs, comme la science-fiction ou le fantastique, mais celui vers lequel je semble toujours revenir, c'est l'horreur, expliqua-t-il.

Les parents Ashwood échangèrent un long regard avant de se tourner vers Romeo et d'ouvrir la bouche en même temps pour lui répondre. Finalement, Monsieur Ashwood laissa la parole à sa femme et se resservit une ration de frites.

— Tu nous feras signe quand tes écrits pourront être lus, exigea Madame Ashwood.

— Avec plaisir.

La discussion que Romeo redoutait tant était enfin terminée.

L'attention générale se reposa sur Charles qui entreprit de raconter avec de grands mouvements de mains leur dernier week-end à la plage. Il exposa aussi à ses parents ses derniers résultats aux contrôles du semestre. Romeo fut surpris de découvrir qu'un élève brillant se cachait sous sa casquette.

— Et vous avez eu des nouvelles de Jameson depuis cet été ? demanda Liv en enfournant une frite dans sa bouche.

Romeo, désormais parfaitement détendu, lâcha la main d'Alex pour poser un bras sur le dossier de sa chaise. Il caressa, du bout des doigts, son épaule nue, avant de jouer avec la bretelle de son débardeur.

Logan sourit en croisant le regard de Romeo.

— Pas vraiment, aux dernières nouvelles, il commençait un semestre en Italie, déclara Monsieur Ashwood. Après, connaissant Jameson, il pourrait être rentré à Malibu comme reparti en Australie.

Madame Ashwood prit soin de détailler les derniers exploits des autres membres de la famille : les cousins qui étaient entrés en Ivy League, l'oncle et la tante qui avaient investi dans une villa en France sans même comprendre la langue locale, les travaux de construction d'une piscine dans la maison de Malibu qui avançaient laborieusement.

— Qui est Jameson ? chuchota Romeo à l'oreille d'Alex.

Il était assez proche d'elle pour sentir son parfum, l'odeur âcre de sa transpiration et celle, plus douce, de sa lessive. C'était un privilège, de pouvoir agir d'une manière si simple et intime avec elle.

— Le grand frère de Charles, répondit-elle. Il passe son temps à voyager tout seul. C'était un peu mon idole quand on était petits.

Romeo hocha la tête, n'ayant aucun mal à imaginer une version plus âgée de Charles, suivie de près par deux enfants au goût prononcé pour l'interdit.

Il aurait adoré les rencontrer à cette époque, ou même plus tard, au lycée. Toutes les anecdotes qu'il avait entendues dépeignaient le portrait de jeunes qu'il aurait admirés.

— Et June nous a envoyé une carte postale des Pays-Bas, annonça Madame Ashwood en sortant une enveloppe de sa poche. Elle nous parle de son nouveau copain. Ils vont emménager ensemble.

Les doigts de Logan étaient crispés sur le pain de son burger.

Alex prit immédiatement la situation en main en se levant brusquement, un sourire désolé plaqué sur ses lèvres.

— Malheureusement, je crois qu'on va devoir y aller, annonça-t-elle en tirant Romeo à sa suite.

Charles se leva aussi et tapota l'épaule de Liv.

— On a une grosse journée demain et il faut vraiment qu'on y aille, ajouta-t-il.

— Une *énorme* journée, grimaça Liv. Vous ne voulez même pas savoir.

Will poussa un soupir avant de retirer sa serviette de ses genoux et de rejoindre le petit groupe qui s'amassait dans l'entrée de la maison.

— N'hésitez pas à nous réinviter, votre cuisine est excellente Madame Ashwood ! les salua Logan en se ruant sur le trottoir.

En quelques secondes seulement, ils se retrouvèrent tous les six debout au milieu d'une rue déserte, le soir d'Halloween.

# CHAPITRE 38

Logan et Romeo étaient rentrés chez eux, après avoir remercié Charles pour cette étrange soirée. Alex les avait regardés disparaître au coin d'une avenue à peine éclairée, ils marchaient tous les deux au milieu de la route.

Le reste du groupe rentra à *Augusts Prep* dans le pick-up de Will. Pendant le trajet, Alex racontait ce qu'elle avait appris sur Logan, June et Romeo. Ils méritaient de savoir pourquoi ils n'avaient mangé qu'une moitié de dîner, même si aucun d'eux ne lui avait posé de questions.

Will et Liv montèrent se coucher dès leur arrivée à *Augustus Prep,* mais Charles s'assit par terre dans le hall et Alex se devait de rester avec lui. Il était perdu dans la contemplation de la statue d'Apollon, celle qui se dressait à côté de Poséidon.

Elle s'accroupit à côté de lui et en profita pour l'observer. Pour analyser les mèches claires qu'il avait pris soin de coiffer avant d'aller chez ses parents. Pour plonger dans le bleu de ses yeux, un bleu qui pouvait couler des navires. Pour se noyer dans son odeur, son parfum marin qui lui rappelait des centaines de souvenirs oubliés.

—Viens, faut absolument que je te montre un truc, finit-il

par annoncer, en se levant.

— Je te suis, sourit-elle.

Ils commencèrent à courir dans les couloirs, pour aucune raison particulière, leurs rires résonnaient contre les murs de pierre. Charles l'entraîna d'escaliers en escaliers, à travers des halls et des portes dérobées, jusqu'au toit d'*Augustus Prep.*

Un toit duquel on apercevait toute la ville de Charleston.

Le ciel nocturne s'étalait au-dessus de leurs têtes. Plein d'étoiles. Plein de promesses. Plein d'espoir. Plein de tout ce qui les poussait à avancer vers ce futur incertain.

Ils s'assirent au bord du vide, les jambes ballantes, à quelques centimètres seulement d'une chute fatale.

Le cœur d'Alex tambourinait dans sa poitrine, autant d'excitation de commettre l'interdit que de terreur à l'idée de tomber. Il suffisait qu'elle perde l'équilibre. La chute ne durerait que quelques secondes. Quelques instants de liberté. Avant de s'écraser sur le pavé. Avant que tout soit terminé.

— Ça fait longtemps qu'on n'a pas regardé les étoiles, Lexie, remarqua Charles en pressant son épaule contre la sienne.

Si Alex avait pu arrêter le temps, elle aurait choisi ce moment. Quelques minutes si belles qu'un sanglot se formait dans sa gorge à l'idée même de devoir les quitter.

Dans l'obscurité, elle pouvait entendre le souffle de Charles qui se perdait contre ses cheveux. Elle pouvait sentir l'odeur de Romeo flotter autour du pull qu'il lui avait prêté en la voyant frissonner, devant la maison des Ashwood. Elle pouvait goûter l'air nocturne sur sa langue, à la saveur lointaine, une chanson à l'air familier sans qu'on puisse le placer.

— Trop longtemps, faudra que tu me rappelles le nom des constellations, répondit-elle.

Charles se laissa tomber en arrière et son dos s'écrasa sur le toit. Alex l'imita, en prenant soin d'atterrir sur son meilleur ami pour minimiser la douleur de sa chute.

Elle se blottit contre lui et leva les yeux vers le ciel pour découvrir des étoiles qui n'avaient jamais brillé aussi fort.

— J'aime bien Romeo, déclara Charles. Il est intelligent et drôle et trop gentil. En plus, il te fait sourire et rire. Et la façon dont il te regarde. Il te regarde comme s'il tombait amoureux de toi. C'est trop mignon.

Une étoile filante passa au-dessus de leur tête, Alex ferma les yeux pour faire un vœu avant de réaliser qu'elle ne savait pas quoi demander. Elle était comblée, par Romeo, par l'amour que ses amis lui portaient, par le monde de littérature dans lequel elle vivait. Que pouvait-elle désirer de plus ?

Pour la première fois, elle ne fit donc pas de voeu pour elle-même. Alex souhaita que Romeo et Logan aient du succès dans leurs arts, dans leurs écritures. Qu'ils rejoignent enfin la destination qu'ils tentaient d'atteindre depuis tant d'années.

— Mais est-ce que c'est aussi simple que ça, de tomber amoureux ? demanda doucement Alex. Est-ce que l'amour, c'est vraiment ça ? Des petits moments doux ? Des regards volés ? Pas de grands gestes ? Pas d'interminables déclarations ?

— Je pense que l'amour, ça peut-être n'importe quoi, répondit Charles. Ça dépend juste de ce que tu ressens quand tu le vois, si tu sens ton cœur battre très fort, quand il est là, c'est que c'est de l'amour.

Alex savait qu'elle ne tarderait pas à tomber amoureuse de son poète, c'était inévitable. Pourtant, elle connaissait les douleurs que l'amour avait déjà causées à Romeo et Logan. Ces souffrances étaient-elles vraiment nécessaires alors qu'ils n'avaient qu'une année tous ensemble ?

— T'as l'air de bien connaître le sentiment quand même, remarqua-t-elle.

Charles laissa échapper un son étrange, à mi-chemin entre le grognement et le rire.

— Pas assez bien, encore, grimaça-t-il. J'ai simplement lu assez de romans et écouté assez de chansons pour comprendre ce qu'on ressent quand on est amoureux.

Alex tourna la tête vers Charles pour trouver son regard bleu fixé au-dessus de leurs têtes. Un secret pesait sur sa poitrine, un secret écrasé par sa mâchoire serrée, caché dans les plis de son front.

— Raconte-moi tout, Charlie, le poussa-t-elle.

Charles déglutit plusieurs fois, il cherchait ses mots dans les étoiles. Son regard traversa latéralement le ciel jusqu'à se poser sur la constellation de la Grande Ourse qui brillait plus haut qu'ils ne pourraient jamais monter.

—Will, marmonna-t-il.

Alex laissa échapper un petit cri de surprise.

— William George Blake ? répéta-t-elle.

— Il est adorable, sourit Charles.

Les petits regards que Charles jetait à Will auraient dû lui mettre la puce à l'oreille. Les remarques aussi. Les mains sur ses épaules. Leurs sorties entre garçons.

— Mais fonce alors ! s'exclama Alex.

Des larmes s'amassaient dans les yeux de Charles. Il n'en laissa échapper aucune. Parce que Charles ne pleurait pas. Il n'avait pas versé une seule larme depuis leur entrée au collège. Pas devant Alex, en tout cas.

— Il a toujours été intéressé que par les filles, murmura-t-il.

— Après ça, ça peut toujours changer, remarqua-t-elle. On

sait jamais.

Charles méritait tout le bonheur du monde. Il méritait de tomber lentement amoureux de quelqu'un et d'être aimé en retour. Il méritait de petites attentions et d'interminables déclarations.

— Même si c'était le cas, il ne se l'avouerait jamais, soupira Charles. Et je te laisse imaginer la tête de sa mère, s'il lui annonce qu'il est bisexuel. Elle le tuerait et ça résoudrait pas mon problème.

Il força un sourire. Alex déposa un baiser sur sa joue.

— Ça va aller, Charlie, murmura-t-elle. Un jour, tu rencontreras quelqu'un qui te fera oublier Will. Une personne qui te fera rêver, qui te poussera à vouloir écrire ton nom dans les étoiles.

# CHAPITRE 39

Romeo et Logan avaient décidé de rentrer à New York pour fêter Thanksgiving en famille. Comme d'habitude, leurs pères prépareraient la dinde, des bières à portée de main, une chanson de *Scorpions* dans le fond. Leurs mères couperaient les pommes de terre en frites et les enfants mettraient le couvert en riant.

Aussi loin que Romeo se souvienne, c'était ainsi qu'ils avaient fêté Thanksgiving. Comme chaque année, Andrew, le père de Logan, avait insisté pour qu'ils viennent accompagnés.

Un an auparavant, c'était June qui avait fait le voyage avec eux, qui s'était assise autour de la table familiale, qui avait ri avec leurs parents. Cette fois-ci, ils avaient proposé à Alex et Liv de venir avec eux.

Ils étaient partis aux aurores d'*Augustus Prep,* le matin même, dans l'espoir d'arriver à temps pour le dîner. Les filles s'étaient confortablement installées à l'arrière, en chaussettes, avec tous les coussins du canapé. Elles riaient beaucoup, toutes les deux, à des blagues qu'elles étaient les seules à comprendre.

En seulement quatre semaines de couple, Romeo avait appris à vivre avec Alex. À la trouver allongée dans leur canapé, un livre entre les mains. À aller la chercher le vendredi soir, après les cours, pour qu'ils partent à la plage avant le reste du groupe. À l'embrasser dès que l'envie le prenait. À se retourner pour découvrir qu'elle le regardait déjà.

— Quand est-ce qu'on arrive ? entonna Liv pour la septième fois depuis leur départ.

— Dans onze heures et trente-sept minutes, répondit patiemment Logan.

— C'est dans plus longtemps qu'avant ! s'exclama-t-elle.

— Ouais, bah écoute, je fais comme je peux. Le dernier croisement n'était vraiment pas bien indiqué !

La relation de Logan et Liv avait aussi beaucoup évolué depuis Halloween. Romeo les avait surpris plusieurs fois à s'embrasser dans la cuisine ou à se tenir la main sur le trottoir. Il avait fallu de longues journées de réflexion pour que Logan décide enfin de proposer un rencard à Liv, au *Crazy Diner.*

Il n'avait pas été le même depuis : Logan avait retrouvé son sourire.

— C'est trop loin New York, soupira Liv.

Romeo leva les yeux au ciel, ce qui provoqua un coup de pied dans son siège, de la part d'Alex. Elle n'avait même pas eu besoin de lever les yeux de son livre, *L'Iliade,* pour savoir ce qu'il venait de faire.

— Ça vaut le coup, tu vas voir. Nos mamans font les meilleures frites du monde, sourit Logan.

Liv, enroulée dans une chemise trop large pour elle, poussa un grognement peu convaincu avant d'appuyer sa tête contre la fenêtre, les yeux fermés.

Plusieurs taches de peinture sombre coloraient ses mains et son visage, alors qu'ils étaient étaient dans la voiture depuis cinq heures du matin. Elle ne dormait probablement jamais.

Romeo n'avait vu aucun de ses tableaux, mais Logan aimait dire que Liv utilisait la peinture comme lui se servait de la musique : pour chanter le monde et murmurer la beauté. Son avis était probablement biaisé.

— Tu lis quoi, Alex ? demanda Logan en l'observant dans le rétroviseur central.

Elle griffonnait dans son livre avec un stylo noir, incapable de lever les yeux des mots qui s'étalaient devant elle.

— *L'Iliade,* devina Romeo.

— *L'Iliade,* murmura Alex, en même temps.

Romeo se retourna pour la trouver tout sourire. Elle portait l'un de ses sweatshirts, la capuche sur sa tête ne laissait apparaître qu'une partie de son visage.

— Encore ? s'étonna Logan. Ça fait combien de fois, là ?

Alex leur présenta la première page du livre où elle avait tracé un bâton à chaque lecture de l'épopée. La feuille en était recouverte, si bien qu'il était presque impossible de compter le nombre de traits.

— Ça va, t'as l'air très stable mentalement, ricana Romeo.

— Ça par exemple, tu vois, je ne comprends pas, soupira Logan. Je fais qu'entendre qu'il y a trop de livres et pas assez de siècles pour tous les lire. Et toi, tu relis *L'Iliade* pour la centième fois.

Romeo sentit Alex s'asseoir sur le rebord de la banquette arrière pour pouvoir passer sa tête entre leurs fauteuils, à l'avant. Il recula légèrement pour déposer un baiser sur sa joue.

Cette fille l'enivrait : son odeur, son rire, sa voix, ses lèvres, le bout de son nez brûlé par le soleil.

— Et toi, tu écoutes en boucle *Yosemite* depuis une semaine, répliqua-t-elle. En quoi c'est différent ?

— Ça me prend moins de temps, grommela Logan.

Alex haussa les épaules avant de retourner à l'arrière, les jambes repliés sur le siège central et le dos appuyé contre la portière.

Romeo aurait pu la regarder lire pendant des heures, simplement pour compter les sourires qui venaient étirer ses lèvres et découvrir chacune de ses réactions aux lignes qu'elle avait oubliées.

Le week-end précédent, ils avaient passé tout un après-midi à lire tous les deux. Alex s'était installée entre les jambes de Romeo, sur son lit, sa tête contre son torse, et il lui avait lu *Le Portrait de Dorian Gray*. C'était son souvenir préféré, celui où il avait partagé son auteur favori avec Alex.

Oscar, qui gardait précieusement une partie de l'âme de Romeo.

— Mais après, une chanson ça te fait ressentir moins intensément les choses qu'un livre, c'est plus facile, débita Alex, sans lever les yeux de *L'Iliade*.

— T'inquiètes pas que je ressens des choses en écoutant Lana Del Rey, répliqua Logan.

— Bonjour je m'appelle Logan et je ressens *des choses* en écoutant Lana Del Rey, l'imita-t-elle.

Logan se retourna pour lui tirer la langue, lâchant complètement le volant. Heureusement pour eux, c'était trop tôt pour qu'il y ait du monde sur la route.

Lors des longs trajets en voiture, Romeo et Logan avaient pris l'habitude de se partager la conduite et d'en profiter pour avancer dans leurs projets créatifs respectifs : celui qui était assis sur le siège passager devait écrire les idées de l'autre. Ainsi, Logan avait dicté les paroles de sa première chanson à Romeo, quelques années auparavant, et avait tapé tout un chapitre du roman de son meilleur ami.

Cette fois-ci, avec les filles dans la voiture, ils n'arrivaient pas complètement à rêver. Elles les rattachaient à la réalité, à l'instant présent. Elles étaient un monde duquel ils ne voulaient pas s'échapper.

— En plus, si t'écoutes la même chanson en boucle, elle sera toujours la même que celle que t'as écoutée, trois minutes avant, ajouta Alex. Elle perdra sa magie. Alors que tu ne peux pas te rappeler de chaque ligne d'un roman. De chaque passage. De chaque mot. Donc chaque lecture est différente et unique. Il reste des surprises.

Romeo fut étonné de voir Logan hocher doucement la tête : il n'était pas du genre à changer d'avis.

— Et donc en quoi est-ce que cette lecture est différente de celle d'il y a deux semaines ? la poussa Logan.

Alex resta silencieuse pendant de longues minutes et Romeo finit par se retourner pour la trouver parfaitement immobile, le regard plongé dans le vide, les doigts crispés autour de *L'Iliade* fermé sur ses genoux.

— Je comprends de mieux en mieux Achille et Patrocle. Pâris et Hélène. Hector et Andromaque. Ulysse, finit-elle par articuler. Leurs amours impossibles, malheureux. Leur désir de se battre pour ceux qu'ils aiment. Les tragédies sous les murs de Troie.

Personne n'osa ajouter le moindre mot.

# CHAPITRE 40

*New York, jeudi 24 novembre.*

*J'ai tellement de choses à écrire, Romeo. Une journée pleine de souvenirs que je ne veux pas oublier. De moments à graver dans l'éternité. Des regards.*

*Tout d'abord, je ne pensais pas que tes parents seraient aussi proches de ceux de Logan. Ils ne sont pas seulement meilleurs amis, mais forment une véritable famille. Une famille qui habite sur le même palier, dans un gratte-ciel de Manhattan.*

*J'ai entendu les cris de joie de vos mères et les rires graves de vos pères, dès que vous êtes entrés dans l'appartement des Crimson, avec Logan. On a échangé un regard avec Liv, à ce moment-là, parce qu'on n'osait pas vous interrompre. Mais tu es venu me chercher Romeo. Moi, qui me tenais debout sur le paillasson. Tu m'as prise par la main et m'as attirée à l'intérieur, souriant comme un enfant le matin de Noël.*

*J'ai alors découvert tes parents et ceux de Logan. Ils étaient debout au milieu du salon, des verres de vin à la main, avec de grands sourires. Ce qui m'a immédiatement surprise, c'est que l'appartement sentait comme votre maison à Charleston. Le même mélange de parfums, avec une touche légèrement plus féminine.*

*Et tu m'as présentée à tes parents, Romeo. Tu ressembles énormément à ton père, les mêmes cheveux bruns qui tombent sur des yeux d'un vert incroyable. Sauf, ton sourire, ton sourire, c'est celui de ta mère.*

*— C'est Alex, tu as dit d'une petite voix : tu étais aussi nerveux que moi.*

*Je me suis sentie déplacée, perdue dans ton pull trop large. Ta mère m'a serrée dans ses bras, fort, et ton père m'a ébouriffé les cheveux, comme s'il m'avait toujours connue. J'aime bien tes parents.*

*Nous avons fini tous autour de l'îlot de la cuisine. Les hommes préparaient la dinde, et nous, nous coupions les frites. Nancy, la mère de Logan, nous a raconté tout un tas d'histoires sur vos années à l'école : comment vous vous débrouilliez toujours pour être malades en même temps, comment vous ne cessiez d'échanger vos prénoms pour énerver vos professeurs, les heures que vous passiez à construire des cabanes sur vos lits.*

*Et, Esther, ta mère, nous a posé des dizaines de questions sur notre vie à Charleston, sur* Augustus Prep, *sur nos parents, sur nos sorties à la plage. Alors on lui a dit comment nous avions brûlé le dîner, hier soir, parce que nous étions trop pris dans nos lectures sur le canapé, ou comment Logan avait cru qu'une méduse l'avait piqué alors que ce n'était qu'un sac plastique.*

*Quand nous sommes passés à table, tu rayonnais, assis entre David, ton père, et moi. Un bras sur le dossier de ma chaise, l'autre jouait à pierre-feuille-ciseau avec Logan, pour savoir qui devrait couper la dinde. De son côté de la table, Andrew, le père de Logan, vous regardait en souriant. Son fils lui ressemble beaucoup, avec une rugosité propre à leur famille, mais qui s'associe bien avec leurs mâchoires carrées et leurs épaules développées.*

*Et nous avons commencé à manger. Tout le monde s'est félicité pour le repas. Et, quand Nancy nous a demandé de quoi nous étions reconnaissants, ma seule réponse a été : d'être entourée d'autant de personnes formidables. Quoi d'autre ? Quoi de plus que de passer mes journées avec Charles, Liv, Will, Logan et toi ? Et toi ? Toi, tu as déclaré, que tu étais reconnaissant des nouvelles rencontre, du groupe d'amis duquel tu as toujours rêvé.*

*L'ambiance était parfaitement détendue et les regards que vos parents échangeaient m'ont fait rêver. C'était le genre de regard débordant d'amour, d'affection et d'histoire. Le genre de regard qu'on souhaite tous pouvoir recevoir de nos moitiés.*

*Quand nous sommes passés au dessert, Esther nous a demandé où nous voulions partir à l'université, avec Liv. Alors elle a parlé de la* School of the Art Institute of Chicago, *l'école de ses rêves. Logan se retenait visiblement de la prendre dans ses bras pour l'embrasser. Et je leur ai dit que Charles et moi rêvions de UCL, à Londres. Les coups d'oeil de tes parents dans ta direction ne m'ont pas échappés, Romeo.*

*J'avais oublié que vous vouliez aller à Chicago, à* Northwestern University, avec Logan. *Je suis contente pour toi, Romeo, vraiment. Ton écriture ne mérite pas moins que le meilleur programme d'écriture du pays.*

*Après le dîner, nous avons passé le reste de la soirée entassés sur le canapé. Logan avait un bras autour des épaules de Liv et vos mères avaient réussi à se glisser aux deux extrémités du canapé pour pouvoir chacune être contre leur fils. Liv tenait légèrement ma main. Vos pères étaient assis par terre, côte à côte contre un mur, ils nous lançaient des grimaces,*

*Et toi, Romeo, tes bras étaient autour de ma taille, mon dos contre ton torse. Mon corps emboîté dans le tien. À écouter vos pères raconter l'histoire de leur rencontre, au lycée, et celle de leurs mariages respectifs. Celui d'Andrew et Nancy où David avait vomi sur la robe de Nancy. Puis le mariage de David et Esther où Nancy avait tellement bu qu'elle avait passé tout le dîner dans la mauvaise salle de réception, avec les mauvais mariés.*

*Nous nous sommes couchés tous les quatre dans le salon, avec Liv et Logan, pendant que tes parents s'installaient dans la chambre de Logan, au bout du couloir. Personne ne voulait dormir. Personne ne voulait réellement que cette soirée ne se termine. J'étais par terre dans tes bras, Romeo, avec Logan et Liv sur le canapé au-dessus de nous.*

*New York, vendredi 25 novembre.*

*Nous avons été réveillés par une odeur d'œufs et de bacon qui flottait dans l'appartement. Nancy et Esther étaient à table, avec leurs livres, et David, Andrew et Logan, trempés de transpiration après une course matinale, préparaient des pancakes et grillaient le reste du petit déjeuner. Si je pouvais revivre ce week-end en boucle, je le ferais.*

*Nous avons passé toute la journée à marcher dans Manhattan, de la Statue de la Liberté à Central Park. Liv et moi étions emmitouflées dans vos manteaux, parce que nous n'avions pas pris les nôtres.*

*Vos parents nous ont accompagnés toute la matinée, avant de faire une pause dans un restaurant pour ne plus se relever.*

*Quand j'ai demandé à Logan pourquoi ils s'étaient arrêtés, il m'a répondu qu'ils voulaient passer du temps tous les quatre.*

*Alors j'ai commencé à nous imaginer, Logan et Liv, toi et moi, comme vos parents. Il m'a fallu plusieurs minutes pour réaliser que je ne vivrai jamais ça. Logan et Liv seront peut-être ensemble à Chicago, Logan mérite d'être heureux, mais pas nous, mon Romeo. Ce sera une autre fille à ton bras au prochain Thanksgiving. Une autre fille à rire avec Liv, à cuisiner avec Nancy et Esther, à écouter Andrew et David, à t'embrasser, Romeo.*

*Notre temps est compté, je n'avais pas complètement perçu à quel point ce serait douloureux de te laisser partir. J'ai donc décidé de profiter de ces deux jours pour faire semblant, faire semblant que notre relation va durer pour toujours.*

*New York, samedi 26 novembre.*

*Esther est venue me réveiller ce matin pour que je vienne me promener avec elle. Je l'ai suivie sans un mot, Romeo, parce que j'ai appris à te reconnaître dans son visage. Dans son sourire. Dans ses doigts tachés d'encre.*

*Et nous sommes allés dans* Central Park, *alors que le soleil était à peine levé et que le parc n'était peuplé que de coureurs. Elle s'est assise sous un grand arbre et je me suis installée à côté d'elle.*

*Au début, nous n'avons pas vraiment parlé, le regard de ta mère était perdu dans le ciel où les dernières étoiles s'éteignaient peu à peu.*

*— Romeo m'a dit que tu avais arrêté d'écrire, a-t-elle commencé. Pourquoi ?*

*Je ne pensais pas qu'elle me guiderait jusque là uniquement pour parler de mon écriture. C'est un aspect minime de qui je suis, une partie de mon identité qui ne me définit en rien.*

*— Parce que je n'ai plus rien à dire.*

*C'est l'excuse que j'utilise à chaque fois, Romeo, parce que je n'arrive pas à avouer que je suis terrifiée. Terrifiée à l'idée d'écrire et écrire et écrire encore pour me retrouver avec des romans que personne ne voudra lire. Des romans qui ne seront pas à la hauteur. Des romans dans lesquels j'aurais mis mon âme pour découvrir que personne n'est intéressé par la couleur de mes pensées.*

*Alors Esther m'a expliqué que, toi aussi, tu étais passé par là. Elle m'a dit que son métier était d'écrire. Elle m'a parlé de ses scénarios pour Hollywood, de séries sur lesquelles elle avait travaillé. Elle m'a expliqué que l'écriture pouvait prendre plusieurs formes et qu'il fallait parfois s'en éloigner le plus possible pour découvrir un nouveau chemin.*

*Elle est incroyable, ta mère, Romeo. Elle sait raconter des histoires en listant les événements dans le bon ordre, sans jamais oublier de légers détails. Ce matin, elle a su trouver les phrases que j'ai cherchées pendant si longtemps.*

*Elle m'a fait comprendre qu'écrire ne venait pas forcément d'un besoin de dire les choses, mais de cette envie de raconter, de s'échapper, de créer. Certaines histoires prennent par les tripes, alors que d'autres font voyager dans un monde doux, confortable, joyeux.*

*Quand nous sommes rentrées, avec Ester, vous étiez tous déjà autour de la table du petit déjeuner. Toi, devant ton ordinateur. Liv, avec son carnet de croquis. Logan, penché sur un tas de feuilles de papier. Vos parents riaient et s'envoyaient des torchons à la figure.*

*Je me suis donc assise à côté de toi, j'ai pris une feuille et un crayon à Logan, et j'ai commencé à écrire. Si tu as d'abord été surpris, ton visage a vite été éclairé d'un sourire, le même que celui d'Esther.*

*Nous ne nous sommes pas déplacés de la journée, tous les quatre. Chacun perdu dans son monde. Chacun essayant d'oublier, pour un court instant, qu'il faudrait bientôt rentrer.*

*Vos parents non plus n'ont pas beaucoup bougé.*

*Esther et Nancy étaient penchées au-dessus d'un scénario, l'une l'écrivait et l'autre corrigeait et commentait. Tu ne m'avais pas dit que vos mères se connaissaient avant d'épouser vos pères, qu'elles s'étaient rencontrées en école de cinéma.*

*Et David et Andrew lisaient sur le canapé, le même livre. Ils s'arrêtaient régulièrement pour en parler.*

*Ça parait déjà si lointain, comme si ce week-end n'avait été qu'un rêve. Mais non. C'était bien réel.*

# CHAPITRE 41

Romeo avait une main sur le volant et l'autre sur la cuisse d'Alex, assise à côté de lui. Ils roulaient vers Charleston avec les fenêtres baissées, un air de musique s'échappait de la radio. Logan et Liv étaient endormis l'un sur l'autre à l'arrière, des filets de baves dégoulinait sur leurs joues.

Dès que le regard de Romeo se posait sur eux, une pique de jalousie lui perçait la poitrine. Liv avait, elle aussi, prévu d'aller dans une université de Chicago. Contrairement à lui, Logan n'aurait pas à faire ses adieux, il n'aurait pas à se séparer du bonheur qu'il venait de trouver. Son cœur ne serait pas brisé une fois de plus.

— Tu rumines, déclara Alex.

Elle portait les lunettes de soleil de Romeo, volées au niveau de Philadelphie.

Depuis sa sortie à *Central Park* avec sa mère, la veille, Romeo la trouvait changée.

Bien sûr, il n'était pas difficile de retrouver Alex, dans ses cheveux négligemment coiffés, ses joues roses et sa manière de toujours avoir ses jambes pliées dans des angles impossibles lorsqu'elle était assise.

Et pourtant, une lumière supplémentaire s'était allumée

chez elle. Une étincelle qui s'associait parfaitement avec son caractère, qui la rendait encore plus vivante, qui lui faisait regarder ses alentours avec une attention nouvelle : la curiosité d'un artiste, l'analyse du créateur qui désire reproduire ce qu'il vit.

— Je réfléchis, la corrigea-t-il.

Alex posa une main sur celle de Romeo, sur sa cuisse. Leurs peaux avaient appris à s'apprivoiser. À s'enflammer. À les consummer de la tête aux pieds. À leur faire tout oublier sauf ce simple contact.

— À ton nouveau roman ?

Romeo grimaça, pour l'instant, les idées empilées dans sa tête n'avaient rien d'un roman.

Ce n'était même pas réellement des *idées,* plutôt des ambiances, des citations, deux visages, des odeurs. Tout tournait déjà autour de la mythologie grecque, un monde dans lequel il baignait depuis plusieurs semaines.

— En partie, avoua-t-il.

Alex rangea *L'Iliade,* qui était ouvert sur ses genoux, pour se tourner complètement vers Romeo. Ce n'était qu'après avoir vu la collection extraordinaire d'œuvres d'Homère, nettement alignées sur son étagère, qu'il avait compris que cet exemplaire était celui avec lequel elle voyageait. Son édition préférée était rangée dans sa table de nuit et elle était bien plus vieille que la couverture cornée sur le tableau de bord.

— Et alors ? Quels personnages ? Quelle histoire ? Quelle fin ? le poussa-t-elle.

Romeo avait l'habitude de ne discuter de ses romans qu'avec Logan, mais Alex avait toujours été l'exception aux règles qu'il s'imposait.

Surtout depuis qu'elle avait rencontré ses parents, qu'elle s'était intégrée à sa grande famille : il était désireux de lui partager tout ce qu'il était.

— Je sais pas encore comment, mais j'aimerais réécrire le mythe d'Apollon et Hyacinthe, commença-t-il.

Romeo avait choisi ce mythe quelques heures auparavant, après avoir longuement pensé à cette relation entre un dieu et un mortel, à la brièveté qui était imposée à cet amour tragique. Il se devait d'exploiter la beauté qui s'y trouvait, la douceur des instants qu'on savait temporaires.

— Une tragédie comme on les aime, commenta Alex, tout sourire.

— Sauf qu'Apollon ne peut pas vraiment se suicider après la mort de Hyacinthe, pas comme Achille et Patrocle ou Héro et Léandre, par exemple, ajouta Romeo. Ou même comme Roméo et Juliette.

Le soleil se couchait autour d'eux et ses rayons orangés caressaient doucement le visage d'Alex, les colliers qui pendaient à son cou et les bagues sur ses doigts.

— Il doit apprendre à vivre sans Hyacinthe, réalisa Alex. Il doit apprendre à survivre son cœur brisé. À dépasser une romance qui n'a pas duré assez longtemps.

Un poids se formait dans la gorge de Romeo, pour traduire une douleur qui se reflétait dans les yeux d'Alex. Une douleur noyée dans la larme qui glissait sur sa joue.

Ils n'en avaient pas encore parlé, n'avaient pas encore mentionné l'épée de Damoclès suspendue au-dessus de leurs têtes. Il était peut-être temps.

— On survivra, Alexandra, ça sera compliqué au début, mais on survivra, promit Romeo. Comme Apollon.

Il aurait tout donné pour voir un nouveau sourire apparaître sur les lèvres d'Alex, à cet instant précis. Tout donné pour voir l'éclat de joie se rallumer dans ses iris. Tout donné pour qu'elle soit heureuse.

— Comment tu fais, Romeo ? articula-t-elle.

— Je me dis que je ne peux pas me perdre maintenant. Tu sais ce qu'il se passe quand je perds pied, t'as lu ce que j'ai raconté à Juliet, débita-t-il. Je ne peux pas finir comme ça, pas quand t'es toujours là. Qu'on a encore du temps. Donc je me force à avancer, parce qu'on ne peut pas se permettre de gâcher nos minutes ensemble.

Alex hocha lentement la tête et essuya ses larmes du revers de la main.

— Et tu écris, aussi. Tu vas te perdre dans les sentiments d'Apollon, lui faire ressentir ce que tu n'oses pas partager, remarqua-t-elle. Tu vas lui faire survivre la perte de Hyacinthe pour te convaincre que s'il peut le faire, toi aussi tu y arriveras.

Elle le connaissait trop bien. Bien mieux que ceux qui ne voyaient que ce qu'il désirait leur montrer. Il était presque heureux qu'elle ait lu son journal, qu'elle ait découvert qui il était, sans qu'il ait à le lui faire découvrir.

— Il y a de ça aussi, sourit-il.

Ils se rapprochaient dangereusement de Charleston et de tous les rêves que cette ville portait. Tous leurs rêves mêlés à une dure réalité.

Là, où tout avait commencé et où tout devrait se terminer. Là, où ils s'étaient trouvés, dans les rues colorées, entre les mousses espagnoles et l'ombre du marché.

— Donc on va survivre, Romeo ? demanda-t-elle.

— Bien sûr qu'on va survivre, Alex, répondit-il. On est des auteurs. Des artistes. On pourra toujours se perdre dans le monde de nos pensées pour tout oublier.

Alex se pencha pour embrasser le bout de son nez, avant de se laisser retomber sur son siège. Ses larmes avaient séché pour ne laisser que des yeux rougis.

— Quand est-ce qu'on arrive ? cria alors Liv de la banquette arrière.

Logan se réveilla en sursaut et retira les écouteurs qui étaient toujours enfoncés dans les oreilles de Liv.

— Pas aussi fort, Vivi, grogna-t-il en essuyant la bave étalée sur son visage.

— Quand est-ce qu'on arrive ? chuchota-t-elle.

Alex était déjà retournée à la lecture de son livre.

— Bientôt, rangez vos affaires, annonça Romeo.

Logan fit mine de vouloir mettre Liv dans son sac à dos.

— Elles sont trop grosses mes affaires, grimaça-t-il.

Liv l'attrapa par l'oreille et le força à s'excuser.

# CHAPITRE 42

La voiture s'arrêta devant les grilles d'*Augustus Prep,* l'école se dressait contre le ciel rosé de Charleston, baigné par les derniers rayons du soleil. Le bâtiment central avait un air imposant, majestueux. Quelque chose qui poussait de nombreux étudiants à installer leur chevalet dans l'herbe pour le peindre. Quelque chose qui éveillait la créativité de ceux qui écrivaient sur les bancs du jardin.

Ce soir-là, le campus était désert : tout le monde était déjà couché.

— On vous laisse là, les filles, on vous a assez vu pour aujourd'hui, annonça Logan en enfermant Liv dans ses bras.

— T'as encore rien vu du tout, Logan Crimson, répliqua-t-elle.

Alex les regarda s'enlacer dans le rétroviseur central, mais elle détourna le regard quand les lèvres de Logan se rapprochèrent dangereusement de celles de Liv.

Leur relation avait une douceur enfantine, la simplicité de ceux qui avaient déjà assez souffert pour savoir ne pas trop en demander.

— On se voit bientôt, lâcha Romeo. Très bientôt.

Il décrocha sa ceinture, pour pouvoir complètement se tourner vers elle, et analysa lentement chaque partie de son visage, comme pour en mémoriser chaque détail. Et Alex. Alex ne voyait que Romeo. Ses yeux verts et son sourire triste. Ses pommettes saillantes sous ses taches de rousseur. Le col de son pull qui laissait apparaître une chaîne dorée autour de son cou.

— On se voit *très* bientôt, tu veux dire, le corrigea-t-elle.

Ce fut Romeo qui l'embrassa. Dans un mouvement brusque, à peine réfléchi.

Alex ferma les yeux et, pendant quelques secondes, elle ne sentit plus que ses lèvres sur les siennes. Ses lèvres sur les siennes et un nouveau monde qui prenait forme autour d'eux. Les plaines et les vallées.

Et Apollon, le corps inerte de Hyacinthe posé sur ses genoux. Sa peau pâle bordée de fleurs. De jacinthes.

Alex se perdit en Romeo. Ses pensées caressées par les mains sur son visage. Son imagination enivrée par son odeur.

Son être entier ne connaissait plus qu'un seul mot. Un seul prénom.

Romeo.

Le claquement de la portière arrière les rappela à la réalité.

Ils étaient de retour dans leur voiture à peine garée sur le bord de la route.

Leurs amis se tenaient appuyés sur le capot, occupés à rattraper le temps perdu. Charles et Will étaient apparus de nulle part, déjà en pyjamas.

Romeo et Alex s'extirpèrent de la voiture pour aller les rejoindre. Charles leva immédiatement la tête vers Alex en l'entendant arriver et ce ne fut qu'en voyant son visage qu'Alex comprit qu'elle avait raté quelque chose.

Il avait perdu son sourire habituel, celui qui étirait toujours ses lèvres. Charles était parfaitement immobile, ses mains enfouies dans les poches de son jogging.

— Lexie ! s'écria-t-il.

Un rire s'échappa de sa gorge, mais il sonnait presque faux. Trop rauque. Trop grave. Trop forcé. Ce n'était pas complètement Charles.

— Charlie ! répondit-elle.

Alex se jeta sur lui, accueillie par le contact familier de bras autour de sa taille qui l'éloignaient du sol, qui la soulevaient de quelques centimètres pour qu'elle puisse caler sa tête dans le creux de son cou.

— T'es de retour, soupira-t-il.

Il ne sentait ni la mer ni la crème solaire. Ni le sel ni le soleil. Seulement la lessive d'*Augustus Prep*. Légèrement florale. Très légèrement.

— Je suis de retour, répéta-t-elle.

Charles la reposa doucement avant d'aller serrer Liv dans ses bras. Alex chercha Romeo du regard et le trouva avec Will et Logan : ils étaient tous les trois penchés au-dessus des bras tatoués de Logan. Ce dernier était assis sur le capot de sa voiture, les manches de son t-shirt remontées pour dévoiler l'encre qui couvrait sa peau.

Au bout de trente minutes passées à écouter Logan détailler la signification de chacun de ses tatouages et répondre patiemment aux questions de Charles, Liv annonça qu'il était l'heure d'aller se coucher.

Personne n'osa la contredire et ils regardèrent donc Romeo et Logan remonter en voiture et disparaître au coin de la rue.

Dès que Liv et Will commencèrent à avancer vers l'entrée d'*Augustus Prep,* Charles retint Alex par le bras.

La façade qu'il avait construite sur son visage s'était

effondrée. Effondrée pour laisser place à tout ce qu'il ressentait. Aux larmes qui menaçaient de lui échapper. À sa lèvre inférieure qui tremblait dangereusement.

— Je suis là, Charlie, murmura-t-elle.

Alors Charles arrêta de cacher sa tristesse. Elle se déversa sur tout son corps et un sanglot retentit dans le calme de la rue déserte. Il passa un bras autour des épaules d'Alex pour l'attirer contre lui et pleurer dans ses cheveux.

Elle pouvait compter le nombre de fois où elle avait vu Charles pleurer sur les doigts d'une seule main.

— C'est Will ? demanda-t-elle.

Il hocha doucement la tête et Alex n'eut aucun mal à imaginer l'état actuel de son coeur. Elle savait à combien il s'était mis à découvert avec Will, à quel point il avait été terrifié à l'idée de se dévoiler.

— On en a parlé hier soir, c'est lui qui m'a demandé si j'étais intéressé par quelqu'un, sanglota-t-il. J'y ai cru. Pendant un moment, je me suis dit qu'il allait m'embrasser et que tout allait bien se passer. Mais j'ai fini par lui dire que j'avais trouvé personne, parce que j'avais trop peur. Et lui, il m'a dit qu'il avait remarqué une fille, au *Crazy Diner,* mais qu'il l'avait pas revue. Et quand je lui ai demandé s'il y avait pas de garçon sinon, il a rigolé. Il a rigolé avant de me répondre qu'il aimait *que* les filles. *Que* les filles.

Il passa ses bras autour des épaules d'Alex, tout son poids s'écrasa sur elle. Toutes les émotions qu'il avait portées seul ces derniers jours. Tous les souvenirs qu'il n'arrivait pas à oublier.

Et Alex le rattrapa. C'était elle qui l'avait soutenu toute sa vie. C'était elle qui avait menacé les élèves de leur classe pour qu'ils arrêtent d'harceler Charles. C'était elle qui était sortie par la fenêtre de sa chambre pour aller le voir, les soirs où tout devenait plus dur à supporter.

— Tu vas trouver, déclara Alex. Tu vas trouver la personne que tu cherches. À Londres. Quelqu'un avec un accent britannique horrible. En plus, t'avais aucun mal à avoir des relations à Malibu, cet été.

Charles s'écarta légèrement d'Alex pour pouvoir la regarder. Ses yeux brillaient et un filet de morve dégoulinait de ses narines. La même morve qui devait tacher leurs vêtements.

— C'était purement physique, avec eux, soupira-t-il. J'ai besoin d'une connexion plus profonde. Comme Romeo et toi. Ou même Logan et Liv.

Qui ne désirerait pas tomber amoureux ?

Si elle n'avait pas lu les journaux de Romeo, Alex aurait ressenti exactement la même chose que Charles. Cet état d'attente infernale où le futur n'est comblé que d'incertitudes et où le besoin d'affection ne cesse d'augmenter, jour après jour.

— On cherchera ensemble l'année prochaine, si tu veux, dans les bars de Londres, proposa-t-elle. Ou sinon tu peux toujours essayer de trouver le journal intime d'un inconnu.

— Ça, c'est une technique qui marche bien, sourit Charles.

— Très bien, ajouta Alex.

Il l'entraîna vers *Augustus Prep.* Sa douleur n'avait pas disparu. Loin de là. Elle était à nouveau enterrée sous plusieurs couches d'humour, pour ne refaire surface que dans les moments difficiles.

Alex se laissa faire, ravie de retrouver la sécurité des bras de Charles. Avec lui, sa séparation avec Romeo serait plus simple. Elle n'avancerait pas seule. Jamais seule pour guérir.

Pour recoller son coeur brisé.

— Sinon, j'ai raté quoi de votre week-end ? demanda-t-elle.

Un rire machiavélique résonna dans le calme nocturne.

— On s'est introduit chez Logan et Romeo, commença-t-il.

Alex attendit qu'il continue : Charles adorait se mettre en scène. Le monde était son théâtre. Elle était son public, avide de découvrir ses prochaines actions.

— Et…le poussa-t-elle.

— Et on a mis des poissons rouges dans l'évier, le lavabo et quelques autres récipients, expliqua-t-il.

Alex faillit trébucher sur les marches qui menaient à l'entrée du bâtiment. Pourquoi les avait-elle laissés sans surveillance ?

— Et pourquoi ? rit-elle.

— Maman a vidé l'aquarium hier et elle voulait qu'on aille relâcher les poissons dans la nature, grimaça-t-il. Sauf qu'on avait pas trop le temps. Du coup on s'est dit que Logan et Romeo pourraient le faire à notre place.

Les Ashwood avaient un énorme aquarium dans leur salon, le genre qui pouvait contenir des dizaines de poissons. Il n'était pas rare que Martha Ashwood fasse du tri parmi leurs amis sous-marins.

— Et c'est tout ? tenta-t-elle.

— On a fait des lessives aussi, annonça fièrement Charles. On en avait marre de porter des t-shirts qui puent.

Ils étaient arrivés devant la statue d'Achille et la porte de la chambre d'Alex. Elle se tourna vers lui pour déposer un baiser sur sa joue et le sourire qui étira ses lèvres était d'une beauté extraordinaire.

Charles lui tendit la poignée de sa valise qu'il avait portée dans les escaliers. Une valise qui renfermait les quelques cadeaux qu'Esther lui avait faits pendant le week-end et le pull souvenir que Romeo lui avait acheté, le même que celui qu'il portait.

— Ça va aller, Charlie.

— Bien sûr que ça va aller, parce que si moi je vais pas bien, vous allez tous finir déprimés !

# CHAPITRE 43

*Charleston, dimanche 27 novembre.*

*Quand on est rentré à la maison, il y avait cinq poissons rouges dans l'évier. Trois autres poissons dans le lavabo et une bonne vingtaine dans les verres de la cuisine (même ceux qui étaient rangés dans les placards).*

*Nous avons Charles et Will à remercier pour tout ça et je ne leur en veux pas, pas vraiment. Logan a décidé qu'on allait tous les adopter et c'est lui qui va donc acheter un aquarium, demain matin. Comme si nous avions besoin de colocataires supplémentaires.*

*Sinon tout va bien, Juliet. Je suis heureux. Du moins aussi heureux que je peux l'être en sachant que ma relation avec Alex a une date de péremption (si je peux l'appeler ainsi). Je profite donc un maximum de sa présence.*

*Charleston, lundi 28 novembre.*

*Je réfléchis beaucoup au roman d'Apollon et Hyacinthe. Ils prennent doucement forme dans mon esprit, Juliet. Je commence à les voir de plus en plus nettement, même si je ne sais pas encore comment raconter leur histoire.*

*Charleston, mardi 29 novembre.*

*Ça fait près d'une heure que nous discutons avec Logan sur le nom de nos poissons rouges.*

*Nous en avons une trentaine et ils sont indissociables. Ce sont tous exactement le même poisson rouge. Sauf un, qui est jaune. Bien sûr, il fallait que Logan veuille l'appeler Bob (en l'honneur des* Minions*), alors que c'est évidemment Achille, le poisson jaune. On a fini par se mettre d'accord sur Charlie, en hommage à Charles, comme ses écailles sont à peu près de la couleur de ses cheveux (ceux de Charles, pas du poisson. Charlie n'a pas de cheveux).*

*Je te passe le détail des prénoms des vingt-neuf autres poissons rouges, soit des héros grecs, soit des chanteurs célèbres, soit des auteurs qu'on aime bien. Logan a collé une liste sur la vitre de l'aquarium.*

*On est bien occupé d'ailleurs, avec Logan. Plus occupé qu'on ne l'a été depuis longtemps. Parce qu'on commence tous les deux à tomber amoureux et que c'est terriblement inspirant.*

*Charleston, mercredi 30 novembre.*

*J'y ai beaucoup réfléchi et je ne vais pas changer les prénoms d'Apollon et Hyacinthe, Juliet. J'ai envie que mon lecteur les reconnaisse dès la première page. Qu'il sache la fin de mon histoire avant même qu'elle n'ait commencé.*

*Charleston, jeudi 1er décembre.*

*On a retrouvé Alex, Liv, Charles et Will au* Crazy Diner, *ce soir. J'ai été étonné d'apprendre qu'ils se sont organisés un concours de lecture, pour voir qui serait capable de lire le plus de livres en une semaine. Ils avaient fait une liste, Juliet, de romans qu'ils devaient lire et un ordre, pour qu'il n'y ait pas de triche possible. Liv a gagné avec vingt-deux romans terminés, je ne sais pas où ils trouvent tout ce temps, Juliet.*

*On s'est donc assis tous les six autour d'une table, avec nos burgers et nos frites.*

*Ce groupe est étrangement convivial. Nous sommes tous liés les uns aux autres de manières différentes. C'est assez réconfortant aussi, ce nombre. Avant, c'était Logan et moi contre le reste du monde, maintenant, nous avons quatre personnes supplémentaires dans notre camp.*

*Et Alex était assise contre moi, Juliet. Elle volait mes frites et les trempait dans mon ketchup avant de les manger. Elle me pinçait la cuisse dès que je commençais à me perdre dans mes pensées. Elle m'ébouriffait les cheveux quand je la faisais rire.*

*Charleston, vendredi 2 décembre.*

*On est allé près du port, cet après-midi. Regarder le soleil descendre sur les bateaux de croisière.*

*C'était l'idée de Liv, de s'installer sur les bancs en bois de la jetée, pour peindre la mer. Alors nous y sommes tous allés, parce ce qu'ils font, ils le font tous ensemble.*

*Liv avait une petite toile et ses tubes de peinture. Nous autres, nous avions nos carnets colorés et nos crayons.*

*Les jambes d'Alex étaient posées sur les miennes et je les utilisais comme appui pour écrire.*

*J'ai continué à réfléchir au roman d'Apollon et Hyacinthe. Je crois qu'ils vont venir envahir notre époque et que la mort de Hyacinthe sera causée par un accident de voiture. Je n'ai pas plus de détails, Juliet, mais je vais m'en sortir.*

*Charleston, samedi 3 décembre.*

*Ce matin, tout le monde a débarqué à la maison au lever du soleil. Logan et moi étions endormis sur le canapé, parce que nous n'avions pas eu le courage de monter, hier soir. Ils sont arrivés tous les quatre, avec deux boîtes de pâte à cookies et leurs grands sourires. Ils étaient encore en pyjamas.*

*Imagine un peu la situation, Juliet. Charles et Alex, avec les mains couvertes de chocolats, à faire des boulettes de pâte dès sept heures du matin. Liv et Will, qui s'acharnaient à allumer le four et qui sortaient des couverts de nos placards.*

*Quand Alex a vu que je commençais à me réveiller, elle a laissé Charles pour me rejoindre avec un verre de jus d'orange, son t-shirt caressait ses cuisses nues. C'était un de* mes *t-shirts, Juliet.*

*Si tu avais été à côté de moi à ce moment-là, tu aurais entendu mon cœur s'emballer dans ma poitrine.*

*Après le petit-déjeuner, Charles a annoncé que nous allions passer la journée sur un bateau. Un bateau qui appartient à sa famille et qu'il voulait absolument nous montrer.*

*Nous sommes donc partis, Juliet. Tous les six sur le bateau, avec nos maillots de bain sous nos sweatshirts (parce qu'on n'avait pas trop confiance dans les capacités de pilotage de Charles).*

*C'est ce genre de souvenirs que je ne pense jamais oublier, Juliet. Ceux où on peut entendre nos rires emportés par le vent. Où Logan a poussé Liv dans l'eau et qu'il a fallu faire demi-tour pour aller la chercher. Où Alex se tenait debout à la proue du bateau à moteur, comme Rose sur le Titanic. La joie qui éclairait son visage.*

*Charleston, dimanche 4 décembre.*

*Personne n'est venu nous cuisiner de petit-déjeuner ce matin, Juliet, et j'étais presque déçu.*

*On en a donc profité pour écrire, avec Logan. Mieux encore :*

*Logan a commencé à enregistrer sa chanson, ses paroles ajoutées à la mélodie. C'est celle sur Achille et Patrocle. Je ne l'ai pas encore entièrement entendue, mais je l'aime déjà.*

*Sinon, c'est moi qui ai dû nourrir les poissons rouges aujourd'hui. Parce qu'on avait oublié de le faire hier et que Logan a passé la journée dans sa chambre.*

*Et, ce soir, il m'a proposé de venir courir avec lui. J'y suis allé, Juliet. Pour repousser les limites de mon corps. J'ai adoré ça et, quand nous sommes rentrés, il a annoncé qu'on irait courir tous les matins, à partir de maintenant.*

*Je ne nous reconnais plus, Juliet.*

# CHAPITRE 44

*Augustus Prep, lundi 5 décembre.*

*Les journées s'enchaînent avec une rapidité déconcertante. Elles semblent disparaître en l'espace de seulement quelques secondes. Pourtant, elles ont toutes quelque chose d'unique. Un je-ne-sais-quoi qui les différencie les unes des autres. Comme notre virée en bateau d'avant-hier ou notre sortie sur le port vendredi. Ce sont ces moments dont nous nous souviendrons, Romeo. Ce sont ces moments qui surgiront dans nos mémoires quand on s'y attendra le moins.*

*Peut-être qu'un jour tu regarderas le lac Michigan, à Chicago, et tu te souviendras de ta veste que je portais quand nous écrivions devant la mer. Ou peut-être que tu verras un groupe d'amis, au bord de l'eau, et ce seront nos rires qui viendront caresser tes oreilles.*

*C'est incroyablement romantique. Et tragique. Quelqu'un devrait écrire un roman sur notre histoire, Romeo.*

*Augustus Prep, mardi 6 décembre.*

*Logan vient de m'envoyer un message pour me parler de ton anniversaire, Romeo. Nous organisons donc ça tous les deux. Fais-nous confiance, tout est sous contrôle.*

***Sinon, je voulais te raconter comment nous étions arrivés en avance en cours ce matin. C'est peut-être la première fois que ça arrive. Aujourd'hui, nous étions donc là, sagement assis à nos places avant le début du cours. C'est Charles qui a décidé que nous serions tous des élèves modèles, ce mois-ci.***

***Je pense que c'est parce qu'il croit toujours au Père Noël.***

***Augustus Prep, mercredi 7 décembre.***

***Tu me manques, Romeo. Toujours. Dès que tu n'es pas près de moi, je ressens ton absence. Dans ma poitrine. Un creux. Un trou béant qui ne peut être comblé que par toi. Toi. Toi. Toi.***

***Tu me manques, même si je t'ai vu cet après-midi. Vous nous avez rejoints à la bibliothèque, avec Logan, alors que nous travaillions sur nos candidatures pour les universités.***

***Vous êtes venus avec un sac plastique dans lequel nageait votre poisson jaune, Logan pense toujours qu'il faut sortir les poissons au moins une fois par jour, pour ne pas qu'ils soient tristes dans leur aquarium. Et vous nous l'avez présenté, Charlie, comme Charles. Un Charles qui n'a pas beaucoup apprécié qu'un poisson porte son prénom, même s'il est très content de l'aquarium dans votre salon.***

***Vous êtes restés avec nous : toi, ta tête posée sur la mienne à me donner des conseils pour ma lettre de recommandation, et Logan, assis sur la table à côté de l'ordinateur de Liv, à fredonner l'air de l'une de ses chansons.***

***Au bout de dix minutes, Will a déclaré qu'il avait fini, Charles s'ennuyait et vous les avez suivis au cinéma pour y voir un film au hasard. C'est Charles qui aime faire ça : demander au vendeur de choisir le film pour lui, il aime être surpris par l'écran.***

*Il ne restait donc plus que Liv et moi, entourées de dizaines d'autres étudiants. Elle m'a alors proposé de poser, pour qu'elle me peigne. Elle ne me l'avait jamais demandé avant.*

*Alors je pose, Romeo. Assise dans l'herbe, devant* Augustus Prep. *Avec ton journal sur mes genoux et un stylo entre les doigts.*

*Augustus Prep, jeudi 8 décembre.*

*Je n'ai aucun mal à nous imaginer, à Londres, avec Charles.*

*C'est l'image que j'ai toujours eue de mon futur. L'image que nous avons façonnée, au fil des années. Parce que nous étions certains que, peu importe les rencontres que nous ferions, ça allait toujours être lui et moi.*

*Même si tu n'es pas dans cette fantaisie, Romeo, ton ombre plane sur toutes les autres.*

*Si on me demandait où je me verrais dans dix ans, je répondrais que je m'imagine dans tes bras, sur la plage, à regarder le soleil se lever sur la mer.*

*Augustus Prep, vendredi 9 décembre.*

*La journée du vendredi passe plus lentement que les autres : j'attends toujours la fin des cours avec impatience, le début du week-end que je pourrais passer avec toi.*

*Ce soir, nous avons fait simple : Logan et Liv sont allés dîner au restaurant, Charles et Will faisaient la fête et nous, mon Romeo, nous nous sommes installés sur ton lit, avec une pizza et deux exemplaires des* Hauts de Hurlevant, *parce que Liv a réussi à nous convaincre de le lire.*

*Et nous avons lu. Chapitre après chapitre. De longues heures perdues entre les pages. Tu aimes bien Heathcliff et j'ai adoré t'entendre le défendre quand que je le condamnais. Dès que j'ai commencé à écrire dans mon livre, tu m'as demandé de copier les mêmes notes dans le tien. En échange, je t'ai poussé à noter un petit mot contre ma page de couverture.*

*Nous étions arrivés à la moitié du roman quand Logan et Liv sont rentrés, leurs rires résonnaient contre les marches de l'escalier. Nous sommes descendus dans le salon pour les rejoindre et nous avons découvert que Charles et Will dormaient sur le canapé. Ils étaient entrés en douce après avoir passé toute la soirée à boire et à danser. Des sourires paisibles étaient plaqués sur leurs visages.*

*Comme il était déjà tard, nous sommes retournées à* Augustus Prep, *avec Liv. Il y a quelque chose d'encore trop intime dans l'idée de dormir dans vos chambres. Dans vos lits.*

*C'est toi qui nous as raccompagnées, Romeo, pendant que Logan s'occupait des garçons qu'on vous laissait.*

*Augustus Prep, samedi 10 décembre.*

*Nous sommes revenues pour le petit-déjeuner, Romeo. Et vous étiez déjà tous levés. Nos garçons. À vous activer dans la cuisine. Will et Charles fonctionnaient au ralenti, Logan nous a chuchoté qu'ils avaient passé la nuit à vomir dans les toilettes.*

*Tu nourrissais les poissons avec Charles (il donne toujours plus à manger à Charlie). Will et Logan préparaient des œufs et du bacon qui diffusaient une fabuleuse odeur dans le salon.*

*Et nous avons passé le reste de la journée dans votre maison, à jouer aux cartes et à boire le vin que le père de*

*Logan lui a offert à Thanksgiving. Charles et Will n'ont pas osé y toucher, encore traumatisés par leur expérience d'hier.*

*Quand le soleil a commencé descendre dans le ciel, c'est Logan qui a proposé qu'on aille sur la plage. Nous nous sommes donc entassés dans sa voiture, à quatre sur la banquette arrière, avec Liv assise à côté de lui à l'avant. Tu m'as prise sur tes genoux, Romeo. Tes bras autour de ma taille. Les fenêtres ouvertes. De la musique qui s'échappait de la radio. Nous, qui hurlions les paroles et Logan qui était le seul à vraiment les chanter.*

*Nous avons posé nos affaires dans le sable, avant de courir vers l'eau froide en sous-vêtements. Attaqués par les vagues. À s'envoyer de l'eau dans la figure. À sauter dans la bouée gonflable qui traînait dans le coffre de Logan.*

*Nous avons décidé de rentrer quand Liv a commencé à claquer des dents et que tu grelottais si fort que ta capuche ne tenait même plus sur ta tête.*

*Augustus Prep, dimanche 11 décembre.*

*Nous ne nous sommes pas levées ce matin. Vous êtes donc venu, Logan et toi, pour nous tirer du lit avec des pistolets à eau que vous aviez empruntés à Charles. Liv s'est jetée sur Logan en découvrant ses draps trempés, ses ongles sortis pour lui griffer le visage.*

*Et toi, Romeo, tu m'as tendu ton arme avec un clin d'œil et nous avons couru dans les couloirs jusqu'à la chambre de Charles et Will qui dormaient encore. La seule réaction de Charles a été de nous jeter son oreiller au visage avant de se retourner et de se rendormir. De son côté, Will nous a poliment demandé de dégager de sa chambre.*

*Nous avons fini par tous nous installer à la bibliothèque, avec nos cafés, Nous avons avancé un maximum dans nos devoirs parce que nous allons sécher les cours jeudi, pour ton anniversaire.*

*Augustus Prep, lundi 12 décembre.*

*J'ai rêvé de toi, cette nuit, mon Romeo. De tes yeux verts. De tes taches de rousseur. De ton sourire qui ne s'efface plus de ma mémoire.*

*Cette fois, c'était moi, ta Juliet. La fille à laquelle tu écris quotidiennement, celle à qui tu racontes tes journées.*

*Augustus Prep, mardi 13 décembre.*

*Nous nous sommes mis au défi d'envoyer toutes candidatures aux universités avant Noël. Nous n'arrêtons donc pas d'écrire, de retravailler nos lettres de motivation et nos essais en espérant être pris dans les écoles de nos rêves.*

*Et ce soir, alors que tout le monde montait se coucher, tu m'as proposé une sortie au cinéma. Que toi et moi. Parce qu'ils y projetaient* Troy *et que l'Achille de Brad Pitt est l'un de mes préférés.*

*Augustus Prep, mercredi 14 décembre.*

*Demain, c'est ton anniversaire, mon Romeo. Tes dix-neuf ans. Nous n'avons que trois mois d'écart, le savais-tu ? Nous n'avons que trois mois d'écart et j'ai l'impression que tu as vécu toute une vie de plus.*

*Tout est prêt pour ton anniversaire. Tu ne vas sûrement pas tout apprécier, mais ça nous fera de beaux souvenirs.*

# CHAPITRE 45

Le matin de son anniversaire, Romeo ouvrit les yeux pour découvrir Alex et Logan assis chacun d'un côté de son lit, avec des chapeaux argentés sur la tête. Une dizaine de ballons flottait dans sa chambre, des couleurs festives, du rose, du jaune, de l'orange, du vert, du bleu…

Romeo eut besoin de quelques secondes avant de pouvoir complètement apprécier cette scène. Ses paupières étaient lourdes et il n'avait qu'une envie : celle de se rendormir.

C'était le matin de ses dix-neuf ans. Dix-neuf ans et toujours pas de roman édité. Dix-neuf ans et aucun plan d'avenir stable.

Dix-neuf ans : un pas de plus vers le monde adulte, loin de l'enfance et ses facilités. Loin de la candeur dans laquelle il avait grandi, bercé d'illusions et de promesses selon lesquelles il parviendrait à devenir un artiste, à profiter des bienfaits du mode de vie qu'il désirait mener.

— Joyeux anniversaire, mon Momo ! hurla Logan, pour s'assurer qu'il était bien réveillé.

— Dix-neuf ans pour mon Romeo, ajouta Alex en se penchant pour l'embrasser doucement, lentement, comme s'il leur restait tout le temps du monde.

Avec ses lèvres contre les siennes, Romeo voulait presque

croire à cette fantaisie. Sombrer dans ce rêve où le temps serait figé dans la pierre de Charleston, noyé dans les vagues, pour les laisser être heureux avec la simplicité et la naïveté des premiers amours.

— Et toujours pas le droit de boire de l'alcool, plus que deux ans, Momo, ricana Logan en glissant une bouteille de tequila entre leurs deux visages.

— Il est pas un peu tôt pour ça ? grogna Romeo.

— Un peu, mais tu vas avoir besoin de courage liquide pour avancer, aujourd'hui.

Avant que Romeo ne puisse comprendre ce qu'il lui arrivait, il se retrouva assis dans la cuisine, vêtu de son maillot de bain sous une chemise sombre. Une chemise qui appartenait vraisemblablement à Will : c'était son genre de les repasser avant de les porter.

Logan, Charles et Will s'étaient habillés de la même manière, tous les trois alignés derrière l'îlot central avec des lunettes de soleil sur le nez. Alex et Liv portaient des maillots de bain sous des robes florales démodées en cette saison hivernale.

— Faut prendre des forces, annonça Charles en empilant pancakes et oeufs dans une assiette, devant Romeo.

Le soleil n'était même pas encore levé et ils se tenaient tous déjà là, un jour de cours. Pour Romeo.

Personne n'avait jamais fait autant d'effort pour lui. Personne, sauf Logan. Pendant près de dix-neuf ans, il n'y avait eu que Logan et ça avait suffi.

— Ça va être horrible, tu vas détester, ajouta Liv avec un sourire carnassier.

Elle échangea un regard entendu avec Alex qui embrassa le bout de nez de Romeo avec un sourire désolé. On lui avait déjà expliqué leurs traditions d'anniversaires, les activités qu'ils avaient organisées, leurs conséquences. Il était prêt à tout. Pour elle. Pour lui-même.

Tomber amoureux d'Alex, c'était apprendre à aimer l'étincelle de folie, la perte de contrôle qui accompagnait l'inconnu et l'excitation du monde qu'il lui restait à découvrir.

Tomber amoureux d'elle, c'était sauter dans le vide, sans même penser à la douleur de l'atterrissage, juste pour le plaisir de la chute, les quelques instants passés à voler.

— On commence par quoi ? demanda Romeo, la bouche pleine.

Alex lui tendit une enveloppe turquoise où on avait joliment écrit son prénom. Les mains de Romeo tremblaient légèrement lorsqu'il découvrit les quelques mots écrits sur une feuille blanche à l'intérieur : *spectacle, ce soir, à 6 heures.*

Romeo leva brusquement la tête vers Logan, dans l'espoir que ce dernier lui donne plus de détails.

— Tout le monde viendra voir ton spectacle, Momo, sourit-il.

— Même certains profs, ils ont trop hâte de voir ce que t'as préparé, ajouta mielleusement Liv.

Un spectacle. Lui, sur scène devant la foule. Romeo, avec son bas de maillot et sa chemise. Romeo, avec son imagination débordante et sa peur d'un jour devenir trop, plus que ses amis ne pourront supporter.

— Ce que tu *vas* préparer, la corrigea Charles. Mais t'inquiètes, on a toute la matinée devant nous.

Romeo mangea rapidement son petit-déjeuner, incapable de se projeter dans la soirée en perspective. Que pouvait-il bien faire sur scène ? Pas de stand-up : il n'était pas assez drôle. Pas du théâtre : un seul acteur ne serait pas assez et il n'avait pas le temps d'écrire, d'apprendre et de jouer une pièce. Peut-être la lecture de l'une de ses œuvres ? La projection de quelque chose ?

Logan aurait commencé à chanter, ses airs, ses paroles, ses chansons. Il aurait fait un carton.

— Mais, avant, on va devoir te prendre en photo pour faire de la pub pour le spectacle, annonça Will.

Charles se pencha pour regarder par la fenêtre, il semblait vouloir calculer l'heure qu'il était par rapport à la position du soleil. Il faisait toujours nuit.

—On va devoir se dépêcher, d'ailleurs, ajouta-t-il.

Alex ébouriffa les cheveux de Romeo avant de commencer à préparer un sac à dos pour la journée. Logan la laissa même prendre des sachets de bonbons et de popcorn, dans le tiroir secret où il cachait ses sucreries.

— Dépêche-toi, Momo, on a rendez-vous sur la plage, annonça Logan en se levant.

Tout le groupe l'imita, pour se retrouver à l'extérieur, laissant Romeo seul devant son assiette à moitié vide. C'était le moment ou jamais, s'il voulait s'enfuir. Malheureusement, Romeo n'avait nulle part où aller.

Alex, qui était montée prendre quelques affaires à l'étage, redescendit l'escalier alors qu'il posait ses couverts dans l'évier.

Ils se retrouvèrent seuls, face à face dans la cuisine. À se dévorer du regard, juste parce qu'ils le pouvaient. Parce qu'ils étaient là, ensemble.

Romeo baissa légèrement la tête, ses lèvres à quelques centimètres de celles d'Alex. Il ferma les yeux, pour sentir la chaleur qui s'amoncelait entre leurs deux corps. Cette excitation qui accompagnait cette distance infime, la certitude que s'il se penchait, elle l'embrasserait.

— Regarde-moi, Romeo Jones, souffla Alex.

Ses paupières se levèrent pour voir Alex se jeter sur ses lèvres. Ce n'était plus le genre de baiser langoureux, qui savait apprécier chaque seconde. C'était un baiser avide, passionné, le genre qui ne savait plus comment s'arrêter. Le genre qui lui rappelait que ce n'était pas seulement les moments calmes que Romeo aimait passer avec Alex.

— Si je tombe amoureuse de toi, tu me rattrapes ? murmura Alex.

— Toujours, sourit Romeo. Toujours.

Logan dût venir les chercher pour qu'ils partent enfin à Folly Beach, tous entassés dans le pick-up. Will profita du trajet pour expliquer à Romeo l'image qu'il devrait donner aux photographes.

Il avait été décidé que Romeo ne serait pas un poète torturé, mais un surfer assuré, d'où son style vestimentaire approximatif. Liv ajouta même, avec un clin d'œil, que ça ferait venir plus de monde à son spectacle.

Sur la plage, il y avait déjà tout un groupe de photographes, avec leurs impressionnantes caméras et leurs vestes de costume. Ils parurent surpris de voir apparaître six adolescents étrangement vêtus, souriant jusqu'aux dents, des tasses de café entre les mains. Charles ouvrait la marche, sa planche de surf sous le bras et sa casquette enfoncée à l'envers sur ses mèches blondes.

— Romeo Jones ? demanda une jeune femme en s'approchant d'eux, sans faire attention au sable qui glissait sous ses talons.

Logan et Alex, qui encadraient Romeo, s'écartèrent brusquement de lui pour qu'il fasse face à la photographe.

Il se sentit évalué de la tête aux pieds, on jetait des regards interrogateurs vers sa chemise et son maillot de bain.

— Bon, on n'a pas toute la journée, grogna Charles.

La photographe fit signe à Romeo de poser devant les vagues et le soleil matinal, sous un ciel bleu. Ses amis s'étaient installés dans le sable, avec le reste des pancakes et les bonbons qu'Alex avait apportés.

Ils l'observaient de temps en temps, mais se perdaient souvent dans leur propre conversation.

Les photographes demandèrent à Romeo de bomber le torse, d'éviter de regarder la caméra, de porter la planche de surf sous son bras.

Des dizaines de positions différentes, d'expressions du visage, de directions de regards. Plusieurs fois, un garçon, à peine plus âgé que lui, vint replacer ses mèches sur son front ou retirer le sable qui lui collait aux jambes.

Près d'une heure plus tard, Alex se leva et alla chuchoter quelques mots à l'oreille de la photographe. Celle-ci hocha la tête et fit signe à Romeo de lâcher la planche de surf. Il la posa dans le sable juste à temps pour recevoir Alex qui se jetait dans ses bras.

— Il va falloir sourire, mon Romeo, rit-elle.

Romeo passa un bras autour de sa taille, heureux d'enfin pouvoir sentir son corps contre le sien. Les moments loin d'elle étaient interminables, ils s'étiraient pour durer une éternité.

Ils enchaînèrent les photos, dans des positions romantiques et complètement clichées. De petites choses qui semblaient rendre Alex parfaitement heureuse.

Son rire s'élevait sur la plage presque déserte. Un rire qui dansait contre les vagues, qui se perdait dans le vent et qui caressait les oreilles de Romeo. Lorsqu'elle monta sur son dos, il ne put s'empêcher de lui chatouiller le dessous du pied, juste pour continuer à l'écouter.

Le reste du groupe finit par les rejoindre pour quelques photos devant la mer. Romeo en oubliait presque qu'il avait déjà posé de cette manière pour un autre appareil : avec June et Logan un an auparavant. Depuis, tout avait changé,

— Va falloir s'habituer à la lumière des projecteurs, Romeo, pour quand tu seras connu, ricana Charles en remarquant sa main crispée sur l'épaule d'Alex.

Romeo se tourna vers Charles pour trouver un véritable sourire sur son visage. Un sourire qui plissait ses yeux et fronçait son nez.

— Heureusement pour moi, on s'intéresse plus aux livres qu'à leurs auteurs, répondit-il.

— J'ai mal aux joues, souffla Will. Quand est-ce qu'on peut arrêter de sourire ?

Ils finirent par retourner au pick-up, appelés par la vessie de Liv. Charles essaya en vain de la convaincre d'aller se soulager dans la mer, plutôt que de déranger tout le monde, mais sans succès.

Romeo fut déposé devant le théâtre, dans le centre de Charleston. Logan prit soin de l'installer dans une loge avant d'annoncer qu'il repasserait en fin d'après-midi pour évaluer l'avancée de son travail.

Romeo se retrouva seul face à son reflet, assis dans un fauteuil de velours.

Comme il avait passé toute la matinée à réfléchir à sa performance, il se mit directement à écrire.

Romeo ne savait rien faire d'autre. Ses mots prirent forme sur le tas de feuilles lignées que Logan lui avait déposé. Des mots qu'il accordait, rendait compatibles pour pouvoir les associer.

Le soleil se couchait derrière les fenêtres de la loge et Romeo ne pouvait plus s'arrêter. Il déguisa ses pensées en vers, les sentiments qu'il avait déjà partagées à sa Juliet.

Sa douleur face à la perte de June. Son amour grandissant pour Alex. La joie que lui apportait Logan. Les moments simples avec Charles, Will et Liv.

Romeo traduisit ses émotions, une à une : il s'ouvrit à vif sur la page. Il en oublia presque son spectacle ou le public qui l'attendait.

Il n'y avait plus que lui, le bout de son crayon et les poèmes chantés dans ses oreilles.

Il n'y avait plus que le monde de son imagination, la forêt de sa création, l'océan de ses désirs qui s'étendait à perte de vue.

Quand Logan et Alex entrèrent dans sa loge, ils le trouvèrent assis par terre entouré de dizaines de feuilles, le bout des doigts tachés d'encre, les joues baignées de larmes, un large sourire aux lèvres.

Alex s'agenouilla devant lui pour l'embrasser. Ses lèvres avaient le goût divin de fruits interdits. La chaleur des nuits d'été passées à transpirer, sans jamais trouver le sommeil.

Elle était devenue une déesse, transformée par ses mots, modelée dans ses vers.

Plus tard, quand Romeo monta sur scène devant une foule où se mêlaient inconnus et amis, il n'eut aucun mal à se perdre à nouveau dans ses poèmes.

# CHAPITRE 46

Alex aimait penser qu'elle était tombée amoureuse de Romeo au bout de plusieurs semaines, près de deux mois pour découvrir chaque facette de sa personnalité, une éternité pour sombrer dans tout ce qu'il était.

La vérité était qu'elle l'aimait depuis la première page de son journal. Alex avait appris à chérir les mots griffonnés sur les pages avant même de rencontrer leur auteur.

— Tu penses que c'est Hyacinthe qui doit remarquer Apollon en premier, ou l'inverse ? murmura alors Romeo.

Ils marchaient lentement, main dans la main, dans les rues de Charleston. Les premières étoiles brillaient dans le ciel et l'air sentait Noël. Quelques décorations pendaient au-dessus de leurs têtes et le monde entier leur souriait.

Ce soir-là, ils étaient allés au cinéma avec le reste du groupe, jusqu'à ce que Romeo propose à Alex de s'éclipser pour aller se promener dans le centre-ville.

— Ils ne peuvent pas se remarquer en même temps ? remarqua-t-elle.

— Comme un coup de foudre ? grimaça-t-il. Je suis pas sûr que ça soit très réaliste. C'est pas comme ça que ça marche.

— Et alors ? On cherche pas forcément le réalisme, dans

les romans ? On veut rêver, découvrir l'impossible !

Romeo ne s'arrêtait jamais. Il y avait toujours un coin de son cerveau qui était plongé dans ses romans, une partie de son esprit qui n'arrêtait pas d'y penser. C'était fascinant de l'écouter construire son récit. Alex commençait à s'habituer aux questions qu'il posait continuellement pour avoir un avis extérieur sur ses idées.

— Mais ils doivent croire que leur couple est réaliste, quand même, déclara Romeo.

— Ils y croiront, si tu l'écris bien, promit-elle.

Romeo était le plus beau des menteurs. Le meilleur illusionniste qu'elle n'ait jamais rencontré. Il pouvait donner naissance à son imagination, simplement avec quelques mots, persuader qu'il ne partageait que la réalité du monde.

— Qu'est-ce que je ferais sans toi ? s'exclama Romeo, passant son bras autour des épaules d'Alex, sans lâcher sa main.

Il avait emprunté la veste en cuir de Logan, celle qui lui donnait des airs de motard. Et pourtant, la beauté de Romeo ne se cachait pas dans son physique, mais de son regard qui observait le monde avec un recul particulier, un espoir de pouvoir capturer la réalité entre ses phrases.

— Tu te morfondrais dans ton canapé, avec Logan ? tenta Alex.

Sans elle, il serait toujours Romeo. Son Romeo. Le garçon qui avait su donner vie à ses mots. Qui s'accrochait désespérément à ses rêves, terrifié à l'idée qu'ils puissent lui filer entre les doigts.

— Pas loin, avoua-t-il, en déposant un baiser sur le bout de son nez.

Alex repensa alors aux poèmes qu'il avait écrits, quelques

jours plus tôt. Ceux qui traduisaient ses passions et ses peurs, ses désirs et ses douleurs. Romeo avait décrit plusieurs fois la facilité qu'il ne pensait jamais trouver, l'amour lent et tranquille qu'il croyait mériter.

— Tu devrais utiliser ce que t'as déjà écrit, comme tes poèmes ou les entrées de journal des débuts de notre relation, ces premiers jours, après notre rencontre, proposa-t-elle.

Alex sentit Romeo se figer contre elle, le cuir frottait contre sa joue.

— T'as pas parlé de moi ? ajouta-t-elle.

— Si, répondit Romeo. Mais j'ai dit que tu me terrifiais et que je voulais plus jamais te revoir.

Alex explosa de rire devant son visage désolé.

— Hyacinthe pourrait être effrayé par Apollon, au début, essaya-t-elle. Je le serais à sa place.

Ils arrivaient en vue de la mer, une étendue sombre sous le ciel nocturne. Un océan qui s'étendait jusqu'à une ligne d'horizon invisible, qui s'étirait pour aller toucher les étoiles.

— Non, lâcha Romeo. Sinon, ça serait trop moi, ce livre. J'ai dit ça à Juliet. C'est pas pour le public. Ce journal, c'est la seule chose que j'écris pour moi-même.

Pas pour le public, mais Alex avait lu son journal. Ses pensées les plus intimes. Ses peurs les plus profondes. Et elle avait été avide d'en apprendre plus. De découvrir chaque recoin de l'âme de Romeo.

— C'est par ces mots que j'ai appris à t'aimer, Romeo Jones, murmura-t-elle. Les mots que tu n'oses pas partager.

Romeo s'arrêta soudainement et l'embrassa au milieu du trottoir.

Quand ses lèvres se détachèrent de celles d'Alex, elle était étourdie par la force de ce baiser.

— Dit ça encore une fois, la poussa-t-il.

— Je t'aime, Romeo, répéta-t-elle. Plus que je n'ai jamais aimé personne auparavant et ça me terrifie.

Leurs fronts collés, souffles entremêlés, plus rien n'importait.

— Je te rattraperai, Alexandra, promit-il. Toujours.

Si Alex avait pu, elle aurait brûlé cette promesse au fer rouge sur sa peau.

Quelques mots qui assuraient qu'il serait là pour elle. Toujours. Quel magnifique mensonge. Le plus beau des menteurs.

— Même si le temps nous est compté ? demanda Alex.

— Pour l'instant on est là, donc on peut s'aimer et en profiter, expliqua-t-il.

Alex écarta légèrement sa tête de la sienne pour se perdre dans ses yeux. Se noyer dans ses iris clairs, son ciel bercé par l'aurore.

— *On* peut s'aimer ? sourit-elle.

— Bien sûr, qui d'autre ?

# CHAPITRE 47

*Charleston, dimanche 19 décembre.*

*Alex m'aime. Tu t'en rends compte, Juliet ? Elle est tombée amoureuse de moi, malgré tout. Tous mes vœux sur des étoiles filantes, tous les souhaits sur mes bougies d'anniversaires viennent d'être réalisés.*

*Quelqu'un est tombé amoureux de moi. Je suis aimé. Aimé, au point de devenir la première personne de quelqu'un (même si je ne suis pas sûr qu'Alex ait réellement un classement).*

*Elle me l'a dit tout à l'heure, alors que nous marchions dans les rues de Charleston. Elle me l'a dit, comme si c'était la chose la plus naturelle au monde.*

*Le calme nocturne, les bâtiments décorés pour Noël. Et Alexandra. Avec le bout de son nez rougi par l'air frais, quelques mèches brunes qui s'échappaient de son bonnet et sa veste en jean, trop large sur ses épaules.*

*Ça aurait pu être un rêve, Juliet.*

*Charleston, lundi 20 décembre.*

*Noël approche rapidement et, pour la première fois, je ne veux pas le passer avec ma famille, à New York. J'aimerais rester ici, avec Alex et nos amis. Ça serait magique, Juliet.*

*Sinon, ce matin, je me suis réveillé avec un sourire que je n'ai pas réussi à effacer de mon visage. Logan se moquait de moi. Et, quand je lui ai dit qu'Alex m'aimait, il m'a répondu qu'il le savait déjà.*

*Charleston, mardi 21 décembre.*

*Juliet, Logan a eu une idée incroyable, ce matin. Il veut inviter Alex, Liv, Will et Charles à venir chez nous, après leurs réveillons chez leurs parents, pour qu'on ouvre nos cadeaux ensemble, le 25 matin.*

*Nous sommes donc allés les voir à* Augustus Prep, *pour leur proposer de dormir chez nous, le 24.*

*Ils viendront, Juliet. Ils nous ont tous confirmé leur présence. Ils seront là. Avec nous.*

*Charleston, mercredi 22 décembre.*

*Nous avons acheté un sapin cet après-midi, avec Logan. Will nous a prêté le pick-up pour le transporter et tout le monde est venu à la maison pour l'installer.*

*Liv et Alex sirotaient tranquillement des chocolats chauds pendant que nous essayions de faire passer le sapin par la porte d'entrée, avec les garçons.*

*Il a fallu le glisser par l'une des fenêtres de la cuisine, avant de le caler dans un coin du salon. Alex est venue nous aider à le décorer, pour laisser Logan rejoindre Liv qui n'arrivait pas à faire fonctionner nos enceintes. Charles avait acheté des décorations qu'il a fait mine (beaucoup trop de fois) de jeter dans l'aquarium des poissons rouges.*

*Une fois le sapin décoré, Charles, Will, Alex et Liv ont bredouillé qu'ils devaient partir. Je pense qu'ils sont en retard dans leurs cadeaux de Noël, Juliet.*

*Moi aussi. Je me creuse la tête pour trouver ce que je pourrais offrir à Alex et je n'ai toujours pas d'idée. Ça viendra.*

*Charleston, jeudi 23 décembre.*

*Nous sommes allés acheter nos cadeaux, avec Logan. J'avais trouvé à peu près tout ce que je cherchais, pour Will, Charles et Liv. Il ne me restait qu'Alex, quand nous sommes passés devant une bijouterie. C'est Logan qui a insisté pour qu'on s'arrête : il voulait acheter un collier pour Liv.*

*La première chose que j'ai vue en entrant dans la boutique, ça a été une bague, Juliet. La bague. Je l'ai immédiatement prise entre mes doigts pour l'apporter à une vendeuse.*

*Quand nous sommes rentrés à la maison, les bras chargés de cadeaux, Logan s'est installés dehors. Sous la pluie avec sa guitare. Il s'est mis à chanter. C'était magnifique, Juliet. Il criait contre le tonnerre.*

*Charleston, vendredi 24 décembre.*

*Nous sommes aux fourneaux depuis ce matin, avec Logan. Si tu le voyais, Juliet, avec son tablier et sa toque de chef en papier. Il nous a fait des sablés, les a décorés en petits sapins, bonshommes de pain d'épices ou sucres d'orge. Il a ensuite préparé une bûche de Noël à la crème de marrons, bien roulée, avec une tonne de glaçage.*

*Et moi, Juliet, j'étais en charge l'emballage. Je suis devenu un professionnel du papier cadeau et du scotch.*

*Simplement le fait de tout installer sous le sapin me rend heureux.*

*Et maintenant, nous sommes sur le canapé avec* Le Seigneur des Anneaux *que nous relisons chaque année, en décembre.*

# CHAPITRE 48

Alex fut accueillie chez Romeo et Logan par une douce odeur sucrée. Un parfum qui s'infiltrait dans ses narines pour ne plus jamais en sortir, qui effaçait peu à peu les effluves de homards qu'elle avait dû supporter pendant le dîner avec ses parents, près d'une heure auparavant.

Cette visite dans sa maison d'enfance avait été une expérience éprouvante. Un retour en arrière, après qu'Alex ait revendiqué son indépendance, goûté à la liberté d'une vie qu'elle était la seule à contrôler. Et, malgré tout, en entrant dans son ancienne chambre, elle avait réalisé qu'elle pourrait toujours retourner dans le berceau de son enfance, peu importe à quel point sa vie avait changé, pour tout oublier.

Ses parents avaient été fidèles à eux-mêmes. Alex les avait vus ces derniers mois, mais jamais dans un contexte aussi formel, dans leurs vêtements de fête : son père, dans sa chemise blanche parfaitement repassée, avec ses cheveux gris nettement peignés et son éternel sourire, et sa mère, ses mèches blondes coupées au-dessus de ses épaules laissées à découvert par une robe fleurie.

Ils étaient beaux, ensemble. Heureux, après avoir repris une vie à deux. Pendant le dîner, Alex avait été jalouse de leur bonheur, jalouse de savoir qu'elle ne partagerait jamais ce genre d'amour avec Romeo. Qu'elle vieillirait avec quelqu'un d'autre, un garçon sans visage. Un homme inconnu.

— Joyeux Noël Alex ! s'écria Logan en la voyant entrer.

Ils étaient tous déjà là, assis autour du sapin.

Liv et Will se disputaient un renne en peluche, déjà vêtus de leurs horribles pulls de Noël. Charles, à côté d'eux, avait troqué sa casquette pour un bonnet de Père Noël, comme Logan dont les oreilles dépassaient sur les côtes.

— Joyeux Noël Logan ! répondit-elle en se jetant dans ses bras.

Il la serra contre son large torse en souriant. Alex inspira profondément son odeur : il sentait toujours bon, peu importe la situation, que ce soit le shampoing qu'il partageait avec Romeo, le déodorant ou son parfum boisé.

— Donnez-moi les cadeaux ! s'exclama Charles dès que Logan lâcha Alex.

Il pointait du doigt le sac de cadeaux qu'elle tenait encore entre les mains. Elle le lui tendit cérémonieusement et explosa de rire quand Charles se mit à renifler le plastique, comme pour deviner ce qui se trouvait à l'intérieur.

— Passe, Charlie ! s'écria Will en se levant.

Il lui lança le sac avec la moue d'un enfant qu'on venait de priver de son jouet préféré. Pendant que Will disposait les nouveaux cadeaux au pied du sapin, Charles attrapa un bonnet de Père Noël et l'enfonça sur la tête d'Alex.

— Joyeux Noël et bonne année ! chanta-t-il.

Alex leva alors la tête pour apercevoir Romeo. Il descendait les escaliers dans son pull de Noël : un bonhomme de neige en maillot de bain sur une planche de surf, le tout coloré de rouge et de vert.

Charles se retourna pour voir ce qui avait attiré son attention et, en apercevant Romeo, pinça affectivement la joue d'Alex.

— Profite, sourit-il. Profite beaucoup.

Alex lui embrassa la joue juste avant qu'il ne se décale pour laisser paraître Romeo, juste derrière lui.

Leurs regards se croisèrent et le poids des jours qu'ils avaient passés loin l'un de l'aure disparut.

Il n'y avait plus que Romeo, ses mèches brunes qui sortaient de son bonnet et ses yeux verts qui lui transperçaient le cœur.

— Joyeux Noël Alexandra, murmura-t-il.

— Joyeux Noël Romeo, répondit-elle.

Alex ne put apprécier son sourire avant qu'il ne se jette sur ses lèvres. Elle se perdit en lui. En lui et en tout ce qui faisait de Romeo Jones le garçon qu'elle aimait.

— Vous ferez ça, plus tard, ricana Logan. Les chocolats sont chauds !

Ils se séparèrent, à bout de souffle, et Romeo repoussa quelques cheveux d'Alex derrière son oreille, d'une main distraite. Elle remarqua alors qu'il avait une tache sombre sur le front, comme s'il avait eu de l'encre sur ses doigts lorsqu'il les avait passées dans ses cheveux.

— On regarde quoi comme film ? leur demanda Liv en se jetant sur le canapé.

Logan déposa six chocolats chauds sur la table basse avant de s'installer près d'elle. Alex était étonnée qu'il n'y ait pas encore eu d'accident, surtout avec les tasses posées en équilibres sur les innombrables papiers et boites de pizza qui s'empilaient sur la table.

— Un film de Noël, répondit Will prenant place à côté de

Logan.

— Sans blague, ironisa Charles, adossé contre le canapé, à leurs pieds.

Logan poussa un soupir avant d'attraper la télécommande pour faire défiler les films disponibles sur la télévision. Romeo attrapa un sablé de Noël sur le comptoir de la cuisine avant d'attirer Alex jusqu'au canapé où ils s'assirent.

Pendant que Logan et Charles discutaient du film qu'ils devaient regarder pour bien fêter Noël, Will commença à distribuer les chocolats chauds, en grimaçant quand du liquide le brûlait.

Alex sentit alors le pouce de Romeo s'infiltrer sous le tissu de sa robe pour lui caresser la hanche. Une vague de chaleur semblait suivre son mouvement, une traînée enflammée laissée dans son sillage.

— C'est parti ! s'exclama Charles quand Logan lança finalement le film.

Alex se blottit contre Romeo, sa tête contre son torse, noyée dans son parfum. Dans le sucre qui semblait flotter dans l'air, mêlé à l'odeur du sapin. Dans le chocolat chaud entre ses mains. Dans le rire de Liv qui s'éleva dans la maison dès les premières minutes du film. Dans la voix grave de Charles qui critiquait chaque acteur, outré par leurs performances. Dans les chuchotements de Will qui avait toujours une anecdote à raconter sur le tournage du film. Dans les grognements de Logan qui ne cessait de changer le volume, jamais satisfait.

— Chère Juliet, je fête Noël en famille, cette année, murmura Romeo.

Alex sentait son cœur battre si fort dans sa poitrine qu'il aurait pu s'en échapper.

— La fille que j'aime est dans mes bras. Elle est belle, Juliet. Rare aussi. Comme une étoile filante, continua-t-il.

Romeo. Romeo. Romeo.

— Et, tu sais quel est le pire dans tout ça, Juliet ? C'est que je suis fou amoureux d'elle et que je ne sais pas comment je serai capable de la laisser partir.

Alex posa un doigt sur ses lèvres, incapable d'en entendre davantage. C'était trop, d'entendre ses pensées, les mots qu'il voulait écrire à Juliet.

Elle ne pourrait pas survivre à la vague de sentiments qui submergeait Romeo.

— Regarde le film, souffla-t-elle.

— Pourquoi ? sourit-il.

Romeo se pencha pour déposer un baiser sur le bout de son nez et Alex posa ses mains sur sa nuque, pour garder son visage près du sien. Si proche, mais ce n'était pas assez

Elle voulait tout Romeo. Lui. Et rien de plus.

Il avait apparemment compris combien elle le désirait puisque ses joues prirent violemment une teinte rosée.

Il était trop beau. Trop. Trop attirant. Mais terriblement éphémère. Comme la première fleur du printemps. Comme les rayons du soleil qui filtraient entre les nuages. Comme un château de sable attaqué par les vagues.

— On pourrait s'éclipser quelques minutes, commença doucement Romeo. Ils ne remarqueront pas.

Son pouce descendait le long de la hanche d'Alex pour venir découvrir le haut de sa cuisse. Le désir qui électrifiait son corps l'empêchait presque de parler.

Romeo. Romeo. Romeo.

— Que quelques minutes ? rit-elle.

— Beaucoup de minutes, se corrigea Romeo, le souffle

court.

Ils échangèrent un long regard, imperméables à leurs quatre amis installés autour d'eux. Incapable de voir plus loin que l'autre. Ressentir d'autres sentiments que leurs désirs.

— Tu es sûre ? ajouta-t-il.

— Seulement si tu l'es, répondit-elle.

Ces quelques mots suffirent à les faire disparaître à l'étage. les poussèrent à se perdre l'un dans l'autre le temps d'une soirée. Pour oublier ce qui les attendait. Pour profiter du plaisir qu'ils pouvaient s'apporter.

# CHAPITRE 49

Romeo ouvrit laborieusement les yeux, réveillé par les cris qui éclataient tout autour de lui.

La veille, en redescendant dans le salon avec Alex, dont les jambes tremblaient encore, ils étaient tombés sur leurs amis qui les attendaient patiemment, la télévision éteinte devant eux.

En réalisant que Romeo ne prononcerait pas le moindre mot sur le sujet, Alex avait pris soin de résumer leur première expérience.

Charles avait posé quelques questions, Logan et Liv avaient ricané et Will avait fixé Romeo avec un regard noir. Au bout de quelques minutes, c'était Logan qui avait annoncé qu'ils devaient tous aller se coucher pour que le Père Noël vienne manger le cookie et boire le lait qu'ils lui avaient laissé.

Ils avaient donc installé plusieurs matelas entre le canapé et la télé, avec des couvertures et des oreillers, et ils s'étaient endormis. Corps contre corps. Sans vraiment se soucier de leur emplacement respectif.

Alex était contre Romeo, c'était tout ce qui importait.

— Debout tout le monde ! hurlait Charles.

— Le Père Noël est passé ? demanda Alex en s'asseyant brusquement.

Liv et Logan, toujours entremêlés, poussaient des grognements bestiaux en se tournant et se retournant dans leurs couvertures. Et Will, déjà debout dans la cuisine, préparait des cafés à la chaîne.

— Nan, pas pour toi, je crois, rétorqua Charles en lui balançant un oreiller au visage.

Romeo se redressa juste assez pour pouvoir observer la scène qui se déroulait sous ses yeux.

C'était le matin de Noël et personne ne s'était encore jeté sur les cadeaux, bien que Charles avait commencé à en secouer certains pour deviner ce qui se cachait à l'intérieur.

— Serait-ce mon Prince Charmant ? sourit Alex.

Romeo se retourna, les sourcils froncés.

— Je le vois pas, annonça-t-il. Mais j'ai entendu dire que les grenouilles peuvent se transformer en Prince, si on les embrasse.

Alex grimaça avant de rapprocher lentement son visage du sien. Avec n'importe qui d'autre, Romeo aurait instinctivement reculé devant son haleine matinale et ses cheveux ébouriffés. Mais c'était Alexandra Edwards et il était amoureux de tout chez elle.

— Tu veux qu'on vérifie cette théorie ? le poussa-t-elle.

Romeo déposa un baiser sur son front avant de l'attirer dans ses bras.

— Carrément, j'en ai marre d'être une grenouille, répondit-il.

Alex rit doucement dans son cou, son souffle contre Romeo.

Les souvenirs de la veille remontaient dans sa mémoire. Leurs peaux caressées par l'autre. Les baisers qui ne cessaient de descendre. Ses doigts, qui, peu à peu, découvraient un corps qui lui était resté inconnu.

— Je vous adore, mais on a des cadeaux à ouvrir là, les interrompit Liv. On garde les câlins pour plus tard.

Logan appuya ses paroles en attrapant un cadeau qui se balançait sur le haut de la pile. Il le lança à Romeo qui ne put retenir un sourire en reconnaissant la forme rectangulaire d'un livre.

— Pour toi, mon Momo, s'exclama-t-il.

Alex s'installa entre les jambes de Romeo, pour le laisser ouvrir son premier cadeau. Le papier déchiré laissa apparaître une photo qui recouvrait le volume.

Logan lui avait offert un album photo où Romeo pouvait se reconnaître sur la couverture, à deux ans, en couche à côté de son meilleur ami.

Ils avaient déjà parcouru un long chemin. Ensemble.

En feuilletant l'album, il redécouvrit toute leur enfance, leur adolescence, leur déménagement à Charleston. June. La deuxième moitié du volume était réservée à Alex, Liv, Charles et Will. Leur voyage à New York. Folly Beach. La bibliothèque d'*Augustus Prep*. Le cinéma. Ils avaient pris la dernière photo tous ensemble sur la plage, lors de son anniversaire, avec leurs chemises sur leurs maillots.

— T'es trop fort, Logan, grinça Alex. Mon cadeau ne sera jamais aussi bien.

Logan lui lança un sourire fier, le torse légèrement bombé. C'était rassurant de savoir que, peu importe où Romeo chercherait, que ce soit son passé, son présent ou son futur, Logan y serait avec lui.

— Je t'aime beaucoup, mon Lolo, lâcha-t-il.

Pendant que Romeo déballait son premier cadeau, Charles et Liv avaient déjà eu le temps d'ouvrir chaque paquet qui leur était adressé. Ils sautillaient dans le salon : Charles en découvrant un skateboard enfermé dans une énorme boîte de carton, de leur part à tous, et Liv qui enfilait déjà la veste en cuir que Logan lui avait offerte.

Les rires qui s'élevaient autour de Romeo paraissaient irréels. Comme s'ils étaient trop beaux pour appartenir à la réalité, comme si Romeo allait bientôt se réveiller de ce merveilleux rêve.

— Tiens, celui-là, c'est de ma part, annonça fièrement Alex en tendant un paquet à Romeo.

La forme de l'emballage trahissait un autre livre, mais rien n'aurait pu rendre Romeo plus heureux. Rien, sauf la promesse d'un avenir avec Alex.

Alex, qui venait de lui offrir un exemplaire de *L'Iliade* en parfaite condition, avec la même couverture que celui qu'elle lisait dans la voiture sur le chemin de New York.

— Regarde à l'intérieur, le poussa-t-elle.

Romeo ouvrit donc le livre pour découvrir une note écrite à la main sur la première page.

*Joyeux Noël, mon Romeo !*

*Je n'ai jamais été amoureuse au moment de Noël. Jamais été amoureuse tout court. Alors j'ai décidé que je voulais t'offrir le monde entier, pour te remercier.*

*À défaut de pouvoir te le donner, c'est mon monde que tu tiens entre les mains. Mon monde entier, prends-en soin.*

*Avec beaucoup d'amour,*
*Alexandra*

Romeo ne put retenir les larmes qui s'accumulaient dans ses yeux, menaçant de s'en échapper.

Alex l'embrassa sur la joue avant de tourner les pages, pour lui faire découvrir qu'elle avait annoté tout le poème pour lui. Ses commentaires, ses sentiments, ses réflexions. Des centaines de mots gribouillés sur les pages, des lignes soulignées ou entourées de cœurs.

Elle l'avait fait. Elle s'était offerte complètement à lui, corps et âme. Elle venait de déposer les fondements mêmes de son existence entre ses mains.

— Je prends les demandes en mariage du mardi au jeudi, entre dix et onze heures, sourit Alex en lui ébouriffant les cheveux.

Incapable de répondre, Romeo lui tendit le cadeau qu'il avait préparé pour elle. Rapidement emballé dans un papier couver de bonhommes de neige. Ce n'était pas grand-chose. Juste lui. Mais il n'avait plus rien d'autre à offrir.

Alex découvrit donc une compilation reliée de tous les poèmes que Romeo avait écrits le jour de son anniversaire. Les poèmes qui avaient traduit ses sentiments, son amour pour elle.

Sur quel autre sujet pouvait-il écrire ? Il n'y avait qu'elle, cachée derrière chacune de ses pensées.

# CHAPITRE 50

*Augustus Prep, samedi 25 décembre.*

*Joyeux Noël, mon Romeo. Et il fut joyeux, ce Noël. Mon favori, de tous ceux que j'ai vécus.*

*Parce que tu étais avec moi. Parce que nous étions tous là, autour de votre sapin, à s'offrir des cadeaux. Parce que j'ai appris à t'aimer, Romeo, d'une toute nouvelle manière. Et j'ai adoré ça. Toi aussi.*

*Nous avons dormi tous ensemble dans votre salon, les uns sur les autres, sans être gênés par cette proximité. Et, quand nous nous sommes réveillés, nous avons ouvert nos cadeaux.*

*Tu m'as offert tes poèmes, Romeo, et je les chérirai pour toujours. C'est une partie de toi que je pourrai garder, même quand tu ne seras plus là.*

*Et Charles, Charles m'a offert une partie de son âme, lui aussi. Sous la forme d'une planche de surf, avec une invitation à venir à Malibu, cet été. Profiter de la Californie. Du soleil, et des vagues. Ça lui permettra de veiller sur moi, Romeo, quand tu ne seras plus là. Il sait que je ne pourrais pas faire face à ton absence toute seule.*

*En fin d'après-midi, nous nous sommes installés dans la bibliothèque* d'Augustus Prep, *qui était déserte comme les autres étudiants sont rentrés fêter Noël en famille. Nous étions tous les six étalés sur les canapés, des livres entre les mains. Et Will est allé s'asseoir au piano.*

*Il a commencé à jouer, doucement au début. Jusqu'à ce que Logan lui donne les partitions de l'une de ses chansons et qu'il se mette à chanter. Nous avons pu découvrir sa relation avec Liv, dans les paroles. Les joies de leur rencontre. Le long chemin qui l'a mené à la guérison. L'amour qu'il éprouve pour elle.*

*Quand nous sommes montées nous coucher, Liv m'a avoué qu'elle ne l'avait jamais entendue, cette chanson-là.*

*Moi, je l'avais déjà lue dans le regard de Logan, quand il pose les yeux sur elle. Cette mélodie ne m'était pas inconnue. On y trouve même le reflet de ce qui se cache dans tes iris, Romeo, là où tous mes vers préférés prennent forme.*

*Miami Beach, dimanche 26 décembre.*

*Nous avions prévu de rester dans notre chambre, aujourd'hui, avec Liv. Malheureusement, vous en aviez décidé autrement comme vous êtes tous venus nous réveiller à six heures.*

*Logan et toi aviez préparé nos valises, pendant que nous dormions, et Will et Charles avaient chargé les deux voitures.*

*Logan et Liv sont montés avec Will dans le pick-up, pendant que nous étions dans la voiture tous les deux, avec Charles.*

*Et nous sommes partis. À six heures et demie. Pour la Floride. C'est là qu'il a été décidé que nous passerons le Nouvel An.*

*Tu conduisais, Romeo, avec Charles sur la banquette arrière. Ses pieds nus dépassaient par la fenêtre qu'il avait ouverte. De la musique s'échappait de la radio. Et j'étais parfaitement heureuse, avec vous.*

*Tu m'as parlé du début de "Rêves d'amour déjà effacés", ton roman sur Apollon et Hyacinthe. Ce livre sera merveilleux. Je l'imagine déjà édité.*

*Nous sommes arrivés à Miami Beach assez tard, après avoir grignoté plusieurs kilos de bonbons et dévoré des burgers sur la route. Logan avait réservé une chambre d'hôtel avec vue sur la mer. Une chambre avec deux lits doubles, un canapé-lit et une minuscule salle de bain.*

*Tu es descendu chercher du dîner, avec Logan et Charles, et nous vous attendons.*

*Avec Will, qui est plongé dans la lecture de son livre. Avec Liv, qui griffonne dans son carnet. Et moi, qui t'écris, Romeo, parce que c'est ce que je préfère faire.*

*Miami Beach, lundi 27 décembre.*

*Nous nous sommes installés sur la plage, ce matin, Romeo. Elle est différente, cette plage. Différente de Folly Beach, des maisons qui bordent la mer, derrière les dunes.*

*Ici, de hauts immeubles s'élèvent au-dessus de nos têtes, pour se perdre dans le ciel bleu. C'est une ambiance plus festive, plus vivante que sur notre île de Caroline du Sud.*

*Bien sûr, Charles a pris sa planche de surf, et la mienne. Will s'est occupé d'en louer quatre autres. Et nous sommes allés faire du surf, tous ensemble. Avec Charles qui nous donnait des conseils en permanence.*

*J'aime bien le surf, Romeo. Et je crois que toi aussi : j'ai vu ton sourire quand tu as pris ta première vague. Debout sur ta planche, comme un chef.*

*Et, après toute une journée sur la plage, nous nous sommes traînés jusqu'à un restaurant, sur le bord de mer. Charles a dévoré quatre hot-dogs avant de s'annoncer rassasié. Nous, nous partagions un plat de fruits de mer, mon Romeo.*

*Ton bras était sur le dossier de ma chaise, tes cheveux encore humides d'eau salée. Tes mèches piquaient dans tous les sens, surplombant tes yeux rougis et tes joues cramées par le soleil.*

*Il y a des souvenirs que j'aimerais ne jamais oublier. De simples images.*

*Nous tous, assis autour d'une table, en Floride. Liv sur les genoux de Logan, leurs mains entremêlées sur la table. Toi, qui ne cessais de sourire. Will, qui nous parlait des nombreuses filles qui sont venues l'aborder sur la plage alors qu'il cherchait désespérément les toilettes. Charles, qui insiste sur le fait qu'on peut très bien se soulager dans l'Atlantique.*

*Naples, mardi 28 décembre.*

*Nous avons traversé la Floride pour arriver à Naples, aujourd'hui. Tu m'as dit que c'est Logan et Will qui ont organisé tout ce voyage, en secret. Ils sont très forts, tous les deux.*

*Après deux heures de route, durant lesquelles Charles a chanté chaque chanson qui passait à la radio, sans que nous ne puissions rien y faire, nous sommes arrivés sur une plage de sable blanc. Une plage d'eau transparente, où nous avions pied jusqu'à loin dans les vaguelettes.*

*Logan a sorti un ballon de volley. Nous avons joué, dans l'eau, à nous éclabousser dès que nous en avions l'occasion.*

*Et le soleil se couchait sur la mer, nous berçant dans*

*ses teintes rougeâtres. Des rayons orangés. Une lumière toujours plus brillante juste avant de disparaître, derrière l'horizon.*

*Naples, mercredi 29 décembre.*

*Nous dansions sous les étoiles, cette nuit, parce que tu n'arrivais pas à dormir sous les ronflements de Charles. Nous nous sommes baignés aussi, dans l'eau sombre. Nous avons fini allongés dans le sable, pour faire des vœux sur des étoiles filantes. J'ai souhaité l'impossible, parce que je ne semble rien désirer d'autre.*

*Logan et Liv nous ont rejoints, au petit matin. Logan a commencé à fredonner notre chanson, Romeo. Et tu m'as fait tourbillonner dans tes bras. Cette fois, la mélodie qui nous guidait n'était pas celle de nos cœurs battant sous le ciel étoilé.*

*Au bout de quelques minutes, Charles et Will sont arrivés, eux aussi, et ils ont décidé de mettre de la musique sur mon téléphone.*

*Nous nous sommes donc retrouvés, tous les six, à danser sous les premiers rayons du soleil. Une lumière rosée se reflétait sur la mer.*

*Will et Charles se sont finalement assis, les pieds dans l'eau, pour débattre de ce que nous allions manger au petit-déjeuner.*

*Logan et Liv, affalés l'un sur l'autre, partageaient une sucette sortie de nulle part. Il faudra que tu m'expliques comment Logan a toujours des sucreries plein les poches.*

*Et nous, mon Romeo, nous nous tenions simplement là : tes bras autour de ma taille, ton souffle contre mon oreille.*

*Nous n'avons pas pris de petit-déjeuner : nous sommes tous retournés nous coucher. Les pieds couverts de sable. De grands sourires peints sur nos visages.*

*C'est Will qui nous a réveillés en fin d'après-midi, avec des sacs en carton pleins de frites et de burgers que nous avons mangés sur la plage désormais bondée.*

*J'espère que tu as raconté cette journée à Juliet, Romeo. J'espère que tu feras tout pour ne jamais l'oublier, celle-là. Parce que je commence à comprendre que nous vivons pour ce genre de moment. Si beau, que même en y repensant, un sanglot reste coincé dans nos gorges.*

*Homestead, jeudi 30 décembre.*

*Nous avons passé la journée dans les Everglades, parce que Charles avait une folle envie de voir des alligators. Nous avons donc fait toutes les attractions touristiques possibles, pour lui faire plaisir. Jusqu'à manger des nuggets d'alligators, que Logan avait acheté sans nous prévenir de la viande qui les composait. J'ai trouvé ça pas mal, l'alligator.*

*Ce soir, c'est sur les marais que le soleil s'est couché. Dans un monde humide. Entre les roseaux. Sur l'eau verdâtre. Sous les cris émerveillés de Liv qui découvrait des tortues sous le pont où nous nous trouvions.*

*Je peux voir que ce voyage t'inspire, Romeo, comme il nous inspire tous, chacun à notre manière.*

*Liv commence à peindre dès que nous entrons dans nos chambres d'hôtel, ses toiles s'empilent dans le coffre.*

*Logan fredonne de nouvelles chansons qui me rappellent vaguement les précédentes, mais avec quelque chose d'inhabituel.*

*Et tu as un carnet dans lequel tu ne cesses d'écrire tes idées,*

*Romeo. Il arrive que tu te tournes soudainement vers moi, pour me poser des questions pour ton roman.*

*La dernière était "tu penses que mon histoire pourrait se dérouler ici ?". Je t'ai répondu que si tu voulais un roman avec une ambiance réellement poétique, tu choisirais un autre état. La Floride, ce n'est pas assez calme pour ton histoire.*

*Key West, vendredi 31 décembre.*

*C'est à l'extrémité des États-Unis que nous allons fêter le Nouvel An. Sur l'île la plus au sud de la Floride.*

*Nous avons décidé de commencer notre visite par la maison d'Hemingway.*

*Sur le chemin, Charles a failli écraser une poule. Comme nous avons ri, Romeo, en réalisant qu'ici, les poules se promènent en liberté, sans que personne n'y prête vraiment attention.*

*Nous nous sommes ensuite installés sur la plage, avec de grandes couvertures, les bonbons de Logan et plusieurs thermos de café. Nous attendons minuit.*

*Key West, samedi 1er janvier*

*Bonne année, mon Romeo. Elle va être particulière, cette année-là. Particulière, parce qu'on va être très heureux dans les prochains mois.*

*Heureux jusqu'à l'été, jusqu'à nos adieux Ça va être une année de joie et de tristesse. Je donnerais tout ce que je possède, tout ce que je suis, pour que ça ne soit pas la dernière année que nous passons ensemble.*

*Pour que, dans un an, ce soit toujours toi qui m'embrasses à minuit, sous les étoiles.*

# CHAPITRE 51

*Charleston, mercredi 5 janvier.*

*Nous venons de rentrer de Floride, Juliet. C'était incroyable. De découvrir de nouveaux endroits, tous ensemble. De tomber amoureux des mêmes paysages. De réaliser que notre amitié s'étend au-delà des frontières de la Caroline du Sud.*

*J'ai aussi beaucoup avancé dans ma réflexion de "rêves d'amour déjà effacés". Plus j'en apprends sur les histoires d'amour d'Apollon, plus je réalise à quel point ses romances sont tragiques. Il est rejeté par Daphnée, son premier amour, qui est transformée en arbre pour lui échapper. Hyacinthe meurt dans ses bras. Coronis le trompe avec un mortel. Aucun de ses amours ne dure bien longtemps.*

*Il n'a pas eu droit à l'amour doux et tranquille, celui qui s'épanouit lentement sous le soleil.*

*Malgré tout, il y a un mythe que j'aime bien, dans tout ça, Juliet. Celui qui raconte qu'Orphée serait le fils de Calliope, la muse de la poésie épique, et d'Apollon. Calliope pourrait être son âme soeur, à Apollon. Une immortelle, capable de l'aimer pour toujours. Il pourrait avoir une fin heureuse, si j'étais capable de l'écrire.*

*Pour l'instant, je me concentre sur son histoire avec Hyacinthe,* *assis dans la bibliothèque d'*Augustus Prep, *avec Logan, Charles et Will. Nous attendons que les filles aient fini de vider leurs valises pour que nous allions diner au* Crazy Diner.

*— Ça passe si mon album c'est que des chansons d'amour ? vient de me demander Logan.*

*— Que des chansons d'amour ? je lui réponds.*

*Je le laisse organiser ses idées. Si seulement tu le voyais, Juliet. Avec sa peau dorée par le soleil. La tache de peinture sur sa joue que Liv lui a faite dans la voiture. Son t-shirt qui laisse apparaître un nouveau tatouage sur son poignet : l'alligator qu'il a fait en Floride.*

*— On a celle d'Achille et Patrocle, d'Alex et toi, de Liv et moi, cite-t-il.*

*— Donc, toi, moi, nos copines et deux héros mythologiques, je remarque. T'es sûr de toi, à ?*

*Je pense que ma réponse lui suffit, comme il recommence à fredonner au-dessus de ses feuilles de papier.*

*Alex arrive, je l'aperçois de l'autre côté de la bibliothèque, avec son jean large, mon sweatshirt et la casquette de Charles.*

*Elle est magnifique, Juliet. Si tu la rencontrais, je suis sûr que, toi aussi, tu tomberais amoureuse d'elle.*

*Charleston, jeudi 6 janvier.*

*Logan a travaillé sur une nouvelle chanson toute la nuit, Juliet.*

*Avec sa guitare. Les notes se faufilaient irrépressiblement de sa chambre à la mienne, caressant les murs du couloir.*

*Ce matin, je lui ai demandé qu'elle était l'histoire d'amour sur laquelle il travaillait. Il m'a dit que c'était celle d'Orphée et Eurydice, qu'écrire les paroles d'un chanteur était plus simple que de créer celles d'un guerrier. Je le comprends. Je n'aurais jamais pu me perdre dans les pensées d'Achille, pas comme il l'a fait.*

*Orphée et Eurydice. Encore une romance tragique. La troisième de ses quatre chansons. Le seul de ces couples qui a une fin heureuse, pour l'instant, c'est le sien.*

*Au fond, il ne doit pas avoir beaucoup d'espoir pour leur relation, s'il se laisse entourer de tragédies.*

*Je lui en parlerais plus tard, Juliet. Pour l'instant, je vais partir chercher Alex à* Augustus Prep, *pour l'amener à la librairie.*

*Chareslton, vendredi 7 janvier.*

*Si tu nous avais vus, Juliet. À la librairie, avec Alex. Je ne pensais pas que notre panier serait rempli d'une douzaine de livres en seulement quelques minutes. Des réécritures de mythes grecs. Des recueils de poèmes. Des romans fantastiques. Des romances. Tous entassés en un mélange qui nous représente, tous les deux.*

*Comme un véritable* gentleman, *j'ai tout payé. Le sourire qui a éclairé le visage d'Alex valait tout l'or du monde. Elle sautillait quand nous sommes sortis de la librairie. Comme une enfant, avec ses livres dans les bras.*

*Depuis hier, elle est allongée sur notre canapé, sa tête sur les cuisses de Liv, à dévorer roman après roman. Je crois qu'elle veut tous les lire avant la fin des vacances. Je l'observe depuis le comptoir de la cuisine, avec Logan qui mange des bonbons, à côté de moi.*

*Alex a installé deux piles de livres sur la table basse : ceux qu'elle a déjà lus et ceux qu'elle va lire. Elle en est à sa troisième romance, en moins de vingt-quatre heures. Toutes des réécritures des grands mythes grecs.*

*Elle m'a répété plusieurs fois qu'elle lisait ces livres seulement pour pouvoir m'aider avec mon roman.*

*J'adore cette fille, Juliet.*

*Charleston, samedi 8 janvier.*

*Ça va faire bientôt deux jours qu'Alex n'est pas retournée à* Augustus Prep. *Elle a essayé tous les coins confortables de la maison, avant d'annoncer que mon lit est son préféré.*

*Nous sommes donc allongés là, Juliet. Elle, à lire et moi, à t'écrire. L'un sur l'autre, perdus dans nos mondes.*

*Alex porte mon t-shirt et mon jogging. Des milliers papillons dansent dans mon ventre dès que je la vois.*

*Elle est moi, tout autant que je suis elle.*

*Nous avons échangé une partie de nos âmes pour s'appartenir.*

*On aime dire qu'on n'oublie jamais son premier amour. J'y ai beaucoup réfléchi et je sais désormais que c'est elle, mon premier amour. Pas June. Ça n'a jamais été June. Parce qu'elle ne me faisait même pas ressentir la moitié des émotions qu'Alex me transmet au quotidien.*

*Je ne vais jamais l'oublier. La fille qui lit sur mon lit, sa tête enfouie dans mes oreillers.*

*Charleston, dimanche 9 janvier.*

*Alex vient de retourner à* Augustus Prep, *avec ses livres dans les bras. Elle les a presque tous lus. Alors que j'ai à peine avancé dans les* Métamorphoses *d'Ovide. Je n'arrive pas à lire quand elle est à côté de moi.*

*Alex ne réalise pas l'effet qu'elle a sur le monde. Elle ne voit pas comment certaines personnes se retournent sur son passage. La fascination qui brille dans tous nos yeux quand elle entre dans une pièce.*

*Je crois que c'est sa manière de vivre qui nous fait réagir ainsi à sa présence. Sa manière de traverser le monde comme si ses pieds touchaient à peine le sol. Comme si chaque seconde était assez précieuse pour ne pas être gaspillée. Comme si le regard des autres était le dernier de ses soucis, sa tête toujours levée vers le ciel.*

*Et je te laisse imaginer comment elle me regarde, Juliet. Comme la lumière de son monde.*

*Quand nous sommes avec nos amis, elle est toujours tournée légèrement dans ma direction. Et, quand je suis près d'elle, elle doit avoir un contact physique permanent avec moi, pour s'assurer que je sois bien là.*

*Elle est si parfaite, Juliet. Et moi, je ne suis que Romeo. Je ne suis que Romeo et c'est moi qu'elle aime.*

# CHAPITRE 52

Depuis la fin des vacances de Noël, Alex était incapable de dissocier les semaines qui s'écoulaient. Chaque jour se ressemblait, avec cet air morose et ce semblant d'hiver qui ne voulait pas laisser place au printemps.

La seule variante était Romeo. Avec son sourire en coin, son ordinateur sous le bras et les taches d'encre au bout de ses doigts.

Il passait la voir aux moments où les plus improbables, toujours capable de la surprendre, de briser ce cycle monotone. Dès qu'elle sortait de sa chambre pour le découvrir accoudé à la statue d'Achille, le soleil apparaissait de derrière les nuages.

Heureusement, cette journée-là promettait d'être spéciale. C'était l'anniversaire de Will, ses dix-neuf ans. Déjà. Alex se souvenait encore de leur rencontre, au collège. Du garçon qui bavardait en cours et qui ne faisait jamais ses devoirs.

— Vous êtes sûrs, pour le lapin ? chuchota Liv, alors qu'ils étaient tous penchés au-dessus du lit de Will, toujours endormi.

Charles, qui tenait maladroitement le lapin dans ses bras, lui jeta un regard noir.

— On a dit qu'il s'appelait Basil, grommela-t-il.

Il était près de cinq heures du matin et ils étaient tous en pyjamas. Pour l'occasion, Romeo et Logan avaient même dormi dans la chambre d'Alex et Liv, à deux dans les lits simples.

— On peut toujours rendre *Basil* au magasin, ils comprendront que c'était un malentendu, murmura Romeo en se frottant les yeux.

Le lapin avait été l'idée d'Alex qui savait à quel point Will avait horreur des animaux de compagnie.

Elle avait longuement hésité entre un canard, un lapin et un furet, c'était Liv qui avait tranché pour la boule de poils gris aux oreilles interminables. Logan et Romeo s'en étaient occupé pendant quelques jours, jusqu'à ce Charles remarque que leur maison devenait une véritable ménagerie entre les poissons rouges, Basil et Logan et Romeo eux-mêmes.

— On s'est très bien entendu, grogna Alex en lui donnant un coup de coude.

— Qui le réveille ? grimaça Charles alors que Basil mordillait son t-shirt.

Ils se tournèrent vers Liv qui avait un pot de peinture et un pinceau dans les mains. Elle poussa un soupir avant de commencer à peindre un cœur écarlate sur le visage de Will.

Celui-ci sursauta en les découvrant tous les cinq autour de son lit.

— Joyeux anniversaire, Willie ! s'exclama Charles en lui tendant Basil.

Will poussa un cri horrifié en découvrant le lapin qui pendait au-dessus de sa tête. Charles lâcha l'animal sur ses genoux et recula rapidement.

Basil n'était pas forcément un lapin plus large que la

moyenne, mais son poids fit tout de même basculer Will.

— Un lapin ? grogna-t-il. Ce sera quoi l'année prochaine, un ours ?

Alex ne manqua pas le coup d'oeil échangé entre Charles et Liv qui semblaient déjà approuver cette idée plus qu'ils ne le devraient.

Romeo eut la réaction raisonnable et récupéra le lapin qui commençait à grignoter la montre de Will.

— J'aurais besoin de la cage, Alex, murmura-t-il en se penchant vers elle.

Alex frissonna en entendant sa voix rauque contre son oreille, il se tenait si près d'elle. Comme pour lui rappeler l'insolent pouvoir qu'il avait sur son corps.

— Deux secondes, souffla-t-elle.

En quelques instants, la cage fut montée entre les deux lits.

Charles avait pris soin de choisir un habitat pour Basil, avec une véritable petite maison à l'intérieur. Un peu trop sophistiqué, au goût d'Alex, trop grand aussi, par rapport à la taille de la chambre.

Will ne cessait de jeter des regards dégoûtés vers l'animal pendant qu'il enfilait un pull et un jean.

— Combien de temps dois-je le garder ? finit-il par demander.

— Pour toujours ! annonça Liv avec de grands gestes. Ça sera ton souvenir de nous.

— Vous auriez pu trouver moins encombrant. Et moins moche.

— T'as vu ta tête ? *Toi,* t'es encombrant et moche. Basil est juste mignon.

Le débat sur Basil était terminé : Will ne fit plus aucune

remarque sur la présence du lapin dans sa chambre. Charles s'occupa de le nourrir avant qu'ils ne sortent de la pièce.

Romeo passa un bras autour de la taille d'Alex tandis qu'il descendaient jusqu'au grand hall d'*Augustus Prep.*

Plusieurs jours auparavant, Will avait insisté pour qu'ils ne sèchent pas de cours le jour de son anniversaire. Une requête qui fut, après plusieurs heures de réflexion de la part de Charles, Liv et Alex, malheureusement acceptée.

En contrepartie, ils prirent un petit-déjeuner au *Crazy Diner,* plus tôt qu'ils n'y avaient jamais étés. Un petit-déjeuner composé d'oeufs, de bacon et de pancakes. Avec six tasses fumantes de café alignées sous leurs nez.

Après avoir reçu son plat, Logan proposa à tout le monde de goûter ses pancakes à la myrtille qu'il trouvait délicieux. Liv fit mine de vomir après en avoir pris une seule bouchée.

— Le principe, c'est de mettre les myrtilles sur le pancake, pas à l'intérieur, déclara Charles après avoir longuement mâchouillé sa part.

— Et de pas les cuire, surtout, ajouta Alex en tendant les restes de sa portion à Romeo.

Logan secoua la tête en souriant, comme s'il avait affaire à des enfants.

— Moi, je trouve ça pas si mal, murmura Romeo en se découpant un nouveau morceau dans l'assiette de Logan.

— Tu vas pouvoir finir alors, grimaça Logan en lui tendant ses restes. C'est vraiment pas bon, ces trucs.

— Bientôt une carrière dans le cinéma, ironisa Liv.

— Ou dans le marketing, sourit Will.

Romeo échangea de plat avec son meilleur ami, visiblement heureux de se débarrasser des oeufs qu'il peinait à terminer. Lorsque Logan lui tendit son assiette, ils en profitèrent tous pour y remettre les bouts de pancake qu'ils ne comptaient pas finir.

— Regarde, Willie, sourit alors Liv en passant un bras autour de ses épaules.

Charles, Alex et Romeo, alignés sur leur banquette, se retournèrent pour voir ce qui avait attiré le regard de Liv.

C'était une serveuse, à peine plus âgée qu'eux. Avec une tignasse rousse attachée en un chignon haut et des pommettes saillantes qui lui donnaient un air presque hautain. Avec un nombre impressionnant de tatouages qui recouvraient ses jambes et disparaissaient sous sa jupe.

— Elle est rousse, soupira Charles. Mais à part ça, vraiment très sexy.

— Trop rousse, approuva Alex en se tournant vers ses amis.

Logan et Romeo partageaient le même air d'incompréhension.

— Je suis sûre que c'est une teinture, poussa Liv.

— J'ai déjà donné avec les rousses, Olivia, murmura Will.

Et pourtant, son regard suivait la serveuse qui slalomait entre les tables, un plateau entre les mains.

Will était très exigeant dans ce qu'il cherchait chez une fille. Il avait même une liste, sur son téléphone, il travaillait dessus depuis près de cinq ans. Une lise de critères détaillés qu'il n'avait cessé de réécrire.

— William, tu viens d'avoir dix-neuf ans, commença Logan. Tu veux pas commencer à vivre un peu ?

Will tourna brusquement la tête vers Logan et Alex pouvait presque voir les rouages qui s'activaient dans son cerveau.

Il se demandait ce que "vivre un peu" signifiait, s'il ne vivait pas depuis le jour de sa naissance, si c'était réellement cela, le but de sa vie : de vivre. De profiter de chaque instant comme si c'était le dernier, pas de travailler pour s'assurer un futur confortable.

— Ce qu'il veut dire, c'est qu'à un moment, il faut oser. Il faut y aller. Parce qu'un jour, tu ne pourras plus faire tout ça. Et moi surtout, j'ai peur d'avoir des regrets. D'être vieille, assise dans mon fauteuil, à me demander où les années sont passées, débita Alex.

En prononçant ces paroles, Alex réalisa que Will vivait tout autant qu'eux. Peut-être plus, même. Qu'il était la dernière personne à qui faire ce genre de commentaire.

C'était trop tard, un éclair de douleur venait de traverser son regard sombre.

— Et si je vous disais de travailler plus, de faire vos devoirs, plutôt ? Parce que peut-être que tu seras vieille, Alex, avec un boulot que t'as détesté toute ta vie, à te demander si tu n'aurais pas dû plus te bouger, rétorqua-t-il.

Romeo posa une main rassurante sur la cuisse d'Alex, son pouce dansait sur le tissu de son jean.

— Ce qu'on voulait dire, mon Willie, c'est qu'on s'inquiète pour ta vie amoureuse, tenta Charles. C'était maladroit de notre part et nous n'avons aucun droit de dire ça, mais comme ils commencent tous à tomber amoureux, ça les surprend que tu t'y mettes pas aussi.

Le regard de Will s'adoucit.

Charles, qui savait tout aussi bien jouer le fou que le sensible. Le clown que l'attentionné. Le frère que l'ami.

— Dans ce cas, si ça peut vous détendre, je vais aller lui parler, annonça Will.

— Vraiment ? s'écrièrent Liv et Alex, en choeur.

Un sourire étira les lèvres de Will, dévoilant deux fossettes dans le creux de ses joues.

— Non, pas *vraiment*, je vais me prendre un milkshake, ricana-t-il.

Ils le regardèrent s'éloigner, les mains fourrées dans les poches de son jean, la capuche de son pull se balançait à chacun de ses mouvements.

— Cinq dollars qu'elle l'accoste quand il se rapproche, assura Charles en posant un billet sur la table.

— Cinq dollars que c'est lui qui va l'accoster, répliqua Liv en sortant un billet de la poche de Logan.

Alex s'appuya contre le torse de Romeo et observa la scène en silence.

Will s'adossa au comptoir, la serveuse arriva au même instant pour y récupérer une commande. Leurs regards se croisèrent. L'attention de Will se posa sur les inscriptions de son t-shirt. Le rire de la serveuse résonna dans le *diner* presque désert. Un rapide échange de morceaux de papier et Will revint avec le numéro de la serveuse dans une main et son milkshake à la vanille dans l'autre.

— Qu'est-ce que je disais, sourit Liv en attrapant le billet de Charles.

— Profite, profite, grogna Charles.

Will se laissa tomber à sa place et personne ne manqua le sourire niais qui éclairait son visage.

— Alors, raconte ! le poussa Logan en posant ses deux coudes sur la table.

Alex leva les yeux vers Romeo qui mâchouillait son pancake, le regard posé sur Will. Il ne l'écoutait pas.

Elle le savait perdu dans sa propre imagination. Il l'était souvent, sans que personne ne le réalise. Il partait organiser ses idées, en ajouter de nouvelles à l'équation et évaluer à quel point elles fonctionnaient avec les anciennes.

— Elle avait une citation d'Edgar Allan Poe sur son t-shirt, bafouilla Will en haussant les épaules. J'ai rien pu faire.

# CHAPITRE 53

Romeo fixait obstinément la page blanche affichée sur son ordinateur.

Allongé sur son lit, il réfléchissait à la première ligne de son roman depuis près d'une heure. Il avait supprimé puis réécrit cinq ou six fois son premier chapitre, mais aucune de ses tentatives ne semblait offrir le bon début à l'histoire qu'il voulait raconter.

Alex, allongée à côté de lui, feuilletait tranquillement les *Métamorphoses* d'Ovide.

Depuis que Romeo lui avait parlé de son projet de roman, Apollon et Hyacinthe, sa passion pour la mythologie grecque n'avait cessé d'augmenter. Ce nouvel élan de passion pour cet univers qui les fascinait tous les deux, ne le poussait qu'à plus aimer cette fille qui se lançait dans son livre avec lui. Qui l'aidait à détailler son monde.

— Quel est ton problème existentiel, Romeo Jones ? soupira Alex, sans lever les yeux de son livre.

Romeo passa une main dans ses cheveux, certains doigts restèrent coincés dans des noeuds qu'il était incapable de défaire.

— La première ligne, grimaça-t-il.

Alex tourna la tête vers lui, les sourcils légèrement froncés.

Elle était belle. Terriblement belle. De sa beauté singulière, avec ses iris qui cachaient de nombreuses étoiles.

— Tu l'avais pas déjà écrite ? s'étonna-t-elle. Avec les trois premiers chapitres ?

— Si, mais c'était pas bien. Pas assez poétique. Ça ne marchait pas.

Romeo l'observa se lever, attraper une feuille et un stylo sur son bureau, pour venir s'assoir à côté de lui. Elle ferma l'ordinateur et posa son petit matériel dessus, ses jambes croisées sur la couette.

— Je crois que tu penses trop, déclara Alex en traçant trois traits sur sa feuille. Pourquoi la première phrase serait différente de toutes les autres ? C'est une phrase. Sujet, verbe, complément. Qui est le sujet ?

Elle était imprévisible. Romeo se retenait de l'embrasser. De la prendre dans ses bras pour ne plus jamais la laisser s'échapper. De la déshabiller.

— Apollon, mais est-ce qu'il faut commencer tout le roman avec son prénom ? répondit-il.

Alex haussa les épaules.

— Je suis pas sûre. Essaye plutôt de réfléchir à ce qui nous reste de son mythe, plusieurs millénaires après. À ce qui nous reste d'Apollon et Hyacinthe.

Romeo se redressa pour suivre le fil de réflexion d'Alex, un fil qui le guidait hors du labyrinthe. Pour le rassurer, elle prit sa main dans la sienne et serra doucement ses doigts.

— Leur tragédie ? Leur amour ? L'inévitabilité de la mort ? De la souffrance ? De la tristesse ? Cette idée que même les dieux n'y échappent pas ? essaya-t-il.

Alex écrivait les mots qu'il prononçait dans un coin de la feuille, des gribouillis presque illisibles.

— Donc la douleur d'un dieu ? Du dieu du soleil, de la poésie ? Celui qui représente la lumière et la joie, ajouta-t-elle.

Romeo avait tellement imaginé Apollon qu'il le voyait désormais de manière vivide. Debout dans une prairie, avec ses mèches dorées, son sourire éclatant, ses vêtements étincelants. L'image même du divin. Ou des représentations que l'on en fait.

Une seconde image se superposait toujours à celle-ci. Une fine pluie qui tombait sur ce même dieu, à genoux auprès du corps du garçon qu'il venait de perdre. Un dieu qui perdait tout son éclat. Les rayons de lumière autour de son visage avaient disparu. Ses cheveux cendrés étaient aplatis sur son visage. Ses yeux rougis par des larmes qui avaient toutes été épuisées.

— Je ne le cherchais pas, la première fois que je l'ai trouvé, tenta Romeo.

Alex hocha vivement la tête et ouvrit l'ordinateur pour que Romeo puisse y taper ces mots.

Il était presque ivre, perdu dans son monde favori : celui de son imagination. Il s'élevait, toujours plus haut, dans des univers qu'il adorait visiter.

— La "première fois" ? l'interrogea Alex. Ou "quand je l'ai trouvé" ? Est-ce qu'il le trouve plusieurs fois ?

Romeo grimaça, avant de supprimer la fin de sa phrase pour la corriger.

— Je ne te cherchais pas, quand je t'ai trouvé. Tu te tenais là, debout au milieu de la bibliothèque, le regard perdu dans les peintures du plafond. Si j'avais su, en te voyant ce premier jour, la douleur que tu me causerais, aurais-je appris à t'aimer ?

Il était lancé. Perdu. Parti. Libéré. Il pouvait se replonger dans son roman.

Son âme remontait vers la surface pour enfin respirer. Il tapait des lettres, puis des mots, pour créer des phrases. Des paragraphes.

Il étalait son imagination sur des pages entières. Partageait ses personnages et leur histoire.

— Vas-y, mon Romeo, montre au monde ce dont tu es capable, murmura Alex.

Sa voix paraissait si lointaine. Il était incapable de lever les yeux de son écran.

Romeo sentit à peine ses lèvres contre sa joue, l'ombre d'un baiser qui lui caressait la peau. Un parfum s'infiltra dans ses narines et Alex était déjà partie. Pour le laisser flotter dans sa bulle de création.

Il se perdit donc dans son activité favorite : l'écriture. Raconter une histoire. Traduire ses sentiments. Il devint Apollon, qui voyait Hyacinthe pour la première fois, à peine guéri du rejet de Daphné. Il sentit l'espoir qui emplit le dieu, quand il posa les yeux sur cet étrange garçon. Un espoir qui pourrait lui faire croire de nouveau à l'amour.

Les mots avaient toujours été dans sa tête, il devait juste avoir le courage de les écrire. De les partager au monde entier. Ce n'était pas son histoire. Pas vraiment. C'était un mythe antique qui traversait les siècles. Une légende qu'il avait remodelée.

Il ne vit presque pas Logan entrer dans sa chambre avec une expression attendrie. Un artiste qui en reconnaissait un autre à l'ouvrage. Une âme appelée par son élan d'inspiration.

— Elle est partie, Momo, annonça-t-il en s'asseyant sur le lit, à côté de lui. Elle est partie avec un grand sourire.

Heureuse. Alors que tu viens littéralement de l'abandonner pour ton roman.

Romeo tourna lentement la tête vers son ami en grimaçant.

— Tu penses que je n'aurais pas dû la laisser partir ? demanda-t-il, incrédule.

Logan secoua la tête, plusieurs mèches brunes valsaient au-dessus de son front.

— Je pense qu'elle t'aime assez pour savoir que l'écriture a une place permanente dans ta vie. Pas comme la sienne, déclara Logan, franchement.

Encore un douloureux rappel de la fin inévitable de leur relation. Parfois, Romeo s'arrangeait pour l'oublier. Il se perdait dans des mondes de fiction. Dans son propre univers.

Logan était toujours là pour le reconduire à la réalité.

— T'as pris un shot d'honnêteté avant de venir ? ricana Romeo.

— Si je ne te le dis pas, qui le fera ? répliqua Logan.

Personne. Personne. Personne.

Alex ? Charles ? Will ? Liv ? Ces quatre amis qu'il avait appris à aimer en seulement quelques mois. Leur famille d'adoption.

Leur amour était-il assez profond pour qu'ils lui disent ces vérités douloureuses ?

— Et vient dîner, ajouta Logan. Je pense que vingt-cinq pages, c'est assez pour aujourd'hui.

Romeo jeta un coup d'oeil à son ordinateur et, effectivement, aux vingt-cinq pages qui y étaient affichées. Un sentiment de fierté lui gonfla la poitrine : il l'avait fait. Il avait commencé son roman. Grâce à Alex.

— Tu nous as cuisiné quoi ? sourit Romeo.

Logan grimaça en levant ses mains au-dessus de sa tête,

en signe d'innocence.

— Il y avait plus rien dans les placards. Du coup si tu trouves pas Charlie dans l'aquarium, ne regarde pas dans ton assiette, débita-t-il.

Romeo explosa de rire devant son expression coupable.

— Je suis pas sûr qu'il y ait beaucoup à manger sur un poisson rouge, remarqua Romeo.

— Tu m'en diras des nouvelles, ricana Logan avec un clin d'oeil.

# CHAPITRE 54

Romeo n'arrêtait plus d'écrire son roman. De penser à son histoire. De réfléchir à ses personnages.

Alex ne manquait pas les idées qu'il griffonnait continuellement dans le carnet de sa poche arrière. Elle remarquait aussi son ordinateur, toujours ouvert sur son bureau, entouré de dizaines de tasses vides. Toutes ces heures d'écritures faisaient planer l'ombre d'un sourire sur son visage, comme s'il avait trouvé le secret de la recette du bonheur.

Alex et Liv avaient pris l'habitude de venir systématiquement chez Logan et Romeo, après les cours. Ils passaient la soirée tous les quatre, les garçons perdus dans leurs projets et les filles appliquées à leurs devoirs. Charles et Will allaient régulièrement au cinéma, quand ils n'étaient pas au *Crazy Diner.* Une fois par semaine, ils passaient par la petite maison rose pour un dîner sur le canapé, tous ensemble.

C'était une routine simple qui suffisait à les rendre heureux. Tous les six. Parce qu'ils faisaient ce qui les passionnait. Ils se perdaient dans leurs arts.

Malgré tout, ils étaient tous tournés vers la même personne, la même inspiration : Romeo Jones. Ils savaient, au plus profond de leurs êtres, qu'il écrivait un chef-d'oeuvre.

Un roman qui les suivait partout, omniprésent dans leurs vies.

Ils étaient aussi accompagnés par un air musical. Les chansons de Logan. Il les fredonnait constamment. Comme si elles ne pouvaient plus se détacher de ses lèvres.

Celle qui revenait le plus souvent, c'était son histoire avec Liv, même si de nouvelles s'ajoutaient à l'album.

Apollon et Hyacinthe. Ariane et Dionysos. Hélène et Paris. Icare.

Il posait des questions à tout le monde, se renseignait sur les mythes et héros grecs, l'un des seuls sujets qui les intéressaient tous.

Tout son album tournerait autour de ces romances antiques, il en avait déjà retiré la chanson d'Alex et Romeo et celle de Liv et lui-même, pour ne laisser que le même genre d'histoires.

La préférée d'Alex était celle d'Achille et Patrocle. Il y avait quelque chose dans cet air, de tragique, de féérique, de captivant, de beau, tous simplement. Des paroles qui réussissaient à faire perler des larmes dans ses yeux. Comme un souvenir pas tout à fait oublié.

— On a quoi de prévu pour la Saint Valentin ? demanda Liv, sans se tourner vers Alex.

Elles étaient remontées dans leur chambres quelques minutes auparavant, à la fin des cours, pour se reposer avant de rejoindre les garçons.

Alors Liv peignait. Avec des centaines de couleurs. Des teintes vives. Des teintes qui rappelaient un lever de soleil sur Folly Beach. Un matin de Noël, les uns contre les autres, à ouvrir leurs cadeaux. Un Nouvel An en Floride, à courir après les poules. Un dîner au *Crazy Diner.* Une matinée à

*Augustus Prep.*

Et Alex était perdue dans les *Métamorphoses* d'Ovide, pour disparaître dans les mythes et se plonger dans ce monde fictif. Le poème qu'elle lisait était celui d'Adonis. Le garçon désiré par deux déesses, dont la beauté avait fini par causer sa perte, dans les bras d'Aphrodite.

— C'est déjà la Saint-Valentin ? s'étonna Alex.

Le mois de janvier lui avait filé entre les doigts, avec la reprise des cours, les courtes journées, les essais qui s'empilaient sur son bureau.

Chaque instant n'en était que plus précieux. Et chaque seconde devenait plus douloureuse, Alex peinait à trouver le courage de continuer à avancer. Le monde s'effondrait autour d'elle.

— Alexandra, soupira Liv. Faudra penser à descendre de tes nuages, une fois de temps en temps. On dirait Romeo, là.

Alex baissa les yeux vers le stylo qu'elle tenait et avec lequel elle écrivait sur les mots d'Ovide.

Était-elle réellement trop haute dans le ciel ? Trop loin de la réalité, avec Romeo ?

— Je crois que Charles voulait prendre le bateau, ce soir, annonça-t-elle.

—Je vais dire à Logan de prendre ses cachets, murmura Liv.

Elle glissa son pinceau, couvert d'une peinture turquoise, dans son chignon et attrapa son téléphone.

— Quels cachets ? demanda Alex.

— Ceux contre le mal de mer. Sinon, il va vomir partout.

Alex n'avait jamais vu son ami aimer autant un garçon. Aimer autant quelqu'un.

Une pointe de jalousie familière lui perça la poitrine en

imaginant Logan et Liv, heureux, dans quelques années. Alex serait invitée à leur mariage et elle s'y rendrait avec un garçon de Londres.

Elle l'aimerait peut-être, mais ça ne serait pas Romeo. Jamais Romeo.

— LES FILLES ! ON Y VA ! hurla Charles, du couloir.

Liv leva les yeux au ciel avant d'attraper sa veste en cuir, et de l'enfiler dans un mouvement parfaitement contrôlé. Alex la suivait de près, après avoir enfoncé la casquette de Charles sur son crâne.

Il les attendait allongé au milieu du couloir, ses bras repliés sous sa tête, ses lunettes posées dans ses cheveux.

Alex hésita à se jeter sur lui, pour l'écraser, mais elle se contenta de lui donner un coup de pied dans le talon.

— Debout, Charlie, le poussa-t-elle.

Charles lui sourit avant de jeter un coup d'oeil vers sa montre.

— Will nous attend au port, marmonna-t-il. Et il va pas être content si on est retard.

— Donc on y va, insista Liv. Bouge tes fesses, sinon on te laisse-là.

Elle traversa le couloir en quelques enjambées, sans se retourner pour vérifier s'ils étaient derrière elle. Alex baissa les yeux vers Charles et lui tendit sa main avec un sourire. Son meilleur ami l'attrapa pour se relever en grimaçant.

— Dépêche-toi, Charlie, soupira-t-elle.

— Elle n'ira pas loin, c'est moi qui ai les clefs, ricana Charles en sortant des clefs de voiture de sa poche.

Alex reconnut immédiatement les clefs de la voiture de Logan.

Elle aurait voulu lui demander comment ces clefs étaient

entrées en sa possession, mais il avait déjà commencé à descendre les escaliers vers le hall.

Ils rattrapèrent Liv qui tapait du pied sur le trottoir, à côté de la voiture de Logan.

En s'approchant, Alex découvrit les deux formes assises à l'arrière.

Logan et Romeo. Visiblement frustrés d'avoir été enfermés dans leur propre voiture. Elle se tourna vers Charles pour le trouver tout sourire, à faire tourner les clefs autour de son index.

— Ils sont dedans depuis quand ? tenta-t-elle.

Charles regarda sa montre, leva les yeux vers la voiture et les rebaissa vers son poignet.

— Je sais pas, avoua-t-il. Une petite demi-heure, peut-être. Ou un peu plus.

Alex lui arracha les clefs des mains avant de se précipiter pour ouvrir aux garçons qui semblaient sur le point de commettre un meurtre, derrière les vitres teintées.

—T'es un homme mort, Charles, annonça Logan, en sortant enfin de la voiture.

— On est tous des hommes morts, Logan, sourit Charles. On attend juste que notre tour arrive.

Romeo sortit à son tour et posa une main sur le bras de Logan avant de faire un clin d'oeil à Alex. Il avait enfilé une chemise sombre : c'était la première fois qu'elle le voyait aussi bien vêtu.

Devant ses mèches brunes, perdues dans ses yeux verts, Alex retrouva Adonis. Assez beau pour attirer l'oeil divin, rendu plus attirant par la brièveté de sa vie. Une fleur qui n'éclot qu'au printemps et qu'on doit regarder dépérir pour en apprécier la beauté.

— Joyeuse Saint Valentin, belle demoiselle, souffla-t-il en s'arrêtant devant elle.

— À vous aussi, mon poète, répondit-elle avant de l'embrasser.

Il était là. Là. Là. Avec elle. Si elle ne profitait pas de lui dès qu'elle le pouvait, Alex le regretterait.

Il la prit dans ses bras. Ses mains posées sur ses hanches. Son parfum s'infiltrait dans ses narines, le même que celui de Logan, légèrement boisé. Ses cheveux sous les doigts d'Alex. Tout était parfait.

Ils étaient ensemble.

— C'est quand vous voulez, Roméo et Juliette, grogna Charles en retirant sa casquette du crâne d'Alex.

— On serait déjà partis si tu nous avais pas laissés une heure dans la voiture, rétorqua Logan.

Personne n'osa le contredire et ils prirent donc la direction du port. Charles, Liv et Alex étaient entassés sur la banquette arrière.

Et Logan commença à chanter. De sa voix grave. Des notes nouvelles. De paroles qu'Alex n'avait jamais entendues.

Il leur présentait sa dernière création. Sans les prévenir. Sans attente ni formalité. Juste la mélodie. Les paroles. Un air qui n'était familier à personne.

Cette fois-ci, ce fut Orphée et Eurydice. Chanté par Orphée. Un garçon qui venait de perdre l'amour de sa vie. Sa peine. Sa douleur. Son ambition d'aller la chercher jusque dans les Enfers. Les souvenirs de leurs moments heureux. Sa descente chez Hadès et Perséphone. L'espoir de la retrouver, enfin. Le doute qui le pousse à se retourner. Se retourner la voir disparaître.

La voix de Logan finit par baisser jusqu'à n'être qu'un doux murmure. Alex avait les larmes aux yeux. Et Romeo pleurait. Silencieusement. Elle ne voyait que ses épaules, secouées de sanglots.

— Elle est très bien, celle-là, Logan, assura Charles. Vraiment très bien.

— Je veux l'entendre en concert, un jour, avoua Liv.

Logan sourit.

— Elle sera pour toi, Livie.

Plus personne ne prononça le moindre mot. Logan fredonnait seulement l'air qui, peu à peu, s'imprimait dans leurs mémoires.

Quand ils arrivèrent sur le port, Charles trouva immédiatement Will qui les attendait, face à la mer. Il portait son pull préféré, d'une laine crème qui se détachait sur les teintes foncées de l'océan.

— Il est pas tout seul, remarqua Liv.

Toutes les têtes se tournèrent dans la même direction.

— Une rousse. Avec une jupe. Des tatouages, commenta Charles.

— Dis-moi pas que c'est la serveuse, murmura Logan.

Alex aurait voulu lui répondre, mais elle était trop surprise par la vision de Will qui passait un bras autour de la taille de la fille en question pour prononcer le moindre mot.

— C'est la serveuse, annonça Romeo.

Ils étaient tous figés dans leurs sièges. Sans savoir comment ils devraient se comporter avec elle. Comment réagir à la toute nouvelle relation qui se présentait sous leurs yeux. À essayer de comprendre pourquoi Will avait tenu à la garder secrète.

— Faudrait y aller, à un moment, remarqua Alex.

Charles prit une profonde inspiration avant d'ouvrir la

portière arrière et de se hisser à l'extérieur. Il se posta contre le coffre et attendit que tout le monde soit sorti pour qu'ils se dirigent ensemble vers Will et cette inconnue.

— Willie, petit cachottier ! ricana Charles en arrivant à leur hauteur.

Will resserra sa prise sur la fille qui l'accompagnait avant de lever la tête vers Charles. Un sourire passa sur ses lèvres et il déposa un baiser sur une masse de cheveux roux.

— Les amis, je vous présente Kiara, annonça-t-il. Kiara, voilà les amis donc je t'ai parlé : Charles, Olivia et Logan, Alexandra et Romeo.

Kiara était magnifique. Le genre de fille qui poussait le monde entier à se retourner quand elle marchait dans la rue. Une fille qui ne semblait remplir aucun des critères de la liste de Will et qui, pourtant, était parfaite pour lui.

— Ravie de te rencontrer, tu peux m'appeler Alex, répondit-elle en faisant un pas vers elle, pour la serrer dans ses bras.

Kiara se détacha de Will pour accepter cette étreinte. Elle était à peine plus grande qu'Alex et ses mèches rousses sentaient la noix de coco.

— Et aussi, Charles, elle s'appelle Isabella Kiara *Ashwood*, ricana Will.

Charles se tourna soudainement vers Kiara et l'arracha à Alex pour pouvoir mieux la regarder. Ses yeux étaient, en effet, du bleu signature des Ashwood.

— Tu viens de quel côté de la famille ? Quelle branche ? demanda-t-il, avec l'intonation d'un enquêteur de police.

Kiara lui lança un sourire qui dévoila une série de dents blanches parfaitement alignées.

— La branche de Marc, répondit-elle. Et toi ?

— Celle de Thomas. Donc on est cousins, c'est un truc de

fou, conclut Charles. Wouah. Marc, c'est le petit frère qui a épousé une princesse là ?

— C'est ça.

— Bienvenue dans la famille, alors, sourit Charles en la prenant dans ses bras.

Alex et Romeo regardèrent cet échange bouche bée, sans comprendre comment les Ashwood réussissaient à toujours s'infiltrer dans leurs vies.

# CHAPITRE 55

Les dynamiques de groupe ne cessaient d'évoluer depuis l'arrivée de Kiara.

Will les poussait toujours dans la direction du *Crazy Diner* où elle travaillait plusieurs matins par semaine. Logan et Liv passaient de plus en plus de temps tous les deux, à enchaîner les activités dans les environs de Charleston : ils avaient besoin de renouveler leurs sources d'inspiration dans le calme hivernal. Ils partaient donc s'installer dans les lieux les plus insolites avec leurs carnets, pour passer leurs après-midi à créer.

Et il restait Charles. Charles, dont l'acolyte avait longtemps été Will. Charles, délaissé par ses amis qui tombaient tous amoureux. Alex essayait de l'inviter le plus possible chez Logan et Romeo.

Romeo, qui adorait évidemment Charles, commençait à trouver sa présence étouffante. Plus les semaines défilaient et plus il avait besoin de passer du temps seulement avec Alex.

Charles aurait toute une vie à vivre avec elle. Romeo n'avait plus que quelques mois. Malgré tout, aucun des garçons ne pouvait être mis de côté. C'était grâce à Alex que leur groupe restait soudé, c'était elle qui resserrait les liens dès qu'ils commençaient à s'éparpiller.

— Tu vas à quelle université ? demanda Charles à Kiara tandis qu'ils s'installaient au *Crazy Diner.*

Romeo s'assit du côté de la table qu'il partageait avec Alex et Charles. Face à eux, Liv, Logan, Will et Kiara étaient serrés sur leur banquette, mais aucun d'eux ne s'en était encore plaint. Ils étaient confortablement installés ainsi : collés les uns aux autres, avec Liv pressée contre le torse de Logan et Kiara presque assise sur les genoux de Will.

— J'attends encore mes réponses, mais je vise NYU ou UCLA, répondit-elle, en tressant distraitement ses cheveux.

Romeo fut presque rassuré de savoir qu'il ne serait pas le seul à souffrir d'un cœur brisé à la fin de l'année. Il y aurait aussi Will et Kiara.

Et Alex, bien sûr. La simple idée de lui faire du mal paraissait impensable. Pas quand elle était Alexandra et qu'elle méritait beaucoup plus qu'un amour éphémère.

— Mais t'es pas déjà à l'université ? s'étonna Charles, qui avait visiblement décidé de faire la conversation, ce jour-là.

Kiara fronça les sourcils et un sourire moqueur étira les lèvres de Will.

— Non, je suis en dernière année de lycée, expliqua-t-elle.

Romeo compara Kiara aux autres Ashwood, en espérant trouver des points communs dans leurs physiques. Il n'en vit qu'un seul : ses yeux d'un bleu qui pouvait couler des navires. Le bleu qu'il avait déjà retrouvé chez Charles et qui s'était caché dans les iris de June.

— Je pensais pas que Will serait un pédophile, marmonna Charles en levant la tête, à la recherche d'une serveuse.

Alex lui mit un coup de coude qui le fit grimacer.

— Ne sois pas jaloux, Charlie, ricana Will. Je suis sûr que

Kiara a beaucoup d'amis qui seraient ravis de venir te tenir compagnie.

Charles lui jeta un regard noir dans lequel, pendant une fraction de seconde, Romeo put lire la douleur qui lui dévorait l'âme. Une douleur qui le surprit, parce que c'était Charles. Charles, avec son sourire permanent, ses yeux plissés, son nez froncé. Charles, qui ne semblait jamais rien prendre au sérieux. Charles, qui ressentait des sentiments que Romeo ne connaissait que trop bien.

— Je suis pas désespéré à ce point, Willie, déclara Charles. Et je préfère les Anglais aux Américains, de toute façon.

— Leur accent est très sexy, approuva Liv.

Logan lui ébouriffa les cheveux avant de se tourner vers Romeo, avec un regard inquiet. Parce qu'il savait. Tout, tout le temps. Comme s'il pouvait lire dans ses pensées, dans ses différentes expressions comme dans un livre ouvert. Romeo hocha imperceptiblement la tête avant de passer un bras autour de la taille d'Alex, pour la serrer contre lui.

Elle était là. C'était tout ce qui importait.

— Mais ils sont moins beaux que nous, quand même, tenta Logan.

— Sûrement, soupira Liv.

Une serveuse arriva alors pour prendre leur commande qui était uniquement composée de milkshakes aux parfums variés et de pancakes. Charles lui lança un sourire charmeur avant de demander un supplément bacon pour ses pancakes.

— Mets ça, Charlie, rit Alex en retirant la casquette de sa tête pour la mettre sur celle de Charles. Ça cachera tes cheveux sales.

Il leva les yeux au ciel avant d'enfoncer la casquette encore plus profondément sur son crâne.

— Je crois qu'on a les réponses de *Northwestern University,* Momo, annonça sombrement Logan, son téléphone entre les mains.

Romeo leva brusquement la tête, son cœur battait la chamade dans sa poitrine.

Une grande partie de son avenir serait déterminé dans les prochaines secondes. *Northwestern University* avait l'un des meilleurs programmes de *creative writing* des États-Unis. S'il parvenait à y entrer, il ferait un pas monumental vers son avenir d'auteur.

Ils avaient passé tout l'été à préparer leurs essais, lettres de motivation et porte-folios, pour postuler à l'université de leurs rêves. Ils n'avaient eu qu'à envoyer leurs dossiers, en décembre, et depuis, ils avaient patiemment attendu une réponse.

Les mains tremblantes, Romeo sortit son téléphone de sa poche. Il l'alluma et son fond d'écran apparut : l'une des photos d'Alex et lui, sur la plage, le jour de son anniversaire. Dessus, ils se regardaient en souriant, leurs visages séparés seulement par quelques centimètres.

— Ça va aller, mon Romeo, murmura Alex, dans son oreille.

Romeo ouvrit sa boîte mail pour découvrir un message de *Northwestern University,* installé fièrement en haut de la page.

— En même temps ? proposa Logan.

— En même temps, répéta Romeo.

Et ils ouvrirent donc leurs réponses au même instant.

Les yeux de Romeo balayèrent le mail, à la recherche de la phrase qui expliciterait la réponse de l'université. Il lui fallut d'interminables secondes pour la trouver.

Les doigts d'Alex jouaient doucement avec les cheveux qui

descendaient le long de sa nuque : il les sentait à peine. Une assiette de pancakes fut posée devant lui. Le rire de Charles éclata dans l'air.

Et, enfin, il la vit : *nous avons le plaisir de vous informer que vous avez été admis à* Northwestern University.

Quelques mots qui pouvaient changer le monde.

Une larme silencieuse dévala la joue de Romeo. Suivie d'une seconde. De soulagement. Parce qu'enfin, il allait réaliser son rêve. Il allait devenir auteur. Parce qu'il ne pourrait pas réellement vivre avant que ce soit le cas.

— On va à Chicago ! hurla Logan. On va à Chicago ! On va à Chicago !

Ils allaient à Chicago. Commencer une nouvelle vie. Avec un roman et un album en cours. Des créations qui pourraient faire d'eux des artistes de renom.

# CHAPITRE 56

***Augustus Prep, samedi 13 mars.***

***C'est mon anniversaire, Romeo. En soufflant mes bougies, tout à l'heure, je souhaiterai que tu ne sois pas mon grand amour.***

***Je ne pourrai pas te laisser partir sans avoir espoir de trouver l'amour de ma vie ailleurs qu'en toi.***

Alex relisait les mots qu'elle venait d'écrire. Serait-ce assez ? Avait-elle raison de souhaiter ce genre de chose ? La raison avait-elle sa place dans l'amour ?

— Dépêche-toi, Alex, faut qu'on y aille ! cria Charles, de l'autre côté de la porte.

Ses amis étaient venus la réveiller quelques minutes auparavant, déguisés en sirènes, et la vision des quatre garçons, torse nus dans leurs queues de sirènes rose fuchsia, l'avait faite exploser de rire. Surtout quand Charles et Logan avaient commencé à se dandiner pour présenter une chorégraphie qu'ils avaient préparée.

Ils étaient ensuite tous sortis de la chambre de Romeo. Là où elle avait passé la nuit, avec lui. Il s'était faufilé hors de la pièce pour aller enfiler son déguisement.

La chambre de Romeo, peu à peu, était devenue aussi celle

d'Alex : l'un de ses soutiens-gorge dépassait du placard, l'une de ses éditions de *L'Iliade* reposait sur le bureau, son sac à dos était appuyé contre le mur, sa brosse à dents rangée dans la salle de bain.

— J'arrive ! répondit-elle en s'extirpant des draps.

Alex rangea précautionneusement le journal dans ses affaires avant de récupérer l'horrible robe violette qui trainait sur le sol de la chambre : sa tenue de la journée.

Les jupons trop larges l'empêchèrent presque de passer la porte de la chambre et d'avancer dans le couloir. Comme si ce n'était pas déjà assez, le décolleté dévoilait plus qu'une princesse ne devrait jamais montrer.

Dans le salon, elle eut le plaisir de découvrir que Liv portait, elle aussi, une robe de princesse.

Les ressemblances s'arrêtaient là : la robe de Liv était taillée dans un style plus réaliste, moins enfantin, avec du velours bleu roi qui descendait le long de ses jambes et était serrée autour de ses hanches avec une ceinture dorée. Avec ses boucles brunes tressées et un maquillage subtil, Liv était simplement magnifique. À côté d'elle, Alex ressemblait à une petite fille gâtée.

Kiara était habillée dans le même genre de tenue, avec un haut chignon qui capturait ses mèches rousses et un velours d'un émeraude particulièrement sombre.

Et il y avait les garçons, vêtus de pantalons en cuir et de chemises bouffantes légèrement ouvertes sur leurs torses.

Alex vit Romeo en premier, dans son tissu foncé, avec ses cheveux emmêlés sur son front. Son Prince Charmant qui ressemblait plus à un vilain de contes de fées qu'au héros sur son fier destrier.

— Donc il y a que moi qui ait une tenue ridicule, grimaça-t-elle en s'arrêtant devant ses amis.

— Joyeux anniversaire ! ricana Charles.

Il posa une couronne en plastique sur la tête d'Alex avant d'aller ouvrir la porte d'un geste théâtral.

— Mademoiselle, la salua Romeo avec une révérence.

Alex prit le bras qu'il lui proposait et ils allèrent s'installer ensemble sur la banquette arrière de la voiture, rapidement rejoints par le reste de leur troupe.

Le trajet dura plusieurs heures et, sur la fin, ils transpiraient dans leurs costumes. Alex en profita pour essayer de deviner leur destination, mais personne ne laissa fuiter d'indice.

Ils finirent par arriver devant un château de briques, visiblement une reconstitution des châteaux forts européens. Avec quatre tours liées par de hautes murailles. Des toits de tuiles. Des douves.

Des centaines de personnes, toutes déguisées, se précipitaient vers le pont-levis en riant. Le tintement d'épées s'entrechoquant leur parvenait de l'intérieur.

— Je veux monter à cheval ! annonça-t-elle en sortant laborieusement de la voiture. Et regarder un tournoi. Et manger du sanglier. Et danser.

Romeo leva les yeux au ciel avant de passer un bras autour de sa taille, alors qu'elle commençait à tournoyer dans l'herbe. Il se rapprocha doucement d'elle et déposa un baiser sur le bout de son nez.

— On fera tout ça, Alexandra, murmura-t-il. Tout ce que tu voudras.

Charles passa un bras autour des épaules d'Alex, sans se soucier de la présence de Romeo, sa casquette ayant miraculeusement réapparu au sommet de son crâne.

— Mais avant, on t'a inscrite à une matinée de service à l'auberge, rit-il. Le vrai programme commence cet après-midi !

Alex grimaça en réalisant qu'elle n'échapperait pas à leur stupide tradition. Elle ne pourrait pas profiter de son premier anniversaire avec Romeo. Son dernier. Le seul qu'ils passeraient ensemble.

Ils entrèrent donc dans le château et ses amis l'escortèrent jusqu'à la fameuse auberge où une petite foule était déjà amassée pour prendre son petit-déjeuner. On donna à Alex une robe informe avec un tablier et un morceau de tissu pour attacher ses cheveux avant qu'elle ne commence à prendre les commandes.

Elle se perdit dans un monde qui lui était nouveau. Qui consistait à faire des allers-retours entre les tables, les bras toujours chargés. Kiara avait essayé de lui donner quelques conseils, sur le chemin de la voiture à l'auberge, mais ça n'avait pas suffi à lui apprendre le métier.

Il fallait retenir les commandes des clients. Vérifier qu'ils soient satisfaits, que leurs carafes d'eau soient toujours remplies. Apporter les bons plats aux bonnes tables. Ne rien faire tomber.

Au bout d'une heure, Romeo passa la porte de l'auberge, suivi de près par la reste du groupe. Lorsque leurs regards se croisèrent, il lança un sourire à Alex. Un magnifique sourire.

Avec sa chemise bouffante et son visage de héros, de poète.

— Une table pour sept, s'il vous plaît, demanda-t-il en arrivant à sa hauteur.

Alex leur trouva de la place dans un coin de la salle où ils s'installèrent avec un vieil homme qu'elle ne connaissait pas.

Il portait une armure métallique tout droit sortie du

Moyen-Âge et une gigantesque épée était attachée à sa taille.

Charles avait un bras passé autour des épaules de l'inconnu et il riait avec lui.

— Qui c'est ? chuchota Alex dans l'oreille de Romeo.

— Le roi Arthur, répondit-il avec un haussement d'épaules.

Alex n'eut pas droit à plus d'explications avant de devoir recommencer à slalomer entre les épaisses tables de bois, à prendre des commandes et distribuer des assiettes fumantes.

Le regard de Romeo la suivait partout. Une chaleur qui éveillait tout son corps. Qui la poussait à lever le menton. À se déhancher en passant près de lui. À lui envoyer des baisers quand personne n'y prêtait attention.

Son service se termina peu après midi et Alex put enfin assister à sa première joute médiévale.

Avec Charles qui hurlait pour encourager son chevalier préféré. Avec Romeo qui, un bras passé autour des épaules d'Alex, observait la scène avec grande attention, prêt à la transcrire dans un prochain roman. Avec Liv et Logan qui débattaient du rôle des princesses dans un tournoi. Avec Kiara et Will, appuyés l'un contre l'autre, qui étudiaient les blasons des chevaliers.

Ce moment était parfait. Alex était entourée des personnes qu'elle aimait. Romeo était toujours à ses côtés. Son monde n'avait pas encore changé.

— Tu crois qu'on pourrait rester ici pour toujours ? murmura-t-elle.

Romeo tourna la tête vers Alex et il soupira en découvrant la panique qui se lisait probablement dans ses yeux.

— J'aimerais y croire, Alex, affirma-t-il. Mais j'aimerais aussi qu'on continue à avancer, ensemble, puis chacun de notre côté. Et qu'on n'arrête pas de tomber amoureux de nouvelles choses. Du chant des oiseaux. De l'odeur de Noël. Et d'autres personnes, aussi.

Alex ouvrit la bouche pour répondre avant de la refermer : elle ne trouvait pas les bons mots pour exprimer ses pensées. Il n'y avait que des images dans son esprit. Les souvenirs de leur rencontre. Les piles de livres de la bibliothèque. Le lever de soleil sur Folly Beach.

Des souvenirs mêlés aux moments imaginaires qu'elle avait passé des années à forger : Charles et elle, à Londres, heureux et entourés de nouveaux amis sans visage. Un chocolat chaud fumant, sur le bord d'une fenêtre, au-dessus de la Tamise.

— Profite, Alex ! s'exclama Charles, sans se tourner vers elle. Tu ne verras pas de chevaliers tous les jours !

Et la journée reprit son cours, baignée dans cette douce lumière de joie et de nostalgie. Bercée par ce besoin viscéral de ne rien oublier et de tout garder pour toujours. Balayée par la peur que ces moments se noient dans la masse des souvenirs de l'adolescence.

Le groupe accompagna ensuite Charles qui tenait à féliciter son chevalier favori : le vainqueur du tournoi. Évidemment, ce chevalier était le roi Arthur de l'auberge.

Ils s'installèrent ensuite dans l'herbe, devant le château ,et Alex souffla ses bougies. Charles partit chercher les cadeaux dans la voiture avant de lui tendre une pile d'objets emballés : de nombreux livres, plus ou moins les préférés de chacun, et une magnifique reproduction de casque grec, de la part de Charles. D'après lui, le casque pouvait aussi bien servir de décoration que de défense en cas de danger.

Et Romeo lui offrit une bague. Avec une pierre dont les teintes vertes rappelaient la couleur de ses iris, bien qu'Alex n'osa pas le lui faire remarquer. De petits diamants entouraient la monture dorée. Il lui dit que c'était un soleil entouré d'étoiles. Un diamant pour chaque nom qu'elle avait lu dans le ciel, plusieurs mois auparavant, à Folly Beach, assise à l'arrière du pick-up.

# CHAPITRE 57

*— J'ai pensé aux* Bacchantes, *une pièce de théâtre dont la violence et la sauvagerie me mettaient mal à l'aise, tout comme le sadisme de son dieu assoiffé de sang. Comparée aux autres tragédies, qui étaient dominées par des principes de justice notables peu importe leur sévérité, c'était un triomphe du barbarisme sur la raison : sombre, chaotique, inexplicable.*

Romeo écoutait attentivement Alex qui lui lisait *Le Maître des Illusions* de Donna Tartt. Ils avaient découvert ce livre à la bibliothèque, quelques jours auparavant et depuis, chacun s'en était acheté un exemplaire pour pouvoir le découvrir ensemble. Romeo était fasciné par ce groupe d'étudiants qui marchaient la fine frontière du moral et de l'immoral.

*— Sommes-nous, aujourd'hui même, réellement très différents des Grecs ou des Romains ? Obsédés par le devoir, la piété, la loyauté, le sacrifice ? Toutes ces choses tellement glaçantes pour la sensibilité moderne ?*

La voix d'Alex commençait à trembler, les mots s'imprégnaient dans son esprit. Donna Tartt avait une façon particulière, terriblement juste, d'exprimer les sentiments de ses personnages, de traduire leurs pensées.

Ils étaient allongés sur le lit de Romeo, dans le genre de position qu'ils avaient pris l'habitude d'adopter : Alex avait sa tête posée sur l'estomac de Romeo qui jouait distraitement avec ses cheveux.

Plus rien au monde ne semblait capable de les toucher alors qu'ils se perdaient dans des univers de fiction.

Ce jour-là, Alex avait séché un après-midi de cours, sans prévenir personne. Romeo l'avait retrouvée assise sur le porche de la maison, le visage baigné de larme, écrasé par le poids du futur.

Il l'avait donc guidée jusqu'à sa chambre et lui avait tendu le livre en espérant que ce serait assez pour la distraire, même si ce n'était que pour quelques heures.

— *J'ai regardé les six visages autour de la table. Pour la sensibilité moderne, ils étaient plutôt glaçants. J'imaginais que n'importe quel autre professeur aurait téléphoné au psychologue scolaire cinq minutes après avoir entendu Henry parler d'armer la classe de Grec pour attaquer la ville de Hampden.*

Romeo entendit Charles, Will et Kiara s'installer dans le salon, en dessous d'eux. Logan s'affairait visiblement dans la cuisine en chantant. Et Liv fredonnait. Depuis qu'elle avait été prise à la *School of Art Institute of Chicago,* plus rien ne semblait pouvoir effacer son sourire, elle flottait sur un nuage, entourée de ciel bleu.

Le rire de Charles résonna alors dans la maison, poussant Alex à lever la tête du roman.

La bulle que Romeo avait difficilement formée venait d'éclater.

— On devrait descendre, murmura-t-elle.

Il secoua la tête et déposa un baiser dans ses cheveux. Elle sentait le shampoing qu'il partageait avec Logan, une odeur purement masculine qui le fit sourire.

— Tu vas passer le reste de ta vie avec eux, lâcha Romeo.

Les mots qu'il gardait enfermés dans son cœur remontaient dans sa gorge, prêts à être entendus. Parce que c'était trop pour lui. Trop de silence. De faux-semblants.

— On pourrait rester ensemble, tu sais. Je viendrais vous voir, à Chicago, tenta Alex. Et puis de toute façon, je vais rester amie avec Liv et elle sera tout le temps avec vous.

Entendre l'espoir porté par ces paroles brisa le cœur de Romeo.

— Tu serais prête à passer trois ans, à m'aimer à distance ? À vivre dans l'attente du moment où on se reverra ? On peut pas se faire ça. J'ai besoin que tu sois heureuse. Que t'apprennes à aimer quelqu'un d'autre. Que t'avances, Alex, débita Romeo. Et quand on se reverra, pendant ces trois ans, on sera amis et c'est une chance, de pouvoir rester en bons termes, comme ça.

Ils avaient déjà eu ce genre de conversation et en arrivaient toujours à la même conclusion : ce n'était pas possible.

Romeo savait aussi qu'Alex n'était pas la femme de sa vie, la future mère de ses enfants. Il avait une autre fille à trouver.

— Et si on avait tort, Romeo ? Et si je faisais la plus grosse erreur de ma vie en te quittant ? souffla Alex.

Et si ?

Il ne pouvait rien garantir, n'avait aucune réponse à lui offrir.

— Alors on se retrouvera dans quinze ans, à Folly Beach, et si aucun de nous n'a réussi à tomber amoureux d'ici là, on se mariera. Mais on doit tenter notre chance avec le reste du monde, d'abord.

Alex hocha la tête et tendit son petit doigt vers Romeo.

— Promis ? sanglota-t-elle.

Romeo entremêla son petit doigt au sien et le serra comme

si c'était la dernière fois qu'il la touchait.

— Promis, sourit-il.

Ils scellèrent ainsi une promesse qui pourrait déformer leur avenir. Quinze ans. Des années qui semblaient si lointaines, inaccessibles.

Romeo serait peut-être un auteur reconnu d'ici là. Enfin.

— Charles m'a dit qu'il avait été pris à *UCL*, annonça alors Alex.

Charles, qui méritait de commencer une nouvelle vie sur un autre continent. D'accomplir l'un de ses rêves. De rencontrer quelqu'un, lui aussi. Même s'il le cachait bien, Romeo pouvait désormais reconnaître la douleur qui planait sur son visage quand il était en compagnie de Will et Kiara.

— Et toi ? demanda-t-il.

— Je sais pas encore, j'ai pas regardé.

— Qu'est-ce que t'attends ?

En posant sa question, Romeo réalisa qu'il en connaissait déjà la réponse : Alex était terrifiée. Aussi bien à l'idée de devoir tout quitter pour Londres qu'à celle de rester aux États-Unis. L'incertitude la dévorait à petit feu, elle s'était donc tournée vers lui pour respirer.

— On pourrait s'enfuir, proposa-t-elle. Aller vivre dans une grotte, cueillir des fruits et chasser des alligators.

Alex s'était redressée, elle fixait Romeo de ses yeux sombres, rougis par ses larmes.

Il prit alors le temps de la regarder.

D'observer la courbe de ses lèvres. De mémoriser la couleur de ses yeux, de ses cheveux, la teinte de sa peau. Le sourire qu'il avait vu tant de fois sur son visage. Le t-shirt large qu'elle portait, celui de Romeo. Ses chaussettes éternellement dépareillées.

— L'humidité d'une grotte, ça va tuer nos livres, répondit-il.

Défaite par seulement quelques mots, Alex lui tendit son téléphone, déjà ouvert sur la bonne application.

En quelques cliques, Romeo découvrit qu'elle avait été refusée à *Oxford* et *Cambridge*, mais acceptée à *UCL*. Un soupir de soulagement franchit ses lèvres : tout allait bien se passer.

— Félicitations, Mademoiselle Edwards, vous partez à Londres, l'année prochaine, annonça-t-il.

Un rire s'échappa de la gorge d'Alex.

— Pour de vrai ?

— Pour de vrai.

La joie qui éclaira ses traits était une garantie suffisante du bonheur qui l'attendait, juste au bout de ses doigts. Si Alex osait tendre la main, elle pourrait déjà le saisir.

— On va le dire à Charles ? proposa Romeo.

Elle hocha frénétiquement la tête et, ensemble, ils descendirent jusqu'au salon où une fête avait déjà commencé.

Liv et Kiara étaient sur le canapé, à siroter du vin rouge dans des verres en plastique. Logan, Will et Charles se partageaient une bouteille de champagne qu'ils portaient directement à leurs lèvres.

Quand Charles les vit arriver, il se jeta dans les bras d'Alex, l'aspergeant de champagne.

Romeo rejoignit Logan en quelques enjambées.

Son meilleur ami passa un bras rassurant autour de ses épaules.

— On restera ensemble pour toujours, Momo, déclara-t-il.

— Toujours pas de divorce pour nous, Lolo, sourit Romeo.

Un cri résonna dans la pièce : Charles faisait tournoyer

Alex dans ses bras.

— Si vous étiez dans la même situation que nous, avec Liv, vous feriez quoi ? demanda Romeo.

— J'aurais pas pu le faire. T'as vu ce qu'il s'est passé avec June, grimaça Logan. J'aurais pas pu le revivre. Encore moins avec Liv. Je pourrai jamais la laisser partir. Je sais pas comment tu fais.

June.

Elle avait presque disparu de l'esprit de Romeo, enterrée sous la pile de merveilleux souvenirs qu'ils forgeaient depuis le début de l'année.

La fille qui avait forgé ceux qu'ils étaient devenus. Celle qui leur avait fait croire que l'amour était forcément accompagné de douleur. Qui avait fait briller la flamme de leur passion avant de l'étouffer.

Elle n'était qu'une figure lointaine. Un fantôme qui ne pouvait plus les atteindre. Qui appartenait à une autre réalité.

# PARTIE III

*"All love is a tragedy."*
*Oscar Wilde*

*"Tout amour est une tragédie."*
*Oscar*

# CHAPITRE 58

*Augustus Prep, mardi 15 mars.*

*Romeo, j'ai été acceptée à UCL aujourd'hui. Tu le sais. C'est toi qui m'as appris la nouvelle. Au début, je ne voulais pas voir la réponse.*

*J'aimais bien le fait que mon futur ne soit pas encore gravé dans la pierre, qu'il y ait toujours une alternative. Un monde imaginaire où nous aurions pu rester ensemble, toute notre vie.*

*À vivre et revivre les mêmes instants de bonheur, sans nous soucier de rien.*

*Je n'ai plus le luxe de pouvoir rêver de nous, mon Romeo. Je sais où je pars, dans quelques mois.*

*À Londres. Pour une nouvelle vie. À portée de main. Prête à être saisie. Je ne suis pas sûre d'avoir le courage de le faire.*

*Charles aussi a été pris. Nous déménageons tous les deux en Angleterre, comme nous l'avions rêvé. Il a déjà commencé à nous chercher un appartement, à côté du campus. Je ne peux que partager son excitation, comment rester insensible à tant de nouveautés ?*

*Nous avons fait la fête, hier soir, chez toi. Avec deux bouteilles de champagne, du vin et les bonbons de Logan. Comme souvent, nous avons fini blottis les uns contre les autres dans le canapé, à espérer que rien ne change.*

*Augustus Prep, mercredi 16 mars.*

*J'ai envie d'écrire comme tu le fais, Romeo.*

*J'ai envie de raconter une histoire. De créer des personnages. Je ne sais pas encore comment, mais je pense toujours au conseil de ta mère, à ce moment passé à* Central Park. *Je pourrais écrire pour le grand écran. Me concentrer sur les dialogues plus que sur les descriptions.*

*Je pourrais. Il faudrait juste que je me lance. Que je tente ma chance. Personne ne le fera à ma place.*

*Augustus Prep, jeudi 17 mars.*

*Vous êtes venus nous chercher à* Augustus Prep, *Logan et toi. Vous nous attendiez dans le jardin, assis sur un banc, à discuter tranquillement. Vous étiez tellement mignons, tous les deux. Logan avait un bocal sur ses genoux, les trois poissons rouges qu'il vous reste nageaient à l'intérieur.*

*Nous sommes tous allés au* Crazy Diner, *parce que Logan n'avait pas envie de cuisiner ce soir.*

*Et Liv a mentionné le fait que son rêve serait d'être exposée dans une galerie, aux côtés de grands artistes. Et Charles a hurlé qu'il voulait devenir une star. Et Will a haussé les épaules avant de murmurer qu'il ne pourrait jamais vivre de sa musique. Et Logan promis de le prendre comme musicien, s'il arrivait à signer un contrat avec une maison de disques.*

*Tous ces rêves, Romeo. Toutes ces promesses. Tu n'as pas prononcé le moindre mot. Parce que nous connaissons tous ton rêve. Il n'a pas changé.*

*Et pourtant, en les écoutant parler du futur avec tellement d'assurance, j'ai réalisé que notre petit monde s'effondrait.*

*Augustus Prep, vendredi 18 mars.*

*Ce soir, nous sommes partis à la plage.*

*Avec des couvertures, des livres et plusieurs thermos de thé. Et nous nous sommes installés les uns sur les autres dans le sable.*

*Logan a attrapé sa guitare et il s'est mis à chanter pendant que nous lisions, bercés par sa voix et le roulement infini des vagues. Noyés dans les teintes rougeoyantes du soleil couchant.*

*Il a joué toutes les chansons de son album. Toutes. Pendant plusieurs heures, il n'a pas arrêté. J'étais plongée dans* Le Maître des Illusions. *Tu lisais par-dessus mon épaule, Romeo, et tu chuchotais tes commentaires dans mon oreille.*

*Quand le soleil a complètement disparu derrière l'horizon, nous avons fermé nos livres et Charles nous a raconté des histoires d'horreur. Nous avons fini par le faire taire en lui envoyant nos couvertures au visage et nous nous sommes allongés pour regarder les étoiles.*

*Charles connaît désormais presque toutes les constellations. Je ne sais pas quand il a eu le temps d'apprendre ça, mais il nous a tout expliqué.*

*Dès que nous sommes rentrés, j'ai commencé à pleurer, Romeo. Parce que tout va bientôt changer et je ne suis pas prête. Je ne suis pas prête, alors que je me prépare à ce départ depuis septembre.*

*Augustus Prep, samedi 19 mars.*

*Nous avons fini* Le Maîtres des Illusions.

*Nous avons passé une semaine à lire ce roman. Et ça a été une belle expérience, d'échanger nos avis et commentaires au fil de la lecture. De rêver, côte à côte.*

*On a adoré ce livre, tous les deux. Toi peut-être même plus que moi. Et, à chaque fois que je verrai cette couverture sombre, je ne pourrai m'empêcher de penser à toi.*

*Nous nous sommes reconnus dans ces personnages, Romeo. Dans leur groupes d'amis, dans la façon dont ils étaient perdus dans leur propre monde, dans leur manière de romantiser leur quotidien.*

*Après avoir tourné la dernière page, tu es immédiatement descendu voir Logan, qui écrivait dans le salon, pour le forcer à lire le livre. Le rire de Liv est remonté dans la cage d'escalier. Et Logan a commencé sa lecture, sans hésiter. Ça, c'est l'influence que tu as sur lui.*

*Augustus Prep, dimanche 20 mars.*

*Je me demande parfois à quoi tu ressembleras dans quinze ans, Romeo. Quand nous nous retrouverons à Folly Beach.*

*Nous nous verrons avant, bien sûr, tant que Liv et Logan resteront ensemble, tant que vous aimerez la compagnie de Charles. Mais ça sera différent, tu ne seras plus* mon *Romeo.*

*J'ai tellement hâte de découvrir quel genre de Romeo tu seras devenu.*

*Augustus Prep, lundi 21 mars.*

*Aujourd'hui, notre professeur nous a demandé d'écrire un essai sur ce qui nous rend heureux, Romeo. Tu aurais adoré.*

*Je n'ai eu aucun mal à déposer mes idées sur la page. Si je te le résume, il y avait trois paragraphes :*

1. *être entourée des personnes que j'aime (j'ai beaucoup*

*développé sur nos amitiés et notre relation, Romeo)*
2. *me perdre dans le monde de la mythologie grecque, en particulier celui de la guerre de Troie (là, bien sûr, il fallait que je parle d'Achille, mon Achille)*
3. *la plage, la mer, le soleil, le sable, le surf (là, c'est Folly Beach)*

*Augustus Prep, mardi 29 mars.*

*Je suis de retour, mon Romeo. J'aurais aimé recommencer à t'écrire plus tôt.*

*Comme toi, j'ai décidé de taper mes pensées sur un clavier. Parce que je vais te rendre ton journal, ce sont tes pensées qui y ont été gardées avant les miennes.*

*Je recopie donc tout dans un document numérique. Tes entrées de journal, comme les miennes, pour n'en perdre aucune.*

*Sinon, cette semaine, il ne s'est passé que quelques petites choses que je vais te raconter.*

*Vendredi soir, Liv a été prise de la folle envie d'accrocher ses tableaux chez vous. Dans le salon, par exemple, c'est nous à Folly Beach.*

*Charles est venu sonner chez vous, samedi matin, avec un bocal dans les mains. Un bocal dans lequel nageait un poisson jaune. Parce qu'il se sentait responsable de Charlie (que vous avez mangé), alors il vous en a acheté un nouveau. J'espère que Logan ne voudra pas aussi faire griller celui-ci. Vous avez maintenant quatre beaux poissons, je ne crois même pas que Charles ait remarqué qu'il vous en restait si peu.*

*Dimanche après-midi, Kiara nous a fait découvrir son*

*blog où elle poste une photo par jour. Nous savions qu'elle adore la photographie, mais je ne la pensais pas aussi passionnée par le sujet. Et ses photos sont vraiment magnifiques, elles ont le même genre de charme que les tableaux de Liv.*

*Et Will s'est mis à la cuisine. Pour l'instant, c'est un désastre, mais je suis sûr qu'il y arrivera mieux, d'ici quelques mois.*

*Dans quelques jours, c'est l'anniversaire de Logan. Un événement qui te prend beaucoup de temps, mon Romeo. Parce que tu t'es mis en tête de l'organiser.*

*J'ai hâte de voir ça.*

*Augustus Prep, mercredi 30 mars.*

*Quand Liv et moi sommes arrivées chez vous, ce matin, vous étiez torse nu avec Logan. Votre cuisine était trempée. Vous faisiez la vaisselle, mais aucun de vos plats n'était propre. Et vous étiez tout mouillés.*

*J'ai pu observer le tatouage qui pousse entre tes omoplates : un bouquet de lilas et d'aubépines.*

*Tu m'as expliqué que c'était les fleurs mentionnées dans le premier paragraphe du* Portrait de Dorian Gray, *qu'on pouvait sentir leur parfum quand Dorian posait pour son portrait. Malgré tout, je préfère les mots "live" et "exist" juste au-dessus de tes coudes, chacun sur un bras, une autre référence à Oscar Wilde :* "To live is the rarest thing in the world. Most people exist, that is all. ". *J'aime beaucoup cette citation, c'est tellement toi. Juste toi. Et ton amour pour Oscar.*

*En te voyant ainsi, je suis retombée amoureuse de toi. De ton côté enfantin qui ne ressort réellement qu'avec Logan : il était l'unique gardien de cette partie de ton âme.*

*Tu n'es pas seulement mon Romeo, tu es aussi le sien.*

*Dès que tu m'as vue, tu n'as pas hésité avant de m'arroser. Pour t'aider, Logan nous a aspergées de liquide vaisselle. Nos rires résonnent encore dans mes oreilles.*

*Augustus Prep, jeudi 31 mars.*

*En classe, un de nos profs a sorti les lettres que nous avions écrites à nos auteurs préférés, en début d'année. Il a dit que nous ne nous reconnaitrions sûrement pas, que nous avions beaucoup grandi ces derniers mois.*

*Et j'ai failli lâcher prise, en relisant les mots que j'avais écrits, Romeo. J'y avais exprimé mon amour pour la mythologie, pour Achille. Ma fascination pour la guerre de Troie et ses héros. Le fait que je pleure plus la douleur d'Achille que la mort de Patrocle.*

*Ce n'est plus moi. Ou plutôt, c'est toujours une partie de qui je suis, mais ça ne me définit plus. À cause de toi. Tu m'as changée, Romeo. Je ne sais pas comment, mais tu m'as changée.*

*J'aime toujours Achille. Je pleure toujours en lisant* L'Iliade.

*Désormais, quand je désire me réfugier quelque part, ce n'est plus à Achille que je pense, c'est à toi.*

*Augustus Prep, vendredi 1er avril.*

*Nous avons fêté l'anniversaire de Logan. Comme tu l'avais prévu. Avec des surprises et rebondissements. Il a dû venir en cours avec nous, puis partir pêcher avec Will et Charles, pour que nous ayons du poisson au déjeuner.*

*Heureusement pour lui, sa journée s'est terminée en cours de peinture avec Liv. Dans un atelier qui organise des activités manuelles pour couples. Ils en sont sortis couverts de peinture, avec une toile chacun. Ils étaient tellement heureux et amoureux, mon Romeo. Ils méritent vraiment ce bonheur, tous les deux.*

*Après avoir dégusté les restes de poisson, tu as annoncé que tu devais prendre l'air, Romeo. Dès que tu t'es levé du canapé où nous étions tous installés, j'ai compris que quelque chose n'allait pas. Le temps que je réalise que tu avais besoin de moi, tu étais déjà sorti de la maison.*

*Je t'ai retrouvé assis sur le trottoir, les pieds sur la route et le regard perdu dans les étoiles. Tu m'as rappelé ton garçon ange, celui qui pleure des larmes de sang et qui se tient dans une rue enneigée.*

*Tu n'as pas bougé, ni quand je me suis assise à côté de toi, ni quand je t'ai pris dans mes bras.*

*— C'est trop, Alexandra, tu as murmuré.*

*Alexandra. Tu es l'un des rares à prononcer mon prénom entièrement. En détachant chaque syllabe.*

*— C'est trop, tu as répété.*

*Et tu as commencé à pleurer. De gros sanglots remontaient dans ta gorge. Tes larmes débordaient sur la capuche de mon pull. Des larmes qui exprimaient une douleur enfermée depuis bien trop longtemps. Une douleur qui ne demandait qu'à s'échapper.*

*Je n'ai pas su quoi te dire, Romeo.*

*Je sais simplement qu'on ne peut pas se laisser aller. On doit profiter, tant que ça dure. Parce que nous serons bientôt à Chicago et à Londres. Nous réaliserons alors complètement l'étendue de ce que notre départ implique.*

*Charles n'a pas tardé à nous rejoindre, suivi de près par Logan. Et Liv, Will et Kiara. Personne n'a prononcé le*

***moindre mot. Ils se sont juste installés contre nous.***

***Nous sommes restés ainsi pendant ce qui sembla durer une petite éternité. Quand nous nous sommes tous relevés, tu étais un peu moins seul.***

# CHAPITRE 59

Alex, Charles, Will et Liv avaient suivi leur dernier cours à *Augustus Prep* quelques jours plus tôt. Depuis, ils erraient dans la maison de Logan et Romeo où ils avaient trouvé refuge, après la fermeture du campus.

Leurs vies étaient soigneusement emballées dans les cartons entassés dans un coin de la cuisine.

Charles et Will dormaient dans le salon, sur des matelas. La cage de Basil était installée à côté de l'aquarium. Alex avait emménagé dans la chambre de Romeo pour les quatre semaines qui leur restaient. Quatre semaines seulement avant qu'Alex et Charles ne prennent un avion pour la Californie où ils passeraient leurs vacances. À Malibu.

— T'as pris tout ce qu'il te fallait ? demanda Logan en passant sa tête dans l'entrebâillement de la porte de la chambre.

Romeo leva les yeux de sa valise pour regarder son meilleur ami. Il avait bonne mine.

— Il me reste combien de temps ? répondit-il.

Logan fixe sa montre pendant de longues secondes avant de lui lancer un sourire.

— Liv veut qu'on parte maintenant, mais je peux te laisser

six minutes de plus, annonça-t-il.

Alex avait déjà descendu ses affaires, visiblement fière d'être la première prête. Le reste du groupe attendait Romeo pour partir faire leur dernier voyage tous ensemble : un *road trip* jusqu'à Portland, dans le Maine, avec des visites des villes de la côte.

Il leur avait fallu trois semaines pour organiser ce voyage. De nombreuses soirées et beaucoup de bouteilles de vodka. Charles avait décidé que l'alcool l'aidait à réfléchir et personne n'avait encore prouvé que cette théorie puisse être fausse.

— Bonne chance Momo, sourit Logan avant de disparaître dans le couloir.

Romeo termina tranquillement de remplir sa valise, perdu dans la scène qu'il allait écrire dans la voiture : la mort de Hyacinthe.

En commençant son roman, il avait déjà eu une grande majorité de l'histoire en tête, même cette fin, il ne savait juste pas comment la transférer sur ses pages.

Il voyait Hyacinthe, allongé dans un parc, son corps entouré de fleurs. Et Apollon, ses mèches dorées couronnées de soleil, les larmes qui dévalaient la pente de ses joues.

Il entendait aussi le chant des oiseaux, qui ne s'arrêtait jamais, peu importe les tragédies qui se déroulaient en dessous d'eux. Il sentait l'odeur métallique et douce qui flottait dans l'air : celle du sang de Hyacinthe mêlé au parfum d'Apollon.

Romeo était incapable de poser des mots sur ces émotions.

Une fois sa valise terminée, il descendit toutes ses affaires dans le salon pour le trouver désert.

Ses amis l'attendaient dans les deux voitures garées devant

la maison. Logan et Will étaient déjà installés derrière leurs volants respectifs avec Liv et Kiara sur les sièges passagers.

Charles et Alex étaient assis sur le capot du pick-up, ils se partageaient un sachet de bonbons.

Romeo fit une pause de quelques secondes sur le porche de la maison, pour arrêter le temps. Pour pouvoir profiter encore un peu de cette vision, celle de tous ses amis, ensemble.

Alex, avec ses cheveux bruns secoués par le vent et sa démarche presque dansante. Avec son short sous un t-shirt qui ne lui appartenait pas. Son rire qui brisait le calme de la rue.

Celle qui lui avait appris à aimer. Son premier amour. Pour toujours.

— Faut partir là, Romeo ! hurla Liv, par la fenêtre de la voiture.

Alex et Charles sursautèrent et se retournèrent pour découvrir Romeo. Il fut accueilli par un des regards heureux de Charles : celui où son nez et ses yeux étaient plissés, le même que celui de June.

— T'as caché quoi dans ta valise ? lui demanda-t-il.

— Trois poissons rouges et Basil, répondit distraitement Romeo.

Toute son attention était posée sur Alex. Alexandra. Sur la manière dont elle se laissa tomber du capot et courut presque dans ses bras.

Romeo la serra contre lui, inspirant son odeur à pleines narines. Son parfum. Le shampoing qu'elle lui avait emprunté. Et elle, tout simplement.

— Tu vas y arriver, mon Romeo, murmura-t-elle.

Parce qu'Alexandra savait qu'il était bloqué. Qu'il n'arrivait pas à aborder la suite de son histoire. D'une façon ou d'une autre, elle comprenait exactement les pensées qui passaient dans sa tête.

— On part sans vous ! annonça Liv alors que Logan lançait le moteur. Vous nous retrouverez à Portland !

Charles était installé sur la banquette arrière, derrière Liv, et le pick-up avait déjà démarré.

Romeo et Alex avancèrent tranquillement jusqu'à la voiture et ils se glissèrent à l'intérieur, à côté de Charles.

Une odeur de parfum féminin flottait dans la voiture. Liv.

— T'as ton ordi, Momo ? demanda Logan.

— Oui, répondit Romeo en l'installant sur ses genoux.

— Ton carnet et des crayons ? ajouta Alex.

— Dans mon sac.

— On est bon, alors, déclara Logan.

Et ils partirent. Partirent vers leurs dernières vacances. Tout droit vers la fin de leurs aventures.

# CHAPITRE 60

*Richmond, vendredi 20 mai.*

*Nous sommes partis, mon Romeo. Partis pour notre dernier voyage. Nous avons passé six heures dans la voiture, avec Logan et Liv. Tu écrivais, ton ordinateur posé sur tes genoux et tes doigts frappaient les touches du clavier, sans relâche. De temps en temps, tu m'autorisais à lire, par-dessus ton épaule, tes derniers paragraphes.*

*C'était magnifique, mon Romeo. Vraiment. Pour avoir suivi l'évolution de tes écrits, je peux t'assurer que tu y arrives.*

*Ta destination n'a jamais été aussi proche. Réellement. Je suis terriblement fière de toi.*

*Et Logan chantait. Il nous a fait écouter ses dernières créations. Celles qu'il n'avait que fredonnées ces dernières semaines. Narcisse et Écho. Adonis et Aphrodite. Hadès et Perséphone. Il travaille sur ses derniers mythes pour terminer son album.*

*Nous avons fait une pause pour dévorer des burgers, assis sur le toit de la voiture et à l'arrière du pick-up. Et nous sommes repartis. Nous avons roulé et roulé et roulé, le long de la côte Est.*

*Nous sommes désormais entassés dans une chambre d'hôtel à Richmond, en Virginie. Ici, il n'y a que deux lits doubles que nous avons collés pour pouvoir y dormir à cinq. Logan et Charles sont par terre, sur des coussins, mais ils ne sont pas malheureux : ils sourient comme des abrutis, adossés au mur.*

*Toi, Romeo, tu es penché sur ton ordinateur, à côté de moi, tu finis ton chapitre. Et moi, j'écris ces mots sur une feuille, avant de pouvoir les recopier dans notre journal.*

*Il nous reste moins d'un mois à passer ensemble, Romeo, mais j'ai décidé de faire semblant, pour ce voyage. Faire semblant qu'il nous reste tout le temps du monde.*

*Ocean City, samedi 21 mai.*

*Nous sommes partis tôt ce matin pour pouvoir déjeuner sur la plage. À Ocean City.*

*Si ce n'était pour la fête foraine installée sur la jetée, je crois que nous aurions détesté cette ville. C'est Charles qui a sauvé le coup, en nous forçant à monter dans la grande roue pour un tour dans le ciel orangé (une balade aux frais de Will). C'était beau et nous nous jetions des bouts de barbapapa, depuis nos nacelles respectives.*

*Nous avons ensuite mangé un gâteau de friture, sur la plage. Littéralement que de la friture. Si tu avais vu ton visage, lorsque Logan a annoncé que ça serait notre dîner. Une véritable grimace de dégoût comme je n'en ai pas vu beaucoup.*

*Et, après cet étrange repas, nous nous sommes retrouvés à jouer au volley dans le sable. Parce que j'avais trouvé un ballon sur le bord d'un terrain désert. Aucun de nous ne sait faire de service. Ou réceptionner une balle.*

*Nous avons beaucoup ri, ce soir. Jusqu'à ce que l'air reste coincé dans nos poumons. Et que des larmes perlent à nos yeux. Jusqu'à ce que le monde ne devienne qu'une étendue floue.*

*Je me suis tournée vers toi, mon Romeo. Tes joues étaient roses. Tes dents brillaient dans l'obscurité. Et ton rire était le seul son qui parvenait à mes oreilles.*

*J'aurais aimé pouvoir le garder pour toujours, ton rire.*

*Ocean City, dimanche 22 mai.*

*Ce matin, Charles voulait petit-déjeuner dans un* diner. *Il avait envie d'œufs, de bacon et de pancakes. Un petit morceau de chez nous.*

*Je ne pourrai plus jamais manger ce genre de petit déjeuner sans repenser à nous sept, sans avoir le goût de Charleston dans la bouche.*

*Nous avons passé le reste de la journée à traîner sur la plage. À se pousser dans les vagues froides. Jusqu'à ce que Liv s'endorme sur sa serviette et que Logan la jette dans les vagues, sans même attendre qu'elle ne se réveille. Charles et Will ont ensuite tenté de la noyer et Logan est venu la sauver.*

*Tu m'as proposé une balade au bord de l'eau, Romeo. Juste toi et moi. Main dans la main. Les chevilles dans l'écume. Tu retenais tes larmes, je les voyais s'accumuler dans tes yeux. Au bout de quelques minutes, une lueur s'est allumée dans ton regard et un sourire est revenu sur ton visage.*

*— C'est la plage, pour nous, pas vrai ? tu as murmuré.*

*— C'est la plage, c'est la mer, c'est tout ce que tu veux, ai-je répondu.*

*La plage, Romeo. Le soleil. La mer. Les vagues. Le sable.*

*Le surf.*

*C'est nous. Nous. Toi et moi. Alex et Romeo.*

***Washington, lundi 23 mai.***

***Ce matin, nous sommes arrivés à Washington DC. Une ville que vous étiez les seuls à avoir déjà visitée, avec Logan.***

***Nous avons marché entre le* Lincoln Memorial *et le* Washington Monument. *Tu m'as fait tournoyer sous les cerisiers en fleur, Romeo. J'ai trouvé des pétales roses dans mes cheveux en prenant ma douche, tout à l'heure.***

***Kiara nous a déniché un restaurant sur le bord du Potomac, une terrasse sur l'eau.***

***Nous avons ensuite visité* Georgetown University. *C'est exactement le genre d'université dans laquelle je me serai vue étudier. Nous avons échangé ce regard avec Charles, en découvrant les bâtiments de briques rouges. Si nous avions su, nous aurions aussi postulé ici aussi.***

***Ce soir, vous avez décidé de passer une soirée entre garçons. Je suis donc sortie avec Liv et Kiara : nous avons bu une bouteille de vin sur le toit de l'hôtel. Une bouteille que Kiara a achetée avec sa fausse carte d'identité. Nous avons bu et bu et bu. Parlé, aussi. Ri, beaucoup. Jusqu'à ce que Kiara trouve une paire de ciseaux et qu'elle insiste pour couper mes pointes rouges. Je l'ai laissée faire.***

***Quand tu m'as vue, Romeo, j'ai cru que ta mâchoire allait se décrocher. Mon carré long a été remplacé par des mèches brunes qui descendent à des longueurs variées autour de mes épaules, je m'y habitue. Très lentement. Tu as promis que ça me donnait un air farouche.***

*Farouche. Le genre de fille maîtresse de ses passions. Qui n'est pas touchée par le regard des autres. Qui avance droit devant elle, sans jamais se retourner. Le genre de fille que je me suis toujours efforcée d'être.*

*Avec toi, je n'y parviens plus.*

*Je me retourne encore et encore, pour m'assurer que tu sois bien derrière moi. Un jour, quand je me retournerai, tu ne seras plus là.*

*Philadelphie, mardi 24 mai.*

*Arrivée à Philadelphie, ce matin. Nous nous rapprochons peu à peu de New York, je peux le lire dans tes yeux, dans ceux de Logan aussi. Vous vous éteignez. Comme si vos souvenirs s'éveillaient pour prendre possession des personnes que vous êtes devenues.*

*Charles a insisté pour que nous goûtions les fameux* cheese steak *philadelphiens (qui sont réellement des sandwichs au steak et au fromage, rien d'incroyable). Nous étions ballonnés pendant notre balade dans le centre-ville, cet après-midi, surtout Logan qui avait fini celui de Liv.*

*Tu poussais Kiara et Will à prendre le plus de photos possible, Romeo. Et tu m'embrassais dès que tu en avais l'occasion. Comme si mes doigts contre les tiens ne suffisaient plus.*

*Ma simple présence ne parvient plus à combler la fosse qui se creuse lentement dans ton cœur.*

*New York, mercredi 25 mai.*

*Nous ne restons pas assez longtemps dans les villes que nous visitons. Il y a tellement à voir. À découvrir. Partout. J'ai l'impression que notre voyage est mon adieu aux États-*

*Unis. Mon dernier regard sur le pays qui m'a vu grandir. Devenir qui je suis.*

*Nous sommes arrivés chez les Crimson en fin de matinée. Tu m'avais dit qu'ils étaient partis au Mexique pour des vacances bien méritées, mais nous nous sommes tout de même arrêtées, avec Liv, devant la porte d'entrée. Parce que c'est aussi ici que nous avons appris à nous aimer, Romeo. Et c'est grâce à ta mère que j'ai recommencé à écrire.*

*Aujourd'hui nous devions passer une journée calme, avant de monter à Boston demain, mais Kiara et Liv voulaient absolument aller au MET pour voir une liste d'œuvres très spécifique.*

*Nous nous sommes donc retrouvés à déambuler dans les galeries. Juste tous les deux, mon Romeo. En silence, main dans la main. Jusqu'à ce que nous arrivions devant une certaine œuvre : un fromage sur lequel l'artiste avait implanté des cheveux humains. Nous avons ri si fort, Romeo. Tout en essayant d'être les plus discrets possible. Les vagues de gloussements qui explosaient de nos lèvres valaient toutes les visites de musées du monde entier.*

*Cette journée s'est terminée dans l'herbe de* Central Park*, allongés les uns sur les autres. Ma tête contre ton épaule, celle de Liv sur mon ventre, celle de Logan sur les genoux de Liv, dans une chaîne enroulée autour de Charles qui avait ses pieds sous le dos de Kiara.*

*Et Liv a commencé à raconter le rêve qu'elle avait fait cette nuit, ce qui nous a poussés à tous décrire nos propres rêves. Jusqu'à ce que nos paroles se perdent dans la nuit. Tu as avoué que, dans ton rêve, mon Romeo, tu trouvais les journaux intimes d'une fille, que tu tombais amoureux d'elle, que tu la cherchais à travers le monde pour ne jamais la trouver.*

*Je me demande ce qui se serait passé si nos rôles avaient été inversés, dans notre histoire.*

*Je ne t'aurais probablement jamais pardonné d'avoir lu mes journaux. Je ne serais jamais tombée amoureuse de toi. Quelle triste fin.*

*Boston, jeudi 26 mai.*

*Après une pause à New Haven (pour Will qui voulait absolument voir le campus de* Yale, *avant d'y emménager en septembre) nous sommes finalement arrivés à Boston.*

*On sent que le voyage touche à sa fin. Nous sourions moins. Rions rarement. Il n'y a plus de volley sur la plage. Ou de bouteille de vin sur les toits de Washington.*

*Charles tente régulièrement de remonter le moral général, mais ses efforts ne sont que peu récompensés. Alors, j'essaye de l'aider. Parce que si ce n'est pas moi, qui le fera ?*

*Tes grimaces ne m'échappent pas, Romeo, à chaque fois que je m'écarte de toi. Et ton soupir de soulagement, dès que tu me vois, ne passe pas inaperçu non plus.*

*Ce soir, dans la chambre d'hôtel, personne ne lance de jeu ou ne propose de sortie. Nous sommes simplement allongés sur nos lits, plongés dans nos mondes respectifs. Même nous, mon Romeo.*

*Tu écris, ta tête sur mes genoux, tandis que je griffonne sur ma feuille posée dans tes cheveux.*

*Portland, vendredi 27 mai.*

*Dès notre arrivée à Portland, nous sommes allés à la plage. Parce qu'au fond, c'était ce qui nous manquait le plus, à tous : la proximité avec la mer. Et nous nous sommes baignés dans l'eau glacée du Maine. Une eau dont la température gèle les doigts de pied.*

*Je ne me suis jamais sentie aussi vivante qu'ici. Dans les vagues froides. Entourées des gens que j'aime. À profiter du calme de l'océan. À écouter le roulement infini des vagues. À ramasser de petits coquillages. À me faire pincer les orteils par des crabes.*

*Nous avons tous fini par sortir de l'eau en souriant. Comme si nous étions de retour en décembre, à Charleston, quand nous cherchions encore nos amitiés et découvrions nos relations.*

*Tu as beaucoup écrit, ce soir, Romeo. Plus que d'habitude, mais moins que tu l'aurais voulu. Parce que nous allons retourner nous baigner, à minuit. Sous les étoiles, simplement parce qu'on peut encore le faire.*

# CHAPITRE 61

Romeo conduisait tranquillement, le regard perdu dans le ciel bleu qui s'étalait à perte de vue, toutes ses pensées concentrées sur Alex, assise à côté de lui.

Ils étaient rentrés, la veille au soir, après d'interminables heures de route. Depuis, Alex n'avait pas esquissé le moindre sourire. Elle ne vivait complètement qu'en compagnie de Romeo.

Le temps qu'il leur restait ensemble ne cessait de disparaître et que chaque instant prenait des proportions démesurées. Romeo était plus heureux et malheureux qu'il ne l'avait jamais été. L'amour qu'il ressentait pour Alex ne cessait de croître : une grâce et un fléau.

Pour faire face à cet état d'attente, il avait donc décidé de l'emmener au cimetière où ils s'étaient embrassés pour la première fois.

Il se devait de prendre le contrôle du récit, de ne pas être victime de son sort. Aucun auteur n'aurait pu sentir sa propre histoire d'amour disparaître sans tenter de la rendre la plus mémorable possible.

— Charles me demande s'ils doivent nous attendre pour le dîner, déclara Alex.

Sa voix tremblait légèrement.

— Dis-lui qu'ils peuvent commencer sans nous, on risque de rentrer un peu tard, répondit Romeo.

Depuis leur retour de Portland, Will avait emménagé chez Kiara et Charles dormait sur le canapé du salon, près des poissons. Il s'amusait à laisser tomber des granules dans leur bocal plusieurs fois par jour, pour les regarder se disputer la nourriture. Quand Logan le surprenait, il le forçait à mettre ses doigts dans l'eau pour récupérer les restes qui flottaient encore.

— Quand est-ce qu'on peut s'autoriser à pleurer ? demanda Alex.

Un sanglot était bloqué dans la gorge de Romeo.

— Pas avant que tu sois assise dans l'avion, affirma-t-il. Pas avant qu'on se soit réellement quittés.

Elle hocha lentement la tête et, en voyant sa lèvre inférieure coincée entre ses dents, Romeo se sentit comme le plus cruel des hommes. Un garçon qui lui interdisait de pleurer, d'extérioriser ses sentiments.

— On est de retour au cimetière, remarqua Alex alors que Romeo se garait sur le bord de la route.

— Là où tout a commencé, sourit Romeo.

Ils sortirent de la voiture et se rejoignirent devant la grille du cimetière. Alex abaissa l'épaisse poignée métallique avant de pousser la lourde porte. C'était à elle de le guider, de les faire avancer dans la bonne direction, de le suivre dans son initiative.

— Là où tout a commencé, répéta Alex.

Elle l'attira à l'intérieur, vers la colline où ils s'étaient embrassés, une éternité auparavant.

— Même si tout a réellement commencé à la bibliothèque,

ajouta-t-elle.

Romeo sentit un sourire étirer ses lèvres.

Leur histoire avait commencé dans la bibliothèque d'*Augustus Prep,* sur l'étagère de *L'Iliade* où il avait caché son journal. Leur rencontre avait eu lieu entre des piles de livres, un samedi matin.

Mais c'était au cimetière que leur relation avait pris une tout autre tournure : là où il l'avait embrassée et qu'elle lui avait fissuré le cœur, un quart d'heure plus tard.

Ils n'eurent aucun mal à retrouver l'endroit où ils s'étaient allongés, en octobre.

Quelques mois auparavant, les feuilles des arbres avaient formé une masse flamboyante, mais Romeo n'avait eu d'yeux que pour Alex. Elle avait porté ses lunettes de soleil et sourit quand il l'avait embrassée. Elle avait paru fascinée par ce qu'il était, prête à découvrir chaque recoin de son âme.

— Tu avais cité Oscar Wilde, murmura Alex en s'asseyant dans les hautes herbes.

Romeo porta la main à son dos, au bouquet de fleurs qui y était tatoué.

—*Vivre est la chose la plus rare au monde, la plupart des gens se contentent d'exister.* Il fallait que j'invite Oscar à notre premier moment d'intimité. Il aurait adoré ça, débita-t-il.

Cette fois-ci, Alex ne put retenir un sourire. Elle se pencha vers Romeo pour poser sa main sur son tatouage. Sur lui.

Leurs visages étaient si proches, leurs lèvres s'effleurèrent, sans se rencontrer. Leurs fronts entrèrent en collision, pour ne plus se séparer.

— Je serais tombée amoureuse de toi, même si Oscar n'était pas venu à notre premier rencard, assura-t-elle.

— Oscar est venu à chacun de nos rencards, remarqua

Romeo.

Alex suivit la forme des fleurs, du bout des doigts, sur la chemise de Romeo.

— Et il viendra à tous tes prochains, grimaça-t-elle.

Romeo secoua négativement la tête. Il ne pouvait pas la perdre dans les incertitudes du futur. Pas quand ils avaient déjà fait tout ce chemin.

Pas quand son monde entier n'était devenu qu'Alexandra Edwards.

— Je n'aurais pas le temps pour des rencards, sourit Romeo. Je serai trop occupé à écrire mon nom dans les étoiles.

Alex l'embrassa. Elle l'embrassa comme si elle sombrait dans une mer déchaînée et qu'il était devenu son unique source d'oxygène. Elle l'embrassa avec un désespoir nouveau, comme si c'était la dernière fois qu'elle pouvait le faire.

Romeo lui répondit avec la même fougue. La même tristesse. La même passion. Parce qu'elle était sa muse. Sa source d'inspiration. Celle qui le poussait à se dépasser au quotidien.

— Pour moi, ton nom est déjà écrit dans les étoiles, Romeo Jones, souffla Alex en se détachant de lui.

— À côté de celui d'Achille ? tenta Romeo.

Alex lui ébouriffa les cheveux. Elle souriait.

— Ne rêve pas trop non plus, t'es juste en dessous, rit-elle.

Ils se regardèrent pendant de longues secondes, Romeo réalisait qu'il n'était toujours pas à la hauteur du héros grec.

— Donc je ne suis que ton deuxième amour ? s'exclama-t-il, faussement outré.

Alex grimaça avant de réfléchir sérieusement à sa réponse. Son regard perdu dans le ciel bleu. Les sourcils légèrement froncés.

— T'es le premier à m'aimer aussi. Et on sait tous les deux que c'est pas pareil d'aimer quelqu'un sans être aimé en retour, expliqua-t-elle. Achille est un peu mon Juniper Ashwood. Si elle avait été un héros grec avec beaucoup de muscles et une romance tragique.

Sauf que Romeo n'avait pas été obsédé par June de la même manière qu'Alex l'était par Achille. Ces sentiments n'étaient même pas comparables.

— C'est n'importe quoi, cette discussion, soupira-t-il.

Alex explosa de rire. Ce son était une douce mélodie.

Il ne demanderait rien de plus au monde qu'Alexandra, assise à côté de lui, à rire dans le vent.

— C'est toi qui as commencé, gloussa-t-elle.

— C'est toi qui m'as pris au sérieux, rétorqua-t-il en se penchant pour lui chatouiller les côtes.

Alex le repoussa brutalement et ils roulèrent dans les hautes herbes, leurs éclats de rire brisaient le calme du cimetière.

# CHAPITRE 62

Les vacances ne commençaient jamais vraiment avant l'anniversaire de Liv. Cet événement avait toujours marqué la fin des cours, le début de l'été.

Le premier juin, ils se devaient d'inviter leurs amis de collège et de lycée à une fête, sur la plage. Liv était dispensée d'anniversaire terrible, plein de surprises.

Ils s'étaient donc tous retrouvés à Folly Beach, en fin de matinée, pour installer le campement. Alex avait d'abord été excitée par la fête en perspective, avant de réaliser que ce serait probablement le dernier anniversaire de Liv à Folly Beach, le dernier d'une série qui avait commencé au collège.

Pour les douze ans de Liv, c'était Charles qui avait eu l'idée d'inviter tout le monde à la plage. Ils avaient alors passé la journée à sauter dans les vagues, boire des sodas et manger des cupcakes. Pas grand-chose n'avait changé depuis, si ce n'était la quantité d'alcool mélangée aux boissons.

— Tu les connais tous, là ? murmura Romeo après s'être laborieusement frayé un chemin jusqu'à Alex.

Depuis le déjeuner, un flot continu d'adolescents venait se joindre à leur groupe. Ils allaient tous saluer Liv avant de passer au bar que Charles et Kiara avaient improvisé sur une table en plastique.

Alex avait longuement observé Romeo, avant de lui faire signe de la rejoindre. Elle l'avait vu trouver refuge auprès de Logan, jusqu'à ce qu'on leur propose de rejoindre un groupe qui jouait au football américain, les pieds dans l'eau.

Il n'avait pas sa place dans les foules, les paroles incessantes d'inconnus et les corps presque nus affalés les uns contre les autres.

— Presque, répondit Alex. Mais on ne les a pas trop vus cette année. Ils sont presque tous rentrés de l'université pour les vacances.

Romeo jeta un regard inquisiteur autour de lui, analysant les visages inconnus. Il y en avait près d'une centaine.

— Vous deviez être populaires, au lycée, remarqua-t-il.

Alex attrapa la main de Romeo et l'attira sur la serviette où elle s'était installée. Ils s'écrasèrent l'un contre l'autre, le nez d'Alex contre le torse nu de Romeo. Aucun d'eux ne fit de commentaire, ou le moindre mouvement pour se dégager de l'autre.

— Tu sais que je suis amoureuse de toi ? chuchota Alex.

Romeo rit doucement, son souffle dans ses cheveux.

— C'est ce que j'ai cru comprendre, articula-t-il.

Alex s'écarta légèrement de lui pour pouvoir le regarder.

Son Romeo, avec ses yeux verts et ses taches de rousseur. Son poète, son auteur, qui avait osé croire en l'amour, une fois de plus. Son garçon au cœur brisé qui avait appris à l'aimer.

— Je suis heureuse d'avoir trouvé ton journal, déclara-t-elle.

Cette pensée avait longtemps tourné dans sa tête, avant qu'elle n'ose la formuler. C'était grâce à ce journal qu'elle avait rencontré Romeo, qu'elle l'avait découvert.

C'était ce qui les liait plus que personne n'avait été lié auparavant.

— Moi aussi, je suis heureux que tu l'aies trouvé, répondit Romeo. Après, parfois je me demande ce qui se serait passé si ça n'avait pas été le cas, si tu m'avais rencontré pour la première fois à la bibliothèque, quand on triait les livres.

Alex aurait voulu lui promettre qu'elle serait tout de même tombée amoureuse de lui. Qu'il aurait immédiatement attiré son attention. Qu'au premier regard, elle aurait compris qu'il était le garçon pour elle.

Malheureusement, la triste vérité était qu'avant Romeo, Alex était perdue dans un monde clos, celui de ses amis et des romans. Elle ne s'ouvrait pas à l'inconnu, ne prenait pas le temps de rencontrer quelqu'un, sans avoir la certitude que cette personne aurait une place importante dans sa vie.

— Je t'aurais probablement accordé deux regards, avant de trier vite les livres pour rejoindre Charles, Liv et Will, articula-t-elle.

Romeo posa ses lèvres contre son front, elle pouvait sentir son sourire sur sa peau.

— Tu ne t'en serais pas sortie comme ça, rit-il. Parce que la première fois que j'ai posé les yeux sur toi, Alexandra Edwards, je t'ai trouvée vraiment belle. Magnifique. Tu m'as ensorcelé au premier regard.

Alex aurait adoré lire les pages de journal que Romeo avait écrites après leur rencontre. Savoir ce qu'il avait raconté à Juliet. Pouvoir lire ses sentiments, comme elle avait pris l'habitude de le faire, en début d'année.

D'un autre côté, si un choix devait être fait, Alex préférait toujours l'avoir là, assis près d'elle, plutôt que des mots qui ne lui étaient pas même destinés.

— C'est pas l'impression que tu m'as donnée, en partant comme un voleur, rétorqua-t-elle.

— Tu m'as terrifié aussi, en me perçant à jour comme tu l'as fait, sourit-il. Une véritable sorcière.

Leur rencontre, entourée de livres. Les paroles qu'ils avaient échangées. Combien Alex l'avait détesté, après avoir réalisé qu'il n'avait pas besoin d'elle. La surprise qu'elle avait ressentie en réalisant que son poète existait ailleurs que dans le journal.

— Je te cherchais, expliqua-t-elle. Je cherchais le Romeo que j'avais rencontré dans tes pages. Celui qui était brisé et qui avait besoin que je vienne le sauver.

Romeo enleva la casquette de Charles de la tête d'Alex pour pouvoir ébouriffer les cheveux qui étaient aplatis en dessous. Il semblait heureux, plus heureux qu'il ne l'avait été ces deux derniers jours.

— J'étais là et t'as fini par me trouver, remarqua-t-il. J'avais juste appris à bien me cacher.

Parce qu'il n'y avait pas plusieurs Romeo. Seulement celui duquel elle était tombée amoureuse. Celui dont le cœur avait été brisé par Juniper Ashwood. Celui qui écrivait des romans pour partager sa réalité.

— Heureusement d'ailleurs, parce que je ne sais pas ce que je serais devenu sans toi, ajouta-t-il.

Alex n'essaya pas de retenir la larme qui dégoulinait le long de sa joue. Elle l'avait fait : elle avait sauvé Romeo.

Pas avec les grandes actions qu'elle avait imaginées, Alex avait juste appris à l'aimer pour ce qu'il était. Et ça avait suffi. C'était tout ce qu'il avait rêvé : la première place dans le cœur de quelqu'un. Vivre une véritable histoire d'amour. Exister comme peu en avaient encore eu le privilège.

— Venez vous baigner avant qu'il fasse trop froid ! les poussa Charles en se penchant au-dessus d'eux.

Il était déjà trempé et recouvert de sable jusqu'à la taille. Un grand sourire étirait son visage : un sourire qu'il arborait déjà au lycée, dès le début des vacances.

Parce que Charles ne vivait réellement qu'en été. Tout le reste de l'année, il s'efforçait d'attendre patiemment le début de sa saison préférée.

Alex attrapa donc la main de Romeo et l'attira jusqu'à la mer déjà tiède. Jusqu'aux vagues dans lesquelles Logan les poussa.

Quand elle embrassa Romeo, il avait un goût salé, celui de l'océan.

Dès le coucher du soleil, Liv souffla ses bougies sur plusieurs douzaines de cupcakes enfermés dans des boites en plastique. Des cupcakes qui furent dévorés en seulement quelques minutes par des adolescents affamés. Plusieurs joues furent tachées du colorant des gâteaux et les bougies finirent piétinées dans le sable.

Charles avait réussi à sauver trois boites de cupcakes qu'il partagea avec ses six amis, assis légèrement à l'écart de la foule. Alex observa Romeo manger cinq ou six moitiés de cupcakes, uniquement le gâteau, avant de lui tendre la couche de crème atrocement sucrée qu'elle adorait.

Liv poussa ensuite la foule à retourner se baigner, avant l'arrivée des pizzas que Logan et Will étaient allés chercher. Cette fois-ci, l'énergie chaotique qui régnait dans les vagues poussa rapidement Alex et Romeo à retourner dans le sable.

— Quand on se retrouvera, dans quinze ans, faut que ça soit ici : entre les digues, à gauche de la jetée, lâcha alors Romeo.

— C'est un souhait qui me paraît réalisable, répondit Alex.

— C'est le seul qui l'est vraiment.

Alex n'osa pas formuler ses vœux pour le futur.

Elle n'osa plus demander l'impossible.

# CHAPITRE 63

*Charleston, jeudi 2 juin.*

*Hier, nous avons fêté l'anniversaire de Liv, sur la plage. Avec une multitude d'inconnus. Tous venus profiter de l'océan, des vagues et des amis qu'ils n'avaient pas vus de l'année.*

*Et moi, je profitais d'Alex, comme si c'était le dernier jour que nous passions ensemble.*

*Il nous reste deux semaines, Juliet. Quatorze jours avant la fin.*

*Chaque instant devient tellement précieux. J'essaye de tous les chérir, mais certains m'échappent. J'ai peur de les oublier. J'ai peur qu'un jour, je pense à Alexandra et que la seule chose qui me reste d'elle soit l'ombre de son visage. Pas ses paroles. Pas nos moments passés ensemble. Seulement un visage à moitié effacé.*

*Comme si elle ressentait exactement la même chose, Alex nous pousse à prendre des dizaines de photos ensemble. Devant divers bâtiments de Charleston, sur la plage, ou quand nous sommes tous à la maison. Liv aussi nous photographie, en cachette, et on reçoit tous les soirs une douzaine de photos de nous deux, prises à n'importe quels moments de la journée.*

*On a l'air tellement heureux sur certaines, Juliet. Tellement heureux que je ne nous reconnais pas.*

*Ce soir, nous sommes tous allés au cinéma. C'est Charles qui a insisté et nous n'avons pas regretté de l'avoir suivi. Nous étions scotchés devant le film, à manger du pop corn comme des robots. Si tu nous avais vus, Juliet.*

*Charleston, vendredi 3 juin.*

*Charles et Alex ont trouvé un appartement à Londres, Juliet. Un bel appartement, pas loin de la Tamise, avec deux chambres et un petit salon. Ils parlent déjà des bibliothèques qu'ils vont y installer. Je peux te dire que plusieurs étagères seront dédiées aux exemplaires de* L'Iliade *qui s'entassent dans ma chambre.*

*De notre côté, c'est principalement Liv qui nous cherche un logement. L'idéal serait un appartement sur le bord du Lac Michigan, à mi-chemin entre* Northwestern U *et la* School of Art Institute of Chicago. *Elle va finir par trouver ce qui nous convient : rien n'arrête Olivia Blake.*

*Nous sommes maintenant tous installés à des endroits variés du salon, penchés sur nos ordinateurs, pour organiser nos déménagements. Alex est assise contre moi, elle prépare une commande de livres à faire livrer directement à Londres.*

*— C'est pas un peu tôt ? je viens de lui demander.*

*Si tu avais pu apercevoir son sourire, Juliet. Mélange de nostalgie et d'excitation.*

*— J'espère pas, parce que j'ai déjà fait deux autres commandes, me répond-elle.*

*Ça, c'est Alexandra Edwards. Une fille qui agit sans trop se projeter. Une aventurière qui oublie souvent le passé et le futur, pour se perdre dans le présent. Une femme qui apprend à vivre, vivre, vivre.*

*Du moins, c'est ce qu'elle était, avant de me rencontrer.*

*Maintenant, elle a perdu ce goût à la vie. Il a été remplacé par la tristesse qui pèse constamment sur ses épaules. Elle fait le deuil de notre relation depuis plusieurs mois maintenant.*

*Bientôt, je vais arrêter de la tirer vers le fond. Bientôt, elle va pouvoir remonter à la surface.*

*Charleston, samedi 4 juin.*

*Ce matin, nous avons petit-déjeuner au* Crazy Diner, *parce que personne n'a le courage de faire les courses. Nous y sommes restés jusqu'au déjeuner, à nous raconter nos années de lycée.*

*Ne me demande pas comment nous en sommes arrivés là, Juliet, parce je n'en ai aucune idée.*

*Je ne pensais pas pouvoir en apprendre encore plus sur Alex. Ou sur Charles, Liv, Will ou Kiara. J'avais tort.*

*Ils nous ont raconté comment Alex et Charles s'amusaient à accrocher des bouts de scotch sur le dos de leurs professeurs. Comment Liv organisait des réunions aux toilettes des filles, pendant les cours. Comment Will écoutait de la musique en classe, en cachant son écouteur dans la manche de son pull. Comment Charles mangeait régulièrement son petit-déjeuner en première heure de cours. Comment Liv dessinait des caricatures de leurs professeurs sur lesquelles ils lançaient des fléchettes.*

*Nous les avons écoutés, avec Logan. Nous les avons écoutés pour réaliser que nous avions perdu nos années de lycée. Pas parce que les nôtres étaient moins intéressantes, c'est plutôt que nous n'en avons pas assez profité, pas comme nous aurions dû le faire.*

*Nous avions entre treize et dix-sept ans et nous nous comportions déjà comme des adultes.*

*Quand nous sommes rentrés à la maison, Logan et Charles ont commencé une bataille d'eau. En quelques minutes seulement, nous étions tous trempés, à dégouliner au milieu du salon.*

*Charleston, dimanche 5 juin.*

*Will a décidé que nous devions tous nous changer les idées, aujourd'hui. Il n'a pas tort : le soir, quand Charles ne sort pas d'alcool, nous errons dans la maison, sans but, à entendre que la fin arrive. C'est pathétique, Juliet.*

*Alors, nous nous sommes retrouvés sur le bateau, tous en maillot de bain, avec nos lunettes de soleil. Charles caché sous sa casquette.*

*Tout le monde a recommencé à sourire et à rire, Juliet. Même Alex, qui était assise à la proue, les cheveux détachés. Liv et moi avons sorti nos téléphones en même temps pour la photographier. Charles a hurlé son prénom et elle s'est retournée. J'ai la meilleure photo, car c'est moi qu'elle a regardé.*

*Liv a poussé un grognement avant de se tourner vers Logan qui écoutait patiemment les explications de Will sur le fonctionnement du bateau. Il m'a déjà détaillé son envie d'aller naviguer sur le Lac Michigan. Une petite part de Charleston avec nous, pour toujours.*

*En rentrant à la maison, nous nous sommes découvert d'énormes coups de soleil. Sur tout le monde. Même si aucun n'égale celui des pieds de Charles qui l'empêche presque de marcher.*

*Charleston, lundi 6 juin.*

*C'est Liv qui nous a motivés à aller faire les courses. Elle était vraiment désespérée à l'idée qu'on mange tous nos repas au* Crazy Diner, *alors elle nous a fait une liste détaillée et nous a poussés dehors. Nous sommes partis, avec Alex, Logan et Charles.*

*Dès notre arrivée dans le magasin, Charles s'est installé dans un caddie, poussé par Alex qui courait dans les rayons, jusqu'à ce que l'un des employés menace de nous faire sortir. Là, Alex m'a envoyé le caddie, avec un sourire désolé, Charles toujours assis entre les paquets de bonbons.*

*Et Charles m'a envoyé des céréales par-dessus un rayon, sans me prévenir et elles ont failli m'assommer. Et Logan a pris Alex sur ses épaules pour attraper un sachet de chips caché sur la dernière étagère. Et Alex a passé une annonce sur le micro du magasin en déclarant que le "petit Romeo" était attendu à l'accueil, par sa maman.*

*Si tu avais vu la surprise sur le visage du caissier quand il m'a vu arriver vers Alex et l'appeler "maman", Juliet, tu aurais ri avec nous.*

*Charleson, mardi 7 juin.*

*Nous sommes retournés à la plage aujourd'hui. Parce que plus personne n'aime être à la maison, pas avec tous les cartons. Un rappel constant que nous allons tous bientôt partir.*

*Alors nous avons conduit jusqu'à Folly Beach, avec les planches de surf dans le pick-up.*

*La casquette de Charles était sur ma tête. Je ne me suis jamais senti aussi aimé qu'avec cette casquette enfoncée sur mon crâne. Alex portait mes lunettes de soleil.*

*Nous nous sommes installés dans le sable, sur nos serviettes. Charles a immédiatement couru dans la mer. Il n'y avait presque pas de vague, mais il était simplement heureux, assis sur sa planche, à regarder l'horizon. Parfois, je me demande ce qu'il y voit.*

*Alex s'est installée entre mes jambes, sa tête contre mon torse, mes bras autour de sa taille, et elle a commencé à lire* L'Iliade. *Moi, je lisais ses annotations. Elles sont différentes de celles écrites dans l'exemplaire qu'elle m'a offert. Dans celui-là, Alex s'adresse directement à Achille, pas à moi.*

*Logan et Will se passaient le ballon de football américain. Liv et Kiara, allongées sur le ventre, se racontaient les derniers potins du* Crazy Diner *et les actualités de célébrités que je ne connais pas.*

*Tout était parfait, Juliet. Tout.*

*Charleston, mercredi 8 juin.*

*Nous avons passé la journée ensemble, avec Alex. Juste tous les deux. À marcher dans Charleston. Profiter des maisons colorées. Des palmiers. De l'air chaud qui souffle dans les rues. Des calèches tirées par d'énormes chevaux. Du marché couvert. De chaque petite chose qui fait de Charleston cette ville que nous aimons tant.*

*Nous avons même trouvé un* photobooth *et Alex a insisté pour qu'on prenne des photos ensemble. On y a passé au moins une heure, Juliet. Nous en avons pris des dizaines, avec des grimaces, des sourires.*

*J'adore ces photos, ma chère Juliet. Elles sont simplement nous. Je t'en mets quelques-unes ici.*

# CHAPITRE 64

*Charleston, jeudi 9 juin.*

*Je n'arrive pas à lâcher les photos que nous avons prises hier, Romeo. Nous avons l'air tellement heureux. Nos grimaces. Mes lèvres sur ta joue. Mes cheveux en moustache sur ton visage. Un baiser volé entre deux clichés. Tes lunettes sur mon nez. Nos regards emmêlés. C'est le genre de photo que j'aurais adoré montrer à nos enfants.*

*Charleston, vendredi 10 juin.*

*Tu n'écris plus, Romeo. Plus du tout. Tu es tout le temps près de moi. Je n'ai qu'à lever la tête pour te trouver, juste là.*

*Liv peint dans le salon, tôt le matin, avec Logan qui fredonne, allongé par terre, et qui la regarde. Sa voix remonte dans la cage d'escalier et je n'ai aucun mal à reconnaître les chansons de son album. Il va réussir, Logan. Il va devenir l'un des meilleurs chanteurs de notre génération.*

*Charles dort dans la baignoire, avec des bouchons d'oreille : il en avait marre de se faire réveiller aux aurores par Liv et Logan. Il s'est bien installé, avec des couvertures, des coussins et un rideau pour qu'il ne nous voie pas utiliser les toilettes. Tu sursautes toujours quand nous allons nous brosser les dents, le soir, et qu'on le trouve endormi dans la baignoire.*

*Aujourd'hui, dès que nous sommes descendus prendre notre petit-déjeuner, Liv nous a annoncé qu'on retournerait à Folly Beach. Alors nous y sommes allés.*

*Tu conduisais, Romeo. Avec tes lunettes de soleil. Ton bras qui pendait par la fenêtre ouverte. La casquette de Charles sur ta tête. C'est moi qui l'ai mise là, après l'avoir volée à Charles : tu la portes bien.*

*Nous avons passé toute la journée à nous baigner dans les vagues, à lire sur le sable fin, à rire sans jamais nous arrêter. Tous entassés sur nos serviettes. Collés les uns aux autres, malgré la chaleur.*

*Je nous vois encore, quand je ferme les yeux, Romeo. Ton bras autour de ma taille. La tête de Charles sur mes genoux. Les jambes de Liv sur les miennes.*

*Logan est allé chercher sa guitare dans la voiture. Il a commencé à chanter alors que le soleil se couchait derrière nous. Nous avons fredonné certaines chansons avec lui, parce que nous les connaissons toutes.*

*Nous avons continué à chanter dans la voiture, avec Logan au volant et Liv assise à côté de lui. Nous étions sur la banquette arrière, Romeo. Et nous hurlions les paroles de ses chansons, nos chansons.*

*Charleston, samedi 11 juin.*

*Nous avons passé la journée à la maison, aujourd'hui. Devant* Game of Thrones. *Du matin au soir, plusieurs saisons d'affilée. Nous avions presque tous déjà vu la série, mais cela ne nous a pas empêchés de rester scotchés devant l'écran. Charles était le seul à voir les épisodes pour la première fois, mais Liv ne cessait de lui* spoiler *la suite de l'histoire, au fur et à mesure. On ne s'est levé que pour aller aux toilettes ou pour prendre à manger.*

*Nous étions perdus dans le monde de Westeros. Des Stark. Des Lannister. Des Targaryen. Ma tête sur ton torse, Romeo. Mes pieds sur Charles. Le rire de Liv qui résonnait aux moments les plus improbables, accompagné par les anecdotes de Will sur les secrets de tournages et les commentaires incessants de Charles. Kiara caressait Basil, blotti sur ses genoux*

*Je ne souhaiterais rien de plus que ces sept personnes. Nous. Dans cette maison. Cette ville. Pour toujours.*

*Charleston, dimanche 12 juin.*

*Nous étions tous épuisés après avoir regardé* Game of Thrones *jusqu'à quatre heures du matin, hier.*

*Quand je suis descendue dans la cuisine, ce matin, il n'y avait que Charles et Logan qui sirotaient du café en parlant doucement. Nous vous avons laissé dormir jusqu'à midi avant d'aller vous réveiller en vous sautant dessus.*

*C'est d'un commun accord que nous avons décidé d'aller déjeuner au* Crazy Diner. *Nous y avons passé tout l'après-midi : plus personne ne voulait se lever.*

*Charles a dû boire cinq ou six milkshakes, avant de réaliser que le garçon assis à la table d'à côté était plutôt mignon. Il lui a fallu près d'une heure pour aller lui parler et quelques minutes de plus pour qu'ils décident de passer la soirée ensemble.*

*Je suis tellement heureuse pour Charles, Romeo. Il le mérite. Même si nous partons dans quatre jours et que le temps ne s'est toujours pas arrêté. Charles mérite ces quelques jours, pour réaliser qu'il peut être aimé.*

*Charleston, lundi 13 juin.*

*Nous sommes retournés à Folly Beach, on finit par tourner en rond dans la maison.*

*Alors nous sommes partis, sous la pluie. Et nous nous sommes baignés pendant des heures. Avec des bodyboards trouvés sur la plage. Sous un ciel gris. Toutes nos affaires dans la voiture.*

*Je n'ai pas pu te quitter des yeux de la journée, Romeo. Je n'arrêtais pas de penser à la chance que j'avais de t'avoir près de moi. À ce que tu m'apportes au quotidien, en joie, en rire, en affection, en sentiments.*

*Tu es tout ce dont je rêvais. Et plus encore.*

*Quand nous avons tous commencé à grelotter, Will a accepté de nous ramener (à condition qu'on s'entasse à l'arrière du pick-up pour ne pas mouiller ses sièges).*

*C'est là, assise entre Charles et toi, alors que nous ne pouvions pas être plus heureux, que j'ai lâché prise.*

*Mes larmes ont coulé sans que je puisse les retenir. Tu m'as prise dans tes bras, enfermée contre ton torse. Charles a mis sa casquette trempée sur ma tête. Logan a commencé à chanter.*

*Et ça n'a pas suffi. Pas le fait que vous soyez tous là pour moi. Que vous m'accompagniez jusqu'à notre lit et que tout le monde reste dans notre chambre jusqu'à ce que vous me pensiez endormie. Ce n'est plus assez, Romeo.*

*Charleston, mardi 14 juin.*

*Nous avons commencé à faire nos bagages, avec Charles.*

*C'est étrange, de mettre toutes mes affaires dans deux valises et trois cartons. Toute ma vie. Une vie qui semble se résumer à une seule année. La meilleure. Celle pour laquelle je te serais toujours reconnaissante, Romeo.*

*Tu m'as aidée, avec ton sourire, celui que tu utilises souvent pour cacher ce que tu ressens réellement. Tu as emballé mon exemplaire du* Maître des Illusions, *je t'ai vu écrire quelques mots à l'intérieur. J'ai hâte de les lire. Tu m'as aussi donné ton pull et quelques-uns de tes t-shirts, à condition que je te laisse mon bonnet et le t-shirt* Marvel *de Logan que nous partageons.*

*Si tu n'avais pas été là, j'aurais ouvert* L'Iliade *et j'aurais passé la journée à lire, pour échapper à la réalité. Tu étais à mes côtés, Romeo, pour chaque pas vers le futur.*

*Tout ce que nous avons construit s'effondre. Lentement. Sûrement. Pour ne laisser que des fondations qui devront soutenir quelque chose d'autre. De nouveau.*

*Au dîner, ce soir, nous avons cuisiné tous les deux. Des pâtes à la carbonara. Avec trop de pâtes. Pas assez de sauce. Et de la crème jusque dans tes cheveux. Tu m'as fait sourire. Rire. Oublier, mon Romeo.*

# CHAPITRE 65

— Vous êtes sûrs de vouloir dormir ici ? demanda Charles, pour la sixième fois depuis qu'ils avaient posé leurs affaires dans le sable de Folly Beach.

Le reste du groupe, occupé à jouer aux cartes, l'ignora royalement.

Le matin même, ils s'étaient tous retrouvés dans la cuisine pour décider de ce qu'ils feraient de leur dernière journée tous ensemble. Comme souvent, ils avaient décidé d'aller à Folly Beach.

Quelques minutes plus tard, ils étaient tous en maillots de bain, prêts à partir. Des couvertures et oreillers étaient entassés dans le coffre de la voiture.

— La chasse est ouverte, annonça Liv, après avoir déposé quatre cartes au centre de leur cercle.

Romeo n'avait jamais joué au kems auparavant, c'était Will qui lui avait expliqué les règles de manière très synthétique. Alex et Charles s'étaient tenus juste derrière Will, à imiter chacun de ses mouvements en grimaçant et Romeo avait eu du mal à garder son sérieux.

Ils avaient fini par s'asseoir en cercle, dans le sable, pour jouer. Et Alex était là, à quelques dizaines de centimètres de lui. Dans son maillot de bain blanc. Ses cheveux à peine retenus par la casquette de Charles. Un sourire triste plaqué sur le visage. Ses joues rougies par le soleil.

— Faut prendre des cartes, Romeo, murmura alors Logan.

Il tourna la tête vers ses amis pour les trouver tous, même Charles, à le fixer avec attention.

Pour eux aussi, c'était la dernière soirée. Charles taquinait beaucoup plus Logan, Liv et Will que d'habitude. Liv était pratiquement assise sur Will, un Will qui n'arrêtait pas de se retourner vers Charles, comme pour vérifier qu'il n'était pas encore parti.

— Romeo, chuchota Alex.

Elle glissait une mèche de cheveux derrière son oreille dans un mouvement répétitif absurde. Il fallut plusieurs secondes à Romeo pour qu'il se souvienne qu'il s'agissait du signe secret choisi cinq minutes auparavant.

— Kems ! s'exclama-t-il.

— CONTRE-KEMS ! hurla Liv, en même temps.

Alex et Liv tournèrent la tête vers Will, pour qu'il décide qui venait de gagner la partie.

— C'est Olivia qui l'a dit en premier, lâcha-t-il.

Alex soupira avant de dévoiler son jeu, quatre rois. Liv lui fit quelques grimaces, avant de récupérer les cartes de tout le monde avec un large sourire.

— Bon. Moi je vais me baigner, déclara Charles en se levant.

Il courut vers la mer, suivi de près par Logan et Kiara. Romeo les regarda se jeter dans les vagues, avant de sentir Alex s'asseoir à côté de lui.

Il passa un bras autour de sa taille pour l'attirer contre son torse.

Cette fille, qui était tombée amoureuse de lui, malgré

tout. Qui le connaissait mieux que personne. Qui l'acceptait tel qu'il était. Qui l'inspirait au quotidien, simplement en existant.

— On garde toujours les larmes pour l'avion ? demanda-t-elle.

Romeo ne put retenir un sourire.

— Je crois qu'on a dépassé ce stade, remarqua-t-il.

— T'as raison.

— Toujours.

Alex lui mit un léger coup de coude dans les côtes.

Romeo posa son menton sur le dessus de son crâne, inspirant à pleines narines l'odeur de shampoing qui se dégageait de ses cheveux. Le même shampoing que Charles, Logan et lui utilisaient. Un parfum rassurant.

— Tu penses que c'est possible que j'arrête de t'aimer ? ajouta-t-elle.

Cette question avait beaucoup tourné dans la tête de Romeo, ces derniers jours. Il se sentait incapable d'arrêter d'aimer Alex et pourtant, avec le temps, il allait forcément finir par trouver sa Juliet.

— Je sais pas. Peut-être. Quand tu tomberas amoureuse de quelqu'un d'autre, répondit-il.

Romeo n'arrivait aucun mal à l'imaginer dans les bras de quelqu'un d'autre, c'était ce qu'il souhaitait le plus pour elle : d'être heureuse. De continuer à vivre, même quand chaque jour devenait une bataille. Parce qu'elle le pouvait. S'il y avait bien une personne qui se relèverait toujours de tout, c'était Alex.

Sa guerrière. Sa muse.

— Et si je veux pas tomber amoureuse de quelqu'un d'autre ? Si j'ai déjà trouvé le garçon pour moi et que je ne veux pas le laisser partir ? tenta-t-elle.

— On aurait vraiment besoin d'un psychologue, au lieu d'essayer de trouver tout seul des solutions à nos problèmes, soupira-t-il. Mais je ne crois pas être *le* garçon pour toi, juste *un* garçon, le premier.

Quelqu'un allait forcément tomber amoureux d'Alexandra. Et elle finirait par l'aimer aussi.

Si l'un d'eux pouvait retrouver l'amour, c'était bien elle. Fascinante. Souriante. Elle rayonnait.

Romeo était perdu trop loin. Si leur rupture aiderait Alex à recommencer à vivre, elle entraînerait Romeo vers le fond.

Une fois de plus, il allait se noyer dans la profondeur de ses sentiments. Il allait perdre de vue la surface. Et si c'était le prix pour ces huit derniers mois, il était prêt à le payer.

— Tu vas me manquer, Romeo Jones, souffla Alex. Beaucoup. Beaucoup. Beaucoup.

— Toi aussi, tu vas me manquer encore plus, Alexandra Edwards, sourit-il, perdu dans ses cheveux.

Alex leva sa tête juste assez pour que leurs lèvres se rencontrent. Elle était tout ce qu'il avait toujours voulu. Et plus encore.

Alexandra avait le goût de la liberté, des couchers de soleil, de la mer agitée.

Les mains de Romeo remontèrent lentement le long de ses bras, pour arriver au visage d'Alex. Un visage qu'il découvrit du bout des doigts, comme si c'était la première fois. Un visage qu'il reconnaîtrait partout. Qui lui était devenu aussi familier que le sien.

Ils finirent par s'écarter doucement pour découvrir que Will et Liv avaient ouvert un sachet de chips et qu'ils le dévoraient en cachette.

Alex leur jeta un regard noir avant de tendre la main dans leur direction.

— Quand on est gentil, on partage, réclama-t-elle.

— Heureusement qu'on n'est pas gentil, alors, rétorqua Liv en attirant les chips contre sa poitrine.

— Les méchants ont toujours plus à manger, ajouta Will.

Romeo sentit un sanglot remonter dans sa gorge.

Il les aimait tous tellement. Plus qu'il n'avait jamais aimé ses amis auparavant. Tous. Tous les six. Ceux qui avaient rendu cette année spéciale pour lui. Plus belle. Parfaite.

Une année passée sur la plage. À danser sous les étoiles. À sauter dans les vagues. À s'entasser sur le canapé. À manger au *Crazy Diner.* À chanter dans la voiture. À s'allonger dans l'herbe de *Central Park.* À voyager tous ensemble.

Alex déposa un baiser sur sa joue avant d'essuyer les larmes de Romeo avec son pouce.

— Je suis là. Je ne le serai plus demain, mais, aujourd'hui, je suis là, mon Romeo, murmura-t-elle.

— Aujourd'hui, répéta-t-il.

Le soleil commençait déjà à se coucher derrière eux. Le temps lui filait entre les doigts. Il ne leur restait que quelques heures avant leurs adieux, à l'aéroport.

Romeo les voyait encore, à s'embrasser pour la première fois, au cimetière. À se découvrir lentement au *Crazy Diner.* À se rencontrer à la bibliothèque.

— On pourrait pas retourner à ce premier regard ? proposa-t-il. Toi, assise entre les piles de livres. Moi, qui arrive tel un chevalier pour te sauver.

Alex le scrutait de ses grands yeux noirs. Ses yeux qui chantaient la poésie. Deux abysses sans fond. Deux taches d'encre sur une page blanche.

— Si je le pouvais, je revivrais notre histoire des centaines de fois, répondit-elle.

Romeo ne pourrait jamais survivre ces dernières semaines dans une boucle infinie. Ce serait trop douloureux. Qui voudrait se faire arracher le cœur des centaines de fois, sans aucune assurance qu'il retrouve un jour sa place dans sa poitrine ?

Une lumière dorée illuminait Folly Beach, les derniers rayons du soleil se reflétaient sur la mer. Sur Charles qui trottinait hors de l'eau en riant. Sur Kiara qui l'éclaboussait, installée sur le dos de Logan.

Et la Terre continuait de tourner. Ce n'était que la fin de leur histoire.

Romeo tenta d'inscrire ce moment dans sa mémoire, pour qu'il puisse y retourner dès que l'envie le prendrait. Alex, assise contre lui. Sa peau contre la sienne. Son odeur. Sa voix légèrement rauque. Les rires de leurs amis. Le sable sous leurs orteils. Le roulement infini des vagues qui s'écrasaient sur la plage.

Plus tard, alors qu'ils étaient tous installés sur des couvertures à regarder les étoiles, Romeo repensa au coucher du soleil. Le dernier tous ensemble avant longtemps. Il aurait voulu en profiter plus encore.

— Et là, c'est Orion, le chasseur, expliqua Will en leur montrant une constellation. Un des amants d'Artemis qu'elle a fini par tuer.

Le gloussement de Charles résonna dans l'obscurité.

— Mais Orion tu l'as pas mis dans ton super album des tragédies mythologiques, Lolo, remarqua-t-il.

Logan lui envoya un oreiller dans le visage.

— J'ai du sable dans les yeux, gémit Charles. Et dans la

bouche.

Alex, qui était quasiment allongée sur Romeo, leva la tête de son torse pour pouvoir regarder son meilleur ami.

— Va cracher sur Logan, proposa-t-elle.

— Très bonne idée, comme toujours, ironisa Romeo en l'attirant contre lui.

— Oui, très bonne idée, répéta Charles.

Il cracha sur Logan. Logan se jeta sur lui. Ils roulèrent dans le sable jusqu'à ce que Romeo, Alex et Liv aillent les pousser tous les deux dans la mer. Sans penser au fait qu'ils seraient forcément mouillés, eux aussi.

Alors Alex monta sur les épaules de Romeo, toujours vêtue de son short de pyjama. Liv se hissa sur celles de Logan. Charles prit Kiara sur les siennes. Et une bataille commença, avec des adversaires qui n'avaient aucune pitié les uns pour les autres.

— On ne tire pas les cheveux, grogna Charles.

Romeo n'entendait que le rire d'Alex dans ses oreilles.

— Lâche mon oreille, Charles ! hurla Liv.

Ils finirent par retourner sur le sable, trempés jusqu'aux os, sans habits de rechange, pour s'allonger sur leurs couvertures et tenter de s'endormir.

Romeo ne ferma pas l'œil de la nuit, il était trop occupé à regarder Alex. À profiter de sa présence. Une dernière fois.

# CHAPITRE 66

Alex avait une main crispée autour des doigts de Romeo et l'autre agrippée au bras de Charles. Elle était incapable de faire le moindre mouvement, assise sur la banquette arrière de la voiture, en direction de l'aéroport.

Ils étaient en retard : après être rentré de la plage, ce matin-là, tout le monde avait voulu prendre sa douche en même temps. Et Charles avait exigé un dernier petit-déjeuner au *Crazy Diner.* Un petit-déjeuner qu'ils n'avaient même pas eu le temps de finir. Logan roulait donc à toute vitesse entre les files de voitures et Alex n'arrivait toujours pas à réaliser qu'elle quittait Charleston pour de bon.

— T'as toutes tes affaires ? l'interrogea Romeo.

— Toutes, sauf toi, répondit-elle avec un clin d'oeil.

Romeo ne sourit pas. Elle pouvait le voir retenir ses larmes avec tout son visage. Ses dents plantées dans sa lèvre inférieure. Sa mâchoire serrée. Ses paupières qui n'arrêtaient pas de cligner.

Ce serait la dernière vision qu'elle aurait de Romeo Jones.

— On n'a pas pris les planches de surf ! s'écria Charles en se redressant brusquement.

Il s'était presque endormi sur Alex.

— Dans le pick-up, rappela Liv. C'est moi qui ai passé deux heures à les emballer, je te signale.

Un sourire satisfait étira les lèvres de Charles, ce n'était pas son véritable sourire. Pas celui qui fronçait son nez et plissait ses yeux.

— Vous pourrez passer nous voir, à Malibu, proposa-t-il.

Liv et Will avaient déjà prévu de les y rejoindre pour quelques semaines, en juillet. Alex avait hâte qu'ils se retrouvent tous les quatre, une fois de plus. Comme si rien n'avait changé.

— Nous on ne pourra pas, on va en Europe, avec Romeo, annonça Logan. Tous les deux, avec nos sacs à dos.

Alex se tourna vers Romeo, pour découvrir une lueur d'excitation qui brillait dans son regard. L'ombre de quelque chose de plus gand qui, bientôt, éclaircirait tout son visage.

— Depuis quand vous prévoyez ça ? s'exclama-t-elle.

— Je savais pas, murmura-t-il.

— C'est pour ça que je suis le meilleur, ricana Logan. On part dans deux semaines pour Paris, Momo.

Une vague de bonne humeur s'était abattue sur la voiture. Exactement ce dont Alex avait besoin pour trouver la force de partir.

Elle devait savoir que Romeo n'allait pas s'effondrer à la seconde où elle s'écarterait de lui.

Après avoir lu son journal et sa réaction au rejet de June, elle ne savait que trop bien l'effet que l'amour pouvait avoir sur lui. Il ne ressentirait plus rien pendant de longues semaines, plusieurs mois.Il allait regarder sa vie se dérouler sous ses yeux, sans réaliser que chaque instant lui appartenait.

— Vous ramènerez des souvenirs pour chez nous, leur fit promettre Liv.

— Oui, Madame, sourit Logan.

Ils arrivaient en vue de l'aéroport. Les avions s'envolaient, emportant tous les espoirs d'Alex avec eux. Ses rêves disparaissaient dans le ciel bleu, vers un autre monde. Un nouveau départ.

Logan se gara dans un parking, après s'être plaint des cinq dollars qu'il devrait y payer. Ils descendirent de la voiture en silence.

Alex attrapa l'une de ses valises. Romeo prit l'autre. Ils attendaient l'arrivée du pick-up pour récupérer les planches. Leurs cartons avaient déjà été envoyés à Londres.

Elle serrait si fort la poignée de sa valise que le plastique menaçait de lui ouvrir les paumes. Romeo passa un bras autour de ses épaules.

Il sentait bon, le parfum de Logan. Une odeur boisée.

— L'avion décolle dans un peu plus d'une heure, les poussa Will en se garant rapidement.

Il sauta du pick-up et ouvrit la portière de Kiara. Ils portaient des tenues assorties : tous les deux avec un pantalon blanc et un haut turquoise.

Charles récupéra les planches de surf et Liv l'aida à les porter.

Ils avançaient lentement vers le terminal. Alex restait collée à Romeo, sans prononcer le moindre mot. Simplement pour profiter de son contact. De sa peau contre la sienne.

Charles et Will s'occupèrent d'enregistrer les bagages. Liv, Logan et Kiara s'occupaient des planches, laissant Alex et Romeo sur un banc métallique.

— Tu te rappelles de notre pièce de théâtre qui était inspirée de *Roméo et Juliette*, demanda alors Alex.

— Quand t'es venue nous chercher au *Crazy Diner*, à notre

table alors qu'on n'avait rien demandé, avec Logan ? tenta Romeo.

Ses lèvres étaient serrées, mais ses yeux semblaient sourire.

— Ouais, d'ailleurs, de base j'étais venue à votre table pour te parler du journal, mais j'ai changé d'avis au dernier moment. C'est pas important, débita-t-elle. Mais je dis ça parce que toute la pièce tournait autour du fait que Roméo et Jules attendaient des avions qui allaient les amener chacun à un bout du monde. C'est pour ça que j'y pense.

— Tu penses trop, soupira Romeo.

Ses cheveux bruns étaient aplatis sur son crâne, toujours couvert de sel marin et des grains de sable lui collaient au visage.

Il n'avait pas eu le temps de se doucher, quand ils étaient repassés par la maison. Romeo s'était contenté de regarder Alexandra se rincer. Une dernière fois.

— T'es mal placé pour me dire ça, répliqua-t-elle. T'es la pire *drama queen* que j'ai jamais vue et je traîne avec Charles, donc c'est beaucoup dire.

— Je vais le prendre comme un compliment.

Will et Charles revenaient vers eux, Will avait un bras passé autour des épaules de Charles qui ne cessait de lui souffler dans l'oreille pour l'embêter.

— On va devoir se bouger les fesses, Lexie, il y a encore plein de contrôles à passer là, annonça-t-il en s'arrêtant devant leur banc.

Logan, Liv et Kiara les rejoignirent aussi, les mains vides.

— Les planches vont êtres mises dans l'avion, mais ça va vous coûter très cher, articula Logan.

— Super, ironisa Charles. Je demanderai à mes grands-parents de payer, ils ont plein d'argent.

Liv rit doucement.

Ils se regardèrent tous pendant de longues secondes, sans prononcer le moindre mot. Ce fut Alex qui brisa finalement le silence.

— Bon, bah je crois que c'est le moment de dire au revoir, grimaça-t-elle en se tournant vers Kiara et Will.

Elle serra d'abord Kiara dans ses bras. Ses mèches rousses sentaient toujours la noix de coco.

— T'es une personne extraordinaire, Alex, articula-t-elle. Je suis vraiment très contente de t'avoir rencontrée.

Will attrapa les épaules d'Alex pour l'attirer contre son torse.

— Surveille bien Charles, il a tendance à s'attirer des problèmes, sourit-il. Vous m'attendez pour faire des bêtises.

Alex se tourna ensuite vers Logan et Liv qui n'arrivaient plus à sourire.

— Tu nous as sauvés, Alex. Tous les deux, chuchota Logan dans ses cheveux.

— Je t'aime beaucoup, beaucoup, assura Liv en lui embrassant la joue.

Alex n'arrivait plus à retenir ses larmes. Celles-ci coulaient à flots le long de ses joues.

Ce n'était pas seulement Romeo qu'elle avait sorti du gouffre, mais Logan aussi. Le garçon au cœur brisé. Celui à qui elle avait montré que l'amour était encore possible.

Elle les voyait, tous les deux, entrer dans le *Crazy Diner.* Avec leurs mèches brunes et leurs airs tristes, lointains. Ils avaient survécu, ils avaient repris goût à la vie.

Alex se tourna finalement vers Romeo.

Romeo, avec ses yeux rouges. Romeo, avec le sourire qu'il n'arrivait pas à lui offrir.

Romeo, son poète, son auteur, son premier amour.

— Tu vas t'en sortir, Romeo, souffla-t-il. Plus fort que tu ne l'as jamais été. Tu vas vivre de nombreuses autres aventures. D'autres amours. Ça a été un honneur d'être le premier.

Romeo l'attira contre lui et la serra dans ses bras si fort, comme pour imprimer Alex sur sa peau. Elle inspira profondément son odeur, celle de sa lessive, de son savon, de leur shampoing.

— C'était à moi de te faire le discours encourageant, articula-t-il.

— Je t'écoute.

Sans plus attendre, il l'embrassa. C'était un baiser au goût salé. Celui de leurs larmes. Celui de la mer dans laquelle ils s'étaient baignés le matin même. Un mélange de tristesse et de joie.

Romeo et Alex. Alex et Romeo.

Quand ils s'écartèrent, Alex réalisa qu'elle ne l'embrasserait sans doute plus jamais.

— J'ai hâte, Alexandra Edwards, murmura Romeo. Hâte de découvrir la personne que tu deviendras. Tu me raconteras tout ça, la prochaine fois qu'on se verra.

Alex hocha frénétiquement la tête, incapable de parler sans laisser échapper un sanglot.

Charles passa un bras autour de ses épaules et l'entraîna vers les autres contrôles de l'aéroport, après de grands gestes d'adieux vers le groupe qu'ils quittaient.

Alex réalisa alors qu'elle avait oublié de dire à Romeo quelque chose de primordial.

— Romeo ! appela-t-elle en se retournant.

— Oui ? répondit-il en essuyant ses larmes du revers de la main.

Une lueur d'espoir s'était allumée dans son regard.

Il était beau, son Romeo.

— Je crois en toi ! Vas écrire ton nom dans les étoiles !

# CHAPITRE 67

Romeo ouvrit la porte de sa chambre d'une main tremblante.

Sans Alex, la pièce paraissait vide. Elle reflétait exactement ce qu'il ressentait. Un trou béant s'était creusé dans sa poitrine.

À l'endroit où elle aurait dû se trouver. À l'endroit où elle ne serait plus jamais.

L'idée même de ne plus pouvoir la prendre dans ses bras fit remonter un sanglot dans sa gorge. Romeo se laissa glisser le long du mur le plus proche, ses jambes ne pouvaient plus supporter son poids. Il avait besoin d'un support. N'importe quoi. Pour le rattraper, il n'avait plus la force d'avancer.

Le monde tournait autour de lui, flou derrière ses larmes. Alexandra avait été le sens de sa vie pendant si longtemps que, sans elle, il était perdu.

Il n'avait nulle part où aller. Nulle part où se réfugier pour échapper à sa douleur. Nulle part où se cacher de sa tristesse. De ses souvenirs.

Il la voyait partout. Sur son lit, penchée au-dessus d'un livre. La tête dans ses oreillers. À son bureau, assise sur ses genoux pendant qu'il écrivait. À la fenêtre, à regarder le soleil se coucher sur Charleston, les rayons dorés brillaient sur son visage. À sa bibliothèque, à analyser lentement chacun de ses livres.

À cet instant précis, Romeo aurait tout donné pour oublier ce qu'ils avaient été. Ce qu'ils avaient vécu. L'amour qui avait brûlé dans sa poitrine. Les moments qui y logeraient pour toujours.

Parce que ces souvenirs étaient la source de sa douleur. Ils avaient un goût amer qui couvrait sur le bonheur qu'il avait ressenti.

La porte de sa chambre s'ouvrit, mais Romeo le remarqua à peine.

— Momo, souffla Logan en s'asseyant à côté de lui. Elle m'a donné ça. Pour toi.

Le journal.

Les pages de papier qui avaient tout commencé. Qui avaient donné naissance à leur histoire. À leur amour.

Romeo l'arracha presque des mains de Logan.

— Je pensais qu'elle allait le garder, murmura-t-il.

Ils n'en avaient jamais parlé et Romeo pensait qu'elle le garderait. Que ce serait ce qui lui resterait de leur histoire. Ou qu'elle l'avait perdu. Qu'elle s'en était débarrassée après avoir réalisé ce que c'était.

Un sourire triste étira les lèvres de Logan. Ses yeux étaient rougis de larmes qu'il n'avait pas voulu montrer à Romeo. Des émotions secrètes.

— Elle a écrit à l'intérieur, expliqua Logan. Son journal à elle. Et elle voulait que tu l'aies. Pour ton roman.

Romeo explosa. D'amour, pour elle. De colère, contre le monde qui les séparait. Et de tristesse. Toujours de la tristesse. Parce qu'elle n'était plus là.

Alex n'était plus là et elle lui laissait une partie d'elle-même.

Pour lui. Pour lui et pour les autres, ses futurs lecteurs. Parce qu'elle savait qu'il réussirait.

Elle croyait en lui plus que personne d'autre auparavant.

Romeo tourna frénétiquement les pages jusqu'à trouver l'endroit où ses mots s'arrêtaient pour laisser place à l'écriture appliquée d'Alexandra Edwards.

***Augustus Prep, samedi 3 octobre.***

***Je ne voulais pas t'écrire, Romeo. Je n'en avais jamais vraiment eu envie. Jamais, jusqu'à aujourd'hui.***

***On s'est rencontré ce matin. Je ne t'avais pas imaginé comme ça. Tu sembles en forme. Presque heureux. Si je n'avais pas vu de photo de toi, je ne t'aurais pas reconnu. Parce que tu as changé, Romeo. Beaucoup changé, en plus de six mois. Et tu n'es plus celui que j'ai appris à aimer.***

***Tu m'as dit que tu n'étais pas le genre de Romeo qui tombait rapidement amoureux d'une fille. Je ne te crois pas. Je te connais assez pour savoir que tu es le genre de garçon pour qui il suffit d'un regard, d'une remarque, d'un instant pour que ton monde entier chavire.***

***J'espère que tu ne reviendras plus à* Augustus Prep *: j'aimerais garder l'image que j'avais de toi, oublier celui que tu es devenu.***

Elle avait rajouté quelques mots à l'encre rouge, dans la marge. Quelques mots qui firent, une dernière fois, chavirer le cœur de Romeo.

***Je suis heureuse qu'on se soit retrouvé, Romeo. Tu es mon rêve tragiquement beau. Ma pensée éphémère. Mon désir qui brûlait si fort qu'il est presque devenu réel.***

Romeo sut immédiatement ce qu'il devait faire. Ce qu'il aurait dû faire, des mois auparavant. Parce qu'il n'avait pas besoin de Juliet.

Il n'avait jamais eu besoin de Juliet. Pas quand Alex existait, qu'elle le connaissait déjà mieux que personne.

Il attrapa son ordinateur et commença à écrire. Écrire, parce que c'était tout ce qu'il savait faire. Écrire, parce qu'il avait déjà beaucoup à lui raconter.

*Charleston, jeudi 16 juin.*

*Ma chère Alexandra, tu viens de partir et tu me manques déjà.*

*On dit que le temps guérit toutes les blessures, j'ai hâte de voir ça. En attendant, j'accueille la douleur : elle me rappelle que ce que nous avions était réel.*

# ÉPILOGUE

Alex regardait les vagues s'écraser sur le sable de Folly Beach.

Un air chaud soufflait sur son visage, il fredonnait des airs familiers dans ses oreilles. Le soleil se levait autour d'elle, le ciel était strié de nuages enflammés. Le monde n'était pas encore réveillé, mais elle se tenait là, debout sur la plage.

Entre ses mains, il y avait le roman de Romeo.

Le premier à se faire éditer : *Rêves d'amour déjà effacés.* La couverture du livre représentait un coucher du soleil et deux silhouettes sombres se dessinaient dans ces couleurs flamboyantes. Deux garçons assis dans l'herbe, leurs visages si proches qu'ils se touchaient presque.

Apollon et Hyacinthe.

Alex connaissait déjà leur histoire. Elle avait assisté à toute son écriture. De la première idée jusqu'au dernier chapitre. Elle avait soutenu Romeo, paragraphe après paragraphe, page après page, chapitre après chapitre, un an auparavant.

Des centaines de souvenirs s'éveillaient dans sa mémoire. Des instants qui paraissaient si lointains. Des moments qu'elle n'arrivait même plus à reconnaître comme étant réels.

Le livre avait été livré chez les parents d'Alex, quelques

jours plus tôt. Elle l'avait découvert en arrivant, avec Charles, pour la semaine de vacances qu'ils allaient passer à Charleston.

Si Alex devait lire ce roman, ce serait à Folly Beach. Là où s'était déroulée une grande partie de leur histoire. Là où tout semblait revenir. Toujours. Au sable fin. À la mer tiède.

Elle s'assit sur sa serviette et ouvrit le livre pour découvrir le nom de Romeo, au-dessus du titre de son roman.

C'était une expérience hors du temps. Irréelle. Un rappel que ce qu'ils avaient vécu ensemble était réel. Que ce n'était pas un rêve.

Elle tourna la première page pour trouver la dédicace imprimée en lettres sombres.

*À la seule fille qui a su me faire exister comme seulement peu en ont encore eu le privilège.*

Une larme s'écrasa sur la page. C'était trop. Trop d'émotions. Trop d'amour. Trop de sentiments. Trop de souvenirs. Trop de Romeo.

Mêlés en une seule ligne. Une ligne qui lui était dédiée. Une ligne qui traduisait leur histoire. Une ligne qui était un roman. Un roman entier pour elle.

Alors Alex commença sa lecture, prête à se perdre dans ce que Romeo avait écrit. Dans les parties de son âme qu'il avait cachées entre les pages.

*Je ne te cherchais pas, quand je t'ai trouvé.*

*Tu te tenais là, debout au milieu de la bibliothèque, le regard perdu dans les peintures du plafond. Si j'avais su, en te voyant ce premier jour, la douleur que tu me causerais, aurais-je appris à t'aimer ? Je le crois bien.*

*T'aimer, c'était sombrer dans un océan agité, perdre de vue la surface, remonter à l'aveugle pour enfin respirer. Sourire, sourire et sourire encore. Sentir mon cœur se gonfler d'un sentiment qui ne devient jamais familier, perdre le contrôle de mes pensées.*

*Tu étais devenu mon monde entier. Ma raison de me lever chaque matin. De rire au quotidien. D'apprendre à plus profiter de chaque instant. Je te connaissais mieux que je ne me connaissais moi-même. Mieux que je n'avais jamais connu quelqu'un auparavant.*

*Avant toi, l'amour ne cessait de me filer entre les doigts. Un sentiment à peine palpable. Intouchable. Imaginaire. Idéalisé. Tu m'as fait réaliser qu'il peut se laisser attraper : qu'il peut être vécu.*

*Cependant, des cœurs finissent toujours brisés. C'est inévitable. Malgré toutes les promesses d'un amour éternel, ce sentiment ne dure pas. Il finit par nous échapper pour ne laisser que deux trous béants là où vibraient autrefois des cœurs battants.*

*Le destin adore se jouer de nous et, au fond, il n'a pas tort. Nous sommes minables, jamais satisfaits de nos vies, cherchant toujours à rejoindre ce rêve presque effacé qu'est notre réalité idéale. À quoi bon ?*

*Avant toi, je me sentais seul. Seul. Toujours seul. Parce que je ne cessais de me réveiller de merveilleux rêves. Des rêves où j'apercevais la vie que je pourrais avoir. Des années entières baignées d'un bonheur inimaginable, chacune atrocement belle. Des moments de joie que je ne pensais pas pouvoir vivre un jour. Tous si lointains.*

*Mais, comme toujours, je finissais par me réveiller. Je me réveillais pour réaliser que ce n'était pas réel. Que ma vie était terriblement monotone. Que je vivais à peine.*

*Je ne ressentais que de la peur. Constante. Terrible peur. De vivre une vie que je ne verrais pas passer.*

*De me réveiller un matin pour découvrir qu'elle était déjà terminée.*

# REMERCIEMENTS

Si on m'avait dit, il y a cinq ans (quand j'écrivais mon premier roman) que je deviendrais une auteure auto-éditée, j'aurais ri nerveusement. Je voyais l'auto-édition comme une défaite, alors que c'est aujourd'hui ma plus grande réussite.

Nous y voilà donc, sept romans plus tard, *Ma chère Juliet,* est enfin entre vos mains et j'en suis terriblement fière. L'édition de ce roman est un véritable saut dans le vide. Heureusement pour moi, je ne saute pas seule et j'ai beaucoup de monde à remercier.

Papa et Maman : vous êtes mes supporters depuis le premier jour, vous avez lu page après page, des nouvelles et des romans, vous me poussez toujours à donner le meilleur de moi-même. *The sky is the limit.* Je vous aime très très fort! Spéciale dédicace à Papa, qui a su créer la plus belle des couvertures pour *Ma chère Juliet,* elle est incroyable ! Petit mot supplémentaire pour Gabriel, Eugène et Margot : j'espère que vous lirez ce livre (dans quelques années) et que vous m'en direz des nouvelles.

Salomé et Amitis, mes incroyables bêta-lectrices, vous avez fait un travail monumental, vous me soutenez depuis bien avant la sortie du livre. Amitis, qui m'a fait découvrir

Wattpad, en troisième, là où tout a commencé. Salomé, qui a lu les premiers chapitres de ce livre quand il n'était encore que *Philtatos.* Sans vous, *Ma chère Juliet,* ne serait pas ce qu'il est aujourd'hui.

Romane, Alexia, Antoine, Paul, Hélène et tous les autres zozos de Rochambeau : vous m'avez fait réaliser qu'un groupe d'amis c'est avant tout une famille.

Alice, mon frère : c'est notre relation qui a inspiré celle de Logan et Romeo et ce lien spécial est vraiment extraordinaire. Crash et Eddie forever.

Zoé, c'est aussi toutes nos petites sessions d'écriture qui m'ont permis de terminer ce livre.

Axelle et Camilia : sans votre soutien, je n'aurais pas été capable de réussir cette première année de licence *et* de travailler sur ce roman.

Toutes celles qui m'ont suivi sur les réseaux, qui ont soutenu mon projet, sans même l'avoir lu, qui étaient hype pour ce roman et commentaient chaque vidéo : vous êtes les meilleures. Surtout les filles qui ont lu les premiers chapitres et m'ont fait de super retours : merci !

Et un immense merci à vous, qui lisez ce livre. Je ne sais pas comment il est arrivé entre vos mains, mais j'espère que vous avez aimé cette histoire. J'espère que mes personnages ont su vous faire sourire, vous faire rire et, le plus important, vous faire vivre avec eux.

# NOTES SUR LES MYTHES GRECS

## ACHILLE

C'était un guerrier grec qui a participé à la Guerre de Troie. Pendant le siège, il s'est disputé avec Agamemnon et a refusé de se battre. C'est donc son ami (amoureux) Patrocle qui a mis son armure pour guider leurs troupes. Il s'est fait tuer par le prince troyen Hector qu'Achille a tué pour se venger. Paris (le petit frère d'Hector) a finalement tué Achille d'une flèche (dans le talon) devant le mur de Troie.

## APOLLON ET HYACINTHE

Le dieu Apollon est tombé amoureux du mortel Hyacinthe. Ils ont été heureux jusqu'à ce que Hyacinthe se prenne un disque (pendant qu'ils faisaient du lancer de disques) et meurt sur le coup, dans une prairie.

# ORPHÉE ET EURYDICE

Pour faire simple : ils étaient amoureux et, le jour de leur mariage, Eurydice est morte. Comme Orphée était un très bon chanteur, il a su charmer tout le monde aux Enfers pour avoir l'autorisation de la ramener à la vie. Leur histoire se termine sur les marches pour remonter des Enfers : Orphée se retourne pour vérifier qu'Eurydice est bien derrière lui, alors que la seule condition pour qu'elle rentre avec lui était qu'il ne se retourne pas.

# ARIANE ET DIONYSOS

Ariane a donné un fil à Thésée pour l'aider à sortir du labyrinthe et à tuer le Minotaure. En échange, il l'abandonne sur une île avant de rentrer chez lui. C'est là qu'elle rencontre le dieu Dionysos (qu'ils tombent amoureux ?) et qu'ils se marient.

# HÉLÈNE ET PARIS

Paris kidnappe la reine Hélène à Sparte, alors qu'il y était un invité de son mari : Ménélas. C'est ce qui déclenche la guerre de Troie : les Grecs veulent récupérer Hélène et les Troyens ne veulent pas la laisser partir.

## NARCISSE ET ÉCHO

Narcisse est un homme très beau qui voit son reflet et tombe amoureux de lui-même. Écho est une nymphe (amoureuse de lui) qui ne peut que répéter ce qu'elle a déjà entendu (comme un écho). Ils ne peuvent évidemment pas être ensemble.

## ADONIS ET APHRODITE

Adonis était un très beau mortel qui a attiré l'attention de deux déesses : Aphrodite et Perséphone. Elles se le disputent jusqu'à ce que Zeus intervienne et partage Adonis entre les deux déesses (un tiers de l'année chez Perséphone, un tiers chez Aphrodite et un tiers avec la personne de son choix). Comme il est amoureux d'Aphrodite, il passe le dernier tiers avec elle. Adonis est tué par un sanglier, alors qu'il chassait dans la forêt.

## HADÈS ET PERSÉPHONE

Hadès est le roi des Enfers qui kidnappe la belle Perséphone. Elle devient alors la déesse du Printemps et la reine des Enfers.

## ICARE

C'est le fils de Dédale (celui qui a créé le labyrinthe du Minotaure). Après la mort du Minotaure, il est enfermé avec son père dans une tour. Pour qu'ils puissent s'enfuir, Dédale leur fabrique des ailes aux plumes reliées par de la cire. Pendant leur évasion, Icare vole si proche du soleil que la cire fond : il tombe et meurt.

Printed in France by Amazon
Brétigny-sur-Orge, FR

14443902R00263